U0871704

古文

诗词文曲鉴赏

上海辞书出版社文学鉴赏辞典编纂中心 编

上海辞书出版社

编者小引

古文是一个多少有些奇怪的称呼。

现代读者比较熟悉的是散文这个名目,是指诗歌、小说、戏剧以外的文学作品。中国古代也有"散文"一语,但并不指一种文体,而是一种运用单行散句、不拘对偶声律的表现形式。很显然,它是与"骈文"相对而言的,并且较少使用。现在意义上的散文,古人多称为古文。

中国是一个古文大国,历史悠久,产生的作品数量庞大,取得的成就也高。一种文学艺术,凡是有这些特点,它一定会变得很复杂,并且规矩很多。古文细说起来,包括的小的文体就有十数种之多。我们依后来大家广为接受的分类——清代古文家姚鼐编选的《古文辞类纂》,把古文分为十三类,即论辩、序跋、奏议、书说、赠序、诏令、传状、碑志、杂记、箴铭、颂赞、辞赋、哀祭。当然这十三个体类,各有要求,有时可以说是法度森严。

我们本书选古文 60 余篇,大致就包含在这些体类之中。

让我们沿着时间的脉络,蜻蜓点水地看看各期古文的特点。

先秦古文,我们主要选取的是诸子的文章,有儒家、道家、法家等,这里有个逐渐成熟的过程,从只言片语到洋洋洒洒的长篇大论,从质木无文到摇曳多姿。

古人说"唐诗宋词汉文章",汉代是以"文章"见称的。汉代鸿篇巨制的大文章不少,限于篇幅,我们这里选取的文章不多。“汉文章”的主要成就体现在传记文学、辞赋以及政论文。

六朝古文呈现出多姿多彩的景象。我们知道,从魏晋文学走向“自觉”以后,人们对文学的爱好越来越普遍,创作者对形式美越来越重视。这时候,最流行的是“骈文”。“骈”的意思是“驾二马也”,即两匹马并排拉着一辆车。用到文章中,两个字数相同、结构一样的句子排列在一起,再加上对偶、押韵的要求,形成“骈句”,由这样的骈句组成的文章就叫“骈文”了。骈文并不是一种文体,而是一种语言表现形式,以之可以写作辞、赋、书、论等。

托·斯·艾略特说:“不管人们愿意与否,他们的感受性是随时代而变化的,但是只有天才人物才能改变表现的形式。”虽然骈文在唐以后,受到了猛烈的攻击和否定,但它反映了人们对艺术美的爱好和追求。

唐代是一个文学空前繁荣的时代。我们都知道唐诗,其成就无与伦比。在古文方面,最有特色的就是古文运动了。这里有“文起八代之衰,而道济天下之溺”的韩愈,还有能与韩愈比肩,并称“韩柳”的柳宗元,他的《永州八记》是山水游记的代表作。

唐代的古文运动,一直延续到宋代,历史上有“唐宋八大家”的名目。除韩柳外,其他六大家都是宋人。可以说,宋人沿着唐人开辟的道路前进,并取得了比唐人更加辉煌的成就。宋人是善于继承和发扬前人成就的,唐诗之后的宋诗,能别开生面,古文也是如此。这里有“今之韩愈也”(苏轼语)的欧阳修,有“拗相公”王安石,有“苏文如潮”(俞樾语)的苏轼。特别是苏轼,是他把古文运动推向了顶峰。韩柳所开创的事业,至此可谓大功告成,从此,写作古文蔚然成风,骈文虽然始终没有绝迹,但再也没有成为文坛的主流。

历史发展到了明清，在古文史上放出异彩的要算小品文了。“小品”这个词原是佛家用语。经过删削从而比较简略的佛教经典，叫“小品”。用来指文章，是篇幅短小的意思。但明清特别是晚明小品文，在文学史上占有一席，不是因为短小，而是因为它“独抒性灵，不拘格套”。小品文作家著名的有公安派、竟陵派。

这段时间除小品文之外，有一种文章也应该引起大家的关注，可以名之曰“学者散文”，这类文章有别于一般的“文人之文”。

古文与诗，是中国古代最正宗的两种文体。五四以后，西学东渐，文学发生了翻天覆地的变化，但古文基本仍是传统的写法，只不过把文言改成了白话。也因此，在中国现代文学史上，以散文取得的成就最高，收获最大。有鉴于此，了解古文的发展流变，学习古文的艺术经验，对于今天的读者，都有直接的借鉴意义。

上海辞书出版社文学鉴赏辞典编纂中心

2020.10

目录

宋金元文

明文

清文

先秦文

曹刿论战

《左传》

十年春，齐师伐我。公将战。曹刿请见。其乡人曰："肉食者谋之，又何间①焉？"刿曰："肉食者鄙，未能远谋。"乃入见。

问："何以战？"公曰："衣食所安，弗敢专也，必以分人。"对曰："小惠未遍，民弗从也。"公曰："牺牲②玉帛，弗敢加也，必以信③。"对曰："小信未孚④，神弗福也。"公曰："小大之狱，虽不能察，必以情⑤。"对曰："忠之属也⑥，可以一战。战则请从。"

公与之乘，战于长勺⑦。公将鼓之，刿曰："未可。"齐人三鼓，刿曰："可矣。"齐师败绩。公将驰之，刿曰："未可。"下，视其辙，登轼而望之，曰："可矣。"遂逐齐师。

既克，公问其故。对曰："夫战，勇气也。一鼓作气，再而衰，三而竭。彼竭我盈，故克之。夫大国难测也，惧有伏焉。吾视其辙乱，望其旗靡，故逐之。"

赏析

鲁庄公十年(前684)，齐桓公由于鲁国曾经帮助过公子纠和他争夺王位，

① 间(jiàn)：参与。
② 牺牲：祭祀时供献的猪牛羊。
③ 信：诚。谓祭祀必以诚。
④ 孚(fú)：取信于人。
⑤ 情：实情。
⑥ 忠之属：此谓尽心于民的一类事情。
⑦ 长勺：鲁国地名，在今山东曲阜北。

因此发动了一场攻打鲁国的战争。这就是春秋时代所谓的长勺之战。这次战役，强大的齐国反而被弱小的鲁国打败了，成为历史上有名的以弱胜强的战例。《左传》的记载，突出地说明了鲁国战胜的原因，成功地塑造了一位卓越的人物，他就是曹刿。

曹刿(guì)前人多认为就是曹沫(mèi)，但说法不一。《史记·刺客列传》曾记载齐鲁两国在柯地会盟时，曹沫以匕首劫持齐桓公归还侵鲁土地的故事，写得虎虎有生气，与《左传》所写的曹刿的气概非常逼似。"刿"与"沫"音相近，极可能是同一人。《左传》《公羊传》《穀梁传》《管子》《荀子》《战国策》《国语》《史记》等书所载齐鲁之事，互有不合处，疑窦不少。看来曹刿(曹沫)这个人物的所作所为，是史家之笔与民间传说交糅在一起的。这些情况说明，曹刿确实是一个富有传奇色彩的人物。

在齐军压境，鲁庄公准备迎战的关键时刻，曹刿请求见庄公。在这之前，曹刿的乡人曾劝阻他说："让那些肉食者去考虑对策吧！你何必参与进去呢？""肉食者"为习语，是当时人们对权贵的代称。不说当官的而说成是"食肉的"，本身就很有点嘲讽的味道。乡人的看法当然是消极的，反映了当时的世俗之见，和"不在其位，不谋其政"完全合拍；同时也透露了一般人民与权贵之间的隔阂与矛盾。这就为鲁国能否抵御齐国的入侵投下了一束阴影。对此，曹刿开门见山地指出"肉食者鄙，未能远谋"，充分表达了他对那些尸位素餐、误国偾事的权贵们的蔑视。在当时那是很少有人敢于这样说的。这说明曹刿是一个热血男儿，在国家危难之机，敢于挺身而出，献策出力。曹刿的态度显然很积极，与乡人之说是大相径庭的。文章起笔陡峭，显得跌宕有力，轩昂不群。

曹刿和庄公的对话，写得既条理分明，又错落有致。曹刿劈头先问：凭什么条件进行这场战争？从战略上来讲，这个提问显然具有十分重要的意义。庄公接连回答了三个条件。第一个条件是"衣食所安，弗敢专也，必以分人"。这是对贵族统治阶级来说的。第二个条件是"牺牲玉帛，弗敢加也，必以信"。牺牲玉帛，皆祭神之物。这是对天地神灵而言。这两条都被曹刿否定了。只有第三条"小大之狱，虽不能察，必以情"，才得到了曹刿的肯定。如果冤案太多，怨声载道，不能取信于民，怎么能得到人民的支持呢？所以民心的向背，至关重要。曹刿的注意力只集中到人民的身上，这是很了不起的见解。对话显示了曹刿与庄公见识之高低，使“肉食者鄙，不能远谋”的观点得到了具体的验证。这说明曹刿参与这次战役该有多么重要！

曹刿不仅勇于提出意见，而且积极要求参战。这就使这个人物的形象更加血肉饱满，奕奕动人。在交战中，曹刿两次阻止了庄公的轻举妄动；而当认为“可矣”之时，才让庄公击鼓冲锋或追逐败退之敌。然而文章只有可、否之辞，只言其然，不言其所以然。这是因为在紧张的战斗中，无暇多言；因而巧妙地形成了“悬念”，为下文的释疑解惑埋下了伏笔。这段文字，只是通过曹刿短促的语句和敏捷的动作，就生动地勾勒了人物的特征，渲染了战争的气氛。剪裁精当，笔墨可谓精练之极。

直到战斗结束，庄公还弄不清取胜的原因，这又一次说明庄公的懵懂，肉食者之不能远谋，与曹刿的精明机智更加形成了鲜明的对比。曹刿对庄公的解答，是这次战役之所以取胜的最好总结和说明。这画龙点睛之处，正是本文主旨之所在。总之，士气和战机，在军事上具有很重要的作用。乘“彼竭”之虚，奋“我盈”之威，故能克敌制胜。同时，只有掌握真实情况，方可作出准确的判断。所以，曹刿仔细观察到齐军败退时“旗靡辙乱”的情景后，才让庄公乘胜追击。兵不厌诈，在战争中必须高度警惕，慎重从事。结合取信于民、得到人民支持的先决条件，可以看出，曹刿的战略思想确有指导意义。曹刿的解说头头是道，娓娓动听，语气舒缓而充沛，反衬了前段行文节奏之短促，而与战后宽松的环境和喜悦的心情完全吻合。韩愈有言：“气盛则言之短长与声之高下者皆宜。”(《答李翊书》)《左传》的文字就突出地表现了这个特点。

本文有叙有议，叙中有议，议中有叙，相得益彰。全文只有二百二十余字，记叙了一桩有始有末的战争故事，描绘了一个栩栩如生的人物形象，总结了一些重要的战略思想，这是很不容易的。“曹刿论战”这个题目是《古文观止》的编者加上去的，很有道理。因为它始终以曹刿的言论贯穿全文，中心突出，桴鼓相应，无一处无照应，无一处有破绽。

（宋　廓）

邹忌讽齐王纳谏

《战国策》

邹忌修八尺有余①，而形貌昳丽②。朝服衣冠窥镜，谓其妻曰："我孰与城北徐公美？"其妻曰："君美甚，徐公何能及君也！"城北徐公，齐国之美丽者也。忌不自信，而复问其妾曰："我孰与徐公美？"妾曰："徐公何能及君也！"旦日③，客从外来，与坐谈，问之客曰："吾与徐公孰美？"客曰："徐公不若君之美也！"

明日，徐公来。孰视之④，自以为不如；窥镜而自视，又弗如远甚。暮寝而思之，曰："吾妻之美我者，私我也；妾之美我者，畏我也；客之美我者，欲有求于我也。"

于是入朝见威王，曰："臣诚知不如徐公美，臣之妻私臣，臣之妾畏臣，臣之客欲有求于臣，皆以美于徐公。今齐地方千里，百二十城。宫妇左右，莫不私王；朝廷之臣，莫不畏王；四境之内，莫不有求于王：由是观之，王之蔽甚矣！"

王曰："善。"乃下令："群臣吏民，能面刺寡人之过者，受上赏；上书谏寡人者，受中赏；能谤议于市朝，闻寡人之耳者，受下赏。"令初下，群臣进谏，门庭若市。数月之后，时时而间进⑤。期年⑥之后，虽欲言，无可进者。燕、赵、韩、魏闻之，皆朝于齐。此所谓战胜于朝廷⑦。

---

① 修：同"修"，长。
② 昳(yì)丽：漂亮，气度不凡。
③ 旦日：明日。
④ 孰：同"熟"，仔细。
⑤ 时时而间进：隔一些时候，间或有人进谏。
⑥ 期年：一周年。
⑦ 战胜于朝廷：身居朝廷而战胜敌国。谓政治修明，不必用军事行动就能使敌国畏服。

赏 析

邹忌是齐国有辩才的策士，善鼓琴。齐威王二十一年(前 338)，忌以琴见威王，三日后拜为相。当时齐国有名的辩士淳于髡和门徒七十二人都瞧不起他，故意以很多涵义隐微的难题难他，邹忌却应答如流，使众人倾心折服。一年后，又封为成侯，大得信任。本文就是写他巧妙规劝齐王纳谏除蔽的故事。

全文分两部分：第一部分(一、二自然段)写邹忌在与徐公比美的过程中，觉悟出受妻、妾、客三人的奉承蒙蔽；第二部分(三、四自然段)才正面写邹忌讽齐王纳谏及其效果。前者是生活小事，后者是政治大事，通过二者的内在联系，由此及彼，因小见大，由一件日常生活小事引发出政治生活中一番治国宏论，不仅寓意深刻，而且手法高明。这是本文最显著的一大特点。《战国策》中常善于通过寓言来说理，本文就是突出的一例。作为文体，寓言往往是通过一个小故事，借以引起人们的联想，获得某种带有普遍意义的启示和教训。作为修辞手法，寓言其实就是一种引喻，“援引前言以证其事”(《文则》)。而从逻辑上看，寓言又是一种类比推理。明乎此，便不难理解本文一、二部分之间的内在联系了。邹忌分别问妻、妾、客：“我与徐公相比谁美?”三人所答虽程度有别，却都说徐公不及邹忌美。但当邹忌亲自见到徐公，始则“孰视之”，再则“窥镜而自视”，便知“弗如远甚”了。于是觉悟出自己受蒙蔽的原因：妻之赞美是出于偏爱；妾之赞美是出于畏怯；客之赞美是出于“有求于我”。由此教训，作为发端，从小悟大，联类而及于齐王：既然自己在小家庭里尚容易受蒙蔽，那么齐王拥地方圆千里，城邑百二十座，岂不更易受蒙蔽？古人总是把“治国”视为“齐家”的扩大，于是产生了一连串的取譬类比：齐王后宫嫔妃成群，恰如自家之妻，无不对齐王偏爱；朝廷文武众臣之于齐王，犹如自家侍妾之于丈夫，无不畏惧；四境之内的臣民，犹如自家的来客，没有不有求于齐王的。所以齐王不可能听到逆耳忠言，而只能听到阿谀逢迎的假话。于是得出结论：齐王受蒙蔽一定到达极点了。黑格尔在《美学》中说：“寓言的巧妙在于把寻常现成的东西表现得具有不能立即察觉的普遍意义。”本文中妻、妾、客对邹忌的奉承，就是“寻常现成”的生活现象，一般人就不易“立即察觉”出它对于安邦治国要善于纳谏这一“普遍意义”。邹忌不愧是策士谋臣，始则存疑“不自信”，继则通过“孰视”“窥镜”比较等亲自考察，又“暮寝而思之”，才获得了启迪，发现了它的“普遍意义”。这种运用寓言、引喻、类比的妙处，正如黑格尔所说：“艺术的要义就在于意义与形象的联系和密切吻合。”(《美学》)这既是邹忌精于思考、巧于讽谏成功的秘诀，因而对读者富于哲理的启迪；也是本文在谋篇布局、表现技巧上的妙谛所在，从而使文势获得曲折动人，叙议妙合无痕的艺术效果。

善于以精练的语言、细微的笔法，刻画出人物鲜明的形象、性格，则是本文的另一大特色。文中描写邹忌其人，只开头两句用旁观者口吻写其外貌：身材之魁伟，容貌之漂亮。往下即通过人物自身的行动和言语的描写，展示其内心活动：朝服衣冠，窥镜，问妻，这三个行动表现出邹忌自觉其美、顾影弄姿的得意，而又故意问妻、颇有炫耀之意的微妙心态。但其妻的过分赞美之词和徐公乃齐国著称的美男子这一客观事实，又使他反而不敢自信，刻画出他尚有自知之明；于是又有“复问其妾”、再问来客等行动。这正是他很想胜过徐公，但又怀疑不如徐公这种矛盾意识的外化。故当徐公来时，他当面“孰视之”，发现“不如”徐公美；还不甘心失望，又“窥镜自照”加以比较，更觉“弗如远甚”。这又写出他不肯盲目轻信，事必躬亲考察的细致求实精神。妻、妾、客的奉承，与实际情况相反，促使他“暮寝而思之”，终于从三人同声赞美中分析出其不同的心态：分别出于“私我”“畏我”“有求于我”，则又刻画出他的善于思考分析、体察人情物理。文中只以“于是入朝”一句，就把上述生活体验联想推论到“讽齐王纳谏除蔽”的大事上。对齐王先叙述自己比美一事，仅用了五句话，只说结论而省略了细节过程，于此可见语言精练，剪裁得宜；但又不能完全省略，因为这正是他运用寓言进谏，取譬类比，证明齐王受蔽的前提和论据，从而与下文“私王”“畏王”“有求于王”构成类比。唯其先以自己家庭小事的体验上切入讽喻正题，才显得自然亲切、入情入理、委婉含蓄、娓娓动听；先动之以情，再喻之以理，才使齐王易于接受。这就刻画出邹忌早就存心讽劝齐王纳谏，关心国家大事，而又及时抓住生活体验，善于巧妙进谏这一谋臣辩士的性格特征。其他如妻、妾、客三人的语言，虽同属赞美谀词，而语气程度各别：妻之“君美甚，徐公何能及君也”，是极尽赞美的偏爱感情；妾之答话中少了句“君美甚”，不如妻之热情，显示出畏怯心理；客之“徐公不若君之美也”，语气更轻，是一种有求于人不得不敷衍逢迎的心态。三种不同语气的细微差别，展示出三人不同的微妙动机。这些都是笔法细致入微处。至于国王，一个“善”字，刻画出他听后的倾心折服；“乃下令”三字，则表现出他纳谏后立刻付之实施的决心；分“面刺”“上书”“谤议”三等赏赐，从横向空间展示出他广开言路，虚怀若谷，听取批评的胸襟；“令初下”“数月之后”“期年之后”三个阶段，则从纵向时间表现进谏者由多渐少至无这一渐进过程，暗示其蔽已彻底根除，突出纳谏的卓著效果。从语言上，比美中的三问三答，讽喻中所列齐王周围三种人的心态，以及下令中的三等赏赐和进谏中的三个阶段的不同情况，均用排比铺陈手法，参差整齐的句式，构成了纵横恣肆的语言风格。至于结尾写四国“皆朝于齐”，更显出于史无征、夸张扬厉的特点。结句“此所谓战胜于朝廷”，与《苏秦始将连横》中“式于政，不式于勇；式于廊庙之内，不式于四境之外”的主张，精神一致，反映出纵横家贬战尚谋的倾向。从形式上则相当于《史记》列传后面“太史公曰”的论赞。所以，从全篇情节的生动完整、人物形象的鲜明和结尾论赞的体例来看，实乃《史记》纪传体之滥觞。

（熊　笃）

唐雎为安陵君劫秦王

《战国策》

秦王使人谓安陵君曰："寡人欲以五百里之地易安陵，安陵君其许寡人！"安陵君曰："大王加惠，以大易小，甚善！虽然，受地于先王，愿终守之，弗敢易。"秦王不说，安陵君因使唐雎①使于秦。秦王谓唐雎曰："寡人以五百里之地易安陵，安陵君不听寡人，何也？且秦灭韩亡魏，而君以五十里之地存者，以君为长者，故不错意也②。今吾以十倍之地请广于君，而君逆寡人者，轻寡人与？"唐雎对曰："否！非若是也。安陵君受地于先王而守之，虽千里不敢易也，岂直五百里哉！"

秦王怫然怒，谓唐雎曰："公尝闻天子之怒乎？"唐雎对曰："臣未尝闻也。"秦王曰："天子之怒，伏尸百万，流血千里。"唐雎曰："大王尝闻布衣③之怒乎？"秦王曰："布衣之怒，亦免冠徒跣，以头抢地④尔。"唐雎曰："此庸夫之怒也，非士之怒也。夫专诸之刺王僚也⑤，彗星袭月⑥；聂政之刺韩傀也⑦，白虹贯日⑧；要离之刺庆忌也⑨，仓鹰击于殿上⑩。此三子者，皆布衣之士也，怀怒未发，休祲降于天⑪，与臣而将四矣。若士

---

① 唐雎：一作"唐且(jū)"，人名。按战国时名唐且者有数人，并非同一人。
② 不错意：不介意，谓不加疑。错，通"措"。
③ 布衣：平民，此指"士"。
④ 免冠徒跣(xiǎn)：除掉帽子，赤了脚。以头抢地：用头触地。
⑤ "专诸"句：春秋时吴国公子光养勇士专诸，在宴会上藏短剑于鱼腹，刺杀王僚。
⑥ 彗星袭月：彗星尾部光扫及月球。
⑦ "聂政"句：战国时韩国大夫严仲子派侠士聂政刺杀宰相韩傀。
⑧ 白虹贯日：白虹的光彩从太阳穿过。
⑨ "要离"句：公子光夺王僚位后，派勇士要离暗杀吴王僚之子庆忌。
⑩ 仓鹰击于殿上：苍鹰飞到殿上搏击。仓，同"苍"。
⑪ 休祲(jìn)：休，吉祥；祲，妖气。指上文彗星袭月等事。

必怒，伏尸二人，流血五步，天下缟素①，今日是也。”挺剑而起。秦王色挠②，长跪③而谢之曰：“先生坐，何至于此！寡人谕矣，夫韩、魏灭亡，而安陵以五十里之地存者，徒以有先生也。”

赏析

本文选自《战国策·魏策四》。秦“灭韩”在秦王政十七年(前230)，“亡魏”在二十二年(前225)。此文所记之事，当在秦王政二十二年以后。安陵，小国名，本为魏之附庸，其地在今河南鄢陵西北。魏襄王封其弟为安陵君，奉魏为宗主国而保持相对独立，封地仅五十里；因此秦王灭魏之后，对安陵无须用战争方式豪夺，而欲用欺诈方式巧取。秦国是“虎狼之国，无礼义之心”(《战国策·赵策三》)，易地之说，分明欺诈。唐雎为安陵君劫秦王，不载于正史。据《史记·刺客列传》：“秦法，群臣侍殿上者，不得持尺寸之兵。”故唐雎以外来使臣带剑上朝，“挺剑而起”，词涉夸饰。文章系寄托作者憎恶强权、反抗暴秦的理想，颂扬一介布衣敢与强国君主面折廷争，卒能夺其骄气，挫其淫威，扫其凶焰，充分表现出豪侠之士的英勇精神，由此亦可见士在战国时的积极作用。

本篇人物描写以唐雎为主，秦王为宾，安陵君为陪从，两两对照，交互映衬，通过对白言辞，分别显示出三人的容色、情态、品性。秦王传话“安陵君其许寡人”，纯是强迫命令口吻。意愿未获满足，立斥“安陵君不听寡人”，简直是悖逆、不识抬举，声色俱厉，盛气凌人。在拒绝秦王无理要挟“易地”的问题上，安陵君是在自己封壤面对使臣，然而措辞平和，赞许秦王是“加惠”，并称“甚善”，然后才以“受地于先王”，宗庙陵寝在此的正当理由，委婉谢绝，先肯定后否定；唐雎则是在秦王蓄怒待发时出使秦国，面对秦王，然而措辞强硬。他不

① 天下缟素：指秦国君主被杀，全国都须穿着丧服。缟素，白色的丝织品，此指丧服。
② 色挠：挠，屈。此言神色沮丧。
③ 长跪：古人席地而坐，臀着于脚踵，身躯挺直离脚即成跪状。

承认秦王强加的“逆命”、“轻视”的指责，断然峻拒讹诈，且将否定推进一层：“虽千里不敢易也，岂直五百里哉！”安陵君的忠厚、诚悫，然而谨慎、畏葸，低声下气恳求，与唐雎的沉着镇静，复又刚毅果敢，抗声奋气痛驳，自成鲜明对照。秦王怒气冲天，并就“怒”字生出文章，直以战争屠杀相迫胁；唐雎泰然处之，从容反问，针锋相对地仍就“怒”字发挥，直以行刺暴君作威慑，并抓住时机，以迅雷不及掩耳方式立付行动。秦王由虚声恫喝而“色挠”，跪谢，语无伦次，自我解嘲；唐雎则由神色自若而激昂，愤慨，“挺剑而起”。暴君的恣睢凶残，而又怯懦怕死，外强中干，与侠士的忠肝义胆，宁死不屈，正气凛然，亦自成鲜明对照。

说辞内容善作对比，前后系联，呼应自然，涉笔妙趣横生。如秦王一方面用武力灭人之国，一方面却愿以施舍广人之地，实际通过矛盾言行揭露了自己，其称安陵君为“长者”，无非教他识相一点，主动献地纳款。又如秦王以五百里，“十倍之地请广于君”，唐雎再翻一倍，强调“千里不敢易”，秦王既以“流血千里”相恐吓，五十里更不在话下，腾腾杀气，狰狞之貌毕露。再如秦王“天子之怒”，唐雎让他炫耀自白；唐雎“布衣之怒”，则听秦王嘲弄代答，然后引出三“怒”相较。庸夫之怒，仅是不能有所作为；天子之怒，无非能制造尸山血海惨祸；侠士之怒，却偏能免人民于战争灾难。“伏尸二人，流血五步”，大胜“伏尸百万，流血千里”，一怒而安天下之民：“怒”的价值，轻重判然。写天子以怒杀人，却不能格天；侠士因怒刺天子，却能惊天。刺可胜杀，唐雎从“刺”字上生发，宣扬专诸刺王，聂政刺相，要离刺王子，使天上日月星辰异变，苍鹰飞来王宫助威，衬出自己怀怒欲刺天子，效应昭彰自不待言。此借天人感应作浪漫主义夸张，渲染神奇气氛，振起高亢情调，从而赞颂了侠士之怒的作用。秦王最后被迫承认“韩魏灭亡”，虽由自己武力；“而安陵以五十里地独存”，却得力于唐雎的义勇。此与前面所说“以君为长者，故不错意也”的强词夺理，亦复相映成趣。

通篇用人物对白体，稍加一二句插叙作为过脉。起始叙“秦王使人谓安陵君”，自然地引入使者与安陵君的问答，写事情的原因和开端；“安陵君因使唐雎于秦”，导致秦王质询与唐雎驳斥，写事情的发展；“秦王怫然怒”，借唐雎就怒字反击秦王挑衅，写事情的高潮；唐雎“挺剑而起”，“秦王色挠，长跪而谢之”，以秦王的话收束，戛然而止，写事情的终局。层次清晰，而把“怒”和“劫”作为重点突出，情节紧张，转折急凑，气势激扬，风格雄奇，短句迫促，辞锋犀利，读之使人如临其境，感同身受。

（童明伦）

子路曾皙冉有公西华侍坐章

《论语》

子路、曾皙、冉有、公西华①侍坐。

子曰："以吾一日长乎尔，毋吾以也②。居③则曰：'不吾知也！'如或知尔，则何以哉？"

子路率尔而对曰："千乘之国，摄乎大国之间④，加之以师旅，因之以饥馑⑤；由也为之，比及三年，可使有勇，且知方也⑥。"

夫子哂之。

"求，尔何如？"

对曰："方六七十，如五六十，求也为之，比及三年，可以使民。如其礼乐，以俟君子。"

"赤，尔何如？"

对曰："非曰能之，愿学焉。宗庙之事⑦，如会同⑧，端章甫⑨，愿为小相焉⑩。"

---

① 子路：姓仲，名由。曾皙：名点。冉有：名求。公西华：名赤。四人均孔子学生。
② 毋吾以也：无人用我。
③ 居：即平居，平日。
④ 千乘之国：古时一车四马为一乘。诸侯大国地方百里，出车千乘，称千乘之国。摄：迫近。
⑤ 师旅：军队。饥馑：饥荒。此言国外有军队侵犯，国内又有灾荒。
⑥ 知方：知道方向，懂得道理。
⑦ 宗庙：古代帝王、诸侯、大夫、士祭祀祖先的处所。此处宗庙之事即指祭祀。
⑧ 如：或者。会同：古代诸侯朝见天子之称。后亦泛指朝会与诸侯间的会晤。
⑨ 端章甫：端，玄端，古代礼服。章甫，礼帽。
⑩ 小相(xiàng)：赞礼的人。古代行朝聘、盟会、享宴、祭祀等礼仪，必有襄助之人。其人曰"相"，其事曰"相礼"。作"相"的人身份有卿、大夫、士三级，小相是最低一级的士。一说"小"是谦辞。

"点，尔何如？"

鼓瑟希，铿尔，舍瑟而作。对曰："异乎三子者之撰①。"

子曰："何伤②乎，亦各言其志也。"

曰："莫春者，春服既成③，冠④者五六人，童子六七人，浴乎沂，风乎舞雩⑤，咏而归。"

夫子喟然叹曰："吾与点也⑥。"

三子者出，曾皙后。曾皙曰："夫三子者之言何如？"

子曰："亦各言其志也已矣。"

曰："夫子何哂由也？"

曰："为国以礼，其言不让，是故哂之。"

"唯求则非邦也与？"

"安见方六七十、如五六十而非邦也者？"

"唯赤则非邦也与？"

"宗庙、会同，非诸侯而何？赤也为之小，孰能为之大？"

赏 析

本文是《论语》中较富有文学色彩的一章。它通过孔子与其弟子坐而言志的描写，表现了四位弟子不同的性格以及师生对话时融洽的气氛。

文章一开始，交待了谈话的人物和方式：子路、曾皙、冉有、公西华，这四位弟子环坐于孔子身旁。孔子最先发话，启发大家各言其志，起到了打消顾

---

① 撰：善言。称美以上三人的言词，而己见与之不同。

② 何伤乎：有什么妨碍呢？

③ 莫：同"暮"。春服：夹衣。成：定。

④ 冠(guàn)：古代贵族子弟年二十为成年，行冠礼。

⑤ 沂：水名。源出山东邹城东北，西经曲阜，与洙水合，入于泗水，与大、小沂河不同。风乎舞雩：在舞雩台上乘凉。

⑥ 吾与点也：我同意曾点的主张。

虑、缓和紧张气氛的作用，这符合孔子作为师长的身份，表现了孔子随和的性格特征。在孔子的启发下，子路不加思索，抢先回答。“率尔而对”，反映了子路急躁、坦率、爽快的性格。这种毫不谦让的积极态度与他那充满自信的回答内容相一致。他志向远大，声称能将困于战争和饥荒的大国治理成勇而知义的礼仪之邦。这种谦虚不够、自信有余的态度引起了孔子的微笑。这微笑中，有善意的理解和宽容，也有不以为然的轻微批评，表现了孔子豁达的态度。冉有的回答显得彬彬有礼。他可能意识到孔子对子路不够谦让的批评，说起话来谨慎得多。他愿意治理一个小国家，先是说六七十里见方或五六十里见方的小国，并将礼乐方面的治理让诸君子，表现了他极其谦让的态度。公西华的回答更加谦虚。他不自诩能治理国家，而委婉地表示，愿意作为一名学生，学习怎样治理国家。他们的回答符合孔子的道德规范，思路相同，但个性各别。在四位弟子中，曾皙的回答最为出色。他的出场就不同于别的弟子，子路等人坦陈志趣，而曾皙一边聆听孔子与他们的对话，一边悠然自得地鼓瑟。这一举动恰好反映了当时和谐对话的气氛。孔子提问时，曾皙鼓瑟正近尾声，他铿地一声把瑟放下，站起来回答。这些似乎很平常的动作描写，生动地显现了曾皙洒脱而又知礼的形象。曾皙的答辞不同一般，他没有直接用理性的语言述说他的志向，而是以形象的语言勾勒出一幅太平盛世的和乐景象。在他那充满诗意的理想蓝图中，人们潇洒自得，乐趣天然。这一蓝图既符合儒家礼义之邦的治国理想，又符合孔子晚年隐含的出世隐居的心态，深深地打动了他，因而喟然而叹。这喟叹既表现了孔子对曾皙言志的赞许，又表现了孔子对曾皙构画的理想境界的向往，师生之间得到了感情上的交流与共鸣。

文章以孔子启发大家言志开始，以弟子们的言志而展开，最后又以孔子的评价而结束，结构完整，对话简短生动，人物富有个性，在先秦散文中算得上佳作。

（周勋初　胡传志）

季氏将伐颛臾①章

《论语》

季氏将伐颛臾，冉有、季路②见于孔子，曰："季氏将有事③于颛臾。"孔子曰："求！无乃尔是过与？夫颛臾，昔者先王以为东蒙④主，且在邦域之中矣。是社稷之臣也，何以伐为？"

冉有曰："夫子⑤欲之，吾二臣者，皆不欲也。"孔子曰："求！周任⑥有言曰：'陈力就列，不能者止。'危而不持，颠而不扶，则将焉用彼相⑦矣？且尔言过矣，虎兕出于柙⑧，龟玉毁于椟中，是谁之过与？"

冉有曰："今夫颛臾，固而近于费⑨，今不取，后世必为子孙忧。"孔子曰："求！君子疾夫舍曰'欲之'而必为之辞⑩。丘也闻有国有家者，不患寡而患不均，不患贫而患不安。盖均无贫，和无寡，安无倾。夫如是，故远人不服，则修文德以来之；既来之，则安之。今由与求也，相夫子，远人不服而不能来也，邦分崩离析而不能守也，而谋动干戈于邦内；吾恐季孙之忧，不在颛臾，而在萧墙⑪之内也。"

---

① 季氏：春秋鲁桓公子季友的后裔，又称季孙氏。颛(zhuān)臾：春秋小国名，附庸于鲁国，在今山东费县西北。相传为伏羲之后，风姓。

② 冉有：冉求，字子有。季路：仲由(前542—前480)，字子路，一字季路，有勇力。二人均为孔子弟子。

③ 有事：指有攻战之事。古以祭祀、盟会、兵戎为国之大事。

④ 东蒙：即蒙山，在今山东蒙阴县南。因在鲁东，故称。

⑤ 夫子：古代男子的尊称。指季孙氏。

⑥ 周任：古代一位有名的史官。

⑦ 相(xiàng)：辅佐。

⑧ 兕(sì)：野牛，一说犀牛。柙(xiá)：关野兽的木笼。

⑨ 费：今山东费县。为季孙氏的私邑。

⑩ 辞：找借口。

⑪ 萧墙：古代宫室用以分隔内外的当门小墙。

赏 析

《论语》主要记录孔子和门下弟子的问答之词或躬行心得的话，一般是几句话，像本篇这样几次往复论难，在《论语》中就算是篇幅长的了。孔子的时代，不但周王室不再有统率诸侯的力量，而且诸侯的权力也落到卿大夫手中，鲁国的季孙、孟孙、叔孙就把持国政，季孙权更集中。冉有、季路在孔子门下弟子中是以“政事”著名的，他俩都在季孙手下做事。季孙想扩大地盘，借口消灭一些附庸，先想攻颛臾，怕孔子反对，所以让冉有、子路去探探口气。于是一场师生间的辩论展开了。且看记录者怎样用短短的篇幅写出孔子的义正词严使冉有等理屈词穷，使百世之下读了，还可想见当日的情况。

明明是要消灭颛臾，冉有等却偏偏用“将有事”这样委婉的说法（说白了就是要用兵），而且指出是季氏要干的。孔子就一针见血指出这该当责备冉有，但用“无乃……与”的语气，较留余地。接着孔子指出伐颛臾是错误的，一违背先王曾经授权颛臾主持东蒙山祭祀的规定，二是颛臾的国境早在鲁的疆土之中，说明是社稷之臣，不当伐。最后这个反诘句非常有力。“为”在句末当语气助词也可通，但当“何以为伐”解更有力。

冉有听到孔子这样明确反对，就推向季孙，为自己开脱，孔子却抓住不放，先引周任的话，说明为人服务的原则“陈力就列，不能者止”，就是能够贡献自己的力量再就僚属之列，做不到就该辞职。次说你俩既然担任这个工作，季孙要犯大错误就该扶他一把，防止他跌下悬崖，再进一步用比喻说明冉有等不可推卸的责任。逼到这一步，冉有到了“图穷而匕首见”的境地，直接说出要讨伐的理由，“颛臾固而近于费，今不取，后世必为子孙忧”。原来因为颛臾城郭坚固，兵力充实，又与季孙的私邑费接近，不夺取它就会有后忧。这表明伐颛臾的主意实际是冉有出的，至少是积极赞成的。孔子抓住这一点，先予以训斥。“君子疾夫舍曰欲之而必为之辞”一句表面很平淡，其实很严厉，说君子极端厌恶这种编造借口不说老实话的人，言外之意，这样做是小人的行径。这是第一层意思。第二层“丘也闻”以下提出正确的齐家治国的政策。孔子自称是“述而不作”，所以用“丘也闻”三字领起这段议论，也是至理名言。有人认为“寡”和“贫”两字互倒了，因为下文“均无贫，和无寡，安无倾”是对应的，但各本都作“不患寡”，上面只有“不均”“不安”，下面却是“均无贫，和无寡，安无倾”，多出了“和”字与“倾”字，和上文并不对应，所以有人作互文理解，不主张改字。这两句是孔子治国的至理名言，一直被后世所引用。诸侯建国，卿大夫立家。季孙是卿，鲁是诸侯，所以孔子在上文用“有国有家者”分说。先从反面说“患”之所在，这拿今天的话说是讲内政方面。下面是说外交方面，要以德服人，使远人从不服到肯来，这个“来”是使之来，那“服”就不用说了。远人高高兴兴来了之后，要使他们能安居乐业。这是孔子所主张的治国的内外之道。这是批评冉有的理论根据。因为上文是“冉有、季路”，中间说话只有冉有。这最后的批评针对两人，而子路比冉有大，所以孔子说“今由与求也”把子路提在前面。下面这几句话就是成语“祸起萧墙”的来源。这根据上一层，先说外交（上文先说内政），过去的术语叫“逆承”，因为重点在后面，所以先说“远人不服”作陪，然后再讲内部的分崩离析的危险，已经如此不安定了，还要“谋动干戈于邦内”，结语反驳冉有“今不取，后世必为子孙忧”的话，说明真正可忧的不是颛臾，而是季孙本身。因为当时季孙把持鲁政，和鲁君矛盾很大，“萧墙之内”指鲁君。季孙知道鲁君想搞掉他以收回主权，因怕颛臾起而帮助鲁国，于是想先发兵攻打。孔子“季孙之忧”这几句话，直探到季孙的内心，是很有力的。

这篇才三百字不到的短章，不但能表达出孔子的治国方略，而且可以使人看到冉有文过饰非、最后理屈词穷的神态和孔子洞察事物、义正词严的原则精神。《论语》善用虚字传神，它不是专写人物的，但在对话中，可以给人鲜明生动的感觉，是后世记言的楷模。孔子教育弟子是以政治上有所作为为目标的，主张要“持危扶颠”，就是使自己所服务的上级走正道。冉有为季孙服务，却不是要季孙如何使鲁政清明，权在国君，而是帮助季孙专权。“季氏富于周公，而求也为之聚敛而附益之。子曰：‘非吾徒也。小子鸣鼓而攻之可也。’”（《论语·先进》）可见孔子的严正立场。子路和冉有一道为季氏服务，但不像冉有那样为之聚敛，孔子在这篇中责备冉有很重，而只在最后责及子路，是根据“陈力就列，不能者止”的原则指出子路也有不可逃脱的责任。轻重分量明显不同。正因为《论语》在记言之中，能涉及各人的不同性格（特别是十几个大弟子），所以司马迁写《仲尼弟子列传》主要取材于《论语》。从这一点也可看出《论语》在散文发展中的重要地位。

（周本淳）

天时不如地利章

《孟子》

孟子曰：

天时不如地利①，地利不如人和②。

三里之城，七里之郭，环而攻之而不胜。夫环而攻之，必有得天时者矣；然而不胜者，是天时不如地利也。

城非不高也，池非不深也，兵革非不坚利也，米粟非不多也，委而去之，是地利不如人和也。

故曰：域民不以封疆之界，固国不以山溪之险，威天下不以兵革之利。得道者多助，失道者寡助。寡助之至，亲戚畔之③；多助之至，天下顺之。以天下之所顺，攻亲戚之所畔，故君子有不战④，战必胜矣。

赏析

这篇短文选自《孟子·公孙丑下》，观点正确鲜明，论证严密有力，无论思想内容或说理方法，都值得肯定和借鉴。

文章的主旨十分明确，即高度强调"人和"的重要性，具体来说，就是阐明了战争的胜败，主要取决于人心的向背，而人心的向背，又取决于统治者是否

---

① 天时：一般指时令、气候，但这里偏指时日干支、阴阳五行、孤虚旺相之类是否对作战有利。地利：指城高池深、山川险要等对攻守有利的地理形势。

② 人和：指内部团结一心及人心所向等。

③ 畔：通"叛"，背叛。

④ 君子：指推行仁政的明君。有不战：意指不应或不必用战争的手段解决问题时就不用战争。

“得道”(即能不能推行仁政)。孟子的这个结论,和他一贯宣传的“民为贵,得乎丘民而为天子”(《尽心下》),“得其民斯得天下,得其心斯得民”(《离娄上》),“与百姓同乐则王”(《梁惠王下》)的主张是一致的,也是被无数的历史事实证明是正确的。孟子的这个认识,正是总结了人们的认识经验和历史教训而获得的,因而是符合客观事物的规律的。不过,孟子处在列强纷争,崇尚武力,蔑视仁政的动乱时代,他的主张是无法实现的。

从写作上看,作者确有匠心独运之处。文章一开头就用两个层递句把天时、地利、人和排列在一起,以两个“不如”加以比较,说明了三者的关系,突出了“人和”的重要性。这不但显得论点十分明确,而且以此统率全篇,决定了全篇的布局。

接着,分两个方面进行对比论证。二、三两个自然段是第一方面,它用实际战争结果来证明,属于事实论证部分。先证明“天时不如地利”,是宾;再证明“地利不如人和”,是主。在证明“地利不如人和”时,连用了四个并列排比句,每句又用双重否定的句式,极写“地利”方面的优越条件,为下文蓄势;一句“委而去之”(这里省去了主语“守土的人民”),用语极其冷峻,表明了上述一切优越条件毫无用处,这就充分突出了“人和”的无比重要。这里有一桩非常典型的历史事例。《左传·闵公二年》载:卫懿公好鹤,让鹤食禄乘轩,一点也不关心人民的疾苦。后来,狄人侵伐卫国,卫懿公正想载鹤出游,闻讯大惊,才考虑征发人民战守。结果人民、士兵都逃避山野,不肯出战御敌,一些被抓回的士兵仍拒绝出战,说:“让鹤去!鹤享有官禄官位,我们哪里能作战?”最后,卫国的国都被占领,懿公被杀,国家几乎灭亡。这不正是“委而去之”的生动体现吗?

在事实论证的基础上,作者在末段再从另一方面,即政治方面来证明,属于道理论证部分。这部分也可分作两层。第一层先用“故曰”来承上启下;然后紧接连用三个并列排比句,以三个“不以”(不能只依靠)进一步强调物质条件的不足恃,从反面说明了“人和”的重要;最后得出了“得道者多助,失道者寡助”的警策性断语,从而指明了能否获得“人和”的先决条件,在于能否“得道”(推行仁政)。这样,文章就不仅分析了问题,而且提出了解决问题的方法,也可以说，孟子写作本文的最终目的就在于此吧。第二层又承上将“多助”与“寡助”的结果作一番鲜明的对比（“天下顺之”与“亲戚畔之”），从而自然地得出了“故君子有不战，战必胜矣”的结论。这个结论，和本文开头提出的论点是完全一致的。

另外，还值得一提的是：论证的两个方面的安排，孟子也是有用意的。因为第一部分是事实论证，事实胜于雄辩，结果易为人们所知，结论也就容易被人们接受；第二部分是道理论证，这种结果不易被人们看出，因而接受结论也就需要有个思考过程。但是有了事实论证为基础，人们对于道理论证也就易于接受了。所以这种安排论证的方法，是符合从已知到未知、从感性到理性的认识规律的。

全文不仅气势充沛，而且章法严密，逻辑性很强，确实不愧是一篇传诵千古的政治短论。

（卢　元）

鱼我所欲也章

《孟子》

孟子曰：

鱼，我所欲也；熊掌，亦我所欲也：二者不可得兼，舍鱼而取熊掌者也。生，亦我所欲也；义，亦我所欲也：二者不可得兼，舍生而取义者也。

生亦我所欲，所欲有甚于生者，故不为苟得也；死亦我所恶，所恶有甚于死者，故患有所不辟①也。

如使人之所欲莫甚于生，则凡可以得生者，何不用也？使人之所恶莫甚于死者，则凡可以辟患者，何不为也？由是则生，而有不用也；由是则可以辟患，而有不为也。是故所欲有甚于生者，所恶有甚于死者。非独贤者有是心也，人皆有之，贤者能勿丧耳。

一箪②食，一豆③羹，得之则生，弗得则死；嘑④尔而与之，行道之人弗受；蹴尔而与之，乞人不屑也。万钟则不辩礼义而受之⑤，万钟于我何加焉？为宫室之美，妻妾之奉，所识穷乏者得我与？乡⑥为身死而不受，今为宫室之美为之；乡为身死而不受，今为妻妾之奉为之；乡为身死而不受，今为所识穷乏者得我而为之：是亦不可以已乎？此之谓失其本心。

赏析

这一段选自《孟子·告子上》，题目是根据第一句话加的。

① 辟(bì)：同“避”。
② 箪(dān)：盛饭用的竹器。
③ 豆：古代食器，有木制、陶制等，形似高脚盘。
④ 嘑(hū)：同“呼”。
⑤ 万钟：指优厚的俸禄。钟，古量器。辩：通“辨”。
⑥ 乡(xiàng)：同“向”，往昔。

孟子主张性善，主要表现在《告子》篇。他主张："恻隐之心，人皆有之；羞恶之心，人皆有之；恭敬之心，人皆有之；是非之心，人皆有之。"这就是"仁义礼智"之端。圣人有，普通人也有，区别在于能不能保持、发扬、充实这种人性固有的美德。这一段朱熹《孟子集注》说："此章言羞恶之心，人所固有。或能决死生于危迫之际，而不免计丰约于宴安之时。是以君子不可顷刻而不省察于斯焉。"

这一段和其他章节的与人辩论不同，是孟子一个人的论述。除"孟子曰"三字外，可分为四段。第一段两句话，一句譬喻是宾，一句正意是主。以"二者不可得兼"为纽带，把譬喻和正意联系起来。"二者不可得兼"是假设句，表明在这种情况下，舍彼取此。以鱼和熊掌作比，是取饮食之物，熊掌远比鱼贵重，故舍鱼而取熊掌就是常理。用这层日常饮食的关系为比，使人易于理会义比生命还重要的命题。

第二段承上一命题说明儒家的生死观。"所欲有甚于生""所恶有甚于死"，这里虽未明言什么有甚于生，什么有甚于死，但上文有"舍生取义"之说，读者自然不会误会。生死是人生非常重要的关头，但却有更重要的"义"作为取舍的标准。这是从正面陈述"舍生取义"的问题。

第三段再用假设的方式一正一反地论述上一段的话，说明"所欲有甚于生""所恶有甚于死"的道理。"非独贤者有是心也，人皆有之，贤者能勿丧耳。"这最后一句是总上三段说的，和这一篇前面章节紧密相连，表明"羞恶之心，人皆有之"这个性善的主张。"贤者能勿丧耳"，在结构上是引出下文"此之谓失其本心"，表明平时修养之重要，就在于保持这种善良的本性使之勿丧。

第四段分两层，到"乞人不屑也"是用生和羞恶对比，证明上一段"所欲有甚于生者""所恶有甚于死者"，连"乞人"都有这种羞恶之心，而不愿受侮辱去得那点饮食来活命。"行道之人不受"，道理也一样。《檀弓》里记载的一个饿者"不食嗟来之食"而宁愿饿死，可以和《孟子》这里说法相印证。这一层讲的是平民乃至乞丐，下一层讲的是高官。"万钟"是最高的俸禄，和"一箪食，一豆羹"（豆是高脚盛羹汤的食具，容量很小）真是天差地别。但"行道之人"乃至"乞人"在生死关头还辨礼义（有羞恶之心），而有的为了"万钟之禄"就"不辩

(辨)礼义而受之”,不是十分荒谬吗?这对自己的道德修养有什么好处呢?接着,从三方面分析“不辩礼义而受之”的原因。“宫室之美”和“妻妾之奉”指自家方面,“所识穷乏者得我”指周济别人,要人感恩戴德。总之,不外这几方面。这一句是总提,说得委婉,然后一层一层和本段上一层做对比。这里有意三次重复“乡(向)为身死而不受”“今为……为之”,以加深印象。这一对比,说明“不辩礼义”受“万钟”的荒唐,“是亦不可以已乎”是劝止之词。如果照上面的对比一想,就该废然知返了。“此之谓失其本心”,就是说完全丧失了固有的羞恶之心,才会出现上面对比的那种荒谬行为。

这篇文章在艺术上采用层层对比,逐渐深入的办法,像剥笋似的,最后才点出中心,批判那种为利忘义的行为是丧心病狂(失其本心)。因为他善用比喻,能近取譬,所以使人易于明白。孟子是以孔子的继承者自居的,他的主要思想是可以从《论语》里找到源头的。孔子说过:“富与贵,是人之所欲也,不以其道得之,不处也。贫与贱,是人之所恶也,不以其道得之,不去也。君子去仁,恶乎成名!君子无终食之间违仁,造次必于是,颠沛必于是。”(《论语·里仁》)“志士仁人,无求生以害仁,有杀身以成仁。”(《论语·卫灵公》)孟子是对孔子的话进一步发挥,表明儒家的生死义利之辨。这一点是我们民族传统道德修养中的精华。文天祥被囚三年,元朝百般诱降,他毫不动摇,最后就义时,在衣带中留下这几句话:“孔曰成仁,孟曰取义。唯其义尽,所以仁至。读圣贤书,所学何事?而今而后,庶几无愧。”可见孟子这种“舍生取义”的观点影响的深远。

(周本淳)

逍遥游(节选)

《庄子》

北冥①有鱼，其名为鲲。鲲之大，不知其几千里也；化而为鸟，其名为鹏。鹏之背，不知其几千里也；怒而飞，其翼若垂天之云。是鸟也，海运则将徙于南冥②；南冥者，天池也。《齐谐》③者，志怪者也。《谐》之言曰："鹏之徙于南冥也，水击三千里，抟扶摇④而上者九万里，去以六月息⑤者也。"野马⑥也，尘埃也，生物之以息相吹⑦也。天之苍苍，其正色邪？其远而无所至极邪？其视下也，亦若是则已矣。且夫水之积也不厚，则其负大舟也无力。覆杯水于坳堂之上，则芥为之舟，置杯焉则胶，水浅而舟大也。风之积也不厚，则其负大翼也无力。故九万里则风斯在下⑧矣，而后乃今培风⑨；背负青天而莫之夭阏⑩者，而后乃今将图南。蜩与学鸠⑪笑之曰："我决起而飞，抢榆枋而止⑫，时则不至，而控于地而已矣；奚以之九万里

---

① 北冥："冥"一本作"溟"，北冥即北海。海水甚深而呈黑色，故称"溟"。下文"南冥"仿此。

② 海运：海浪波动。海动时必有大风，鹏即乘此风徙往南海。

③ 《齐谐》：书名，齐国谐隐之书。

④ 抟(tuán)扶摇：抟，环绕，盘旋。扶摇，急剧盘旋而上的暴风，一名飙。按据章炳麟等考证，抟当作"搏"，拍也，拊也。鹏翼拍旋风而直上。

⑤ 六月息：息，气息，指风。天地之气息为风。六月息即六月之风。

⑥ 野马：春天阳气发动，远望林莽之间，水气上腾，有如奔马，称为野马。

⑦ 生物之以息相吹：此句综上大鹏乘旋风而上天，林泽之间蒸气上腾，尘埃在空中游荡，皆被生物的气息吹动而致。

⑧ 风斯在下：此句说大鹏能飞至九万里的高空，因为下面有强劲的风力托着它。

⑨ 培风：即凭风，乘风。

⑩ 夭阏(è)：阻碍。

⑪ 蜩(tiáo)：蝉。学鸠：小鸟。

⑫ "我决起"二句：决，同"赽"，迅疾。抢榆枋：碰到榆树和枋树(檀木)而停下来。"而止"二字原缺，据别本及《太平御览》卷九四四所引补。

而南为!”适莽苍①者，三飡而反，腹犹果然；适百里者，宿舂粮；适千里者，三月聚粮。之二虫②又何知！小知不及大知③，小年不及大年④。奚以知其然也？朝菌不知晦朔⑤，蟪蛄不知春秋⑥，此小年也。楚之南有冥灵⑦者，以五百岁为春，五百岁为秋；上古有大椿者，以八千岁为春，八千岁为秋，此大年也。而彭祖⑧乃今以久特闻，众人匹之⑨，不亦悲乎？

汤之问棘也是已⑩：“穷发⑪之北，有冥海者，天池也。有鱼焉，其广数千里，未有知其修者，其名为鲲。有鸟焉，其名为鹏，背若泰山，翼若垂天之云；抟扶摇羊角⑫而上者九万里，绝云气，负青天，然后图南，且适南冥也。斥鴳⑬笑之曰：‘彼且奚适也！我腾跃而上，不过数仞而下，翱翔蓬蒿之间，此亦飞之至也。而彼且奚适也！’”此小大之辨也。

故夫知效一官⑭，行比一乡⑮，德合一君，而徵一国⑯者，其自视也亦若此矣。而宋荣子犹然笑之⑰。且举世誉之而不加劝，举世非之而不加

---

① 莽苍：近郊的林野。因郊野草莽一片苍色，故以莽苍代指郊野。
② 之二虫：之，此。二虫，指蜩与学鸠。鸟类称为羽虫，故鸠亦可称虫。
③ “小知”句：“知”同“智”。
④ “小年”句：小年，寿命短的；大年，寿命长的。
⑤ 朝菌：天阴时粪上所生之大芝，见太阳则死，故知晦（阴历月底）不知朔（阴历初一），知朔不知晦。
⑥ 蟪蛄：寒蝉，春生夏死，夏生秋死，故不知有春又有秋。
⑦ 冥灵：溟海灵龟。或说“木名”，木槿也。
⑧ 彭祖：传说中长寿的人，姓钱名铿，曾为尧臣，封于彭城，历虞、夏、商、周，年八百岁。
⑨ 匹之：比附他。
⑩ 棘：即《列子·汤问篇》之夏革，商汤时贤大夫。“革”“棘”古同声通用。
⑪ 穷发：不毛之地。发，指草木。
⑫ 羊角：旋风。
⑬ 斥鴳（yàn）：斥，池塘。鴳亦作鷃，小雀。
⑭ 知效一官：才智可以胜任一官的职守。“知”同“智”。
⑮ 行比一乡：“比”同“庇”，言其人行事仅能庇护一乡之人。
⑯ “德合”二句：言其人的德行仅能投合一个国君的心意，取得一国的人的信任。徵，取信。
⑰ 宋荣子：亦作宋钘（jiān）、宋轻（jīng）、宋荣，宋国人，姓荣，“子”是尊称。或云姓宋，名荣。战国时稷下早期学者。犹然：“犹”同“逌”（yóu），喜笑自得的样子。

沮，定乎内外之分，辩乎荣辱之境，斯已矣；彼其于世，未数数①然也。虽然，犹有未树②也。夫列子御风而行，泠然善也③，旬有五日而后反；彼于致福者，未数数然也。此虽免乎行，犹有所待者也④。若夫乘天地之正⑤，而御六气之辩⑥，以游无穷⑦者，彼且恶乎待哉⑧！故曰：至人无己，神人无功，圣人无名⑨。

……

肩吾问于连叔⑩曰："吾闻言于接舆⑪：大而无当，往而不反；吾惊怖其言，犹河汉而无极也；大有径庭⑫，不近人情焉。"连叔曰："其言谓何哉？"曰："藐姑射之山⑬，有神人居焉；肌肤若冰雪，淖约若处子⑭，不食五谷，吸风饮露，乘云气，御飞龙，而游乎四海之外；其神凝⑮，使物不疵疠⑯而年谷熟。吾以是狂⑰而不信也。"连叔曰："然。瞽者无以与乎文章之观⑱，聋者

---

① 数（shuò）数：汲汲，迫切的样子。

② 未树：未曾树立的，指树立逍遥之趣。

③ 列子：姓列，名御寇，战国郑思想家。泠然：轻巧的样子。

④ "此虽"二句：言列子能御风而行，虽然可免于步行，犹有所待于风。

⑤ 乘天地之正：顺着自然的规律。正，即是规律、法则。

⑥ 御六气之辩：驾驭着六气的变化。六气，阴阳风雨晦明。辩，通"变"。

⑦ 游无穷：遨游于无始无终的时间和无边无际的空间之中。

⑧ 恶（wū）乎待哉：恶乎待，即何所待，此为反诘句，意即无所待。

⑨ "至人无己"三句：庄子以"无己"的"至人"为达到逍遥游的最高境界。神人无功，言无意求有功于人，而自然为人类造福。圣人无名，不求名而名自至。但神人、圣人，不能忘人世，不能忘天下，在庄子看来，仍然是有所牵挂，不能算是"逍遥游"。

⑩ 肩吾、连叔：旧说二人皆为"古之怀道者"。其实《庄子》"寓言十九"，其中人名和地名多属子虚、乌有之类，无可稽考。

⑪ 接舆：为楚国的狂士。接舆因接孔子之舆而得名，亦是寓言人物。《庄子》此处引述其所说的话，皆为假托之辞。

⑫ 径庭：亦作"径廷"，意为相隔甚远。

⑬ 藐姑射（yè）之山：传说中仙山名。

⑭ 淖约：同"绰约"，体态柔美。处子：处女。

⑮ 神凝：精神凝注专一。

⑯ 疵疠（lì）：疾病。

⑰ 狂："诳"的假借字。

⑱ 与（yù）乎文章之观（guàn）：参与有文采的东西的鉴赏。

无以与乎钟鼓之声；岂唯形骸有聋盲哉，夫知①亦有之。是其言也，犹时女也②。之人也，之德也，将旁礴万物以为一，世蕲乎乱，孰弊弊焉以天下为事③！之人也，物莫之伤：大浸稽天而不溺④，大旱金石流、土山焦而不热。是其尘垢秕糠，将犹陶铸尧舜者也，孰肯分分然以物为事⑤！”宋人资章甫而适诸越⑥，越人断发文身⑦，无所用之。尧治天下之民，平海内之政，往见四子藐姑射之山、汾水之阳⑧，窅然丧其天下焉⑨。

……

惠子谓庄子曰：“吾有大树，人谓之樗⑩；其大本臃肿而不中绳墨，其小枝卷曲而不中规矩。立之途，匠者不顾。今子之言，大而无用，众所同去⑪也。”庄子曰：“子独不见狸狌⑫乎？卑身而伏，以候敖⑬者；东西跳梁⑭，不

---

① 知：同“智”。

② “是其言也”二句：“其言”指上文“心智亦有聋盲”而言。“犹时女也”即“犹是汝也”，谓此言乃说汝也，指肩吾以接舆说藐姑射山神人之事为诳而不信，有似心智聋盲。

③ “将旁礴”三句：旁礴，混同。蕲，同“祈”。弊弊焉，忙碌疲惫的样子。谓神人之德足以混万物为一体，而世人争功求名，纷扰不已，他怎肯忙忙碌碌、疲惫不堪地去管天下的俗事呢？旧解训“乱”为“治”，未妥。

④ “大浸”句：大浸，大水。稽天，至于天。溺，淹没。

⑤ “是其尘垢”三句：尘垢秕糠，皆鄙贱之物，意同糟粕。纳粘土于模型烧成瓦器曰陶，熔解金属制成器物曰铸。分分，同“纷纷”。此三句之意，说这个神人身上的尘垢糟粕都将陶铸出尧、舜来，他哪里还肯去纷纷扰扰地以外物为事呢？

⑥ “宋人”句：资，贩卖。章甫，一种礼帽。诸越，即於越。“诸”“於”古通，越人自称“於越”，居今浙江绍兴一带。

⑦ 断发文身：剪短头发，身刺花纹。

⑧ 四子：旧注以为“四子”是王倪、啮缺、被衣、许由。但此是庄子寓言，四子亦本无其人，不必坐实。汾水之阳：水北曰“阳”，地名平阳，在今山西临汾市西南，尧之所都。

⑨ “窅(yǎo)然”句：窅然，怅然。丧其天下，茫然忘其身居天下之统治地位。此处以宋人比喻尧，以章甫比喻天下之位，以“越人无所用之”，比喻四子无所用于天下。尧见四子，为其所化，故亦自失其有天下之尊。

⑩ 樗(chū)：亦称臭椿，一种落叶乔木，高大而质劣，不能用作器材。

⑪ 去：弃。

⑫ 狸狌：狸，野猫。狌(shēng)，黄鼠狼。

⑬ 敖者：指出游的小动物，如鸡、鼠之类。敖，同“遨”，出游。

⑭ 跳梁：同“跳踉”，腾跃跳动。

辟①高下，中于机辟②，死于网罟。今夫斄牛③，其大若垂天之云；此能为大矣，而不能执鼠。今子有大树，患其无用，何不树之于无何有之乡，广莫之野，彷徨乎无为其侧，逍遥乎寝卧其下；不夭斤斧，物无害者。无所可用，安所困苦哉？”

赏析

《逍遥游》是《庄子》中的代表作品，列于《内篇》之首。逍遥游的意思，是指无所依赖、绝对自由地遨游永恒的精神世界。

庄子天才卓绝，聪明勤奋，“其学无所不窥”（《史记·老子韩非列传》），并非生来就无用世之心。但是，“而今也以天下惑，予虽有祈向，不可得也”（《庄子·天地》）。一方面“窃钩者诛，窃国者为诸侯”（《胠箧》）的腐败社会使他不屑与之为伍，另一方面，“王公大人不能器之”（《史记·老子韩非列传》）的现实处境又使他无法一展抱负。人世间既然如此沉浊，“不可与庄语”（《天下》），他追求自由的心灵只好在幻想的天地里翱翔，在绝对自由的境界里寻求解脱。正是在这种情况下，他写出了苦闷心灵的追求之歌《逍遥游》。

《逍遥游》借助一系列虚构的故事和形象，否定了有所待的自由，提出了一个无所待的绝对自由的境界，又创造了一个神人形象将其具体化，并且指出了“无为”是达到这一境界的途径。

庄子作品具有“汪洋辟阖，仪态万方，晚周诸子之作，莫能先也”（鲁迅《汉文学史纲要》）的艺术成就。《逍遥游》更是如此。这里只谈主要的两点。

首先是“洸洋自恣以适己”（《史记·老子韩非列传》）的想象。这种“洸洋自恣”的想象不仅体现在具体形象的描写上，而且更主要表现在整个文章的构思上。那“其翼若垂天之云”、其背“不知其几千里也”的鸟的雄伟，那“以八千

---

① 辟：同“避”。

② 机辟（bì）：捕捉鸟兽的机关。

③ 斄（lí）牛：牦牛。

岁为春，八千岁为秋”的树的长寿，固然令人咋舌，但更令人神往的却是庄子用来说明观点的奇特的物事，奇特的境界和奇特的用意上。在庄子的笔下，鱼可以化而为鸟，冲天飞起；鸟可以自视甚高，互相嘲笑；人可以有俗人、至人、神人、圣人之分。他所想象的境界也是独一无二的，那个“乘天地之正，而御六气之辩，以游无穷”的境界，除了庄子又有谁创造得出呢？不仅如此，作者还通过姑射山神人“肌肤若冰雪，淖约若处子”的美丽形象，将那种境界人格化、具体化，使人明知其假，宁信其真。把自己的缥缈幻想写得这样实在，这样美妙，除了庄子，恐怕也没有第二个人了。庄子随心所欲地想象出这些物事、境界，并非空言诳人，而是其构思匠心的必然体现。他极写鹏之大，椿之寿，一则造成一种声势，一种氛围，引人入胜；二则形成一种对比，一种暗示——以鹏之大暗示人之小，以椿之长寿暗示人生之短暂。大鹏必须乘风而飞，尚且要有所待，人生的不自由不难想见；重负之下，立言、立功、立名还有什么意义，争名夺利根本没有价值，而出路只有一条，就是无为、无已，在“无何有之乡”去作逍遥游！

其次是炽烈而隐蔽的情感。看透了人间的沉浊肮脏，庄子耽溺于纯洁无瑕的幻想王国中，否定了争名夺利、尔虞我诈的世人。庄子醉心于动物、植物与神仙的世界里，所以文章的大部分篇幅都在写虚的、空的、幻想的、非人世的事物，似乎做到了“无已”；但是“谬悠之说，荒唐之言，无端崖之辞”（《天下》）的背后有深深的苦闷，虚幻的“无何有之乡”产生于对人间世的绝望，他追求着逍遥却无法摆脱人生的羁绊。他把“至人”的境界写得那样不可企及，其中不正隐约露出他追求逍遥而不可得的苦恼失望吗？他把那个“不食五谷，吸风饮露”的神人写得那样美丽绝伦，其中不正燃烧着他那炽烈的、对美好理想的追求之火吗？还有，他虽然提出应该“无已”，物我不分，却发自内心地认为“小知不及大知，小年不及大年”。由此可见他对智慧的重视，对生命的热爱；可见这个一心要飞离人世的作者要否定的不是人生社会，而只是人生社会的黑暗和肮脏。这里还有必要提到大鹏这个形象。尽管作者从原则上否定了大鹏，但是却义正辞严地驳斥了蜩与学鸠的嘲笑，强调指出有“小大之辩”，并且三次用浓墨重彩，不避重复地描绘了大鹏的雄伟形象，热爱之情跃然纸上。这是为什么呢？也许，作者在才能无双、向往着逍遥却又无法逍遥的大鹏的形象里，正隐藏着自己难言的苦情。什么苦情呢？我们不妨作这样的比较想象：一只大鹏在茫茫北冥中冲天而起，一颗心灵在深深苦闷中挣扎而出，幻想的翅膀张开了，怒而飞向无何有之乡……有所待的大鹏失败了，那么心灵呢？有所求的心灵能在那广漠之野找到慰藉吗？答案显然是否定的。那雄伟的大鹏形象所体现的正是作者这种欲飞的理想和无法飞走的悲哀。

（周先民）

谋　攻

《孙子》

孙子曰：凡用兵之法，全国为上①，破国次之②；全军为上，破军次之；全旅为上，破旅次之；全卒为上，破卒次之；全伍为上，破伍次之③。是故百战百胜，非善之善者也；不战而屈人之兵，善之善者也。

故上兵伐谋，其次伐交，其次伐兵④，下政攻城，攻城之法，为不得已。修橹轒辒⑤，具器械⑥，三月而后成；距闉⑦，又三月而后已。将不胜其忿，而蚁附之⑧，杀士⑨三分之一，而城不拔者，此攻之灾也。故善用兵者，屈人之兵，而非战也；拔人之城，而非攻也；毁人之国，而非久⑩也。必以全⑪争于天下，故兵不顿⑫而利可全。此谋攻之法也。

---

① 全国为上：使敌人举国完整地降服是上策。全，形容词用作动词，使动用法。下同。

② 破国：使敌国残破，也可译为“击破敌国”。破，使动用法。下同。

③ 军：与下面的旅、卒、伍同为当时军队编制的单位。一万二千五百人为一军，五百人为一旅，一百人为一卒，五人为一伍。

④ 上兵：上等的用兵(指挥战争)策略。伐谋：在策略上攻破敌人。伐交：在外交上攻破敌人(阻止敌国与别国的联合)。伐兵：在武装力量上攻破敌人。

⑤ 修：制造。橹：进攻时用来掩护身体的大盾牌。轒辒(fén wēn)：攻城用的四轮车，用大木制成，上盖生牛皮，里面可装十人。

⑥ 具：准备。器械：指攻城用的器械。

⑦ 距闉(yīn)：用人工堆成高出城墙的土垒，以察看城中情况，居高临下射杀城中敌人。闉，积土为山。

⑧ 蚁附之：像蚂蚁一样，爬墙进攻。

⑨ 杀士：使(自己的)士卒被杀。

⑩ 久：旷日持久。

⑪ 全：即开头“全国”的“全”。这句是说，一定要用使敌人举国完整地降服的策略争胜于天下。

⑫ 顿：劳顿，疲敝。

故用兵之法，十则围之①，五则攻之，倍则分之②，敌③则能战之，少则能逃之④，不若则能避之⑤。故小敌之坚，大敌之擒也⑥。

夫将者，国之辅也。辅周则国必强，辅隙⑦则国必弱。

故君之所以患于军⑧者三：不知军之不可以进，而谓之⑨进，不知军之不可以退，而谓之退，是谓縻军⑩。不知三军⑪之事，而同⑫三军之政者，则军士惑矣。不知三军之权⑬，而同三军之任⑭，则军士疑矣。三军既惑且疑，则诸侯之难⑮至矣。是谓乱军引胜⑯。

故知胜⑰有五：知可以战与不可以战者胜；识众寡之用⑱者胜；上下同欲⑲者胜；以虞⑳待不虞者胜；将能而君不御㉑者胜。此五者，知胜之

---

① 十则围之：十倍于敌人，就包围他们。
② 分之：分为二军，使其腹背受攻。
③ 敌：相等。
④ 逃：退却坚守。
⑤ 不若：指力量不如敌军。避：引兵走避。
⑥ 小敌：指两军对阵力量弱小的一方。坚：固守。这两句是说，弱小的军队消极固守，就会成为强大的军队的俘虏。
⑦ 辅：辅佐。周：周到。隙：有缺陷。
⑧ 患于军：对军队有害。
⑨ 谓：叫，命令。之：代词，指军队。
⑩ 縻(mí)军：束缚住军队。
⑪ 三军：周代的制度规定，天子建六军，诸侯大国建三军，分上、中、下，或左、中、右，后来，“三军”成为诸侯国军队的通称。
⑫ 同：参与，干涉。
⑬ 权：指挥三军的权谋、权变。
⑭ 任：任用人材。
⑮ 诸侯之难：邻国诸侯乘隙入侵造成的祸难。
⑯ 乱军引胜：扰乱自己的军队，失去可能得到的胜利。引，夺去。
⑰ 知胜：预见胜利。
⑱ 识众寡之用：懂得兵多怎么用，兵少怎么用。
⑲ 上下同欲：军队上下同心同德。
⑳ 虞：预料，事先谋划，做好准备。
㉑ 御：驾御，牵制。

道也。

故曰：知彼知己，百战不殆①；不知彼而知己，一胜一负②；不知彼，不知己，每战必殆。

赏析

本文是《孙子》十三篇中的第三篇。题为“谋攻”，意思是在计谋上攻破敌人。孙武认为在局部战役中不顾条件地硬拼硬打并非上策，强调要采取全局性的战略方针，“以全争于天下”，争取最大限度的利益而使自己的损耗减少到最低限度。这是富有政治远见的。

全文依次论述了几个问题，表面上看似不甚相干，但实际上却都紧扣中心。一、二两段首先说明总的战略原则是“不战而屈人之兵”，是“伐谋”（从谋略上攻破敌人），是“兵不顿而利可全”（军队不疲敝而胜利又可以完全取得）。而“谋攻之法”的提出正是建立在这种战略原则的基础上的。接着第三段阐明了集中优势兵力力求全歼敌人的思想，这是“谋攻”的原则在战斗中的具体运用。第四、五段说明将帅的作用，特别强调将帅指挥权的相对独立性（这在通讯手段落后的古代是非常必要的），主张国君不应加以牵制，横加干涉，这是实施“谋攻”原则的重要保证。第六、七段列举知胜之道，强调“知彼知己”，这是实施“谋攻”原则的必备前提。可见全文围绕“谋攻”来展开论述，结构相当紧密。

文章的逻辑结构还表现在段与段之间意义上的关联。尤其是后两段，既是谈“知胜”之道有五，也是对上文的照应和概括。如第一点“知可以战与不可以战者胜”，是对第一、二段的概括；第二点“识众寡之用者胜”是对第三段的概括；第三、五点“上下同欲者胜”，“将能而君不御者胜”，是对第四、五段的概括；

---

① 殆：危险。

② 一胜一负：胜负的可能性各占一半。

第四点“以虞待不虞者胜”，强调一个“虞”字，即要求有预见，有准备，有谋略，则是点题之笔，紧扣中心论题。而要做到有预见，有准备，有谋略，必须熟知敌我，最后一段归结到“知彼知己”上，可说是画龙点睛，紧紧把握住了问题的关键。

本文的逻辑力量还表现在对事物能作细致的分析。如分析用兵的战略原则是“全国为上，破国次之……”，谋攻之法是“上兵伐谋，其次伐交，其次伐兵，下政攻城……”，用兵的战术原则是“十则围之，五则攻之，倍则分之……”，又提出“君之所以患于军者”有三，“知胜”之道有五，等等。这些分析大体是当时军事斗争客观规律的反映。从概念的分类来说，也表现了当时的思维日趋缜密。这在军事学史和思想史上都是很有意义的。

文中不少话睿智警策，给人启示。“知彼知己，百战不殆”，则成了军事上的千古名言，被称之为“科学的真理”（毛泽东《论持久战》）。

（张葆全）

自相矛盾

《韩非子》

历山之农者侵畔①,舜往耕焉,期年,甽亩正②。河滨之渔者争坻,舜往渔焉,期年,而让长③。东夷之陶者器苦窳,舜往陶焉,期年而器牢④。仲尼叹曰:"耕、渔与陶,非舜官也⑤,而舜往为之者,所以救败⑥也,舜其信仁乎⑦!乃躬藉⑧处苦而民从之。故曰,圣人之德化⑨乎!"

或问儒者曰:"方此时也,尧安在?"其人曰:"尧为天子。""然则仲尼之圣尧⑩奈何?圣人明察,在上位⑪,将使天下无奸也。今耕渔不争,陶器不窳,舜又何德而化?舜之救败也,则是尧有失也。贤舜则去尧之明察,圣尧则去舜之德化,不可两得也。楚人有鬻楯⑫与矛者,誉之曰:'吾楯之坚,物莫能陷也。'又誉其矛曰:'吾矛之利,于物无不陷也。'或曰:'以子之矛陷子之楯,何如?'其人弗能应也。夫不可陷之楯,与无不陷之矛,

---

① 历山:地名,在今山东济南东南,也有说在今山东菏泽东北、山西永济东南等,说法不一,相传舜耕于此。畔:田界。

② 期(jī)年:一整年。甽(quǎn):田间的水沟。甽亩,同"畎亩",田地。

③ 河滨:濒临黄河之处。坻(chí):水中的小洲或高地,渔人的立脚处。让长:让与年长者。《淮南子·原道训》:舜"钓于河滨,期年而渔者争处湍濑,以曲隈深潭相予。"

④ 东夷:中国古代对东方各族的泛称。陶者:生产陶器的人。苦窳(gǔ yǔ):器物粗劣。牢:坚固。

⑤ 非舜官:不是舜所担负的分内职事。

⑥ 救败:补救缺陷。

⑦ 信仁:的确是个仁者。

⑧ 躬藉:亲身实践。

⑨ 圣人:指舜。德化:用道德的力量进行教育、感化。

⑩ 圣尧:以尧为圣君。这里"圣"是动词,意动用法,下文"贤舜"同。

⑪ 上位:指舜所居君主之位。

⑫ 楯(dùn):同"盾",盾牌。

不可同世而立①。今尧舜之不可两誉，矛楯之说也。且舜救败，期年已一过②，三年已三过。舜有尽，寿有尽，天下过无已者，以有尽逐无已，所止者寡矣。赏罚使天下必行之，令曰：'中程者赏，弗中程者诛③。'令朝至，暮变；暮至，朝变，十日而海内毕④矣，奚待期年？舜犹不以此说尧令从己⑤，乃躬亲，不亦无术乎！且夫以身为苦而后化民者，尧舜之所难也；处势而骄⑥下者，庸主之所易也。将治天下，释⑦庸主之所易，道⑧尧舜之所难，未可与为政也。"

赏 析

本文选自《韩非子·难一》，题目为编者所加，主要批判儒者所提倡的尊崇圣贤的人治德化思想，提倡法家的法治学说。

文章一开头写舜在三年之内躬亲化民，先后去干耕种、打鱼、制陶之事，解决了田界纠纷，培养了谦让风气，改善了器物质量。接着引出孔子的赞叹，突出了舜的救败功绩与儒家的德化主张。

在先秦时代，儒家为显学，上述观点与主张，在一般人心目中似乎是天经地义，无可置疑的。但儒家在无限美化圣君以宣扬德化思想时，却留下了逻辑上的破绽。

韩非善于辩驳，笔锋犀利。针对儒者逻辑上的漏洞，假托某人向儒者劈头发问："方此时也，尧安在？"这位儒者只好回答说"尧为天子"。于是，韩非借某

① 同世而立：同时存在。
② 已一过：制止一种过失。
③ 中程：符合法规标准。诛：惩罚。
④ 毕：完毕，指所有问题都解决了。
⑤ 尧令从己：已，指尧而言，应属上句。
⑥ 骄：通"矫"，匡正。
⑦ 释：放弃。
⑧ 道：行。

人之口分三层展开了批驳。

第一层，揭露儒者既“圣尧”又“贤舜”而在逻辑上产生的自相矛盾，特别是“楚人有鬻楯与矛者”的寓言故事，非常形象地描绘了这种自相矛盾的现象，说明人们思维必须遵守矛盾律，这在思想史上是有重大贡献的。韩非写这则寓言故事，意在说明“贤舜则去尧之明察，圣尧则去舜之德化，不可两得也”，从而揭露了儒家极力美化尧舜的荒谬。为了宣扬人治德化的政治主张，儒家曾把尧舜理想化，把他们描绘成完人、至人、圣人、超人，无形中也就制造出了新的迷信。因而韩非对这一问题的揭露，对于人们破除迷信也很有启发意义。

第二层，进一步对比德化与法治的得失。首先指出舜之“救败”，一年才解决一个问题，舜这种人是有限的，寿命也是有限度的，而天下的过失（弊端）却没有穷尽。凭着有尽的年寿去纠正那无穷的过失，那是解决不了多少问题的。文章在破了儒家这种德化人治的观点后，紧接着提出了正面的法治主张，认为如果坚持信赏必罚，十天之内海内就会太平。

第三层，再进一步继续用对比手法，说明躬亲化民，哪怕是尧舜都会感到为难，而处势行法，即使是平庸的君主也会觉得易于统治。因而治理天下，绝不能“释庸主之所易，道尧舜之所难”。

总之，本文通过对儒家自相矛盾的言行的揭露，着重抨击了儒家的“人治”主张，认为依靠个别的圣君贤臣事事躬亲去治理国家，肯定是治不好的，只有依靠“法”“术”“势”，才能治理好天下。韩非的“法治”主张对儒家的“人治”学说来说，确有补弊纠偏的作用，但不应把“法治”和“人治”绝对地对立起来，在强调“法治”的同时，也仍然需要重视居上位者个人的才能、表率作用以及“躬亲化民”的精神。

（张葆全）

扁鹊见蔡桓公[①]

《韩非子》

扁鹊见蔡桓公，立有间，扁鹊曰："君有疾在腠理②，不治将恐深。"桓侯曰："寡人无疾③。"扁鹊出，桓侯曰："医之好治不病以为功④。"

居十日，扁鹊复见，曰："君之病在肌肤，不治将益深。"桓侯不应。扁鹊出，桓侯又不悦。

居十日，扁鹊复见，曰："君之病在肠胃。不治将益深。"桓侯又不应。扁鹊出，桓侯又不悦。

居十日，扁鹊望桓侯而还⑤走。桓侯故使人问之。扁鹊曰："疾在腠理，汤熨⑥之所及也；在肌肤，针石⑦之所及也；在肠胃，火齐⑧之所及也；在骨髓，司命⑨之所属，无奈何也。今在骨髓，臣是以无请也。"

居五日，桓侯体痛，使人索扁鹊，已逃秦矣。桓侯遂死。

---

① 本篇节选自《韩非子·喻老》，题目为编者所加。扁鹊，战国时医学家，姓秦名越人，渤海郡鄚（今河北任丘市鄚州镇）人，以其医术与黄帝时名医扁鹊相似，故亦以"扁鹊"称之。其行医事迹据《史记·扁鹊仓公列传》所述，多不可考实。蔡桓公，即蔡桓侯，名封人，春秋时蔡国（今河南上蔡县西南）国君，公元前714—前695年在位，比扁鹊早近二百年。《史记》载此事则属之齐桓侯，齐亦无桓侯。此处只是作为故事中人物来说明道理，不可拘泥。

② 腠理：皮肤的纹理。

③ 寡人无疾：原本无"疾"字。此是蔡桓公对扁鹊所言"君有疾"的答辞，"寡人无"即"寡人无疾"，无"疾"字亦可通。

④ 医之好治不病以为功：此句言医生总喜欢为无病之人治病，作为自己的功劳。

⑤ 还：通"旋"，转身。

⑥ 汤熨（wèi）：汤，通"烫"。汤熨为用药热敷，熨贴患处。

⑦ 针石：即针灸。古代以砭石（磨制的尖石或石片）为针，后代改用金属针，合称针石。

⑧ 火齐（jì）：古代清火去热的汤剂。

⑨ 司命：掌管人的生死之神。

赏 析

先秦诸子文章的特色之一，是用短小精悍的故事比喻和象征类似的情事，使抽象的道理变得具体形象，浅显易懂，具有说服力。《韩非子·喻老》在阐述《老子》第六十三章"图难于其易，为大于其细"这一哲学观点时，即讲了扁鹊见蔡桓公的故事。春秋时蔡桓公讳疾忌医，不听名医扁鹊的劝告，以致极易治愈的小病发展为大病，不治身死。它启示人们，要想避免祸患，就应该在发现祸患苗子时，及早防止；如果任其发展，势必酿成大祸，无法挽救。

文章开头先交代人物及其身份：名医扁鹊和蔡国国君桓公。继而写扁鹊在蔡桓公面前"立有间"。这一动作简单，含蕴却十分丰富："立"就是站在蔡桓公面前，"有间"就是站了一会儿。他发现蔡桓公有病，观察诊断，就在这一短短时间中完成，并考虑是否要将结果告知蔡桓公本人。"君有疾在腠理，不治将恐深"，就是他深思熟虑后向蔡桓公的进言，语气明确肯定，无可置疑：一、君有病；二、病情不重，可以治好；三、如不治疗，病情要加重。在如此短暂的时间内作出这样确凿无误的诊断，并敢于直言不讳，表现扁鹊高超的医术和高尚的医德。照常理，桓公应当感谢扁鹊，欣然接受他的治疗；可是他却断然拒绝，说"寡人无疾"，语气生硬、坚决，其自以为是，拒人于千里之外的傲慢态度，跃然纸上。扁鹊离去，他还背地指斥扁鹊是"好治不病以为功"。寥寥数语，就把扁鹊的医道高明，忠于职守，与蔡桓公的昏庸、固执、多疑善忌，表现俱足。

接着，用三个"居十日"，揭示了蔡桓公的病情从"腠理"发展到"肌肤"，深入"肠胃"直到"骨髓"的全过程。病在腠理和肌肤，是表面的，轻微的，发展到肠胃甚至骨髓，虽已深重，但未暴露，还在潜伏期，所以蔡桓公自己一直毫不觉察。而临床经验丰富的扁鹊却洞若观火，一次又一次地指出疾病之所在，并不厌其烦地警告"不治将益深"。几次确凿无误的诊断，诚诚恳恳的劝告，蔡桓公由于无知，偏见，刚愎自用，却"不应"、"又不悦"、"又不应"、"又不悦"，态度冰冷，神情厌烦，甚至怀有敌意。扁鹊最后一次见蔡桓公，"望而还走"，这与前几次谒见时靠近桓公细看，报告病情，请求为他治疗的从容态度判然有别。而这一切，昏昏然的蔡桓公是不能理解的，“故使人问之”。扁鹊解释道：“疾在腠理，汤熨之所及也；在肌肤，针石之所及也；在肠胃，火齐之所及也。”补充交代了前三次治疗方案，并说明今番病“在骨髓，司命之所属，无奈何也”，已不可救药，自己也无能为力，故而“还走”。这一段是核心，关前顾后，可以看出作者的寓意。

最后写桓公体痛而死。“居五日”，写桓公的病急转直下，再过五日就急性发作“体痛”了。“使人索扁鹊”，一个“索”字，描绘了桓公派人到处寻找扁鹊的急切心情，前后对照，判若两人。“已逃矣”，说明扁鹊料事如神，对统治者惯于诿过迁怒的作法早有戒备。“桓侯遂死”，总束全文，证明扁鹊对蔡桓公病情所作的分析，与客观实际丝毫不爽。

这篇故事文字简练精妙，生动传神，读来趣味盎然。故事之后，还有这样一段话：“故良医之治病也，攻之于腠理，此皆争之于小者也。夫事之祸福亦有腠理之地，故曰圣人早从事焉。”阐明一切祸患（上文“祸福”偏义于“祸”）都有其发生、发展即由小到大的渐变到突变的过程，应该及早消灭它于萌芽状态之中，这是整个故事的寓意，也就是《老子》第六十三章所说的“是以圣人终不为大，故能成其大”（谓始终不忽略其为“细”之时，始终不放过祸患初起之时，不待酿成大问题才着手，所以能成大事）。这一论点的形象化解说，具有朴素的辩证法思想。

（周　艺）

察 今

《吕氏春秋》

上胡不法先王之法①？非不贤②也，为其不可得而法。先王之法，经乎上世而来者也，人或益之，人或损之，胡可得而法！虽人弗损益，犹若不可得而法。东夏之命③，古今之法，言异而典殊。故古之命多不通乎今之言者，今之法多不合乎古之法者。殊俗之民，有似于此。其所为欲同，其所为欲异④。口惽之命不愉⑤，若舟车衣冠滋味声色之不同。人以自是，反以相诽，天下之学者多辩，言利辞倒⑥，不求其实，务以相毁，以胜为故⑦。先王之法，胡可得而法？虽可得，犹若不可法。

凡先王之法，有要于时也⑧，时不与法俱至，法虽今而至，犹若不可法。故择⑨先王之成法，而法其所以为法。先王之所以为法者，何也？先王之所以为法者，人也，而己亦人也。故察己则可以知人，察今则可以知古。古今一也⑩，人与我同耳。有道之士，贵以近知远，以今知古，以所见知所不见。故审堂下之阴⑪而知日月之行、阴阳之变，见瓶水之冰而知天

---

① 上：君上，国君。胡：何，为什么。法先王之法：前一个法字是效法的意思，作动词用。
② 贤：好。
③ 东夏：东指东夷，夏指华夏，是当时生活在中国境内的不同民族。一说“东”为“夷”字形近之误。命：名称，言语。
④ 其所为欲同：据谭戒甫、陈奇猷之说，“所”字为衍文，是。其为欲同，他们做的（为）与想要的（欲）相同。其所为欲异：他们所做的（所为）与所想要的（所欲）不相同。例如不同风俗的人都要衣冠，但其所要的衣冠并不相同。
⑤ 口惽(hūn)：惽通“吻”，口吻、方音。愉：读为“谕”，理解。
⑥ 言利辞倒：言语锋利，词句颠倒，与《韩非子·诡使篇》之“巧言利辞”相近。
⑦ 以胜为故：以胜过别人为能事。
⑧ 要于时：切合时代需要。
⑨ 择：通“释”，放弃。
⑩ 古今一也：古今制订法令的根据是一致的（都是根据当时人们的情况制订出来的）。
⑪ 审：察看。阴：指日影和月影。

下之寒、鱼鳖之藏也。尝一脟①肉而知一镬之味、一鼎之调②。

荆人③欲袭宋，使人先表澭水④。澭水暴益⑤，荆人弗知，循表而夜涉，溺死者千有馀人，军惊而坏都舍⑥。向其先表之时可导也，今水已变而益多矣，荆人尚犹循表而导之，此其所以败也。今世之主法先王之法也，有似于此。其时已与先王之法亏⑦矣，而曰此先王之法也而法之。以此为治，岂不悲哉！

故治国无法则乱，守法而弗变则悖，悖乱不可以持国⑧。世易时移，变法宜矣。譬之若良医，病万变，药亦万变。病变而药不变，向之寿民，今为殇子⑨矣。故凡举事必循法以动，变法者因时而化。若此论则无过务⑩矣。夫不敢议法者，众庶⑪也；以死守法者，有司⑫也；因时变法者，贤主也。是故有天下七十一圣⑬，其法皆不同；非务相反也，时势异也。故曰：良剑期乎断⑭，不期乎镆铘⑮；良马期乎千里，不期乎骥骜⑯。夫成功名者，此先王之千里也。

---

① 脟(luán)：同"脔"，切成块状的肉。
② 鼎：古代烹煮食物的用具，一般是三足两耳。调：调味。
③ 荆人：即楚人。
④ 表：标志，这里作动词用，指设立标志。澭水：即灉水。
⑤ 暴益：益，同"溢"，指河水突然上涨。
⑥ 而：如，好像。都舍：大房屋。
⑦ 亏：通"诡"，差异。
⑧ 持国：掌握国政。
⑨ 殇子：还未成年就夭折了的人。连上句是说，从前被认为可能长寿的人，今天就会变成短命的了。
⑩ 过务：做错的事。
⑪ 众庶：众人，百姓。
⑫ 有司：指官吏。一般官吏都是职有专司的。
⑬ 有天下：享有天下，为天下之主。圣：圣人，指君主。七十一(或作"七十二")形容其多，难以实指。
⑭ 期乎断：期望它能斩断。
⑮ 镆铘(mò yé)：即莫邪，古代著名宝剑的名称。
⑯ 骥(jì)、骜(ào)：都是古代千里马的名称。

楚人有涉江者，其剑自舟中坠于水，遽契其舟①，曰："是吾剑之所从坠。"舟止，从其所契者入水求之。舟已行矣，而剑不行。求剑若此，不亦惑乎？以故法为其国，与此同。时已徙矣，而法不徙，以此为治，岂不难哉！

有过于江上者，见人方引婴儿而欲投之江中，婴儿啼。人问其故，曰："此其父善游。"其父虽善游，其子岂遽善游哉！以此任物②，亦必悖矣。荆国之为政，有似于此。

赏析

本文是《吕氏春秋·慎大览》中的第八篇，是全书中十分著名的一篇论说文，主要体现了先秦法家的历史进化观。

全文论点鲜明突出，而论述则是一步一步地展开。文章的中心论点是"因时变法"，这一中心论点是通过从反面论证"先王之法不可法"而得到证明的。换句话说，"察今而变法"的论点是通过批驳"泥古而守法"而得到证明的。

为什么"先王之法不可法"呢？作者依次陈述了三点理由：第一，先王之法历代有损益，已非原样；第二，对先王之法解说不一，所谓"言异而典殊"，已无法遵循；第三，"时不与法俱至"，先王之法已经过时。作者特别强调第三点，并从中进而提出弃先王之成法而法其所以为法的正面论点，最后得出"世易时移，变法宜矣"的结论，从而阐明了"因时变法"的思想。这种思想闪耀着朴素唯物主义的光辉，今天对我们仍然有所启发。

文章在论证过程中有破有立，边破边立，破立结合。由于辩驳入理，所以立论也就显得坚强有力。"先王之成法不可法"，这是破；"法其所以为法"，这是立。"先王之所以为法者，何也？先王之所以为法者，人也，而己亦人也。故

① 契其舟：在坠剑的舟边刻上记号。
② 任物：处理事物。

察己则可以知人，察今则可以知古。古今一也，人与我同耳。”这几句意思是说，以己推人，以今推古，可知“先王之所以为法”是根据当时的人的各种欲求，根据当时的社会状况，而不是根据更为远古的前代先王的成法。今天制订法令也就没有必要对古法亦步亦趋，而应根据当今的社会状况与人的欲求来制订新法。

在先秦时代，孔孟儒家主张法先王，倡导儒法合流的荀子主张法后王，法家韩非主张尊今王。本文主要反映了法家的思想，体现了当时新兴地主阶级要求建立大一统封建中央集权国家的朝气蓬勃的精神。但作者认为只有“贤主”才能“因时变法”，而“众庶”则是“不敢议法”的，反映了轻视人民群众的观点，则是不可取的。

为了说明中心论点，文章还穿插写了荆人袭宋、刻舟求剑、引婴投江三个寓言故事。三个故事均能紧扣论题，但又各有侧重。荆人袭宋与刻舟求剑的故事都是说时间已经推移，情况有了变化，但仍然泥古不变，必然遭致失败；引婴投江则是说客观的对象已有了变化，而主观的方面仍然固执地保守着陈旧的眼光，必与客观事物格格不入。故事中何以反复提到“荆”、“楚”呢？这是因为战国末年楚国国君大多昏庸无能，国内政治混乱，因而流传下许多“政治笑话”，常被人们引为笑柄。

文章不仅有对论题的精辟论证，而且有对哲理的生动阐发。“故察己则可以知人，察今则可以知古”，“有道之士，贵以近知远，以今知古，以所见知所不见”，都具有思辨色彩，闪烁着智慧的光芒。其他一些警句，如“审堂下之阴，而知日月之行”，“尝一脟肉，而知一镬之味”，“良剑期乎断，不期乎镆铘；良马期乎千里，不期乎骥骜”等，既形象又精警，都能发人深省。

全文语句工整，语气明快，围绕中心反复申说，有论有断，有说理，有比方，更有寓言故事的穿插，使文章显得气势充沛，摇曳多姿，活泼有致，读来无枯燥之感。

（张葆全）

《檀弓》三则

《礼记》

曾子寝疾①，病。乐正子春②坐于床下，曾元、曾申坐于足，童子隅坐而执烛。童子曰："华而睆③，大夫之箦与？"子春曰："止！"曾子闻之，瞿然曰："呼！"曰："华而睆，大夫之箦与？"曾子曰："然。斯季孙之赐也，我未之能易也。元，起，易箦！"曾元曰："夫子之病革④矣，不可以变。幸而至于旦，请敬易之。"曾子曰："尔之爱我也，不如彼。君子之爱人也以德，细人⑤之爱人也以姑息。吾何求哉？吾得正而毙焉，斯已矣。"举扶而易之，反席未安而没。

战于郎。公叔禺人遇负杖入保⑥者息，曰："使之虽病也，任之虽重也，君子不能为谋也，士弗能死也，不可。我则既言矣。"与其邻重⑦汪踦往，皆死焉。鲁人欲勿殇⑧重汪踦，问于仲尼。仲尼曰："能执干戈以卫社稷。虽欲勿殇也，不亦可乎？"

孔子过泰山侧。有妇人哭于墓者而哀，夫子式⑨而听之，使子路问之

---

① 寝疾：卧病。
② 乐正子春：孟子弟子。乐正，复姓。
③ 华而睆(huàn)：华美而光滑。
④ 病革：病重。
⑤ 细人：小人。
⑥ 保：通"堡"。
⑦ 重：当为"童"，下同。
⑧ 殇(shāng)：未成年而死。
⑨ 式：通"轼"。

曰："子之哭也，壹似重有忧者？"而曰："然。昔者吾舅[1]死于虎；吾夫又死焉；今吾子又死焉！"夫子曰："何为不去也？"曰："无苛政。"夫子曰："小子识之，苛政猛于虎也！"

赏析

这三则小故事选自《礼记·檀弓》。《礼记》是西汉戴圣编纂的儒家关于礼的一些文字，过去列为儒家的经典。《檀弓》分上下二篇。郑玄解释这个篇名说："名曰檀弓者，以其善于礼，故著姓名以显之，檀姓，弓名。"清孙希旦《礼记集解》不赞成郑玄这个解释说："愚谓此篇盖七十子之弟子所作。篇首记檀弓事，故以檀弓名篇，非因其善礼著之也。"现在从孙说较多。

第一则选自《檀弓上》。也有的选本加个名字叫《曾子易箦》。故事先写曾子病危的情况。"病"，古代指病重。所以曾子的学生和两个儿子都在病床边看守着。这是夜间，从"执烛"两个字可知。童子的话活现出在远处从烛影中看出席子的华贵，先写"华而睆"再问是不是大夫的席子，这是符合执烛者看的层次的。乐正子春怕被曾子听到，不准他多嘴。曾子却已经知道童子有意见，但还不清楚，很吃惊，所以叫他大声喊。听清楚了，曾子肯定童子的意见，命令换个适合自己身份的席子。曾元的回答，表明病重的程度，想侥幸等到天明。然后曾子提出爱人以德和得正而毙的态度，这是这段故事的中心思想。最后终于按照曾子的意见办了。"举扶而易之"表明曾子病重的程度，自己完全不能动了，再移到新换的席子上还没安顿好就断了气。

这段故事表明曾子知错即改，丝毫不容越礼的坚决态度，这是孔子"朝闻道，夕死可矣"和告颜回"非礼勿动"的精神的具体体现。曾子临终前的这段义正词严的话表现出他平时对自己的严格要求。曾子不是大夫，所以不能死在大夫的席子上。林云铭评论说："篇中摹写处，无不曲肖神情，自是千古奇笔。"

① 舅：古称丈夫的父亲。

(见《古文析义初编》卷二)篇中童子、乐正子春、曾元和曾子只是寥寥几句对话,就使人如见其形,如闻其声。一个"止"字,表示出乐正子春的紧张;一个"呼"字,表示曾子的急切。在文字的剪裁上,他处极省,而童子的话却有意重复两次,这可以作为文章繁简的适例。后来就把"易箦"作为人病重将死的代称,可见这个故事影响的深远。

第二则选自《檀弓下》,也有人就用首三字标题为《战于郎》。孔子充分肯定汪踦的行动,认为他能够"执干戈以卫社稷",当然可以不当未成年人看待。孔子这几句话是全篇的中心,后世成为明训。这个故事很简单,作者的重点在表现公叔禺人特别是童汪踦这种不怕牺牲的精神,借重仲尼之言来加以充分肯定。在剪裁方面非常简洁。一开头点明事件,然后从公叔禺人的话中表现他言行一致的态度,也反映鲁政的衰弛和形势的危急。"与其邻童汪踦往,皆死焉",仅仅十个字就交代了结果,战事完毕以后一类的叙述都省略了。跳到"鲁人欲勿殇童汪踦"这一"越礼"的想法,汪踦战斗的勇敢,自不必言。

第三则也选自《檀弓下》,有人用第一句话题为《孔子过泰山侧》,也有人根据中心思想称为《苛政猛于虎》,柳宗元的《捕蛇者说》明显受这则小故事的启发。

第一句叙述故事的发生。古代上坟都要哭,是一种形式,不一定哀痛。"而哀"两字直贯全文。先是引起孔子的反应,"式"是一种表示敬意的动作,两手扶在车前横木上,身体站立注意地听着。孔子对有丧事的人家都非常重视,在听的过程中,觉得哀痛异常,所以叫子路下车去问。重有忧就是有重忧。也有人主张读"重复"的"重",因为下文讲被虎咬死了三代人。这个问话原是试探的。"而曰'然'"的"而"字看似累赘,实际非常传神,有不幸而言中的味道,表现孔子和子路对这个妇人的深切同情。妇人诉出自己的悲惨遭遇,连用三个排比句,一层重似一层。这时孔子已经亲自下车来了,这个动作不必写,因为"夫子曰"的直接对话,就表现了这方面的内容。三代死于虎,而偏偏不肯离开这个地方,只有一个理由,这个地方没有苛捐杂税。"政"的意思就是征收赋税的"征"字。苛政原来多解释为苛虐的政治,指当地的统治者对人民的残酷剥削和压迫,义亦可通。此篇行文之妙,没有一句正面说苛政,而用虎患加以烘托，使人可以想见。孔子的几句话是这篇文章的点睛之笔，而又是前面问答的逻辑结论。“小子识之”一句，看似闲笔，实与主旨密不可分。孔门之教目的在于为政，子路在“四科”中，与冉有归于“政事”（《论语·先进》），是认为能办政事的，所以孔子特别要教育他牢牢记住这件事所反映的道理。这里不但表现出孔子对这位妇女不幸遭遇的深切同情，而且反映出对广大人民的关切，又看出孔子善于因时因地因人施教的特点。

《檀弓》的篇幅都很简短，记言特多，但寥寥数语，情事毕现而趣味隽永，耐人咀嚼。古代一些散文家多劝人作文要学《檀弓》，可以医治冗杂的毛病，确实是经验之谈。

（周本淳）

《学记》三则

《礼记》

虽有嘉肴，弗食不知其旨也；虽有至道，弗学不知其善也。是故学然后知不足，教然后知困。知不足，然后能自反也；知困，然后能自强也。故曰：教学相长也。

大学之法，禁于未发之谓豫，当其可之谓时，不陵节而施之谓孙，相观而善之谓摩：此四者，教之所由兴也。发然后禁，则扞格①而不胜；时过然后学，则勤苦而难成；杂施而不孙，则坏乱而不修②；独学而无友，则孤陋而寡闻；燕③朋逆其师；燕辟④废其学：此六者，教之所由废也。君子既知教之所由兴，又知教之所由废，然后可以为人师也。

学者有四失，教者必知之。人之学也，或失则多，或失则寡，或失则易，或失则止。此四者，心之莫同也。知其心，然后能救其失也。教也者，长善而救其失者也。

赏析

《学记》是《礼记》中的一篇，是篇有关古代大学教育的论文。它首先阐明教育能够化民成俗的重要功能，因而国君必须尊师重道，使全民知道学习的重

① 扞(hàn)格：格格不入。
② 修：善，美好。
③ 燕：郑玄注："燕犹亵也，亵其朋友。"亵，轻慢不庄重。
④ 辟：通"僻"。

要。它是我国古代的教育理论、教学原则、教学方法的总结，不但是研究中国教育史的经典著作，而且不少内容在今天都还有较高的参考价值。

这里是节选其中的三个片断，分别论述教与学互相促进、教学原则和学生易出现的偏向及教师必须了解学生并加以补救的道理。

第一则一共四句话。第一句话先用譬喻表明实践(学)的重要，这是宾；然后强调只有学才能理解“至道”的好处，这是主，强调要学习至道，引出下文。第二句强调学与教，给从学从教人带来的启示。所谓满瓶不动半瓶摇，学的内容是第一句里提的“至道”，所以越学体会道理越深，越加感到自己的不足。这是至理名言，就像巴甫洛夫说的要有勇气承认自己是无知识的。这是从学的方面讲的。教的方面，以己昭昭，使人昭昭，也不是轻而易举的事。这里既包括教者对“至道”的理解程度的深浅，又包括对施教对象情况的掌握和如何针对情况采用不同方法“长善救失”等等。这句话对每个从事教育工作的人来说，是共同的体会。这两种情况只要你认真学、踏实教，都不可避免要碰到。那么该怎么正确对待呢？第三句就回答这个问题。还是分学与教两方面来回答。困难能把人吓倒，但真正的强者是在困难中锻炼成长。这里两个“然后能”就包含着朴素的辩证法。第四句是这一则的结论，是从“能自反”“能自强”归纳出来的。后来“教学相长”就变成教育工作的格言。这段文字全用排比的方式提出问题、分析问题，然后以一句话为总结，简洁鲜明，不枝不蔓。

第二则从正反两方面提出教师掌握正确教学原则的必要性。先从正面提出四条正确的原则：一是要有预见性，在学生还没有发生错误时就加以预防。二是要掌握适当的教育时机，早了不行，晚了也不行。三是要循序渐进，施教不能躐等。“孙”就是“逊”字，表示顺的意思。(这在《学记》前文里有九年的教学和考查的内容)四是同学间的相互观摩，取长补短，养成良好的好学向上的风气。“观摩”一词即导源于此。平列四条以后一句小结。再从反面阐述。前四点和正面针锋相对：错误已经发生了，再来禁止，就会有抵触情绪而不易克服；失去了时机，教学起来就吃力不讨好；不循序渐进，不分主次往学生脑子里塞，结果像一堆乱麻，理不出头绪；没有朋友的相互观摩，就会孤陋寡闻，见识狭隘；如果交上坏朋友只讲吃喝玩乐，就和教师的教导背道而驰；有不好的嗜好，就会废弃学业。这两条表面和上四条不搭界，实际是由第四条来的，讲到朋友的重要，“燕朋”“燕辟”正和上面“相观而善”相反。这六条是教育失败的原因。最后提出懂得这正反两方面的道理，才能够为人之师。这是对教师的严格要求。这段文字仍用对比来说明问题，先正后反，最后一句总结，条理井井，使人一目了然，而所谈的都是宝贵经验，在今日仍有现实意义。

第三则说明教育要“长善救失”，必须了解各种类型学生学习的偏向。第一句总说。第二句分析四种情况：有的失于贪多嚼不烂；有的浅尝辄止，安于寡陋；有的把学习看得太容易，不肯深思；有的遇到困难就止步不前。第三句总结说明这是对学习的四种不同心理状态，第四句和第一句呼应，说明“教者必知之”的目的，是为了“救其失”。这反映出因材施教的原则。最后一句说明教育的功能就在于发扬学生的优点，补救他们的缺失。这一段文字的写法和前几段略有区别。结论是“长善而救其失”，而前面只说其失，未说其善，和上两段正反都阐述不大同，采取一明一暗、一详一略的办法。为什么能这样写而不会被误会呢？因为事物都有两面性，四种失的反面就有“得”在里面。譬如贪多就有追求知识的长处，“或失则易”的人也有不畏困难的优点，所以每种类型的学生都有他的潜在的“善”，而要克服他们的失，只有依靠发扬自身的善，“长善”正是“救失”的自身条件和必要前提，这是完全符合教育心理的。

综合这三则来看，我们可以领会我国古代教育所强调的实践性和辩证法的思想，看出对教育规律、教学原则和教师责任感的具体表述，是值得深刻领会的。它的语言多用对比，得出简明的结论，而没有采用滔滔论辩的方式，但其论辩性仍旧可以觉察得着的，能细心体会者自知之。

（周本淳）

渔　父

屈　原

屈原既放，游于江潭①，行吟泽畔，颜色憔悴，形容枯槁。渔父见而问之曰："子非三闾大夫欤？何故至于斯？"屈原曰："举世皆浊我独清，众人皆醉我独醒，是以见放。"渔父曰："圣人不凝滞于物②，而能与世推移。世人皆浊，何不淈其泥而扬其波③？众人皆醉，何不其糟而啜其醨④？何故深思高举，自令放为？"屈原曰："吾闻之，新沐者必弹冠，新浴者必振衣。安能以身之察察，受物之汶汶者乎⑤？宁赴湘流，葬于江鱼之腹中。安能以皓皓之白，而蒙世俗之尘埃乎？"渔父莞尔而笑，鼓枻⑥而去，乃歌⑦曰："沧浪之水清兮，可以濯吾缨；沧浪之水浊兮，可以濯吾足。"遂去，不复与言。

---

① 江潭：从后文"宁赴（举身投入）湘流"之语可知，此江即指湘江；潭为水深处。

② 凝滞：拘泥固执。

③ 淈（gǔ古）：搅浑，搅乱。

④ 糟：酒糟。醨（lí）：薄酒。

⑤ "安能"句：察察，清洁。汶（mén门）汶，玷辱。

⑥ 鼓枻（yì义）：摇动船桨。

⑦ 歌：关于这段《沧浪之歌》，前人如王夫之（《楚辞通释》）、蒋骥（《山带阁注楚辞》）等，均以为渔父之歌《沧浪》，与前文"与世推移"之意相同。这恐怕不确。《沧浪歌》的含义，恰在于指明要区分清浊：清者可以濯缨，浊者则只可濯足。这与渔父前面所说不分清浊、"淈其泥而扬其波"之意相反，而与屈原崇清贬浊的主张相合。当年孔子听了此歌，评论说："小子听之，清斯濯缨，浊斯濯足矣，自取之也。"也是告诫弟子保持清洁之行，而不可为浊以自取其辱。《孟子·离娄》引用此歌并孔子的评论，以证明"不仁者可与言哉"（不可与言）的道理，都说明此歌之意乃在区分清浊，而非不分清浊，与世推移。以此推测，渔父前面所劝，安知不带有试探屈原志节之意？最后终为诗人峻洁志节所动，故微笑歌此以慰勉。湘州民间把渔父作为屈原之同道，而在屈子庙中为他塑像配食，是不是也看到了这一点？由于这关系到对本文结尾的绝然相反的理解，故借注文以申说之。

赏　析

在《卜居》中经历了巨大内心冲突的诗人，不久又遭遇了一次外部思想的交锋——这就是《渔父》所记载的著名问答。

文中的“渔父”，究竟是作者之所虚设，还是真有其人？这曾是楚辞研究中的难解之谜。但从司马迁、刘向对此均有记述看，在民间流传的屈原事迹中，大抵真的遇见过这位老渔父。从那“子非三闾大夫欤”的问语中还可推知，他应该还是屈原担任三闾大夫期间曾交往过的熟人。

这次与渔父的不期而遇，发生在清波迭荡的湘水之畔。本文开篇即以萧淡的笔墨，描摹了屈原被逐江南的落魄情状：“行吟泽畔，颜色憔悴，形容枯槁。”寥寥数笔，便在苍茫的江天之间，刻下了一位伟大逐臣的孤清身影。面容之“憔悴”，表明这位不向“瓦釜雷鸣”的黑暗朝廷折腰的诗人，在身心上已遭受了多么沉重的摧残；“行吟泽畔”的奇特举止，则又告诉读者：诗人虽遭斥逐，犹自未悔，仍在为楚国的命运踯躅、吟叹！对于见过诗人的渔父来说，这情况更显得触目惊心——当年名动遐迩的潇洒大夫，而今成了如此枯槁的江上迁客，能不令他骇然而呼：“子非三闾大夫欤？何故至于斯！”

渔父的惊呼，把诗人从沉吟中唤醒。胸间久蓄的痛苦一经触发，回答的语气也显得格外愤激：“举世皆浊我独清，众人皆醉我独醒，是以见放。”开口即是“清浊”、“醉醒”的比兴，显示的正是“发愤以抒情”的诗人本色；而“举世”、“众人”这一网打尽式的措辞，似乎又显得那样孤傲。但这无非是诗人的愤慨之辞，其锋芒所指，当然不是民众，而是腐朽的楚之朝廷。倘若了解当时厕身楚王左右的，是怎样一批“腥臊并御”(《涉江》)的谗臣；楚之朝政又处于怎样“变白以为黑”(《怀沙》)的昏乱之中，便知道诗人之所面对的，正是这样一个无比溷浊沉醉的黑暗世界了！所以“我”与“举世”、“众人”的对立，与其说是表现了屈原的孤傲，不如说是抒泻着这位被旧世界驱逐的贞臣内心无限苍凉的悲愤。

渔父当然理解这一点。但他开初并不赞同屈原坚守操节的处世态度。在他看来，圣人之可贵，本不在于“凝滞于物”；与世推移，随遇而安，才是知天达命的明哲。不过这渔父颇机敏，他的驳难，也与诗人一样，采用了哑谜式的比兴：“世人皆浊，何不淈其泥而扬其波？众人皆醉，何不哺其糟而啜其釃？”世道既如此黑暗，又有什么清浊、曲直可分，还不如折节保身，谋它个同污共醉为好！这就是包含在渔父话语中的弦外之音。

渔父的驳难，虽亦出于对诗人遭际的同情，但他所指点的迷津，却关乎人生立命之大节。屈原岂能为求个人之安逸，而改变他早在《橘颂》中立下的效法伯夷、“独立不迁”的操守？一番寻常的问答，引出的竟是如此重大的人生哲学论辩，屈原的答复也因此极为庄肃：针对渔父不分清浊的主张，屈原列举“新沐（洗发）者必弹冠（弹去灰尘），新浴者必振衣（振去污屑）”的生活实例，说明连常人都懂得保持发肤的清洁，淈泥扬波、同流合污，又岂是人生处世之正道？这就从人所共知的常理上，驳倒了渔父的主张，揭出了圣人与世推移之说的全部荒谬性。再加以“安能以身之察察，受物之汶汶者乎”的反诘，便显得更为严正有力。这反驳真是既浅显又深刻，表现出诗人对人生哲理，曾作过多么深切的思考！对于渔父的关切劝告，屈原又以“宁赴湘流，葬于江鱼之腹中”之语，表明其虽然感激，却又不能不加以拒绝的断然态度。一场关系安身立命之道的思想交锋，在貌似寻常的问答中告终。在折节保身和舍身取义的鲜明对立中，屈原正以其坚定的抉择，显示了宁为玉碎、不为瓦全的伟大志节的光辉！

渔父显然也被打动了，因为他终于露出了晴朗的微笑。本文结尾正以“渔父莞尔而笑，鼓枻而去”的动人描述，展出了一个云开雾散的空阔境界。最耐人寻味的，是渔父所唱的那支《沧浪之歌》，清水濯缨，浊水濯足，不以同样浅显而形象的比喻，补充屈原的“沐”“浴”之理吗？清浊之境原不可混淆，谁又愿意把系冠之缨濯之于混浊之流呢？许多注家以为，渔父之歌仍在说明圣人“与世推移”的哲理，这恐怕是误解了。他其实是被屈原的峻洁志节所折服，才微笑摇桨，以此动人的清歌，来表达对这位逐臣的不尽慰勉之情的，这也正是渔父的可爱之处。

渔父去了，悠悠的“沧浪”之歌，却还伴着沉思中的诗人，在高高的江岸上回荡。《渔父》对二千年前这一幕问答情景的传神描摹，使披蓑戴笠的渔父、清癯沉吟的屈原，至今还以其充满睿智的音容笑貌，历历分明地浮现在湘江的清波白云之间，多么令人神往和缅怀呵！

（潘啸龙）

两汉文

过秦论(上)

贾　谊

秦孝公据崤函①之固，拥雍州②之地，君臣固守，以窥周室。有席卷天下、包举宇内、囊括四海之意，并吞八荒③之心。当是时也，商君佐之。内立法度，务耕织、修守战之具；外连衡而斗诸侯。于是秦人拱手而取西河之外。

孝公既没，惠文、武、昭，蒙故业，因遗策，南取汉中，西举巴、蜀，东割膏腴之地，收要害之郡。诸侯恐惧，会盟而谋弱秦。不爱④珍器重宝肥饶之地，以致天下之士，合从缔交，相与为一。当此之时，齐有孟尝，赵有平原，楚有春申，魏有信陵。此四君者，皆明智而忠信，宽厚而爱人，尊贤而重士，约从离横，兼韩、魏、燕、楚、齐、赵、宋、卫、中山之众。于是六国之士，有宁越、徐尚、苏秦、杜赫之属为之谋，齐明、周最、陈轸、召滑、楼缓、翟景、苏厉、乐毅之徒通其意，吴起、孙膑、带佗、倪良、王廖、田忌、廉颇、赵奢之伦制其兵。尝以十倍之地、百万之众，叩关而攻秦。秦人开关而延敌，九国之师逡巡遁逃而不敢进。秦无亡矢遗镞之费，而天下诸侯已困矣。于是从散约解，争割地而赂秦。秦有余力而制其弊，追亡逐北，伏尸百万，流血漂橹，因利乘便，宰割天下，分裂河山。强国请伏，弱国入朝。

施⑤及孝文王、庄襄王，享国之日浅，国家无事。及至始皇，奋六世之余烈，振长策而御宇内，吞二周而亡诸侯，履至尊而制六合⑥，执敲扑以鞭

---

① 崤(xiáo)函：崤山与函谷关。崤山在今河南洛宁北，函谷关为秦之东关，在今河南灵宝县南。

② 雍州：古九州之一。《尔雅·释地》："河西曰雍州。"

③ 八荒：八方荒远之地。

④ 爱：吝惜。

⑤ 施(yì)：延续。

⑥ 六合：上下四方。

笞天下，威震四海。南取百越之地，以为桂林、象郡；百越之君，俯首系颈，委命下吏。乃使蒙恬北筑长城而守藩篱，却匈奴七百余里；胡人不敢南下而牧马，士不敢弯弓而报怨。于是废先王之道，燔百家之言，以愚黔首。隳名城，杀豪俊，收天下之兵聚之咸阳，销锋镝，铸以为金人十二，以弱天下之民。然后践华①为城，因河为池，据亿丈之城，临不测之溪以为固。良将劲弩，守要害之处；信臣精卒，陈利兵而谁何②！天下已定，始皇之心，自以为关中之固，金城千里，子孙帝王万世之业也。

始皇既没，余威振于殊俗。然而陈涉瓮牖绳枢之子，氓隶之人，而迁徙之徒也。材能不及中人，非有仲尼、墨翟之贤，陶朱、猗顿之富。蹑足行伍之间，俛起阡陌之中，率疲散之卒，将数百之众，转而攻秦。斩木为兵，揭竿为旗，天下云集而响应，嬴粮③而景从，山东豪俊，遂并起而亡秦族矣。

且夫天下非小弱④也，雍州之地，崤函之固自若也。陈涉之位，非尊于齐、楚、燕、赵、韩、魏、宋、卫、中山之君也；锄櫌棘矜⑤，非铦于钩戟长铩也⑥；谪戍之众，非抗于九国之师也；深谋远虑，行军用兵之道，非及曩时之士也。然而成败异变，功业相反。试使山东之国与陈涉度长絜⑦大，比权量力，则不可同年而语矣。然秦以区区之地，致万乘之权，招八州而朝同列，百有余年矣。然后以六合为家，崤函为宫。一夫作难而七庙⑧隳，身死人手，为天下笑者，何也？仁义不施，而攻守之势异也。

---

① 华：华山。
② 谁何：稽察诘问。
③ 嬴粮：担负着粮食。
④ 非小弱：犹言“大弱”。《战国策·西周策》：“秦不大弱，而处之三晋之西，三晋必重齐。”可证大小可作“弱”之状语。
⑤ 櫌(yōu)：古农具，木制用于碎土平田。矜：长矛柄。
⑥ 铦(xiān)：锋利。铩(shā)：一种矛类长兵器。
⑦ 絜(xié)：用绳围量。
⑧ 七庙：古宗法制定帝王设七庙供奉祖先。

赏 析

贾谊有《新书》五十八篇,《过秦》列在第一,分上、中、下三篇。此选上篇。《新书》上没有"论"字,《文选》加上"论"字,后来选这篇文章都称《过秦论》。这是一篇极有名的论文,《史记·始皇本纪》全引它作为对秦的评论,《陈涉世家》后面褚先生又引了这一篇。《昭明文选》选了它,清代桐城姚鼐《古文辞类纂》还把这篇作为压卷。本文录自《文选》,少数文字参照《史记》。所谓"过秦",就是论秦的过失,这是为了给汉朝提供历史的鉴戒而写的。

全文分为五段。第一段写秦孝公为秦统一天下打下的基础。先写地势,次写野心,然后突出"商君佐之"的改革措施。先写内政,再写外交策略,是使诸侯互相斗,这主要指让韩、赵、魏不和。"于是秦人拱手而取西河之外",总结效果,达到扩充地盘的目的。"拱手"二字值得玩味,强调政策的效果。西河,魏郡名,辖境相当于今陕西华阴以北,黄龙以南,洛河以东,黄河以西地区,原来是魏的地盘。这段文章除了层次分明外,还用排比来增强气势,如"席卷""包举""囊括""并吞",实际上只用其中一个也够了,但那样气势就大为减弱。

第二段分三层。到"收要害之郡"为一层,叙孝公变法之后,秦国嗣君的继续扩张。这一层写孝公之后,秦的继续强大,也用排比的句式增强气势。自"诸侯恐惧"到"而天下诸侯已困矣",为第二层,写诸侯方面。先是"恐惧",然后想对策"会盟而谋弱秦",这是和上一段"外连衡而斗诸侯"("斗"是使动用法,意为"使诸侯斗")针锋相对的。这一句是总提,然后补充几句总的措施:不惜一切,招揽人才,合纵缔交,结为一体。战国时有两种对立的外交策略,一条是连横,指诸侯分别和秦结交,秦可以远交近攻,各个击破;一条叫合纵("合从"即"合纵")指东方诸侯结成一体,共同对付秦国的扩张政策。这是诸侯恐惧后采取"弱秦"的战略。然后分写有四公子那样弱秦的贤相,有九个国家众多的弱秦的士兵,有那样一批弱秦的谋士制定弱秦之计,有那么多高明的外交人才互通声气,申明弱秦之约,有那么多军事家练弱秦之军。这是上文"以致天下之士"的效果。按理该可以和秦较量一番了。妙在把九国的声势写得那样不可一世，等到以绝对优势的数量“叩关而攻秦”时，却不战而败。“叩关”，《新书》作“仰关”，“仰”字从地形说，秦在上游，九国在下面，所以用“仰”字。但“叩”字更形象。秦人的关门是闭的，诸侯之师来叩门了。下面“开关延敌”和“叩”字呼应紧密。“延”是请其入关，表现秦人对自身武力的有恃无恐。而“九国之师”本来是“叩关而攻秦”，这时却“逡巡遁逃而不敢进”，这表明秦国的威势，诸侯之师的胆怯。“逡巡”指徘徊迟疑，“遁逃”是进一步的发展。这样劳师动众却以逃跑为结果，所以秦国没有一个箭头的耗费而“天下诸侯已困矣”。这里写诸侯，实际也在陪衬秦国的强盛。“于是”以下为第三层，写从此以后诸侯的狼狈，秦的进一步强大。“从散约解”针对上文的“合从缔交，相与为一”。“争割地而赂秦”，“争”字写得非常形象。这是写诸侯的“弱秦”变成“弱己”。下面就写秦进一步侵略诸侯，然后诸侯“强国请伏，弱国入朝”，不战而服了。这一段也是用排比的句法对比地写出秦的进一步强大，为始皇的统一打下基础。

第三段写秦始皇统一天下，不可一世的气焰。“施及孝文王、庄襄王，享国之日浅，国家无事”这几句是过渡性的，也有人把这几句属上一段末。“及至始皇”起写秦始皇的武功和政策上的错误；到“士不敢弯弓而报怨”写秦始皇声威的煊赫。“奋六世之余烈”是承上文，表明几代强盛的雄厚基础。然后用四个排句写统一天下，再用“威振四海”作一小结。以上写对汉族固有地区的统治，下面写向南北两方的发展。“百越之君”本来是一国之长，现在却“俯首系颈”，把命运交给秦国委派的下级官吏去摆布。北方从战国起，匈奴一直为边患，现在却被驱逐，退却了七百多里。“胡人不敢南下而牧马”，指对外的声威；“士不敢弯弓而报怨”，指内部的威慑。（弯弓报怨有二解，一指六国之士不敢向秦报怨，一指秦法禁私斗，六国之士都战战兢兢，唯恐触犯法律。第二种说法意思较深刻。）这一部分把始皇的成功写到顶点。“于是”以下写始皇统一后的错误政策，“过秦”从此开始。统一以后的政策是愚民和弱民。“废先王之道，燔百家之言”以愚民，隳名城，杀豪俊，销兵器以弱民。因为毁掉六国的名城，使无反抗的地利；杀掉豪俊，使无组织领导反抗的人才；销毁兵器，使老百姓想反抗也无武器。这是对六国之民的统治办法。另一方面对秦国本身继续加固险要的地形，加强精锐的武装力量的防守。“陈利兵而谁何”，“何”通“呵”，呵问经过的人为谁，指严格盘查行人，防止出问题。这一段也写得酣畅淋漓。“天下已定”总结上文，“始皇之心，自以为关中之固，金城千里，子孙帝王万世之业也”。“自以为”三字讽刺始皇的妄想，因为“愚民”“弱民”和一味镇压的政策，在贾谊看来非失败不可。

“始皇既没，余威震于殊俗”，这两句也是过渡性的，是为了反衬陈涉起义。写始皇的余威，说明秦的灭亡不是没有武力权威的问题，而另有原因。接着用“然而”一转，写秦朝在陈涉起义军的打击下，迅速灭亡。这一段极写陈涉的出身微贱，才能平庸，毫无力量，“蹑足行伍之间，俛起阡陌之中”。“阡陌”指田间道路，这里指田亩，陈涉曾为人佣耕（“阡陌”也有本子作“什伯”，和“行伍”义重，故不取）。写陈涉“率疲散之卒，将数百之众”，“斩木为兵，揭竿为旗”，这哪里能算一支武装力量？但他却顺应天下反秦的愿望：“天下云集而响应，赢粮而景从”。于是秦国便彻底覆亡，“山东豪俊，遂并起而亡秦族矣”。这一段和第二段是鲜明的对比，极写陈涉的平庸，说明秦之亡咎由自取。

最后一段为全文的高潮和结束。作者采用对比的形势来说明问题。秦始皇以为只要能使六国之民弱而秦强，就会传之万世。这里说明天下确实是大弱了，而不止是小弱，而秦国的山河“雍州之地，崤函之固”还和原先一样。这一句和篇首遥相呼应。这是一个对比。再拿陈涉和第二段所写的内容做对比，地位、武器、士众、军事谋略，无论哪一方面都不能相比。作者一律用“非……于”的句式，表示退一万步陈涉也不能比当时诸侯强。接着用“然而”一转，“成败异变，功业相反”，成为两种完全不同的结局，这是为什么？“何也”，《新书》没有“何”字，不如有“何”字一问再煞住，更有气势，更启人思考。“试使”一句把陈涉与六国作一判断，“不可同年而语”，说秦之亡不是亡于对手的强大。“然秦以区区之地”起，把秦的兴亡史用极简练的笔墨作一总结。所谓“百有余年”，指第一、二段写的始皇以前秦的兴盛。“然后以六合为家，崤函为宫”，写气势到了顶点。“一夫作难而七庙隳，身死人手，为天下笑”几句话急转直下，笔力千钧，写其灭亡之迅速。“何也”再一问，“仁义不施，而攻守之势异也”一答，点明中心思想。“仁义不施”是对第三段“于是废先王之道”那些话说的。“攻守之势异”是表明前面的成功和后面的失败是形势使然。贾谊的观点，认为取天下是可以凭武力，而守天下却必须靠仁义，就是说用正确的政策维系人心，一味镇压是不可能持久的。这实际上是要汉文帝记取这个历史教训，谋求长治久安之道。

这篇文章不过一千多字，却总结了秦王朝的兴亡史及其历史教训。他采取大肆渲染的方法，能加深印象。对于秦的兴盛，他重点写孝公和始皇，而用六国做对衬；对秦的灭亡，他重点写陈涉的平庸以六国作对照，而得到秦亡于“仁义不施”这个论断。这在战国之后，竞尚武力，而贾谊能看出这一点，说明他思想中的进步性，是超出当时一般人的。贾谊是辞赋家，这篇文章大量的排比，笔酣墨饱，实际使用的是辞赋的手法。如果是历史学家，这样写是不足为训的；但辞赋家却容许以如此集中、夸张的方式来取得打动读者的效果。这是应该注意的。

（周本淳）

廉颇蔺相如列传(节选)

司马迁

廉颇者,赵之良将也。赵惠文王十六年①,廉颇为赵将,伐齐,大破之,取阳晋②,拜为上卿,以勇气闻于诸侯。蔺相如者,赵人也,为赵宦者令缪贤舍人③。

赵惠文王时,得楚和氏璧④。秦昭王闻之,使人遗赵王书,愿以十五城请易璧。赵王与大将军廉颇、诸大臣谋:欲予秦,秦城恐不可得,徒见欺;欲勿予,即患秦兵之来。计未定,求人可使报秦者,未得。宦者令缪贤曰:"臣舍人蔺相如可使。"王问:"何以知之?"对曰:"臣尝有罪,窃计欲亡走燕。臣舍人相如止臣,曰:'君何以知燕王?'臣语曰:'臣尝从大王与燕王会境上,燕王私握臣手,曰:"愿结友。"以此知之,故欲往。'相如谓臣曰:'夫赵强而燕弱,而君幸于赵王,故燕王欲结于君。今君乃亡赵走燕,燕畏赵,其势必不敢留君,而束君归赵矣。君不如肉袒伏斧质请罪,则幸得脱矣。'臣从其计,大王亦幸赦臣。臣窃以为其人勇士,有智谋,宜可使。"于是王召见,问蔺相如曰:"秦王以十五城请易寡人之璧,可予不?"相如曰:"秦强而赵弱,不可不许。"王曰:"取吾璧,不予我城,奈何?"相如曰:"秦以城求璧而赵不许,曲在赵;赵予璧而秦不予赵城,曲在秦。均之二策,宁许以负秦曲。"王曰:"谁可使者?"相如曰:"王必无人,臣愿奉璧往使。城入赵而璧留秦;城不入,臣请完璧归赵。"赵王于是遂遣相如奉璧西

---

① 赵惠文王十六年:公元前 283 年。

② 阳晋:齐邑,故址在今山东郓城西。

③ 宦者令:宫中宦官的首领。舍人:王公贵官的侍从宾客、亲近左右。

④ 楚和氏璧:楚人卞和得玉璞先后献给楚厉王、武王,琢玉的匠人都说是石头,王以为诳,先后断去其左右脚。文王立,卞和抱璞哭于山中,王使琢玉的匠人剖璞,得宝玉,因命为和氏璧。事见《韩非子·和氏篇》。

入秦。

秦王坐章台①见相如。相如奉璧奏秦王。秦王大喜,传以示美人及左右,左右皆呼万岁。相如视秦王无意偿赵城,乃前曰:"璧有瑕,请指示王。"王授璧,相如因持璧却立,倚柱,怒发上冲冠,谓秦王曰:"大王欲得璧,使人发书至赵王,赵王悉召群臣议,皆曰:'秦贪,负其强,以空言求璧,偿城恐不可得。'议不欲予秦璧。臣以为布衣之交尚不相欺,况大国乎!且以一璧之故逆强秦之驩,不可。于是赵王乃斋戒五日,使臣奉璧,拜送书于庭。何者?严大国之威以修敬也②。今臣至,大王见臣列观③,礼节甚倨;得璧,传之美人,以戏弄臣。臣观大王无意偿赵王城邑,故臣复取璧。大王必欲急臣,臣头今与璧俱碎于柱矣!"相如持其璧睨柱,欲以击柱。秦王恐其破璧,乃辞谢固请,召有司案图④,指从此以往十五都予赵。相如度秦王特以诈,佯为予赵城,实不可得,乃谓秦王曰:"和氏璧,天下所共传宝也。赵王恐,不敢不献。赵王送璧时,斋戒五日,今大王亦宜斋戒五日,设九宾于廷⑤,臣乃敢上璧。"秦王度之,终不可强夺,遂许斋五日。舍相如广成传⑥。相如度秦王虽斋,决负约不偿城,乃使其从者衣褐,怀其璧,从径道⑦亡,归璧于赵。

秦王斋五日后,乃设九宾礼于廷,引赵使者蔺相如。相如至,谓秦王曰:"秦自缪公⑧以来二十余君,未尝有坚明约束⑨者也。臣诚恐见欺于王而负赵,故令人持璧归,间至赵矣。且秦强而赵弱,大王遣一介之使至赵,赵立奉璧来;今以秦之强,而先割十五都予赵,赵岂敢留璧而得罪于大王

---

① 章台:秦离宫名,故址在今陕西长安县,渭水南岸。
② "严大国"句:敬畏大国的威严而表明尊敬的心情。
③ 列观:一般的台观,不是举行重大典礼的地方。这里指章台。
④ 有司:职有专司的官吏。案图:依照地图。
⑤ 设九宾于廷:当时外交上最隆重的礼仪,由傧相九人依次传呼接引上殿。
⑥ 广成传:宾馆名。传,传舍,宾馆。
⑦ 径道:小路。
⑧ 缪公:缪,同"穆"。穆公即秦穆公,春秋五霸之一。
⑨ 坚明约束:坚决明确地遵守信约。

乎？臣知欺大王之罪当诛，臣请就汤镬①。唯大王与群臣孰计议之！”秦王与群臣相视而嘻②。左右或欲引相如去，秦王因曰：“今杀相如，终不能得璧也，而绝秦、赵之驩，不如因而厚遇之，使归赵。赵王岂以一璧之故欺秦邪！”卒廷见相如，毕礼而归之。

相如既归，赵王以为贤大夫，使不辱于诸侯，拜相如为上大夫③。秦亦不以城予赵，赵亦终不予秦璧。

其后秦伐赵，拔石城④。明年，复攻赵，杀二万人。秦王使使者告赵王，欲与王为好，会于西河外渑池⑤。赵王畏秦，欲毋行。廉颇、蔺相如计曰：“王不行，示赵弱且怯也。”赵王遂行，相如从。廉颇送至境，与王诀曰：“王行，度道里会遇之礼毕，还，不过三十日；三十日不还，则请立太子为王，以绝秦望。”王许之，遂与秦王会渑池。秦王饮酒酣，曰：“寡人窃闻赵王好音，请奏瑟！”赵王鼓瑟。秦御史前，书曰：“某年月日，秦王与赵王会饮，令赵王鼓瑟。”蔺相如前曰：“赵王窃闻秦王善为秦声，请奏盆缻⑥秦王，以相娱乐。”秦王怒，不许。于是相如前进缻，因跪请秦王。秦王不肯击缻。相如曰：“五步之内，相如请得以颈血溅大王矣！”左右欲刃相如，相如张目叱之，左右皆靡。于是秦王不怿，为一击缻。相如顾召赵御史书曰：“某年月日，秦王为赵王击缻。”秦之群臣曰：“请以赵十五城为秦王寿。”蔺相如亦曰：“请以秦之咸阳为赵王寿。”秦王竟酒，终不能加胜于赵。赵亦盛设兵以待秦，秦不敢动。

既罢，归国，以相如功大，拜为上卿，位在廉颇之右⑦。廉颇曰：“我为赵将，有攻城野战之大功，而蔺相如徒以口舌为劳，而位居我上。且相如

---

① 镬：大锅。

② 嘻：这里指苦笑声。

③ 上大夫：古官名，周王室及诸侯各国，卿以下有大夫，分上、中、下三等。

④ 石城：赵邑名，故城在今河南林县西南。

⑤ 渑池：古城名，一作黾池，因南有黾池得名，在今河南渑池西。

⑥ 盆缻：盛酒的瓦器，秦人敲击作为唱歌的节拍。

⑦ 右：这里指上位。

素贱人，吾羞，不忍为之下。”宣言曰：“我见相如，必辱之！”相如闻，不肯与会。相如每朝时，常称病，不欲与廉颇争列。已而相如出，望见廉颇，相如引车避匿。于是舍人相与谏曰：“臣所以去亲戚而事君者，徒慕君之高义也。今君与廉颇同列，廉君宣恶言，而君畏匿之，恐惧殊甚。且庸人尚羞之，况于将相乎！臣等不肖，请辞去。”蔺相如固止之，曰：“公之视廉将军孰与秦王①？”曰：“不若也。”相如曰：“夫以秦王之威，而相如廷叱之，辱其群臣；相如虽驽，独畏廉将军哉！顾吾念之，强秦之所以不敢加兵于赵者，徒以吾两人在也。今两虎共斗，其势不俱生。吾所以为此者，以先国家之急，而后私仇也！”廉颇闻之，肉袒负荆②，因宾客至蔺相如门谢罪。曰：“鄙贱之人，不知将军宽之至此也。”卒相与驩，以刎颈之交。

……

后四年，赵惠文王卒，子孝成王立。七年，秦与赵兵相距长平③，时赵奢已死，而蔺相如病笃，赵使廉颇将攻秦。秦数败赵军，赵军固壁不战。秦数挑战，廉颇不肯。赵王信秦之间。秦之间言曰：“秦之所恶，独畏马服君赵奢之子赵括为将耳。”赵王因以括为将，代廉颇。蔺相如曰：“王以名使括，若胶柱而鼓瑟④耳。括徒能读其父书传，不知合变也。”赵王不听，遂将之。

赵括自少时学兵法，言兵事，以天下莫能当。尝与其父奢言兵事，奢不能难，然不谓善。括母问奢其故，奢曰：“兵，死地也，而括易言之。使赵不将括即已，若必将之，破赵军者必括也！”及括将行，其母上书言于王曰：“括不可使将！”王曰：“何以？”对曰：“始妾事其父，时为将。身所奉饭饮而进食者以十数，所友者以百数；大王及宗室所赏赐者尽以予军吏士大夫；受命之日，不问家事。今括一旦为将，东向而朝，军吏无敢仰视之者；王所

① “公之视”句：你们看廉将军比秦王怎么样？

② 负荆：背着荆条表示愿受责打，古代表示认错服罪。

③ 长平：赵邑，在今山西高平西北。

④ 胶柱而鼓瑟：柱为琴瑟上支弦的小木。鼓瑟成调，先须转柱调弦，若胶柱则不能定音，就弹不成曲调了。比喻赵括死读兵书，不会活用。

赐金帛，归藏于家，而日视便利田宅，可买者买之。王以为何如其父？父子异心，愿王勿遣！”王曰：“母置之，吾已决矣！”括母因曰：“王终遣之，即有如不称，妾得无随坐乎？”王许诺。

赵括既代廉颇，悉更约束，易置军吏。秦将白起闻之，纵奇兵，佯败走，而绝其粮道，分断其军为二，士卒离心。四十余日，军饿，赵括出锐卒自搏战。秦军射杀赵括。括军败，数十万之众遂降秦，秦悉阬之。赵前后所亡凡四十五万。明年，秦兵遂围邯郸，岁余，几不得脱。赖楚、魏诸侯来救，乃得解邯郸之围。赵王亦以括母先言，竟不诛也。

自邯郸围解五年，而燕用栗腹①之谋，曰：“赵壮者尽于长平，其孤未壮。”举兵击赵。赵使廉颇将，击，大破燕军于鄗②，杀栗腹，遂围燕。燕割五城请和，乃听之。赵以尉文③封廉颇为信平君，为假相国。

廉颇之免长平归也，失势之时，故客尽去；及复用为将，客又复至。廉颇曰：“客退矣！”客曰：“吁！君何见之晚也！夫天下以市道交，君有势，我则从君；君无势则去。此固其理也，有何怨乎？”居六年，赵使廉颇伐魏之繁阳④，拔之。

赵孝成王卒，子悼襄王立，使乐乘代廉颇。廉颇怒，攻乐乘，乐乘走。廉颇遂奔魏之大梁。其明年，赵乃以李牧为将而攻燕，拔武遂、方城⑤。

廉颇居梁久之，魏不能信用。赵以数困于秦兵，赵王思复得廉颇，廉颇亦思复用于赵。赵王使使者视廉颇尚可用否。廉颇之仇郭开多与使者金，令毁之。赵使者既见廉颇，廉颇为之一饭斗米，肉十斤，被甲上马，以示尚可用。赵使还报王曰：“廉将军虽老，尚善饭；然与臣坐，顷之，三遗矢矣！”赵王以为老，遂不召。

楚闻廉颇在魏，阴使人迎之。廉颇一为楚将，无功，曰：“我思用赵

---

① 栗腹：时为燕相。曾鼓动燕王乘危伐赵，事见《史记·燕召公世家》。
② 鄗(hào)：赵邑，在今河北柏乡北。
③ 尉文：邑名，在赵国西北境，今地不详。
④ 繁阳：魏邑，在今河南内黄东北。
⑤ 武遂：燕邑，在今河北徐水。方城：燕邑，在今河北固安南。

人!”廉颇卒死于寿春①。

……

太史公曰：知死必勇；非死者难也，处死者难②。方蔺相如引璧睨柱，及叱秦王左右，势不过诛；然士或怯懦而不敢发。相如一奋其气，威信敌国，退而让颇，名重太山：其处智勇，可谓兼之矣!

赏析

本篇合传与附传兼备，以写廉颇、蔺相如为主，后面附有赵括等人的事迹。通过这些人的传略，反映了赵国从赵惠文王到赵王迁七十年间的兴亡史，同时也反映出如何使用人才的问题；强调了君主善于举贤授能、知人善任，国家就强盛，君主若良莠不分、忠奸不辨，国家就败亡的主题。

全文主要写了四个有名的故事，即“完璧归赵”“渑池之会”“廉蔺交欢”及“长平之战”。文章以双起法开篇，同时推出廉颇与蔺相如，而后又单写蔺相如，将廉颇的悬念留给了读者。写蔺相如，则先藉缪贤之口，道出其平时为人的性格，推崇其临机处事的智谋，为下文张本。接着才开始“完璧归赵”的故事。“完璧归赵”一事不见于《战国策》，司马迁当另有所据。整段文字写来紧凑有力，情景细腻逼真。喜怒见于色，须眉见于形，可谓理明而辞畅。短短的数语，就将紧张、危险的场面，勇敢机智的人物形象表现得淋漓尽致，不禁使人由其文而想见其人，设想其事。其中尤以持璧睨柱一段最为精彩。接下来写秦王斋戒后相如徒手晋见，及今读之，犹不禁让人为之捏一把冷汗。但作者行文却从容不迫，由相如的一席话立刻将紧张的局势化为轻松，干戈化为玉帛，最后“毕礼而归之”。写来入情入理，不着痕迹；读来令人荡气回肠，时觉有一

① 寿春：楚地，即今安徽寿县。

② “知死”三句：知道自己将死而泰然处之，必定是大勇之人。死并非难事，难的是从容地对待死。

段激越悠扬的乐音回荡在心灵深处。“渑池之会”的情景则如戏，如电影。这一段文字留给读者以广阔的想象空间。那紧张危险、激动人心的场面，历历如在目前；那舌剑唇枪、互不相让的口战，仿佛就在耳旁。在这里，描写的已不是宴饮的好会，而是两国人才、智慧、勇气的决斗，是一处没有硝烟的战场。作者用他那如椽巨笔生动而富于戏剧性地刻画了蔺相如灵活机智，不畏强暴，据理力争的英雄形象。行文紧张刺激，历历如见。在“廉蔺交欢”中，廉颇才开始正式登场。在这里，作者的写法是两人并重。先写蔺相如度量宽宏，先公后私的襟怀，次写廉颇识大局，勇于改过的勇气。在当时，廉颇以百战功勋，国家重臣，齿德兼隆的身份，向蔺相如这位后起之秀负荆请罪，可知作者突出表现的是廉颇之勇气，用笔实胜过对蔺相如之宽容的刻画，廉颇性格中真率、憨直的一面也跃然纸上。“长平之战”着重于成败之由、得失之故。作者以无可辩驳的事实说明君主能否知人善任，关系到一个国家兴亡。宋代洪迈说：“赵括之不宜为将，其父以为不可，母以为不可，大臣以为不可；秦王知之，相应侯知之，将白起知之，独赵王以为可。故用之而败。”（《容斋随笔》卷二）长平之战的教训是惨痛的，但赵国君主仍不引以为戒，依然偏听偏信，终使廉颇报国无门，客死异邦。赵王自断手足，自毁长城，其国不灭，难矣！

司马迁通过这四个故事成功地塑造出几个性格鲜明的人物形象。首先，司马迁善于在矛盾冲突中表现人物。他写蔺相如，主要通过完璧归赵、渑池之会、廉蔺交欢三个重要情节表现蔺相如的智勇。这三个故事反映了两种矛盾。一是秦赵之间的矛盾，一是廉蔺之间的矛盾。第一个矛盾也是主要矛盾，促成了蔺相如得以表现他的大智大勇，使赵国取得一个又一个胜利，他自己的地位也由一个普通门客提升为上卿，位在廉颇之右。这样，秦赵两国之间矛盾发展的结果，又构成了将相之间矛盾的前因，随秦赵矛盾的暂时缓和，廉蔺之间的矛盾突出了。但主要矛盾的始终存在，蔺相如的高瞻远瞩及廉颇的刚直敦厚使得廉蔺之间的矛盾终于得以消解。司马迁就在这两个矛盾的展开中完成了他理想中典型的儒家将相的形象塑造。其次，司马迁还善于在对比中显示人物的个性。所谓个性，就是这个人区别于其他人的独特的性格，这种区别也只有在对比中才能鲜明地表现出来。如蔺相如对强秦的英勇无畏与对廉颇的谦让退避；廉颇对蔺相如的前倨与后恭；蔺相如的大智大勇与秦王的色厉内荏；赵奢用兵之明与赵括纸上谈兵；众人对赵括的明察与赵王对赵括的不察……这些对比，就像画家用了鲜明的色彩一样，使人的感观出现强烈的反差，作者所要表现的形象就强烈地留在读者的脑海里了。

另外，司马迁也是塑造典型的大师。他笔下的每一个传记都有一个生命，他所有的素材都为之而组织。他尽可能去创造、去维护、去发扬这一生命。从某种意义上来说，司马迁可谓一个出色的摄影师，他总是选取最好的镜头，捕捉最完美的瞬间。在同一景色里，他会为他们拍合影，但更多的是特写。他能准确地把握作品的重心，由于这重心而构成了整个作品的完整。在这种意味上，他又是一个卓越的肖像画家，也是一个优异的雕刻家。同时，他也像一个大音乐家一样，在他的作品里奏着独有的旋律。而这旋律，使他的文章有着无比的韵味。在他精心谱写的旋律的起承转合处，可以强烈地体会到司马迁对结构是何等地惨淡经营而又挥洒自如，匠心独运。在本文所写的众人中，廉颇为赵国宿将，而死于最后。故行文以廉颇为经，以蔺相如、赵括等人为纬，对这些人的记述详备，而对廉颇反而简略。于此最见司马迁意匠之妙。在叙次诸人时，又以廉颇缨络其间，前后一线相承，不致散漫。司马迁为增加文字结构之美，已把廉颇作为一种重复的事项，让他的出现就像一种旋律，又像建筑长廊中的列柱似的，构成一种连绵回环的气势。在文章的末尾，太史公的评又留有独特的余韵，令人读后掩卷深思。从这一点上，可以看出司马迁不仅构筑了结构宏大的《史记》纪传体例，而且在结构的每一细节上他更是精雕细刻，极尽巧匠之能事。

本文的语言，无论是叙事，还是对话，都达到极高的境界。其叙事语言奇而韵。所谓奇，就是自秦文的矫健而变为疏荡淡远；所谓韵，就是经楚辞的洗礼，使疏荡处不流于偏枯躁急。其对话语言极为贴切与传神，起到叙事语言所无法替代与企及的功效。整篇文字笔酣墨饱，神完气足，令人把玩不已！

（安平秋　李　宇）

周亚夫军细柳①

司马迁

文帝之后六年②，匈奴大入边。乃以宗正③刘礼为将军，军霸上④；祝兹侯徐厉为将军，军棘门⑤；以河内⑥守亚夫为将军，军细柳：以备胡。

上自劳军。至霸上及棘门军，直驰入，将以下骑送迎。已而之细柳军，军士吏被甲，锐兵刃，彀⑦弓弩，持满⑧。天子先驱至，不得入。先驱曰："天子且至。"军门都尉⑨曰："将军令曰：'军中闻将军令，不闻天子之诏。'"居无何，上至，又不得入。于是上乃使使持节⑩诏将军："吾欲入劳军。"亚夫乃传言开壁门⑪。壁门士吏谓从属车骑⑫曰："将军约，军中不得驱驰。"于是天子乃按辔徐行⑬。至营，将军亚夫持兵⑭揖曰："介胄之士不拜，请以军礼见。"天子为动，改容式车⑮。使人称谢："皇帝敬劳将军。"成礼而去。

---

① 军：驻军。细柳：古地名，在今陕西咸阳市西南渭河北岸。
② 文帝之后六年：公元前158年。
③ 宗正：官名，为皇族事务机关的长官，多由皇族充任。
④ 霸上：古地名，因地处霸水西高原上而得名，在今陕西西安市东，为当时军事要地。
⑤ 棘门：古地名，在今陕西咸阳市东北。
⑥ 河内：汉郡名，辖境相当今河南黄河以北，京汉铁路(包括汲县)以西地区。
⑦ 彀(gòu)：拉开。
⑧ 持满：拉弓使满。
⑨ 都尉：武官名。
⑩ 持节：手持符节。符节是代表朝廷的信物，调动军队的凭证。
⑪ 壁门：营门。
⑫ 从属车骑：跟随皇帝前来的车马。
⑬ 按辔徐行：控制着马缰绳，使车马慢慢走。
⑭ 兵：兵器。
⑮ 改容式车：改容，改变面容。指表情变得严肃。式车，在车上俯身而抚车前横木，表示敬意。式，同"轼"，车前横木。

既出军门，群臣皆惊。文帝曰："嗟乎！此真将军矣！曩者霸上、棘门军，若儿戏耳，其将固可袭而虏也。至于亚夫，可得而犯邪？"称善者久之。

赏析

这篇文字节选自《史记·绛侯周勃世家》。周勃是汉代开国元戎，他死后由其长子周胜之袭封侯爵。后胜之因犯罪削封，汉文帝才选周勃诸子中的贤者、当时担任河内守的周亚夫作爵位的继承人。文帝后元六年(前158)，匈奴入寇，亚夫奉命领军防守长安，驻军细柳。其实这次匈奴入侵，历时不过一个多月，因汉军戒备森严，以匈奴引兵退却而结束，对长安仅仅是一场虚惊。按照《史记》笔法，只须在头一段"以备胡"的后面，加上"居一月，虏遁，罢"六个字，即可交代这段史实。但这次周亚夫驻军细柳，是他袭封条侯、走上历史舞台之后的首次亮相，也是他受知于文帝，成就功名事业的开端。为了让这位汉初著名将相第一次出场就给人以鲜明深刻的印象，司马迁写了如上一大段文字，而且把这段文字写得曲折回环，起伏跌宕，极具精神，充分展示了周亚夫的才华与个性。

扬雄《法言·君子篇》说："子长(司马迁字)多爱，爱奇也。"司马贞《史记索隐后序》也说："太史公记事……或旁搜异闻以成其说，然其人好奇而词省。"苏辙评《史记》，谓"其文疏荡，颇有奇气"(《上枢密韩太尉书》)。"奇"是《史记》的基本艺术特色。其事奇而信，其文奇而雄。这种艺术特色，在《周亚夫军细柳》一节文字中，得到充分的印证。

文章第一句，就大书特书"匈奴大入边"。不必具言入边的匈奴有多少军马，分几条路线，攻到了什么地方，用了这"大入边"三个字，顿觉烽火烛天，胡尘匝地，一派紧张气象。司马迁让周亚夫在这严峻的时刻出场，一起便有激荡雄奇之气，蓄于笔端。

大战迫在眉睫，京都安危系于旦暮，周亚夫如何部勒士卒，经营防务，自是题内应有之义。司马迁于此只字不说，却突然转出“上（汉文帝）自劳军”大段精雕细刻的文字，真是起落无端，奇变莫测。天子劳军，礼仪隆重，屯军的将帅，当然要亲自送迎。当车驾进入长安东面霸上刘礼将军营中和长安东北棘门徐厉将军营中时，两位将军都大开营门，任劳军队伍驰骤而入，而且恭恭敬敬地迎送。人臣之礼如此，本是常情常态，这些也只是三言两语带过。待劳军车驾来到周亚夫大军驻地细柳，还在营外防御工事的大门边，迎接天子车驾的竟是披甲执刀、张弓搭箭的军士。劳军的先行队伍马到门前，军士闭门不纳。这情况就透着奇。此时卫士传呼天子将至，满以为守军会立刻开门。谁知守门军将严正回答：“军中闻将军令，不闻天子之诏。”连皇帝的命令也行不通了，又是一奇。等到文帝亲至，同样被拒于门外，更是奇中之奇。直到文帝派人手持符节以诏亚夫，他才传令打开防御工事的大门；但自己依然稳居中军，不来接驾，这更是一种奇异现象。天子车驾进了壁门，守门士吏居然传亚夫将令：“军中不得驱驰”，使文帝只好“按辔徐行”。堂堂汉家天子，不得不听命于属下将军，接受军令的约束，小心翼翼地行动，这在中国封建时代恐怕是绝无仅有的奇事。直到文帝进入中军营帐，周亚夫才出来接驾，却又不跪拜山呼，而是介胄戎装，持刀而揖，以军中之礼见当今天子。为人臣而平揖至尊，见了皇帝居然手持利刃，那行动，就不止令人感到奇，而且不能不为之一惊，将以为变生不测。更奇怪的是，这位汉文帝不但不责怪亚夫，反而为这位将军的威严整肃而动容，俯下身躯，抚着车前横木，表示敬意。这节劳军文字，其事则曲折起伏，变化迭起；其文则奇峰间出，波诡云谲。无怪乎劳军完毕车驾走出军门后，“群臣皆惊”；而识将才、赏奇士的汉文帝，却嗟然而叹，称赞周亚夫是“真将军”。

前面说过，“奇”是司马迁《史记》的主要艺术特色。但司马迁决非猎奇自炫、取媚流俗的作家。他的《史记》向称“实录”，决非小说家言。《史记》之奇，乃在善于在曲折奇特的情节中显示人物性格。他笔下的历史人物，性格统一，有血有肉，因此读之者感到文虽奇而事可信。这就是刘勰在其《文心雕龙·辨骚》中说的：“玩华而不坠其实，酌奇而不失其真。”

这段文字的章法结构，虽剪裁一节而自成篇章。一起写三位将军的防地，两陪一正，两虚一实，对比映衬，使周亚夫的形象更加鲜明突出。结尾文帝一段议论，仍以霸上、棘门作陪衬，一起一结，先后辉映，显得章法严整而不失自然。对文帝，对亚夫，一笔两到，既突出亚夫，又显示出文帝的知人善任，犹其余事。

（赖汉屏）

毛诗序

毛　亨

《关雎》①,后妃之德也,风之始也,所以风天下而正夫妇也。故用之乡人焉②,用之邦国焉③。风,风也,教也;风以动之,教以化之。

诗者,志之所之也。在心为志,发言为诗。情动于中而形于言,言之不足,故嗟叹之;嗟叹之不足,故永歌之;永歌之不足,不知手之舞之,足之蹈之也。

情发于声,声成文谓之音。治世之音安以乐,其政和;乱世之音怨以怒,其政乖;亡国之音哀以思,其民困。故正得失,动天地,感鬼神,莫近于诗。先王以是经夫妇,成孝敬,厚人伦,美教化,移风俗。

故诗有六义焉,一曰风④,二曰赋⑤,三曰比⑥,四曰兴⑦,五曰雅⑧,六曰颂⑨。上以风化下,下以风刺上,主文而谲谏⑩,言之者无罪,闻之者足以戒,故曰风。至于王道衰,礼义废,政教失,国异政,家殊俗,而变风变雅作矣。国史明乎得失之迹,伤人伦之废,哀刑政之苛,吟咏情性,以风其

---

① 关雎:《诗·国风·周南》首篇篇名,所以后来说是"风之始也"。

② 用之乡人焉:据《仪礼·乡饮酒礼》,乡大夫行乡饮酒礼时,以《关雎》合乐。

③ 用之邦国焉:据《仪礼·燕礼》,诸侯行燕礼燕饮其臣子及宾客时,歌乡乐《关雎》。

④ 风:总括其意,当有风化、风俗和讽刺三义。

⑤ 赋:郑玄注《周礼·春官·大师》(下同)说:"赋之言铺,直铺陈今之政教善恶。"但后人大都认为只是"直书其事""体物写意"的表现手法。

⑥ 比:郑玄解为"见今之失,不敢斥言,取比类以言之"。后人大都认为是明比的手法。

⑦ 兴:郑玄解为"见今之美,嫌于媚谀,取善事以喻劝之"。后人大都认为兴有即物起兴,用作发端,或有意,或无意;有意者用意较为隐晦。

⑧ 雅:郑玄解为"言今之正者以为后世法"。近人梁启超《释四诗名义》解作夏声,即中原正声云。

⑨ 颂:郑玄解为"颂今之德,广以美之"。清阮元《释颂》认为是舞诗,近人王国维《说周颂》考其乐曲速度较为舒缓。

⑩ 谲谏:隐约曲折地劝谏而不直率以言。

上,达于事变而怀其旧俗者也。故变风发乎情,止乎礼义。发乎情,民之性也;止乎礼义,先王之泽也。是以一国之事①,系一人之本,谓之风;言天下之事,形四方之风,谓之雅。雅者,正也,言王政之所由废兴也。政有小大,故有小雅焉,有大雅焉。颂者,美盛德之形容,以其成功告于神明者也。是谓四始②,诗之至也。

然则《关雎》《麟趾》③之化,王者之风,故系之周公。南,言化自北而南也④。《鹊巢》《驺虞》⑤之德,诸侯之风也,先王之所以教,故系之召公。《周南》《召南》⑥,正始之道,王化之基。是以《关雎》乐得淑女以配君子,忧在进贤,不淫其色;哀窈窕⑦,思贤才,而无伤善之心焉。是《关雎》之义也。

赏析

《诗经》作为一部古代的诗歌总集流传到汉代,已经成为一种具有各种不同派别的学问。齐(辕固生所传)、鲁(申公所传)、韩(韩婴所传)三家诗都立于学官,成为官学,三者全属今文学派。毛诗后起,属古文学派,其学直到汉末,还不曾被官家承认而只通过私学在社会上流传,但不意却能独步于后世。齐、

---

① “是以一国之事”六句:据《正义》,一人之本和言天下之事者,都是指作诗之人。一人者,用一人之心,来表一国之心;又总天下之心,由一人以达之。

② 四始:《正义》引郑玄答张逸云:“风也,小雅也,大雅也,颂也,此四者,人君行之则为兴,废之则为衰。”又引《郑笺》:“始者,王道兴衰之所由。”其后异说颇多,不具列。

③ 《麟趾》:即《麟之趾》,《诗·国风·周南》中最后的诗篇。

④ 南,言化自北而南也:《毛传》:“谓其化从岐周被江、汉之域也。”

⑤ 《鹊巢》《驺虞》:《鹊巢》是《诗·国风·召南》中的首篇。《驺虞》是《诗·国风·召南》中最后的诗篇。

⑥ 《周南》《召南》:清马瑞辰《毛诗传笺通释》说:“南盖商世诸侯之国名也。”宋程大昌《考古编》认为南是乐歌。近人郭沫若《甲骨文字研究·释南》又考定南为一种乐器,孳乳为曲调之名。

⑦ 哀窈窕:哀即“爱”。郑玄训“衷”,殊欠妥。扬雄解“善心为窈,善容为窕”。

鲁两家，各以地名称学，可见系当时的地方学派；韩、毛两家，各以姓氏称学，可见均系一家之言的学说。但这四家诗学，都同属汉代的学风，其解《诗》虽大相径庭，可是在推断方法上出手却如出一辙。

序中所说的"《关雎》，后妃之德也"，"《关雎》《麟趾》之化"等等，自然是汉人穿凿附会上去的东西，与作诗的本意无涉。譬如同一首《关雎》，毛诗以为美诗，三家诗又以为刺诗，《韩诗外传》卷五又以为美诗，与《内传》不同。忽美忽刺，漫无定准。当然，在人世间原不乏丑恶的现象和美好的憧憬，作为反映社会现实的诗自不免有美有刺，但如果把所有的诗都说成是非美即刺，就未免将文学的表现看得过于政治化和简单化了。

此序之论除有此弊之外，可取之说有三：

首先是对诗的认识问题。闻一多在《歌与诗》一文中，曾考出"志"有"记忆""记录""怀抱"三个意义，以证"志"即是"诗"。这是就语源来立说的。但随着社会的变迁和字义的变化，汉代所说的"志"，已是诗人的"情志"了。一方面，在心为"志"，因"情"动于中而发言为诗，言之不足固可嗟叹永歌、手舞足蹈，以取其"发乎情"之真；但另一方面，却也不是任情之所之的，必须有所节制而能"止乎礼义"，这就是要达到诗之善。

其次是对诗所反映的内容偏重于社会性和政治性方面。即认为从诗可以观政知世，用诗可以教民化俗。这个观点在序中是极为明确地阐明了的。

第三是论诗的艺术功用，说"正得失，动天地，感鬼神，莫近于《诗》"。这里从诗的思想作用谈到了艺术特性，这也就触及了美的问题。至于说到《诗》的六义，这里虽然只解释了"风""雅""颂"三义，可也涉及体和用的问题。"主文而谲谏"云云，就很突出地指出了刺上之"风"的艺术特色。

《诗序》的作者问题，历来是聚讼纷纭的。《四库全书总目提要》卷十五论《诗序二卷》，参考诸说，"定序首二句，为毛苌以前经师所传，以下续申之词，为毛苌以下弟子所附"，态度比较谨慎。后崔述《读风偶识・通论诗序》，始根据《后汉书・儒林传》之意，坐实为卫宏所著。然其绪说实本诸前人，纵手笔出自卫宏，也是裒辑之功为多。如"言志"之说，本之《尚书・尧典》；"声成文"诸语，本之《礼记・乐记》；"六义"之说，本之《周礼・春官・大师》。或小易其字句，或删节以成文。崔述称美它“章法井然，首尾完密”云云，其实全然未必。文中脉络不贯，卯榫不接之处，初按即知，即使汉前之文，也没有这么紊乱的。如次段言“情动于中而形于言”，三段言“情发于声，声成文谓之音”；言与歌，声与音，彼此间接榫就欠妥。又如四段言诗之六义，只释其三，致使后人于赋、比、兴之说，遂多异词。再如四段言风，却未说雅，忽又言及变风、变雅，随即又释及变风而不及变雅，接着再释雅，而变雅仍告阙如。还有如末段“然则《关雎》《麟趾》之化”云云，像是《二南》的总批，而措语亦失伦次。“南，言化自北而南也”，宜置于“王化之基”以后，始有总结之意。“是以《关雎》乐得淑女以配君子”云云，亦似《关雎》之总批或小序，其用当与首段同，撮合一处，反而会更合适。

由此可见，这当是采摭众说而弥纶未安之作，不著作者之名，或即此欤？

（刘衍文）

魏晋南北朝文

前出师表

诸葛亮

先帝创业未半而中道崩殂①,今天下三分,益州②疲弊,此诚危急存亡之秋也。然侍卫之臣不懈于内,忠志之士忘身于外者,盖追先帝之殊遇,欲报之于陛下也。诚宜开张圣听,以光先帝遗德,恢弘志士之气;不宜妄自菲薄,引喻失义③,以塞忠谏之路也。

宫中府中④,俱为一体,陟罚臧否,不宜异同⑤。若有作奸犯科及为忠善者,宜付有司论其刑赏,以昭陛下平明之理;不宜偏私,使内外异法也。侍中、侍郎郭攸之、费祎、董允等⑥,此皆良实,志虑忠纯,是以先帝简拔以遗陛下。愚以为宫中之事,事无大小,悉以咨之,然后施行,必能裨补阙漏,有所广益。将军向宠,性行淑均⑦,晓畅军事,试用于昔日,先帝称之曰能,是以众议举宠为督⑧。愚以为营中之事,悉以咨之,必能使行阵和睦,优劣得所。亲贤臣,远小人,此先汉所以兴隆也;亲小人,远贤臣,此后

---

① 先帝:蜀汉先主刘备。备于吴蜀夷陵之战大败后的次年章武三年(223)病死,年六十三岁。旧时称皇帝之死为“崩”或“殂”(cú)、“殂落”。

② 益州:汉武帝所置十三刺史部之一,此指蜀汉疆域,相当于今四川、云南和贵州一部分。

③ 引喻:称引和比喻。失义:失却义理。此指说话不合道理。

④ 宫中府中:后主建兴元年(223)命诸葛亮开府治事(《华阳国志》定为建兴二年事),自辟僚属。宫中,指侍奉皇帝的官员。府中,指丞相府的属官。

⑤ 陟(zhì):升官。臧:善。否(pǐ):恶。异同:偏义复词,侧重于“异”。

⑥ “侍中”句:侍中、侍郎,皆为皇帝的侍从官。郭攸之,字演长,南阳(今属河南)人,当时任侍中。《楚国先贤传》谓郭“以器业知名于时”。费祎(yī),字文伟,江夏鄳(méng,故城在今河南罗山县西)人,当时任侍中。董允:字休昭,南郡枝江(今属湖北)人,当时任黄门侍郎。

⑦ 向宠:襄阳宜城(今属湖北)人。刘备时为牙门将。夷陵之战失败,唯向宠所部独无损失,故刘备称之曰“能”。淑均:良善公正。

⑧ 督:中部督,掌管禁卫军。

汉所以倾颓也。先帝在时,每与臣论此事,未尝不叹息痛恨于桓、灵也①。侍中、尚书、长史、参军②,此悉贞良死节之臣,愿陛下亲之信之,则汉室之隆,可计日而待也。

臣本布衣,躬耕于南阳③,苟全性命于乱世,不求闻达于诸侯。先帝不以臣卑鄙,猥自枉屈,三顾臣于草庐之中,咨臣以当世之事,由是感激,遂许先帝以驱驰。后值倾覆,受任于败军之际,奉命于危难之间,尔来二十有一年矣④!先帝知臣谨慎,故临崩寄臣以大事也⑤。受命以来,夙夜忧叹,恐托付不效,以伤先帝之明。故五月渡泸,深入不毛⑥。今南方已定⑦,兵甲已足,当奖率三军,北定中原⑧,庶竭驽钝,攘除奸凶,兴复汉室,还于旧都。此臣之所以报先帝而忠陛下之职分也。至于斟酌损益,进尽忠言,则攸之、祎、允之任也。愿陛下托臣以讨贼兴复之效,不效则治臣之罪,

---

① 桓:后汉桓帝刘志(147—167年在位)。灵:灵帝刘宏(168—189年在位)。桓帝先信任外戚梁冀,后又宠信宦官,下诏逮捕反对宦官的李膺等二百余人,兴起党锢之祸。灵帝即位,宦官继续专政,党锢之祸复起,朝政腐败,导致黄巾大起义。

② 侍中、尚书、长史、参军:侍中,指郭攸之、费祎。尚书,协助皇帝处理政事的官员,指陈震。震字孝起,南阳人,建兴三年拜尚书。长史,主管丞相府文书簿籍的属官,指张裔。裔字君嗣,蜀郡成都人,此时以射声校尉领留府长史。参军,丞相府属官,指蒋琬。琬字公琰,零陵湘乡(今属湖南)人,建兴元年迁参军,此时与长史张裔统留府事。

③ 布衣:平民。躬耕于南阳:诸葛亮在襄阳城西二十里之隆中亲自耕种以待时,襄阳时属南阳郡。

④ "后值倾覆"四句:倾覆,指建安十三年(208),刘备在当阳长坂被曹操击溃,逃奔夏口(今湖北武汉)。后派诸葛亮赴东吴与孙权约,共御曹操,败操于赤壁。自"倾覆"至此上表之建兴五年整二十年;从建安十二年三顾草庐算起,为二十一年。

⑤ "临崩"句:章武三年春,刘备于永安(白帝城,今四川奉节)病危,召诸葛亮于成都,托以后事。

⑥ 泸:泸水,今金沙江。不毛:未经开发的地方。"毛"指五谷及其他农作物。南方酷热,五月渡泸,极言其艰苦。

⑦ 南方已定:蜀后主建兴元年,云南地区越巂郡高定元、益州郡雍闿(后为孟获)、牂柯郡朱褒等发动变乱,诸葛亮以新遭先主之丧,未便用兵。三年春,亮率众南征,其秋悉平。

⑧ 中原:指曹魏。

以告先帝之灵。若无兴德之言，则责攸之、祎、允等之慢，以彰其咎。陛下亦宜自谋，以咨诹善道，察纳雅言，深追先帝遗诏①，臣不胜受恩感激。

今当远离，临表涕零，不知所言。

赏析

诸葛亮并不是一个文学家，而所著《出师表》却成为千古传诵的文学名篇。诚如宋代大文豪苏轼所说："诸葛孔明不以文章自名，而开物成务之姿，综练名实之意，自见于言语。至《出师表》，简而尽，直而不肆，大哉言乎，与《伊训》《说命》相表里，非秦汉以来以事君为悦者所能至也。"（见《乐全先生文集叙》）一篇不到八百字的短文，看似平实无奇，竟受到后人如此高度的赞扬，其原因何在呢？

无庸讳言，封建社会里的士大夫们看重《出师表》，自有其政治标准。他们往往着眼于文中表露的忠君思想，予以突出的鼓吹，藉以树立他们心目中的道德人伦的规范，是我们所不取的。但撇开这一层，我们仍不能不承认，这是一篇耐人咀嚼的好文章，有其自身不可磨灭的价值。它的特点可以用"理周情切，志尽文畅"八个字加以概括。

所谓理周，并非指文中讲了许多道理，而是说文章的立论很切合实际，针对性强，一字一句都落到实处，不作空泛之议，因而所讲的道理就显得有说服力，逻辑谨严，充分体现了政治家的优良文风。

此文写于后主建兴五年（227）诸葛亮率师北伐中原之际，而作者却把笔墨集中在修明内政这一点上。前半对后主进谏，直接谈朝政问题，后半自己述志，亦是落脚到劝刘禅"咨诹善道，察纳雅言"上来。为什么这样写呢？因为北伐曹魏、统一天下，是蜀汉建国以来的既定方针，而为了争取北伐的胜利，事前也作了一系列准备工作。这些都是本已明了的事，不必赘言。诸葛亮放心不

---

① 先帝遗诏：《三国志·蜀志·先主传》裴松之注引《诸葛亮集》，载先主遗诏付后主，中有"勿以恶小而为之，勿以善小而不为"等语。

下的，是他率领大军出征后的国内政治。他考虑到，只有把内部政局稳定下来，才能有巩固的后方，也才能为前线军事斗争提供可靠的保证。这就是为什么他在临行前呈上的《出师表》里，反复叮咛修明内政，而无一字涉及军事方略的缘故。于此亦可见出文章的有为而发，不尚空言。

再来看修明内政的问题是怎样提出来的。这一问题的提出，离不开整个国家所面临的形势与任务。文章开宗明义指出：蜀汉先帝刘备开创的事业并未成就，天下仍处在分裂割据之中，而蜀国自身由于连年战争，国力疲弊，确实到了危急存亡的关头。这一起，起得突兀有力，好比在人背上猛击一掌，令人警醒，从而正视眼前的危机。这样，修明内政才有其必要性和迫切性。那么，情况是否一团乌糟呢？也不然。文章在"然"字下笔锋一转，列举"侍卫之臣不懈于内，忠志之士忘身于外"，说明文臣武将都还追念先帝的恩遇，忠心耿耿地为国效力，上下协同，人心可用，这是蜀国当前拥有的最大的资本，也是修明内政的可行性所在。有了必要，又有了可能，改良政事势在必行；而根据蜀国物力贫乏、士气有余的特点，这一努力自宜着眼于进一步调动人的积极性，所以文章接下来用正反对举的形式提出劝谏时，便把注意力放到"恢宏志士之气"、开通"忠谏之路"上面来，是完全顺理成章的。开首这一节话语不多，而能从大形势的分析导引出修明内政的要求，真有高屋建瓴、势如破竹的气概。

至于修明内政的具体措施，作者也说得很实在。一是内廷（宫中）与外廷（府中）须一视同仁，不能刑赏偏私、内外异法。史称刘禅嬖昵小人，听用宦官，可见诸葛亮的这一劝谏并非无的放矢。二是推举郭攸之、费祎、董允等贤臣主持朝中政事，又荐任将军向宠掌管卫戍营队，后方的军、政大权交付在可靠的人手里，国事就不致发生紊乱。三是以先前汉的兴隆与后来汉的倾败为鉴戒，规劝后主要"亲贤臣，远小人"，信用眼下任职的一批贞良死节之士，才有可能实现兴复汉室、一统天下的大计。几点建议都很具体着实，可以施行，而且围绕着一个中心，便是"亲贤臣，远小人"，不仅体现了诸葛亮关于修明内政、恢宏士气的主张，亦且切中后主刘禅自身的弱点，有鲜明的针对性和切实的指导性。

把道理说透，是一篇议论文的基本要求，但光能以理喻人，不能以情动人，仍不算上乘文字。诸葛亮早岁得到刘备知遇，后又受命托孤，辅佐刘禅，他同蜀汉两代君主之间的情谊非比一般，因而在远行告别时的进言中，自然饱和着感情色彩，读来特别感人。

文章的感情因素，较多地集中在后半部分，即作者述志之中。自“臣本布衣”以下，诸葛亮对个人一生的行事，作了简略的回顾。三顾茅庐，临危受命，突出刘备对自己的殊识；而平定南方，北伐中原，则表明自己对蜀汉政权的尽忠。这些情事的叙述，由于一一发自肺腑，尽管只是平平实实道来，自有一种动人心弦的力量。而反思创业之艰难，继成之不易，重提兴复之大业，君臣之职分，除了表白自己竭诚图报的心意外，同时也起着激励后主为光大先帝遗业而勤心国事的作用。本文这种披肝沥胆、痛切陈情的作风，很容易使人联想起屈原所写的《离骚》，尽管它们在表现形式上差别悬殊。

当然，感情的表露并不局限于文章的后半部分。如一开头两句“先帝创业未半，而中道崩殂”，就有“百感交集”之慨。全文凡十三处提到“先帝”，时时不忘先帝的遗业、遗德、遗言、遗诏，足见情深志笃。而反复使用“宜”“不宜”“诚宜”字样，亦显示出叮咛周至、不厌其烦的心意。

说理与陈情的完美结合，理周而又情切，便产生了本文在表情达意上的能尽、能畅的功能，形成质朴无华、明白透彻的语言风格。可见在章表这类文体中，《出师表》属于质直明畅而较少修饰的一路，诵读全文当可自见。不过，这并不意味着文章绝无文采。由于语言自然气势的作用，文中出现了不少排偶句，如“侍卫之臣不懈于内，忠志之士忘身于外”，“苟全性命于乱世，不求闻达于诸侯”，“受任于败军之际，奉命于危难之间”以及“亲贤臣，远小人，此先汉所以兴隆也；亲小人，远贤臣，此后汉所以倾颓也”等，增强了文章的感情色彩。至于一些词语的组合，如“妄自菲薄”“引喻失义”“陟罚臧否”“作奸犯科”“裨补阙漏”“斟酌损益”等，也往往能在简练的形式中得到鲜明、生动的表达效果，有的还流衍为成语、格言。但这类藻采主要来自自然语势，而非出于人工矫饰，所以并不给人以工巧琢炼或矜才使气的感觉，也并不损害文章质直明畅的整体风格。

（蒋哲伦）

后出师表

诸葛亮

先帝虑汉、贼①不两立，王业不偏安②，故托臣以讨贼也。以先帝之明，量臣之才，故知臣伐贼，才弱敌强也。然不伐贼，王业亦亡；惟坐而待亡，孰与伐之？是故托臣而弗疑也。臣受命之日，寝不安席，食不甘味。思惟北征，宜先入南③。故五月渡泸④，深入不毛，并日而食。臣非不自惜也，顾王业不得偏全于蜀都⑤，故冒危难以奉先帝之遗意也，而议者谓为非计。今贼适疲于西⑥，又务于东⑦，兵法乘劳⑧，此进趋之时也。谨陈其事如左：

高帝⑨明并日月，谋臣渊深，然涉险被创⑩，危然后安。今陛下未及高帝，谋臣不如良、平⑪，而欲以长计取胜，坐定天下，此臣之未解一也。刘繇、王朗⑫各据州郡，论安言计，动引圣人，群疑满腹，众难塞胸，今岁不战，明年不征，使孙策⑬坐大，遂并江东，此臣之未解二也。曹操智计殊绝

---

① 汉：蜀汉自称。贼：指曹魏。

② 偏安：指帝王不能统治全国，偏据一方以自安。

③ 入南：指建兴三年(225)诸葛亮深入南中，平定四郡事。

④ 泸：泸水，古水名，一名泸江水，指今雅砻江下流及金沙江会合雅砻江以后一段。

⑤ 蜀都：指成都。

⑥ 贼适疲于西：指建兴六年(228)春，诸葛亮初出祁山(今甘肃礼县东)时，曹魏西部的南安、天水、安定三郡叛魏应蜀。

⑦ 又务于东：指建兴六年秋，东吴陆逊击败魏大司马曹休于石亭(今安徽潜山东北)事。

⑧ 乘劳：趁敌军疲惫之机。

⑨ 高帝：指汉高祖刘邦。

⑩ 涉险被创：刘邦曾多次亲临战地，多次被困受伤。

⑪ 良、平：张良、陈平，为刘邦的谋士和重臣。

⑫ 刘繇(yóu)：字正礼，东汉末年任扬州刺史，后被袁绍逼至曲阿(今江苏丹阳)，兴平二年(195)为孙策击败。王朗：字景兴，东汉末年任会稽(今浙江绍兴)太守，孙策率军渡江时，他兵败投降。

⑬ 孙策：字伯符，孙坚之子，孙权之长兄。坚死后，策收拾残部依附袁术，兴平二年(195)渡江进据江东地区，奠定了孙吴政权的基础，后遇刺身亡。

于人，其用兵也，仿佛孙、吴①，然困于南阳②，险于乌巢③，危于祁连④，逼于黎阳⑤，几败北山⑥，殆死潼关⑦，然后伪定⑧一时耳。况臣才弱，而欲以不危而定之，此臣之未解三也。曹操五攻昌霸⑨不下，四越巢湖不成⑩，任用李服⑪而李服图之，委夏侯⑫而夏侯败亡，先帝每称操为能，犹有此失，况臣驽下，何能必胜？此臣之未解四也。自臣到汉中⑬，中间期年耳，然丧赵云、阳群、马玉、阎芝、丁立、白寿、刘郃、邓铜等及曲长、屯将⑭七十余人，突将无前⑮。賨、叟、青羌⑯散骑、武骑一千余人，此皆数十年之内所纠

---

① 孙、吴：指春秋战国时的军事家孙武和吴起。

② 困于南阳：建安二年(197)曹操进军宛城(汉时南阳郡治所，今河南南阳)，张绣设计偷袭曹营，操中流矢，长子昂亡于战事。

③ 险于乌巢：建安五年(200)，官渡之战中，袁绍屯粮乌巢(今河南延津东南)，兵多粮足，操军困乏危急，遂夜袭乌巢，焚其粮草，歼其主力，方转危为安。

④ 危于祁连：事不详。据《通鉴》胡三省注，此祁连可能指邺城(今河北磁县东南)附近的祁山。建安九年(204)曹操围邺，由祁山还邺途中，险为袁绍的将领审配所设伏兵射中。

⑤ 逼于黎阳：建安七年(202)五月，袁绍死，其子谭、尚固守黎阳(今河南浚县东北)。九月，操攻黎阳，连战不克。次年，操转攻邺，谭又引兵逼迫其后。

⑥ 几败北山：事不详。可能指建安二十四年(219)，曹、刘争夺汉中，三月，曹操自长安出斜谷，军至阳平北山(今陕西勉县西)，刘备因险拒守。操于五月引军还归长安。

⑦ 殆死潼关：建安十六年(211)，曹操与马超、韩遂战于潼关，将北渡黄河，遇马超军，避于舟中，追骑沿岸射击，箭如雨下。脱险后，操曰："今日几为小贼所困乎！"

⑧ 伪定：指曹氏统一北方，僭称国号。

⑨ 昌霸，一称昌豨。建安四年(199)，东海郡昌霸叛，郡县数万兵归附刘备。

⑩ 四越巢湖不成：曹操驻合肥以重军，南隔巢湖，与驻屯濡须口的孙吴对峙，操始终未能越过巢湖。

⑪ 李服：不详。据《通鉴》胡三省注："李服，盖王服也。"建安四年(199)，车骑将军董承受献帝衣带中密诏，与长水校尉种辑、将军吴子兰、王服和刘备等合谋诛操。事泄，董、吴、王被杀。

⑫ 夏侯：指夏侯渊，曹操的大将。建安二十年(215)曹操东征张鲁，留夏侯渊屯守汉中。建安二十四年(219)，刘备出兵汉中，夏侯渊被蜀将黄忠击杀。

⑬ 汉中：郡名，治所在今南郑。

⑭ 曲长、屯将：军队中的将领。

⑮ 突将：冲锋突阵的勇将。无前：无敌。

⑯ 賨(cóng)、叟、青羌：蜀军中少数民族的兵士。

合四方之精锐,非一州之所有;若复数年,则损三分之二也,当何以图敌?此臣之未解五也。今民穷兵疲,而事不可息;事不可息,则住与行劳费正等。而不及今图之,欲以一州之地,与贼持久,此臣之未解六也。

夫难平者,事也。昔先帝败军于楚①,当此时,曹操拊手,谓天下以定。然后先帝东连吴、越②,西取巴、蜀③,举兵北征,夏侯授首④,此操之失计而汉事将成也。然后吴更违盟,关羽毁败⑤,秭归蹉跌⑥,曹丕称帝⑦。凡事如是,难可逆见。臣鞠躬尽力⑧,死而后已;至于成败利钝,非臣之明所能逆睹⑨也。

赏析

《后出师表》是历代传诵的名篇,同时又是一篇著作者有争议的文章。这

---

① 败军于楚:建安十三年(208),曹操南征刘表。表死,子琮投降。操即追击刘备,于当阳长坂坡大败之。当阳古属楚地,故云。

② 东连吴、越:指建安十三年(208),赤壁之战中刘备派诸葛亮至江东,与孙权联合抵御曹操。

③ 西取巴、蜀:建安十六年(210)益州牧刘璋恐曹操袭己,听张松计,迎刘备入蜀。后备与璋有隙,刘备自葭萌(今四川广元西南)进击益州,诸葛亮、张飞等平定白帝、江州、江阳等地,刘备进围成都,璋出降,刘备遂占有巴蜀地区。

④ 授首:被杀。

⑤ “吴更”二句:赤壁之战后,刘备领荆州牧。建安十六年(210)刘备入蜀时,留关羽镇守荆州。刘备既得益州,孙权欲复得荆州,双方于建安二十年(215)议定共据荆州。二十四年(219),孙权乘关羽北攻曹魏时,袭击关羽后方,取江陵,掳其家属。关羽还军南下,途遭陆逊截击,羽及子平被杀,孙吴遂独占荆州。

⑥ 秭归蹉跌:刘备忿恨孙吴袭击荆州,于章武元年(221)亲率步卒伐吴,破吴军于秭归(今属湖北)。次年,出夷道,为吴将陆逊以火攻败于虓(xiāo)亭,刘备还秭归,收合残兵,驻屯白帝。蹉跌,失坠。

⑦ 曹丕称帝:公元220年,曹操亡,其子丕废献帝自立,改国号为魏。

⑧ 尽力:一作“尽瘁”。

⑨ 逆睹:预料的意思。

篇文章未见载于晋陈寿所进原编《诸葛亮集》，而出自三国时吴人张俨的《默记》（见《三国志·诸葛亮传》裴松之注引《汉晋春秋》），后世颇有人怀疑其真实可靠性，但历来仍将它视为《前出师表》的姐妹篇，宋司马光奉敕编集《资治通鉴》时亦将此表全文照录。而“鞠躬尽瘁（力），死而后已”二句，则成为诸葛亮为国事竭尽心力的千古名言。

细细玩味，前、后两表所依据的现实，所反映的问题，所喻指的对象，所论述的旨趣并不相同，于是在写法乃至风格上也就有明显的差别。

就写作年代而言，后表作于蜀汉建兴六年(228)，与前表相距仅一年，但蜀汉帝国面临的形势却起了变化。一年前，正当诸葛亮率师第一次北伐中原。北伐是蜀汉的既定国策，事前又做过长时期的准备，所以对那次军事行动朝廷上下都无异言，而诸葛亮需要反复叮嘱的也只限于后方的巩固问题。可是，首次出征并未取得预期的成果，在小有获胜之后，前锋马谡溃败于街亭，迫使蜀汉大军不得不放弃已占有的土地而退守汉中。事隔一年，而今又提出第二次北伐，自然会引起各方面的疑虑与质询。《后出师表》便在这样的背景下写成的。因此，拿后表与前表相比较：前表的主题在内政，后表的重心则转到了军事方略；前表的说话对象是后主刘禅，后表的针对性则指向“议者”（持反对意见的人）。这也就决定了前表的基调是规劝和陈情，而后表则转变为论辩与驳难，其间当然也阐述了作者的正面见解。

由此可以领会后表在文章组织上的安排。它不像前表那样以劝谏和述志作为基本内容，却是从“破”与“立”两个方面来表述自己的主张，从而形成全文的三段式结构：即立论、驳论、结论三个有机部分。

开篇立论，通过三方面的陈述来实现。首先，以先帝的遗命，即蜀汉的既定国策为依据，揭示了“汉贼不两立，王业不偏安”的基本原则，证明出师北伐的必要性。这一基本原则不可能动摇，作者的论证就有了权威性，于是成为文章的大前提。值得注意的是，作者并不停留于一般地演绎这个大前提，而是把它同具体的政治形势结合起来考察，指出在敌强我弱的力量对比之下，“不伐贼，王业亦亡；惟坐而待亡，孰与伐之”。这就使文章的立论摆脱了纯道义说教的迂腐色彩，建筑在审时度势的坚实基础上，体现了政治家文风的特色。接着,作者回顾自己受命以来的所作所为,“寝不安席,食不甘味”,“深入不毛,并日而食”,种种努力都是为了“奉先帝之遗意”,进一步说明北伐的势在必行。而后,又对眼下曹魏政权两面受敌,“适疲于西,又务于东”的不利情况作了分析,力主抓住这一大好时机用兵进取。就这样,由远至近,一层层阐明了当前再次出师北伐的理由,为全文确立了基点。

光正面立论不够,还需要就“议者”的质询作出回答,于是转入驳论。驳论的主要目的是要解除人们的思想顾虑,即蜀国新败之后,再次伐魏,是否太担风险的问题。针对这一疑虑,文章一连举了六件事实进行辩驳,大致可归纳为三组。前两例属历史的事实。一是汉高祖刘邦,尽管他高明出众,谋臣精良,在创业过程中也仍然要“涉险被创,危然后安”。二是汉末割据州郡的刘繇、王朗,只会“论安言计,动引圣人”,不敢冒险犯难,从事征战,结果为别人所兼并。两个事例一正一反,共同说明了举大业必须冒危难,不能“坐定天下”的道理,这是反驳的第一层次。中间两例举敌方的事实。先说曹操才智过人,善于用兵,但也经历了“困”“险”“危”“逼”“几败”“殆死”等一连串磨难,始争得暂时的安定,自己怎能“不危而定”。再说曹操素以能干著称,打仗亦多次遭受失败与挫折,自己又“何能必胜”。表面看来,这两个事例所包含的意思和前面差不多,实际上进了一层。前面只是一般地解说“危然后安”的道理,这里则显然针对第一次北伐的失利加以辨析,所以列举曹操困顿、挫败的情节不厌其详,并且处处联系自己作比较申述,这是反驳的第二层次。后面两例举我方的事实。从军事实力看,几十年间积聚起来的精兵良将,随着岁月的消逝将逐渐减损。再从经济实力看,迁延不决的战事造成“民穷兵疲”,攻与守“劳费正等”。种种迹象表明,战争宜于速决,不宜持久,这更是决策北伐的重要根据。从一般道理说到具体战役,再到当前国情,六件事实不是漫然征引,而是构成逐层深入的系列,显示出谨严的逻辑性。前人评议这段文字“顿挫抑扬,反复辨论,似是平列,而文义实由浅入深,一气贯注”(清余诚《重订古文释义新编》),是有见地的。

立论、驳论皆已完成,至结论部分似可顺流而进,一锤定音了。可是,文章到这里却起了新的波澜。作者用“夫难平者,事也”一句感喟,引出深一层的反思。想当年，曹操削平群雄，以为天下大定，不料赤壁一战败于吴蜀联军，出现了三国鼎立的局面。又看蜀汉建国后，事业蒸蒸日上，更谁知荆州失守、伐吴败绩，几乎一蹶不振。由此作者得出的结论是：凡事成败利钝，难以预计，自己唯有“鞠躬尽力，死而后已”。这似乎是一个“低调”的结束语，和我们期望中的豪言壮词不那么一致，但联系作者一生在逆境中坚持奋斗，苦苦支撑大局的立身行事来看，则又是他实实在在的誓言，是他竭诚尽智报效国事的忠贞不贰的表白，所以能流传千古，使后人景仰不已。

总之，《后出师表》剀切务实，有为而发，立论远大，文风晓畅，与《前出师表》如出一辙。但由于论说的题旨不一，它也形成了自身的特点。比如行文上不像前表那样娓娓陈说，舒卷自如，而显得辩难迭起，议论风发。这不仅使它在篇章结构上更为严密，更加条理分明，也使它在语言表达上更有气势，更见慷慨沉雄。尤其是驳论部分的六个“臣之未解”，但作反诘，不下按断，在整饬的布局中寓有疏宕激越之气，逐层地引向高峰，这种表现形式是《前出师表》所未曾见的。所以，如果我们将前表看作“理”和“情”的完美结合，那么，本文则更多地显现为“理”和“气”的统一，即在说理充分的前提下所产生的气势健旺。当然，这是一种自然的气势，远不像后世文人的一味逞才使气。

（蒋哲伦）

洛神赋

曹 植

黄初三年①,余朝京师,还济洛川。古人有言,斯水之神,名曰宓妃。感宋玉对楚王神女之事,遂作斯赋。其词曰:

余从京域,言归东藩②。背伊阙,越轘辕,经通谷,陵景山③。日既西倾,车殆马烦。尔乃税驾乎蘅皋,秣驷乎芝田,容与乎阳林,流眄乎洛川④。于是精移神骇,忽焉思散⑤,俯则未察,仰以殊观,睹一丽人,于岩之畔。乃援御者而告之曰:"尔有觌于彼者乎?彼何人斯,若此之艳也!"御者对曰:"臣闻河洛之神,名曰宓妃,然则君王之所见也,无乃是乎?其状若何?臣愿闻之。"

余告之曰:其形也,翩若惊鸿,婉若游龙,荣曜秋菊,华茂春松。仿佛兮若轻云之蔽月,飘飖兮若流风之回雪。远而望之,皎若太阳升朝霞;迫而察之,灼若芙蕖出渌波。秾纤得衷,修短合度。肩若削成,腰如约素。延颈秀项,皓质呈露。芳泽无加,铅华弗御。云髻峨峨,修眉联娟。丹唇外朗,皓齿内鲜。明眸善睐,靥辅承权⑥。瑰姿艳逸,仪静体闲。柔情绰态,媚于语言。奇服旷世,骨象应图。披罗衣之璀粲兮,

① 黄初三年:公元222年。黄初为魏文帝曹丕年号。据本传和《赠白马王彪》序言,曹植到京城朝拜文帝在黄初四年(223),此赋可能故意不写明真实时间。

② 东藩:东方藩国。当时曹植封鄄城王,其地在京城洛阳东北。

③ 背:离开。伊阙:山名,在洛阳南。轘(huán)辕:山名,在今河南偃师县东南。通谷:谷名,在洛阳城南五十里。陵:升。景山:山名。

④ 税驾:解马卸车。蘅皋:长有杜蘅的水边。秣:喂养。芝田:种植芝草之田,一说为地名。阳林:地名。流眄(miǎn):纵目而视。

⑤ "精移神骇"二句:神思恍惚,忽然思绪散乱。

⑥ 睐(lài):旁视。靥(yè)辅:两颊上的酒窝。权:通"颧",面颊。

珥瑶碧之华琚。戴金翠之首饰，缀明珠以耀躯。践远游之文履，曳雾绡之轻裾①。微幽兰之芳蔼兮，步踟蹰于山隅。

于是忽焉纵体，以遨以嬉。左倚采旄，右荫桂旗。攘皓腕于神浒兮，采湍濑之玄芝②。余情悦其淑美兮，心振荡而不怡。无良媒以接欢兮，托微波而通辞。愿诚素之先达兮，解玉佩以要之。嗟佳人之信修兮，羌习礼而明诗。抗琼珶以和予兮，指潜渊而为期③。执眷眷之款实兮，惧斯灵之我欺。感交甫之弃言兮，怅犹豫而狐疑④。收和颜而静志兮，申礼防以自持。

于是洛灵感焉，徙倚彷徨。神光离合，乍阴乍阳⑤。竦轻躯以鹤立，若将飞而未翔。践椒涂之郁烈，步蘅薄而流芳⑥。超长吟以永慕兮，声哀厉而弥长。

尔乃众灵杂遝，命俦啸侣⑦。或戏清流，或翔神渚，或采明珠，或拾翠羽。从南湘之二妃，携汉滨之游女。叹匏瓜之无匹兮，咏牵牛之独处⑧。扬轻袿之猗靡兮，翳修袖以延伫⑨。体迅飞凫，飘忽若神。陵波微步，罗袜生尘。动无常则，若危若安。进止难期，若往若还。转眄流精，光润玉颜。含辞未吐，气若幽兰。华容婀娜，令我忘餐。

---

① 珥(ěr)：珠玉耳饰，此处作动词用，即佩戴。瑶、碧：均为美玉。华琚：有花纹的佩玉。文履：有花纹的鞋。绡(xiāo)：生丝织的帛。裾：衣襟，此指襟边。
② 采旄：彩色旗(杆上有旄牛尾装饰)。桂旗：桂枝为杆的旗。攘：捋。浒：水边。湍濑：急流。玄芝：黑色灵芝。
③ 要：约。抗：举。琼珶(dì)：美玉名。和：答。期：会。
④ 款实：真诚。交甫：郑交甫。传说他行于汉水之滨，遇一仙女，目而挑之，女遂解佩与之。交甫行数步，佩玉不见；回视其女，也消失不见。弃言：失信。
⑤ 徙倚：低徊。阴：暗；阳：明。
⑥ 竦：耸立。椒涂：长着花椒的路。薄：草木丛生处。
⑦ 杂遝(tà)：众多。命俦啸侣：呼朋唤侣。
⑧ 匏(páo)瓜：星名，在牵牛星东。无匹：没有配偶。
⑨ 袿(guī)：女子上衣。猗靡：随风飘动状。翳：遮蔽。延伫：久立。

于是屏翳收风，川后静波，冯夷鸣鼓，女娲清歌①。腾文鱼以警乘，鸣玉鸾以偕逝②。六龙俨其齐首，载云车之容裔③。鲸鲵踊而夹毂，水禽翔而为卫④。于是越北沚，过南冈，纡素领，回清阳⑤。动朱唇以徐言，陈交接之大纲。恨人神之道殊兮，怨盛年之莫当。抗罗袂以掩涕兮，泪流襟之浪浪。悼良会之永绝兮，哀一逝而异乡。无微情以效爱兮，献江南之明珰。虽潜处于太阴，长寄心于君王。忽不悟其所舍，怅神宵而蔽光⑥。

于是背下陵高⑦，足往神留。遗情想像，顾望怀愁。冀灵体之复形，御轻舟而上溯。浮长川而忘反，思绵绵而增慕。夜耿耿而不寐。沾繁霜而至曙。命仆夫而就驾，吾将归乎东路。揽騑辔以抗策，怅盘桓而不能去。

赏析

黄昏日落之际，最容易勾起人们坎坷途路的愁绪；而平生的种种向往和追求，也常会如烟如云地涌现眼前，化作惆怅难寻的幻梦。

名传千古的《洛神赋》，描述的景象就正如此。此赋的诞生，虽然因了作者"流眄"洛川的触动，并且受到了宋玉《神女赋》的感发；但它的真正起因，也许正是曹植经历了苍黄翻覆的宫廷风云之变，在崎岖山坂的颠簸和悲忧交瘁的沉思间，所做的一场绮丽清梦？

这清梦的展现很美，而且因了"辞采华茂，骨气奇高"的曹植的浪漫之思，

---

① 屏翳：风神。川后：水神。冯夷：河伯。
② 腾：传告。警乘：警卫车乘。
③ 俨：庄严。容裔：闲暇自得状。
④ 毂(gǔ)：车轮中心承轴接辐部分，此指车子。
⑤ 沚：水中小洲。素领：白皙的颈项。清阳：眉目清秀状。
⑥ 宵：同"消"。蔽光：隐没光彩。
⑦ 背：离。陵：登。

特别带有飘忽变幻和情意缱绻的韵致。而照亮了整个梦境和牵动了作者不尽思情的中心人物，便是传说中的美丽洛神——“宓妃”。

《洛神赋》的构思和写法，显然带有摹拟《神女赋》的痕迹。不过，因为《神女赋》是叙“梦”之作，笔底多带“梦”的特点。曹植此赋却不明言是梦，而将它处理为似乎真是作者身历的奇事，故起笔便是平中孕奇的氛围创造：“西倾”的红日，辉映着“车殆马烦”的主人公穿山过谷；长长的车影，缓缓移动在崎岖的山坂上。接着便来到长满蘅草的川边，——洛水到了，辘辘的车音顿时消歇。只留下主仆二人，欣喜地伫立川岸，向着暮霭沉沉的远山眺望。平平的叙述，正与陶渊明《桃花源记》叙“武陵人”的行舟之始一样，奇境的显现在事前竟一无征兆。

但也正是在此刻，恰如云烟之突敛，作者刹那间目睹了一幕终身难忘的景象：一位俏丽的女子，已无声无息地现身于川上的山岩之间！由于文中对此丽人的现形，先就渲染了作者“精移神骇，忽焉思散”的异常情状；之后又暗示出同在川边的御者，对此景象却一无所见，更使这丽人即洛神的显现，变得蹊跷而神奇！

当作者落笔描摹所见洛神的形貌时，仿佛立志要与宋玉笔下的巫山神女争辉似的：虽然也重在展示她那照人的神采和明艳的姣容，采用了“荣曜秋菊，华茂春松”，“皎若太阳升朝霞”，“灼若芙蕖出渌波”的排喻，和“云髻峨峨，修眉联娟。丹唇外朗，皓齿内鲜。明眸善睐，靥辅承权”的点染；但细心的读者一眼即可看出，宋玉的描摹一发即收，更带印象式的“梦”境特点和飘忽之感。曹植则不同，因为不是写“梦”，看得也较真切，故更重视云蒸霞蔚的彩笔雕画，使形象更觉明丽而纤毫毕现。最明显的不同在于：曹植表现洛神，不像巫山神女那样只在庭墀、宫帷间现身，而是安排在涣涣洛水和峨峨川岩之间，因此就有了更广大的活动空间，以展示洛神的动态风貌和性格特点：“其形也，翩若惊鸿，婉若游龙”；“仿佛兮若轻云之蔽月，飘飖兮若流风之回雪”；“忽焉纵体，以遨以嬉。左倚采旄，右荫桂旗。攘皓腕于神浒兮，采湍濑之玄芝”。以飘流舒卷的“轻云”、翩翩飞旋的雪花，比拟洛神衣袂飘拂、轻盈欲举的体态，有多形象！而“采旄”“桂旗”的烘托，“神浒”“湍濑”的辉映，又把她的天真妩媚之情，传写得多么动人！正是这些出色的描摹，使洛神的性格表现，带有了曹植的个性特色：与巫山神女的娴丽、雅静不同，在美丽的洛神身上，似乎透露着更多的热情、大胆和天真之性。

也许正因如此，主人公"托微波而通辞"，"解玉佩以要之"，向洛神转达眷眷之情时，她的反应也远比巫山神女率真——不仅爽快地答应了下来，而且"抗琼珶以和予兮，指潜渊以为期"，表达了相当真切的倾慕和痴心。而一旦感觉到对方对自己的怀疑时，情绪之激荡也格外令主人公惊心："于是洛灵感焉，徙倚彷徨。神光离合，乍阴乍阳。竦轻躯以鹤立，若将飞而未翔。……超长吟以永慕兮，声哀厉而弥长。"神光的忽隐忽现，身躯的竦立若飞，表现出洛神的身心受到了多大的打击；那哀哀长吟的凄厉之音，包含着这位身遭猜忌的女神多少痛苦和不平！

最令人惊异的，是作者描述洛神痛苦情状时的突然转笔；文中由此展出了"众灵杂遝，命俦啸侣"的一派欢乐景象：这些无忧无虑的快活神灵，或游戏于清波之间，或回翔于川渚之上，采摘着蚌中的"明珠"，争拾着翠鸟的美羽，显得何其逍遥！人之哀乐已不能相通，神之感情竟也如此隔膜——在这样的热闹、欢乐之境中，表现洛神悄然"延伫"、举袖掩面的悲叹之情，正有王夫之所说的"以乐景写哀"的强烈反衬效果(《薑斋诗话》)。而况陪伴这孤寂洛神的，又是泪洒斑竹、沉身湘水的"二妃"，踯躅汉水、只与郑交甫有"解佩"一晤之缘的"游女"——她们当年的酸辛悲剧，不都在无声地诉说着此刻洛神悲剧重演的绵绵伤情么？

全赋写到洛神的率众离去，正与屈原《离骚》抒写主人公悲怆远逝的景象，有异曲同工之妙："于是屏翳收风，川后静波，冯夷鸣鼓，女娲清歌。腾文鱼以警乘，鸣玉鸾以偕逝。六龙俨其齐首，载云车之容裔……"真是车仗雍容、如火如荼，表现出洛神的随从何其繁盛和富丽。然而，此刻归去的洛神，却再不像她显现时那样爽朗无忧、天真欢快。虽然她还是那样美丽，那样"华容婀娜""丹唇外朗"，但一颗纯真热情的心，却因了主人公的猜忌、人神的"道殊"而破碎了！她是带着不尽的幽怨和哀伤，在"抗罗袂以掩涕兮，泪流襟之浪浪"中逝去的。这一幕景象，正如朱冀评论《离骚》结尾一节的描述一样，"极凄凉中偏写得极热闹，极穷愁中偏写得极富丽”（《离骚辨》），更牵动读者的叹惋欷歔之情。然而，这位多情的女神，就是在哀伤之中，仍未割舍对主人公的眷恋和倾心：“无微情以效爱兮，献江南之明珰。虽潜处于太阴，长寄心于君王”——这就是她在神影消散、光彩隐没的刹那，留下的最凄切的心愿。由于作者那充满怅意的收笔，洛神的倩影至今似还袅袅不绝地飘忽在洛川的云水苍茫之间。

洛神宓妃在传说中，并不是一位令人敬仰的女神。在屈原的《离骚》和《天问》中，也因此被作为“信美无礼”、与河伯有着暧昧关系的形象描述的。但在曹植笔下，却进行了根本的改造，成了一位美丽、热情，虽遭猜忌仍不变其缱绻痴心的正面形象，这是颇耐人寻味的。作为一位同样怀有美好的追求，志在报效社稷、“流惠下民”，而多次遭受谗言的倜傥之士，曹植是不是在洛神悲剧中投入了自己的影子？如果这一猜测成立，那么，在《洛神赋》中做着清绮之“梦”的，与其说是主人公（“余”），不如说是现身岩畔的洛神了：正是她，身当“盛年”，满怀“爱”心，希冀着有与“君王”一遇的“良会”之期，却在无端的猜忌中梦消神灭，永归“太阴”。这绵绵不绝的悲情离怨，似乎也正是曹植朝会京师，猝遇任城王曹彰被害，自己也险遭厄运的悲愤之情的幻化——弗洛伊德说：“梦境是愿望的达成。”而美丽热情的洛神——曹植，即使是在“梦”中，也仍未达成效“爱”社稷的“微”愿：这是不是在《洛神赋》那恍惚迷离之辞背后所包含着的最令作者叹伤的深沉意蕴呢？

（潘啸龙）

陈情表

李 密

臣密言①：臣以险衅②，夙遭闵凶③。生孩六月，慈父见背；行年四岁，舅夺母志。祖母刘愍臣孤弱④，躬亲抚养。臣少多疾病，九岁不行，零丁孤苦，至于成立。既无叔伯，终鲜兄弟，门衰祚薄，晚有儿息。外无期、功强近之亲⑤，内无应门五尺之僮⑥，茕茕孑立，形影相吊。而刘夙婴疾病，常在床蓐⑦，臣侍汤药，未曾废离。

逮奉圣朝，沐浴清化⑧。前太守臣逵察臣孝廉⑨，后刺史臣荣举臣秀才，臣以供养无主，辞不赴命。诏书特下，拜臣郎中⑩，寻蒙国恩，除臣洗马⑪。猥以微贱⑫，当侍东宫⑬，非臣陨首所能上报。臣具以表闻，辞不就职。诏书切峻，责臣逋慢⑭。郡县逼迫，催臣上道；州司临门⑮，急于星火。

---

① 臣密言：意即“臣李密奏道”。这是旧时作表章的开头格式。
② 险衅(xìn)：艰难祸罪。
③ 夙(sù)：早时。闵凶：忧患不幸。
④ 愍(mǐn)：悲痛，怜惜。
⑤ 外：指自己一房之外的亲族。期(jī)：穿一周年孝服的人。功：穿大功服(九个月)、小功服(五个月)的亲族。强近：勉强算得接近的。
⑥ 五尺：汉制五尺约相当于今三尺多。
⑦ 蓐：草褥子。
⑧ 沐浴清化：受到清明政治教化的熏陶。
⑨ 前：以前。太守臣逵：太守名逵的，下句“刺史臣荣”句法亦同。孝廉：汉代始兴郡国每年考察举荐孝廉(有孝行廉洁之士)，州举秀才，魏晋沿用这种选举制度。
⑩ 拜：任命。郎中：官名，相当于后代诸司之长。
⑪ 除：任官，除去旧官就新官。洗马：汉为太子属官，晋以后改掌图籍。
⑫ 猥：鄙，自谦之词。
⑬ 东宫：太子所居之宫。当侍：充当侍奉。
⑭ 逋慢：逃避、怠慢上命。
⑮ 州司：州官，指地方官。

臣欲奉诏奔驰，则刘病日笃；欲苟顺私情，则告诉不许：臣之进退，实为狼狈①。

伏惟圣朝以孝治天下②，凡在故老，犹蒙矜育③，况臣孤苦，特为尤甚。且臣少事伪朝④，历职郎署⑤，本图宦达，不矜名节⑥。今臣亡国贱俘，至微至陋，过蒙拔擢，宠命优渥，岂敢盘桓，有所希冀。但以刘日薄西山，气息奄奄，人命危浅，朝不虑夕。臣无祖母，无以至今日；祖母无臣，无以终余年；母孙二人，更相为命，是以区区不能废远⑦。

臣密今年四十有四，祖母刘今年九十有六，是臣尽节于陛下之日长，报刘之日短也。乌鸟私情，愿乞终养。臣之辛苦，非独蜀之人士及二州牧伯所见明知⑧，皇天后土实所共鉴⑨。愿陛下矜愍愚诚⑩，听臣微志，庶刘侥幸保卒余年⑪。臣生当陨首，死当结草⑫。臣不胜犬马怖惧之情⑬，谨拜表以闻。

赏析

李密从小赖祖母刘氏抚养成人，故侍刘十分孝顺。《晋书·孝友传》将他

---

① 狼狈：喻进退两难。
② 伏惟：俯想，下级对上级的恭敬用语。
③ 矜育：怜惜养育。
④ 伪朝：对晋朝称被灭的蜀国。
⑤ 历职郎署：一直升迁至郎官衙署任职。李密曾任蜀国尚书郎。
⑥ 矜：自夸。
⑦ 区区：拳拳，勤勤之心。废远：废弃奉养而远离祖母。
⑧ 辛苦：苦处。二州牧伯：梁州、益州的长官，指逵、荣。
⑨ 皇天后土：对天地的敬称。
⑩ 矜愍：怜惜。
⑪ 保卒：安然而终。
⑫ 结草：《左传·宣公十五年》载，晋大夫魏武子临死，嘱其子颗杀武子爱妾为殉葬。颗未杀而改嫁之。后魏颗与秦将杜回战，颗见一老人结草绊倒杜回，回因此被擒。颗夜梦结草老人曰：我即妾之父，特来报君不杀之心。后以“结草”喻死后报恩。
⑬ 犬马怖惧之情：谦卑之辞。谓对国君如犬马之惧怕主人一样。

名列首位，誉之“以孝谨闻”。泰始三年(267)，晋武帝召为太子洗马，他以祖母年老多病无人奉养，辞不赴命。但因他曾仕蜀汉，而今亡国贱俘，故深恐晋武帝疑己怀念旧朝以矜名节，招致大逆不道的罪名，于是饱含血泪上了这篇《陈情表》。“武帝览表，嘉其诚款，赐奴婢二人，使郡县供祖母奉膳。至性之言，自尔悲恻动人。”(清吴楚材、吴调侯《古文观止》)

要想得到皇帝真正相信并谅解自己不奉诏的苦衷，就必须首先动之以深情，方能喻之以大义。故首段先从幼年坎坷不幸的遭遇说起，一下子把对方也带进一种悲怆酸楚的环境氛围中，以激起人皆有之的恻隐之心。开篇伊始，便用“臣以险衅，夙遭闵凶”八字总起，不仅高度概括，而且耸人听闻。往下即分两层具体描述如何“险衅”“闵凶”：从“生孩六月”至“至于成立”，写其幼年的零丁孤苦，全靠祖母的“躬亲抚养”；从“既无叔伯”至“未尝废离”，写其成年之后的缺亲少故，年老多病的祖母全靠他赡养侍奉。前一层着重突出“孤弱”二字。先写“孤”：出生六个月，慈父就死去；刚满四岁，舅父就强迫其母改嫁，使她不能守节抚孤，这就很自然地点出全赖祖母抚养的大恩。再写“弱”：从小多病，九岁还不能走路，这也是因“孤”而贫困、悒郁的恶果。这就含蓄地表明祖母抚养他这孤弱之人至于成人自立，是何等艰难不易！也就为后文“臣无祖母，无以至今日”，作了有力铺垫。后一层着重突出“无人侍亲”。先写“无人”：三代独脉单传，故“既无叔伯，终鲜兄弟”；家门衰微，福气稀薄，很晚才有儿子，太小不济事；外无亲族，内无童仆，孤单无依地独立生活，唯有自己形体和影子互相安慰。这几句不仅突出了独支门户、孤独凄凉的家境，起到以情动人的作用，而且也是“奉亲养老，舍我其谁”的有力证据。故接以“而”字自然转到“侍亲”问题上：祖母刘氏早已为疾病所缠绕，常年卧床不起，对他有养育大恩的祖母正需孙儿尽孝之时，他又怎能不侍候汤药，离她而去呢！这就为后文“祖母无臣，无以终余年”，作了有力铺垫。总之，本段无论写自己幼年孤弱，还是写祖母“夙婴疾病”，皆是为后文“母孙二人，更相为命，是以区区不能废远”这一不奉诏的原因，预作铺垫的。

有了这段悲恻感人的遭遇作基础，故第二段接叙朝廷屡次征召催逼、自己辞不赴命、进退两难的处境，就不致使皇帝感到突然，误解他傲慢抗命了。本段先分别以“逮”“寻”两个时间副词领起，连叙两次征召，一次“辞不赴命”，一次“辞不就职”，原因皆是供养祖母之事无人主持(供养无主)，与首段呼应。而耐人寻味的是两次陈情之前先冠以恭敬之辞：一曰“逮奉圣朝，沐浴清化”，再曰“寻蒙国恩，除臣洗马”，皆表现出皇恩浩荡，感恩戴德之意。而其态度十分谦卑：“猥以微贱”，“非臣陨首所能上报”。这种诚惶诚恐，肝脑涂地亦难报圣恩之情，恰好极大地满足了皇帝的权威欲和虚荣心。然后再叙“诏书切峻”，“郡县逼迫”，“州司临门”，接二连三的催逼，使自己陷入进退两难的矛盾心境：想奉诏奔驰入朝，而祖母病情日益沉重；想苟且顺从私情，向州县申诉苦衷，又不被允许。这种先恭维皇恩，再申诉委屈，自然比直陈委屈更易打动“圣心”。本段连用“察臣”“举臣”“拜臣”“除臣”到“责臣”“催臣”，不仅文法错落，显出由弛而张的逐步紧迫情势，同时也体现出先恭维皇恩浩荡，后申诉委屈矛盾的心理层次。

如果说前两段重在叙事中动之以深情，那么三、四段则重在陈情中喻之以大义了。第三段先摆出“圣朝以孝治天下”的大道理，是“以子之矛，攻子之盾”的写法。史载司马昭死，晋武帝司马炎坚持为父行三年丧礼，即位时又下令“诸郡中正以六条举淹滞”。其中，二曰“孝敬尽礼”，三曰“友于兄弟”(《晋书·武帝纪》)，均属孝悌，在荐贤的六条标准中就占了两条。司马氏集团标榜纲常名教本属虚伪，但李密严肃恭敬地摆出其施行纲领来为自己“辞不赴命”辩护，却不失为最有力的武器。接着宕开一笔，举出“凡在故老，犹蒙矜育”的普遍事实，再进一层到“况臣孤苦，特为尤甚”的特殊情况，逻辑严密，外柔内刚，可谓有理有节。行文至此，似应摊牌直说了，然而却以“且臣”一转，用曲折委婉的语气说明自己当初仕蜀，本为谋取官职显达，并不想自命清高，考虑什么名誉节操。这是作者怕晋武帝疑其不事二主、不肯真心归服所用的曲笔。再进一步说明自己不过是“亡国贱俘”，却受到皇帝过分的提拔，恩命如此优厚，已经是受宠若惊了，怎敢徘徊不进，存有更高的想望呢？这就再次满足了晋武帝希望看到降臣诚惶诚恐、感激涕零的那种虚荣心态。然后才以“但”字一转，正式说明自己不能奉诏的原因：祖母风烛残年，如迫近西山的落日，生命垂危，无人送终，强调“臣无祖母，无以至今日；祖母无臣，无以终余年”这一“更相为命”

的关系，也是全文所论不能奉诏的主旨，既与首段的遭遇、二段的矛盾相呼应互证，又水到渠成地提出“是以区区不能废远”的明确答复。本段融情于理，情深理透，连用“凡在”“况臣”“且臣”“今臣”“但以”“是以”等词语，曲折而层次条贯，圆转而情理皆宜。作者意犹未尽，在末段又提出解决忠孝矛盾的办法，使皇帝心甘情愿地批准其请求。先以两个年龄数字对比，说明报国日长，尽孝日短，表明孝不碍忠；接以乌鸦长大后寻食反哺老鸦的生动比喻说明养老送终乃人之天性；再举出“蜀之人士及二州牧伯”“皇天后土”来证明自己的愚诚苦衷，表明此心天日可鉴、人神共察，对皇帝所奏绝对忠诚，决无半句虚言。最后恳求钦准自己请求，则将来活着定当尽忠效死，死后亦当感恩图报。信誓旦旦，情辞恳切，如金石掷地有声，纵铁石心肠，焉得不为之动容！

本文之所以成为千古传诵名篇，首先在于直摅真情至性，不假雕饰，以陈情统摄叙事、说理，一一从肺腑汩汩流出，故能情深理切，动人心弦，催人泪下。其次是造语平实而生动，少有典故和藻饰；虽多四言排句，而少有对仗，偶用对仗，如“既无叔伯”二句，“外无期、功”二句，也都自然浑朴，决无斧斤痕迹；且每段均间用一些散文奇句，形成骈散结合，整齐而错综，流畅而婉转之势。所以它是介乎散文与骈文之间的过渡文体，由于缘情挥洒，故具有行云流水、天真自然之妙。

（熊　笃）

《兰亭集》序

王羲之

永和九年，岁在癸丑。暮春之初，会于会稽山阴之兰亭，修禊事①也。群贤毕至，少长咸集。此地有崇山峻岭，茂林修竹；又有清流激湍，映带左右，引以为流觞曲水，列坐其次。虽无丝竹管弦之盛，一觞一咏，亦足以畅叙幽情。是日也，天朗气清，惠风和畅。仰观宇宙之大，俯察品类之盛，所以游目骋怀，足以极视听之娱，信可乐也。

夫人之相与，俯仰一世。或取诸怀抱，悟言一室之内；或因寄所托，放浪形骸之外。虽趣舍万殊，静躁不同，当其欣于所遇，暂得于己，快然自足，不知老之将至。及其所之既倦，情随事迁，感慨系之矣。向之所欣，俯仰之间，已为陈迹，犹不能不以之兴怀；况修短随化，终期于尽？古人云："死生亦大矣②"，岂不痛哉？每览昔人兴感之由，若合一契，未尝不临文嗟悼，不能喻之于怀。固知"一死生"为虚诞，"齐彭殇"为妄作③。后之视今，亦犹今之视昔，悲夫！故列叙时人，录其所述。虽世殊事异，所以兴怀，其致一也。后之览者，亦将有感于斯文。

赏 析

王羲之精于书法，又富于文才，刘宋人评其文章"高爽有风气，不类常流"

---

① 修禊(xì)：古代民俗，于农历三月上旬的巳日至水滨游浴采兰，以驱不祥，叫做修禊。曹魏之后固定在三月三日，又常以羽觞盛酒置溪水中，觞触岸停止时，坐于近处之人即应取觞饮酒，名曰曲水流觞之饮。

② 死生亦大矣：《庄子·德充符》引孔子语。

③ 一死生，齐彭殇：庄子认为人生前死后都存于所谓的"大块"之中，生与死实质一样。又认为殇子与寿达八百岁的彭祖相比，二者等同无别。分见《庄子》之《大宗师》及《齐物论》篇。

(《世说新语·赏誉》注引《文章志》)。这篇《〈兰亭集〉序》,是其传世作品之最佳者。

兰亭,为东晋会稽郡治山阴(今浙江绍兴市)城西南郊名胜。其地有湖,“湖南有天柱山,湖口有亭,号曰兰亭”(《水经注·渐江水》)。东晋建立后,南渡之中原士族在山水清丽之会稽广置园田别墅。风景幽绝的兰亭,遂成为王羲之、谢安等名流宴集流连之地。穆帝永和九年(353),五十一岁的王羲之时任会稽内史(相当于郡太守)。三月三日,他邀集友人谢安、孙绰等四十余人聚于兰亭,作曲水流觞之饮。当时要求与会者每人作四言、五言诗各一首。之后,王羲之将诸人名爵及诗作一一记录,并作序一篇,记述其事并抒写内心感触。此序即《〈兰亭集〉序》。

全文分两大部分。前半部分叙兰亭宴集情景,乃是实写。这部分以一“乐”字为基调。起笔先叙宴集之时令、地方及事由,笔调从容沉稳。接写与会人士。“群贤”二字非浮泛之奉承,是表明诸人与己意气相投,否则虽有良辰美景亦不足为乐。下面再叙兰亭地理环境及景物,主体是山水。其山如何?“崇”与“峻”只是本色形容,而“茂林修竹”四字遂赋予山岭盎然生气。其水如何?“清”与“激”亦为本色形容,而“映带左右”四字方使流水神采飞动。清波之上,一只只盛满旨酒的羽觞飘来;人们胸中,一阵阵畅叙怀抱的话语流出。此时,作者与众人均为自然之美所陶醉,以致感到人为的管弦之声亦属多余。再下描述当日天气。“是日也”三句具承上启下之功用。就承上而言,山水姿容如此清丽,人们心情如此欣快,均与晴和之天气相关。就启下而言,由“天”“气”而及于下文之“宇宙”,显得紧密而自然。最后写宴集之感受。仰观宇宙,俯察万物,是极视觉之娱;竹木萧萧,流水潺潺,是尽听觉之乐。但这愉悦之情,仅以“信可乐也”四字表出,仍然保持笔势之从容沉稳,可谓“乐而不淫”。

这一部分层次清晰,外在的特色则是简练。作者“模山范水”,真是惜墨如金。但简练常人亦可做到,其内在的特色,还在于其格调之淡雅。三月江南,想那山间水渚,该有多少鲜花吐艳,真是“姹紫嫣红开遍”!但在此处,这些浓艳之物却不见姿影,得寓作者之目者,唯山、水、林、竹、天、风而已。即使绘竹,亦只言其修而弃其绿;写水,亦只言其清而弃其碧。一切过于浓厚之色不用,这是色调的淡雅。兰亭宴集，可谓良辰、美景、赏心、乐事四美齐臻，但作者之喜悦不过分不逾度，笔势始终从容沉稳，这是心境的淡雅。晋人对王羲之其人的情性，有“清鉴贵要”之评(《世说新语·赏誉》)。文字格调之淡雅，正是作者情性的体现。

后半部分抒发宴集之后的感触，是为虚写。这部分则以一个“悲”字为基调。上文方言乐，此处忽言悲，表面看来突兀，实际却不难理解。兰亭聚饮，自是乐事，然有聚必有散，世间“没有不散的筵席”。聚会难而短，分散易而长。这种欢聚难常的感触已经使人情绪低落；而由聚散再想到人生之短促，死生的悬隔，更令人悲从中来。其实，在中国古典文学作品中，描述聚会之欢乐后，因感人生无常而转入悲伤，并不自《〈兰亭集〉序》始。汉武帝行幸河东，中流与群臣欢饮，自作《秋风辞》云：“横中流兮扬素波，箫鼓鸣兮发棹歌。欢乐极兮哀情多，少壮几时奈老何！”东汉《古诗十九首》之四云：“今日良宴会，欢乐难具陈。……人生寄一世，奄忽若飙尘。”魏文帝《与朝歌令吴质书》叙在南皮与吴质等人宴游之欢之后云：“乐往哀来，怆然伤怀。余顾而言：‘斯乐难常。’足下之徒，咸以为然。”西晋石崇《金谷诗叙》，亦先叙众人宴集之乐，接着以“感性命之不永，惧凋落之无期”作结。可见至少从汉魏以降，聚散生死这股悲凉之雾，始终笼罩着文学家的心灵。《〈兰亭集〉序》的由乐转悲，亦就不足为怪了。后世有人以此怀疑此序非王羲之所作，是没有道理的。

这部分文字的特色，在于作者将其悲伤之思的产生，写得回环曲折，感动人心。首先从兰亭聚会，联想到现今人们彼此相处，时间非常短促。而相处的方式亦不相同：好静者常在内室清谈，好动者喜在山林遨游。虽然人们情趣不同，相聚方式各异，但都具有共同之处，这就是遇到喜欢的事物就心满意足，不知老之将至，等到对所遇事物产生厌倦，感情随事物之变化而变化时，无尽的感慨就产生了。先前喜欢的事物，转瞬变为陈旧的过去，这已经不能不令人感慨万分，更何况随着世界的变化，任何人都难免一死呢！孔子早就说死和生是大事，此种情况岂不使人悲伤！以上一层，是说与作者同时代人情感的变化。接着，作者眼光上移至古昔。他从古人留下的文章看到：古人亦为人生变化而兴叹生悲，这和当今人的情况完全契合无异。古今一律使人嗟叹，而古人文章中的悲凉情绪更令人伤感，这使作者心胸久久不能开解。既然古今一例为人生无常而兴叹生悲，可见庄周所谓的死生一样、寿夭等同的说法，乃是虚妄难信之辞。下面，作者又将眼光移至未来。他推想将来之人其情感变化必和古今之人相同。及至将来，现今一切即为陈迹；将来之人，亦将临今人之文而感伤，如此无情的变迁再次引起作者的悲叹。至此，其笔势一收，顺势点明其记录诸人名爵、诗作，以及作序之旨：既然人生变化如此迅速，此次宴集有关情况就应详细记录下来，以免湮没不彰，同时也使将来之人，能够了解我心中的感触。这部分文字从兰亭宴集发端兴感，从今人及于古人，再及于后人，最后回到兰亭宴集而收笔，舒卷自如，辞气畅达。在深沉的慨叹之中，暗含着对人生的眷恋和热爱，从而与上文的乐生之旨契合无间了。

两晋时期，骈俪藻饰之风已经盛行。《〈兰亭集〉序》在修辞上不尚藻饰，不堆砌故实；在句法上骈散兼行而以散句为主，这种素朴自然的形式与其内容构成了和谐的统一，确实是一篇“不类常流”的佳作。

王羲之曾以其精妙绝伦的书法书写此文，其真迹虽然不传，但从后人的摹本仍可领略其神采。其书其文，将永远受到世人的珍视与喜爱。

（方北辰）

桃花源[1]记

陶渊明

晋太元[2]中，武陵[3]人捕鱼为业，缘溪行，忘路之远近。忽逢桃花林，夹岸数百步，中无杂树，芳草鲜美，落英[4]缤纷，渔人甚异之。复前行，欲穷其林。

林尽水源[5]，便得一山。山有小口，仿佛若有光，便舍船从口入。初极狭，才通人。复行数十步，豁然开朗。土地平旷，屋舍俨然[6]，有良田、美池、桑竹之属。阡陌[7]交通，鸡犬相闻。其中往来种作，男女衣著，悉如外人[8]；黄发垂髫[9]，并怡然自乐。见渔人，乃大惊，问所从来，具答之。便要[10]还家，设酒杀鸡作食。村中闻有此人，咸[11]来问讯。自云先世避秦[12]时乱，率妻子邑人来此绝境，不复出焉，遂与外人间隔。问今是何世，乃不知有汉[13]，无论魏、晋[14]。此人一一为具言所闻[15]，皆叹惋。余人各复

---

① 桃花源：相传在今湖南桃源县西南十五公里处。《常德府志》："县西南三十里，乌头村南，即桃源洞，为秦人避乱处。"大约在南朝齐梁时即以此地为《桃花源记》所写的仙境。梁任安贫《武陵记》曾述及。

② 太元：东晋孝武帝司马曜年号(376—396)。

③ 武陵：郡名，治所在今湖南常德。

④ 落英：落花。一说为初开之花。

⑤ 林尽水源：言桃花林尽头即桃花溪源头。

⑥ 俨然：整齐貌。

⑦ 阡陌：田间小路，南北为阡，东西为陌。

⑧ 外人：指桃源外的世人。

⑨ 黄发垂髫(tiáo)：老人和儿童。髫，儿童垂以为饰的头发。

⑩ 要(yāo)：通"邀"。

⑪ 咸：都，全。

⑫ 秦：秦朝(前 221—前 207)。

⑬ 汉：汉朝(前 206—后 8 为西汉，25—220 为东汉)。

⑭ 魏：三国时的魏国(220—265)。晋：晋代(265—316 为西晋，317—420 为东晋)。

⑮ "此人"句：言渔人为桃源中人细说所知道的世间历史变化。

延①至其家，皆出酒食。停数日，辞去。此中人②语云："不足③为外人道也。"

既出，得其船，便扶向路④，处处志⑤之。及郡⑥下，诣⑦太守，说如此⑧。太守即遣人随其往，寻向所志⑨，遂迷，不复得路。南阳刘子骥⑩，高尚士也，闻之，欣然规往⑪，未果⑫，寻病终。后遂无问津⑬者。

赏 析

在中国，素有"山川以人而胜"的传统，所谓"美不自美，因人而彰"，"地不自胜，惟人则鸣"。王勃之于滕王阁，李白之于敬亭山，崔颢之于黄鹤楼，柳宗元之于永州，范仲淹之于岳阳楼，欧阳修之于醉翁亭，苏轼之于黄冈赤壁，莫不如此。但他们写的都是实景，而桃源仙境却是虚构出来的。以一篇诗文虚构一个仙境而令游人神魂颠倒，在中外都是少有的。武陵桃源，原是鲜为人知的荒僻之地，自陶渊明作《桃花源诗并记》以后，始为文人墨客所重，梁陈之际已

① 延：邀引。
② 此中人：指桃花源中人。
③ 不足：不必，不可。
④ 扶：缘，沿着。向路：旧路，指来时的路。
⑤ 志：作标记。
⑥ 郡：指武陵郡。
⑦ 诣：往，到。
⑧ 说如此：说了像前面写的这些情景。
⑨ 寻向所志：寻找回来时所作的标记。
⑩ 南阳：今河南南阳。刘子骥，名骥之，好游山水。曾至衡山采药，深入忘返，见涧岸有两石仓，一闭一开，因水深难渡，欲还而迷路，幸遇伐木者指路乃得还。后闻石仓有仙丹，欲再往，已不知其所在（见《晋书·隐逸传》）。陶渊明可能闻知其事，有所联想，因将其写入本文，不必实有。
⑪ 规往：计划前往。
⑫ 未果：没有实现。
⑬ 问津：访求。

有诗人涉足山溪，探寻灵秘。至唐代开元天宝年间，桃花源忽名声大噪，甚至引起朝廷的关注。天宝七年，诏令“三十户蠲免税赋，永充洒扫，守备山林”。此后，游者日众，成为人皆慕趋的风景胜地，吟咏之作也历代赓续不绝。

陶渊明为什么要虚构桃源仙境？这要从他的时代和思想说起。东晋末年，陶渊明家乡江州（今江西九江）一带，由于战乱频仍，民不聊生，“至乃男不被养，女无匹对，逃亡去就，不避幽深”（《晋书·刘毅传》）。及至晋宋易代，人民逃亡情形更为严重。《宋书·荆州蛮传》说：“宋民赋役严苦，贫者不复堪命，多逃亡入蛮”，因“蛮无徭役，强者又不供官税”。这些史实便是虚构桃源仙境的历史背景和社会基础。从思想来说，陶渊明受道家思想影响很深，并又追慕阮籍无君无臣、无富无贵的社会理想，接受过鲍敬言的无君论思想，素怀高洁，久慕淳风，眷爱丘山，厌恶官场，曾以羲皇上人自谓，幻想做无怀氏、葛天氏之民。这些思想意识积聚起来便成为其虚构仙境的思想根源。《晋书》本传说陶渊明自以曾祖为晋世宰辅而“耻复屈身后代”，故何文焕说他是以“避宋之怀”写桃源人避秦之事，也可作为剖析其创作动机的参考。

从中国文学史的角度考察，桃源故事的出现也是一个十分惹人注目的奇异现象。其流传之广，影响之大，是一般诗文所难以企及的。探究其原因，固然与它的艺术成就有密切关系，但也与我们民族的文学理想、审美心理有着不可分割的联系。在桃花源中，人与人之间、人与自然之间都表现为和谐的、完美的统一。没有压迫，没有纷争，没有忧伤，处处恬静、和乐，人人敦厚、纯朴。这正是倍感人生苦难，充满忧患意识的古代诗人梦寐以求的理想境界，也是灾难深重的古代人民要求作家表现和赞美的理想社会。陶渊明生活在东晋末年，经历过刘裕篡晋的动乱，深切体验到社会的黑暗和人生的忧苦。从当时的文学倾向来说，他可以像同代诗人那样寄言上德，托意玄珠，沉溺于追步松乔，羽化登仙。但是，与人民有着深厚感情，对社会人生有着深刻认识的陶渊明不肯这样做。他没有长生的梦幻，也不想借助于玄谈游仙去求得解脱，而是以现实的态度去对待人生。他离开污浊的官场，长隐田园，过着躬耕自食，贫寒简朴的生活。《桃花源记》所构造的图景，正是艺术地反映了他逃禄归耕，经过农村生活体验以后所产生的生活理想。尽管在剥削制度下不可能有如此的化外世界，但在人民的心中它是应该有的。早在三千年前，《诗经·硕鼠》已在强烈地呼唤着这人间的乐土。应该说，《桃花源记》与《硕鼠》在思想倾向上是一脉相承的，都表现出对剥削的厌恨，对君权的否定，故宋王安石《桃源行》说："儿孙生长与世隔，虽有父子无君臣。"

陶渊明作诗，擅长白描，文体省净，语出自然，如大匠运斤，毫无斧凿之痕。金元好问谓之"一语天然万古新，豪华落尽见真醇"。《桃花源记》也具有这种艺术风格。它虽是虚构的世外仙境，但由于采用写实手法，虚景实写，给人以真实感，仿佛实有其人，真有其事。全文以武陵渔人行踪为线索，像小说一样描述了溪行捕鱼、桃源仙境、重寻迷路三段故事。第一段以"忘""忽逢""甚异""欲穷"四个相承续的词语生动揭示出武陵渔人一连串的心理活动。"忘"字写其一心捕鱼，无意于计路程远近，又暗示所行已远。其专注于一而忘其余的精神状态，与"徐行不记山深浅"的妙境相似。"忽逢"与"甚异"相照应，写其意外见到桃花林的惊异神情，又突出了桃花林的绝美景色。"芳草鲜美，落英缤纷"两句，乃写景妙笔，色彩绚丽，景色优美，仿佛有阵阵清香从笔端溢出，造语工丽而又如信手拈来。第二段先以数语描述发现仙境经过。"林尽水源，便得一山"，点明已至幽迥之地；"山有小口，仿佛若有光"，暗示定非寻常去处。渔人的搜寻目光、急切心情也映带出来。及至通过小口狭道，写到"豁然开朗"，又深有柳暗花明的韵致。进入桃源仙境之后，先将土地、屋舍、良田、美池、桑竹、阡陌、鸡鸣犬吠诸景一一写来，所见所闻，历历在目。然后由远而近，由景及人，描述桃源人物的往来种作、衣著装束和怡然自乐的生活，勾出一幅理想的田园生活图景。最后写桃源人见到渔人的情景，由"大惊"而"问所从来"，由热情款待到临别叮嘱，写得情真意切，洋溢着浓郁的生活气息。第三段先写渔人在沿着来路返回途中"处处志之"，暗示其有意重来。"诣太守，说如此"，写其违背桃源人"不足为外人道也"的叮嘱。太守遣人随往的"不复得路"和刘子骥的规往不果，都是着意安排的情节，明写仙境难寻，暗写桃源人不愿"外人"重来。对桃源仙境，世俗之人寻访无着也不再问津了，而陶渊明自己却从来没有停止过追求，在《桃花源诗》的结尾处就剖露了"愿言蹑轻风，高举寻吾契"的心愿。他以桃源人为志趣相合的契友，热切期望与之共同生活于桃花源中。

陶渊明成功地运用了虚景实写的手法，使人感受到桃源仙境是一个真实的存在，显示出高超的叙事写景的艺术才能。但《桃花源记》的艺术成就和魅力绝不仅限于此，陶渊明也不仅仅是企望人们确认其为真实的存在。所以，在虚景实写的同时，又实中有虚，有意留下几处似无非无，似有非有，使人费尽猜想也无从寻求答案的话题。桃源人的叮嘱和故事结尾安排的“不复得路”“规往未果”等情节，虚虚实实，惝恍迷离，便是这些话题中最堪寻味之笔。它所暗示于世人的是似在人间非在人间，不是人间胜似人间，只可于无意中得之而不可于有意中求之，似乎与“此中有真意，欲辨已忘言”有着某种微妙的内在联系。这虚渺灵奥之区始终蒙着一层神秘的面纱，“借问游方士，焉测尘嚣外”，世人是难以揭晓的。它的开而复闭，渔人的得而复失，是陶渊明有意留下的千古之谜，“惹得诗人说到今”。可是，他又在《桃花源诗》中透露了一点消息，说“一朝敞神界”之所以“旋复还幽蔽”，乃是因为“淳薄既异源”！原来桃源民风淳厚，人间世风浇薄，惟恐“使武陵太守至焉，化为争夺之场”（苏轼《和桃花源诗序》），玷污了这块化外的净土，即使像刘子骥那样的人间高尚之士，也得不到一睹仙境的机缘。

一千多年来，在中国诗人心中，桃源仙境始终是美好的，令人向往的，具有永恒的魅力。尽管唐代韩愈说“桃源之说诚荒唐”，子虚乌有，可是古代诗人宁信其有而不愿信其无，总是怀着虔诚的心理和美好的愿望去寻求那梦中的温馨。他们“不疑灵境难闻见”，只怪自己“尘心未尽思乡县”（王维《桃源行》），“尘心如垢洗不去”（刘禹锡《桃源行》）。也许，愈是神秘愈能叩动诗人的心扉，所以尽管“仙家一出寻无踪”，“只见桃花不见人”，不得不带着“恨满桃花一溪水”的惆怅离去，也还是魂牵梦随，津津乐道，难以忘情。因为它不同于一般的乌托邦的社会学说，而是一种理想，一种美的象征。

（臧维熙）

五柳先生传

陶渊明

先生不知何许①人也，亦不详其姓字。宅边有五柳树，因以为号焉。闲静少言，不慕荣利。好读书，不求甚解②。每有会意③，便欣然忘食。性嗜酒，家贫，不能常得。亲旧知其如此，或置酒而招之。造④饮辄尽，期在必醉。既醉而退，曾不吝情⑤去留。环堵萧然⑥，不蔽风日。短褐穿结⑦，箪瓢⑧屡空，晏如⑨也。常著文章自娱，颇示己志。忘怀得失，以此自终⑩。

赞⑪曰：黔娄之妻⑫有言，不戚戚⑬于贫贱，不汲汲⑭于富贵。其言兹若人之俦乎？衔觞⑮赋诗，以乐其志，无怀氏之民欤？葛天氏之民欤⑯？

---

① 何许：何处。
② 甚解：太深刻的理解。
③ 会意：心得体会。陶渊明《与子俨等疏》说："开卷有得，便欣然忘食。"与此同义。
④ 造：来到。
⑤ 吝情：感情上计较。
⑥ 环堵：四周墙壁。萧然：空空无物。
⑦ 褐：粗麻布。穿结：衣服穿孔补绽。
⑧ 箪(dān)：竹制食器。瓢：饮器。
⑨ 晏如：安然。
⑩ 自终：自己过完一辈子。
⑪ 赞：史传体例，是史官评论传主的结语。
⑫ 黔娄之妻：黔娄，春秋时鲁国的高士，不求仕进，独善其身。下引两句，各本都作黔娄的话，无"之妻"二字。按此二句见《列女传》，是黔娄妻所说，应作"黔娄之妻"。
⑬ 戚戚：忧愁。
⑭ 汲汲：竭力求取。
⑮ 衔觞：口衔酒杯，指饮酒。
⑯ 无怀氏、葛天氏：传说是上古帝王，当为原始氏族部落首领。这里指上古原始纯朴社会阶段，是作者的社会理想寄托。

赏析

这是一篇用史传体写的自传性散文。五柳先生实即作者陶渊明自己。史传是由史官撰写的，实录行状，见美见刺，褒善贬恶，作出评论，留芳遗臭，千古永垂。而作者俨然以史官立场、春秋笔法来为自己立传。如果不是诡谲寓言，那就是坦然自信。所以本文明显的特点是思想明确，形象鲜明。

传主五柳先生是个隐士，来路不明，姓氏不传。这并非姑隐其名，也不是隐士必须的特征，因为郡望、籍贯和姓字都可以杜撰，自古以来，隐士而为名士者也不乏其人。作者的用意在于蔑视门阀士族所依重的郡望、阀阅、士姓；根本不在乎，索性不要了。为了便于称呼，就以住宅边五棵柳树作为称号；由于受到尊敬，因而人们称他先生；这正是姓氏字号最初的来历和习尚，也在淳朴的社会中获得尊重。所以这依史传体例开头介绍传主的姓字籍贯，便有明确的对立于门阀世俗的思想倾向，显出鲜明的性格特征。

东晋盛行清德玄谈，以隐矫名、以谈炫荣的假隐士不少，其实是走捷径的利禄之徒。五柳先生是真隐士，"遁世无闷"，淡漠世事，不尚玄谈，不爱荣华富贵，所以文静不多言谈。但他有自己的爱好："好读书"，"性嗜酒"。隐士是士，也是读书人，爱好读书是本分，理所当然。不同于世俗的是，他读书不是为了做官求荣利，不必适应官府标准，无须牵强附会，穿凿曲解。他按自己的理解来读书，所以每当有心得体会，"便欣然忘食"。他是从古圣贤作者求取真知，精神上获得充实和鼓舞，守志励节。至于魏晋名士风流的饮酒，在他则是本性的嗜好，爱喝而已，既不标榜，更不风流，反而因为贫穷，窘相毕露，有酒就喝，一醉方休，根本不管别人的礼貌态度。所以他的饮酒，任性而旷达，不矫情，不放肆，获得亲友的理解和宽容。

真隐士是贫士，不能安贫乐道，是坚持不了的。五柳先生几乎赤贫，住房破漏，衣服破旧，饮食不继，却安然自在，而且还写文章抒怀述志，自得其乐。这样的生活，他满足了，心里踏实，没有追求也没有失落，没有苦闷与烦恼。显然，他不是儒家贤人颜回的安贫乐道，而是乐于老、庄的自然无为、返朴归真的道，跟虚伪丑恶的门阀荣利决裂。不过他的态度比较平和，只是“颇示己志”，似不揭露丑恶，因而显得冲淡自然。诚如鲁迅所说，丑恶多了，看惯了，众所周知，也不值一提了。这恰是东晋时代的特色。

思想明确，形象鲜明，是作者采取史传体写作所必须的。史传有赞，撰者以史官立场表明褒贬。本传的赞十分明确地归结出五柳先生的两个主要特点：一是不愁贫贱也不求富贵，二是怡然自乐，返朴归真，希望过先民生活。这也正是传立行状的取舍准则和传文层次结构的安排原则，因而选材典型，行文简洁，风格平淡朴实，意味深长，百读不厌。

（倪其心）

归去来兮辞并序

陶渊明

余家贫,耕植不足以自给。幼稚盈室,缾①无储粟,生生所资②,未见其术。亲故多劝余为长吏,脱然有怀,求之靡途③。会有四方之事④,诸侯以惠爱为德,家叔以余贫苦,遂见用于小邑。于时风波未静,心惮远役,彭泽去家百里,公田之利,足以为酒,故便求之。及少日,眷然有归欤⑤之情。何则?质性自然,非矫厉⑥所得,饥冻虽切,违己交病。尝从人事,皆口腹自役⑦。于是怅然慷慨,深愧平生之志。犹望一稔,当敛裳宵逝⑧。寻程氏妹丧于武昌,情在骏奔,自免去职。仲秋至冬,在官八十余日。因事顺心,命篇曰《归去来兮》。乙巳岁⑨十一月也。

归去来兮,田园将芜胡不归?既自以心为形役⑩,奚惆怅而独悲!悟已往之不谏,知来者之可追。实迷途其未远,觉今是而昨非。舟遥遥⑪以轻飏,风飘飘而吹衣。问征夫以前路,恨晨光之熹微。

乃瞻衡宇,载欣载奔。僮仆欢迎,稚子候门。三径⑫就荒,松菊犹存。

---

① 缾,同“瓶”,瓦瓮。
② 生生:维持生计。前一“生”作动词,后一“生”是名词。资:凭借。
③ 脱然:舒畅貌。有怀:产生出仕之念。靡途:无门路。
④ 四方之事:指地方势力的争势夺权。
⑤ 归欤:归家的叹息。《论语·公冶长》:“子在陈曰:‘归欤,归欤!’”
⑥ 矫:假。厉:勉强。
⑦ 口腹自役:为糊口饱腹而役使自己。
⑧ 稔(rěn):谷物成熟之期。一稔即一年(古代谷物一年成熟一次)。敛裳:收拾行装。宵逝:连夜离去。
⑨ 乙巳岁:指晋安帝义熙元年(405)。
⑩ 心:本心夙志。形役:为形体(所需)而役使。
⑪ 遥遥:即“摇摇”。
⑫ 三径:指小路,借用汉代蒋诩隐居后,在家宅前竹林中开“三径”,只与隐士求仲、羊仲二人游息的典故。

携幼入室，有酒盈樽。引壶觞以自酌，眄庭柯以怡颜。倚南窗以寄傲，审容膝之易安。园日涉以成趣，门虽设而常关。策扶老以流憩，时矫首而遐观①。云无心以出岫，鸟倦飞而知还。景翳翳以将入，抚孤松而盘桓。

归去来兮，请息交以绝游！世与我而相违，复驾言兮焉求？悦亲戚之情话，乐琴书以消忧。农人告余以春及，将有事于西畴。或命巾车，或棹孤舟。既窈窕以寻壑，亦崎岖而经丘。木欣欣以向荣，泉涓涓而始流。善万物之得时，感吾生之行休。

已矣乎，寓形宇内复几时！曷不委心任去留②，胡为乎遑遑兮欲何之？富贵非吾愿，帝乡不可期。怀良辰以孤往，或植杖而耘耔③。登东皋以舒啸，临清流而赋诗。聊乘化以归尽④，乐乎天命复奚疑！

赏 析

逆江而行的一叶扁舟上，站立着从彭泽弃官归家的诗人陶渊明。猎猎的江风，吹得他衣袂飘拂。此刻，他的心境正如那轻轻摇漾的小舟，既惆怅，又快意：想起以往的几度出仕，“皆口腹自役”，有违平生向往自由的情性，便不免爽然若失；仰对江天，想到终于从“迷途”返回，从此冲破官场的羁绊，就又欣然开怀。遥远的山村，似正有一个热切的声音在呼唤：“归来！归来！”而浪花飞溅的舟上，他那颗激动的心，也分明作出了殷殷的回应：“归去来兮，田园将芜胡不归？”这就是本文开篇所化生的情景：亲切而饱含人生哲理的自语，伴着“遥遥以轻飏”的浪舟，在读者眼前展开了一个何其清缈的诗一般画境！

大约因为心情急切，诗人的归程画面转换得也快：他刚才还在轻飏的舟上迎风伫立，转眼间又出现在“晨光熹微”的山路之上。“百里”之遥本应驾轻

---

① 策：拄。扶老：鸠杖。流憩(qì)：周游、休息。矫首：抬头。

② 去：死。留：生。委心：随心。

③ 植杖：把手杖直插在田边。耘：除草。耔：在苗根培土。

④ 聊：姑且。乘化：随应大化(自然界)。

就熟，却偏还要一次次“问征夫以前路”；待到“乃瞻衡宇”，这位已届中年的诗人，竟又像年轻人一样奔跑起来。文中正是以这一连串画面的变换，把诗人的归家之情表现得分外浓烈。你从那“风飘飘”“舟遥遥”的快风轻帆，从“恨晨光之熹微”“问征夫以前路”的可笑情态，以及“载欣载奔”的异常举止上感受到的，不正是一颗迫不及待、欢欣“骏奔”之心的跳荡？

故乡的亲人又何尝不是如此。虽说离家才八十余日，童仆稚儿一听说诗人到来，早已惊喜地迎候门前；诗人襟怀高洁，平生爱与“松菊”为友，而今它们在萧萧风日中，竟还生机蓬勃，仿佛也在为友人归来微笑低语。这欢欣随着诗人的“携幼入室”展开，终于在“有酒盈樽”的合家欢宴中推向高潮。三盏两杯过后，微醺的诗人不免有些忘形——“引壶觞以自酌”，免去了仆人侍候的俗节，任他自饮自酌岂不痛快？“眄庭柯以怡颜”，在醉眼乜斜中一瞥庭中高树，那景象是不是也多了一重可爱的朦胧？而后，倚窗而立，渐渐神畅气傲；还视狭小的居室，虽然环堵萧然，较之于大衙高府，愈觉得“晏如”可亲。何况还有后园，可供日日漫步遐观呢！这一节抒写初到家中的欢乐心境，全从家人迎候、把盏饮宴的情景中传达。那阶前的菊色、松影，席间飘溢的酒香，家人的欢语浅酌，和诗人“眄”柯、“倚”窗的忘形之态，在文中交织成了一种多么亲切的氛围，一片多么和悦的情韵！

而后出现在读者眼前的，已是诗人在园中沉思、“流憩”的身影。园虽有“门”，却因少有俗人造访而“常关”，自当更觉清幽；人虽未老，却也可扶杖而步，姑且体味一下老翁的悠闲。时或举首远眺，可以看到朵朵白云，正从淡青的远峰间悠悠飘出；联翩的鸟雀，在外飞倦了，也都纷纷归栖于苍茫的山林。已是夕阳落山时分，诗人却还在园中的“孤松”前抚思、流连——他是从那“出岫”的白云之态中，领略了与汲汲奔走仕途绝然不同的自由生活之哲理；还是在倦飞的鸟雀之栖中，体悟到了值得依恋的人生归宿之真谛？这体味因了“无心”“知还”二语的点示，便使眼前之景染上了某种哲理意味，把读者引向了远为深邃和高妙的境界。

想必诗人自己也为这种境界陶醉了，因此在下笔之间，情不自禁再次发出了“归去来兮，请息交以绝游”的呼告。息交绝游、断绝与官场中人的来往，这生活在许多人看来，未免显得孤寂黯淡，但诗人却感到，其中自有极大的兴味。文中接着所展开的，正是诗人对未来生活无限憧憬的虚境：早晚间有亲人问暖嘘寒的“情话”，寂寞中亦可借诵书弹琴“消忧”；春天来了，近邻的农人将会关切地相告：“该是去西坡地耕种的时节了。”人们常说陶渊明的诗文看似平淡，其实蕴含着浓浓的情趣。这几句如数家常的娓娓之语，正飘散着诗人村居生活的多少淳美气息和盎然情味！

村居之乐当然远不止于此。农作之余，诗人还可以自由游赏。“或命巾车，或棹孤舟”，在幽深的山溪、“崎岖”的丘壑中独来独往。那山必是朗润润的，树木也都蓬勃婀娜，一片新绿，刚刚解冻的小溪在山石间淙淙而流。漫步在这万物生长、自由适性的世界中，诗人的身心简直就与大自然融成一片了，怎能不发出“善万物之得时，感吾生之行休”的感叹？初读这后一句，似乎表现了一种乐尽哀来之悲。其实，这是诗人在领略到大自然的真美之后，所发出的由衷赞美和不能及早皈依自然的惋惜之叹。正因为如此，诗人在结尾一节才一再自问：“寓形宇内复几时”？“胡为乎遑遑欲何之”？问语中包含着对以往迷误的几多感慨，又透露着回归家园的几多欣慰。当年遑遑奔走仕途的怅惘，而今已为跳出尘网的意外喜悦所取代，更为对未来生活的美好展望所否定。此刻，诗人的心镜是那样朗畅、明净，再无一丝尘翳：他仿佛看到自己正在“良辰”的月光下信步独往，或者披着一身晨曦在田间“植杖耘耔”；村东的高地上可听到他敞怀舒心的啸音，清莹的山溪中将映出他“临流赋诗”的身影。《归去来兮辞》之结尾，正以如此富于情致的景象，将对未来生活的展望，推向更淡远、更令人憧憬的境界，而留下了让人含咏不尽、萦耳不息的意趣和声韵。

读过陶渊明田园诗的人们，大约都能深切地感受到其清淡平远的描述中所包含着的一股浓浓的意趣。《归去来兮辞》不是田园诗，而是一篇记述诗人解职归田的抒怀之赋，并带有相当多的叙事成分。但由于它将议论、叙事与抒情极为和谐地交融在一起，善于在如画的情景展现中，着重表现诗人那洒落的胸怀、高洁的志趣和意兴，因此具有了诗一样的境界和淳挚动人的情致。在这里，诗人的情性与家乡自然的美好景物构成了一个和谐的统一体；心灵的淳朴和自由，外化在清纯、幽远而富于生机的岫云、归鸟、丘壑、林泉中，伴随着亲戚的情话、悠扬的琴声和邻人亲切的告语汩汩而流，自能造出苏东坡所称叹的那种“妙”境和“奇趣”。宋陈师道《后山诗话》以为，“渊明不为诗，写其胸中之妙尔”。《归去来兮辞》又何尝不是如此！

（张　巍）

王子猷[1]雪夜访戴

刘义庆

王子猷居山阴②,夜大雪,眠觉,开室,命酌酒,四望皎然。因起彷徨,咏左思《招隐诗》③,忽忆戴安道④。时戴在剡⑤,即便夜乘小船就之。经宿方至,造门不前而返。人问其故,王曰:"吾本乘兴而行,兴尽而返,何必见戴?"

赏析

本文选自《世说新语·任诞》。

王徽之作为东晋名门贵胄,曾身居显位,又负一时才名。不过他既没有留下什么可以称说的政绩,也没有留下什么不朽的文字。《晋书》是为他立传的,标名青史,这又是很大的荣耀。但他的传记的内容,竟只是史官从《世说新语》中采拾来的几则琐细的故事,如他暂居别人家空宅,便令人种竹,声称"何可一日无此君",以及上面这则"雪夜访戴"之事。读史至此,令人易生疑惑:这样的琐事,也值得堂而皇之地载入史册吗?

《晋书》修撰于唐初,那是一个门阀士族政治势力开始衰退却又依然保持着崇高声望的时代,东晋名士的风采在唐人心目中尤其是值得羡慕的典范。其实到了晚唐的杜牧,犹在诗中写下"自古南朝多旷达,可怜东晋最风流"(《润

---

① 王子猷:王徽之字子猷,王羲之之子。
② 山阴:旧县名,治今浙江绍兴。
③ 左思:西晋著名诗人。其《招隐诗》写隐居田园之趣。
④ 戴安道:戴逵字安道,东晋著名文士,当时隐居不仕。
⑤ 剡(shàn):今浙江嵊州。

州二首》其一)这样满怀向往之情的句子。而一说到"东晋风流",只要是读过些古书的,恐怕没有人不知道王子猷种竹、访戴之事。这几乎成了历史上士族文化、士族人生姿态的象征。如此说来,这些琐细的故事就不能视为无足道的了。

人在世间生存,大多情况下是受功利愿望支配,受社会一般行为标准制约的,我们暂且把这称为"日常生活程序"。但人还有同这不甚谐调乃至相背离的一面,那就是人的自由的自然的天性,它跃出于日常生活秩序的情态,我们可称之为"兴"。"兴"这东西容易给人带来麻烦,古训"三思而行",就是要人凡事不要受一时兴致的蛊惑。譬如一个悭吝之人在酒兴中会豪情大发,作出一掷千金的许诺,日后为了赖账而又不失面子,那要懊悔好几天;倘是真的已经当场"掷"出了,那就够悔恨一辈子了。但一个人倘事事都盘算得很精明,永远也不受情绪的影响,那也真是绝无趣味:不仅在别人看来面目可厌,在自己也活得难过。所以,人既是顺俗的,又是向往脱俗的。

东晋是中国历史上士族势力最强大的时代,特别像王谢那样的高门,拥有不受皇权影响的社会地位和财富,他们的子弟凭着血统的高贵,便可以安享尊荣,这是一个真正的贵族阶层。贵族制度当然有它不合理的一面,但那些名门贵胄也因此获得了相当程度的尊严和自由——因为他们无求于人,不需要看别人的颜色行事。而尊严和自由,其实是人的天性所要求的东西。在后来贵族消失、皇权强化的时代,一般读书人为了混一点可怜的功名利禄,连走路的脚步、说话的声气都得小心谨慎;然而即使如此,危险依然存在。这种扭曲的、受压迫的生命状态使他们对六朝贵族的显为自由舒展的生命状态生出无限企羡,那是很自然的事情。"东晋风流"的历史价值,就在于它所显示的人生的可能性。

王子猷雪夜访戴所表现出的,还不仅是任由情兴的名士风度,它还由此生发为一种具有唯美情调的人生姿态。山阴那个"四望皎然"的雪夜,对酒的王子猷遥望室外晶莹纯净的世界,在寂寞清寒中究竟体悟了什么呢?这里有微妙而不可言说的感受。于是油然吟出《招隐诗》的句子,想起隐士避俗而任其本真的高怀,想起隐居在风景如画的剡县的戴逵,想到如此良夜,二人对酌,漫话古今的雅趣。一条船便在这雪夜里驶出了。

“兴味”这东西很奇怪。倘若它是在情投意合者之间共同地产生的，它就是如空气一样弥漫着的氛围；倘若你拿它向一个不在场的人说明——哪怕是情投意合者，它就会在刹那间消失无踪，只剩下毫不相干的辞语干瘪瘪地挂在嘴边，成为再滑稽再愚蠢也不过的怪物。所以只要王子猷一脚踩进戴逵的家门，他就只有把这一次造访解释成具有某种现实理由的行动，因而既然他是“乘兴而行”，就必然要“兴尽而返”，这才不至于把他的“兴”——在雪夜里升起的生命的美感包括想象中友朋相对的谐和破坏掉。“雪夜访戴”并非是有目的的行为，它的意趣只在路途中。那在曹娥江上穿过杳渺的夜色的行程，是完全摆脱日常生活程序、使生命在某个特异的时空中融入自然而转化为一支无声而曼妙的音乐的过程。

这确实是一个琐细的故事，但它却有一种动人之处。即使我们可以拿另外的事实来说明东晋名士未必真的那么高雅，他们仍然有很多庸俗可笑的地方，但在这个故事发生的时刻，生命终究呈现了自由的、唯美的、不假借任何“意义”而自我完足的姿态。

（骆玉明）

答谢中书书[1]

陶弘景

山川之美，古来共谈。高峰入云，清流见底。两岸石壁，五色交辉；青林翠竹，四时俱备。晓雾将歇，猿鸟乱鸣；夕日欲颓，沉鳞竞跃。实是欲界[2]之仙都。自康乐[3]以来，未复有能与其奇者。

赏析

《答谢中书书》是陶弘景俊赏山林、心灵净化之后所写。它是六朝书札名篇，与吴均的《与宋元思书》可称双璧。谢中书即谢微，与陶弘景皆卒于大同二年(536)。谢微任中书舍人的后限是公元526年，任中书郎在公元532年，都在陶弘景七十岁以后。故此篇当为陶弘景晚年所作。

这篇骈文山水小札，引起后世选家的普遍注意，是因它清丽明净而富于含蕴，与充斥在齐、梁文坛上那些繁缛浮艳、内容空虚的骈体文大异其趣，也与作者早年所写的《寻山志》(《艺文类聚》卷三六)、《答虞中书书》(《艺文类聚》卷三七)等追求形似，"窥情风景之上，钻貌草木之中"(《文心雕龙·物色》)的作品迥然不同。

陶弘景早年游历访道时足迹遍及江浙的名山胜水，三十七岁退隐茅山，后在江南佳丽的山水中度过了四十四个春秋。《答谢中书书》中凝聚了他激赏江南山林的情韵。这情韵，首先表现为作者山水意识的强烈与深湛。"山川之美，古来共谈"，看似平平叙说，实则包孕很广。自从孔子说了"智者乐水，仁者乐山"(《论语·雍也》)以后，山水在人们的眼里常有性格的隐现。接着庄周更

---

① 谢微，《梁书·文学传》作"谢征"，字元度，曾任豫章王记室兼中书舍人，中书郎。

② 欲界：指人世。佛家有三界之说，欲界是有七情六欲的众生所居的人间。

③ 康乐：谢灵运袭封康乐公，平生最喜登临山水。

讲了“山林与！皋壤(原野)与！使我欣欣然而乐与？”(《庄子·知北游》)“大林丘山之善于人也(所以适于人)，亦神者不胜(也是因为心神舒畅无比的缘故)”(《庄子·外物》)等审美意识更浓的话。魏晋南北朝时期大批隐士肥遁山林后，亦在佳山水中寻求启示。可见谈“山川之美”的话题自古就很多。文章一开头引起读者思索，这效果很不一般。

抓住江南山林的特征，用简洁空灵的笔墨来写，这是《答谢中书书》突出的优点。“高峰入云”的磅礴气势在北方也能看到，但在同一个景观里，又相伴着“清流见底”直视无碍的澄澈之美，在北方就难以见到。

写山林景色的瑰丽，作者只用了两组对偶句共十六个字，即“两岸石壁，五色交辉；青林翠竹，四时俱备”，已显得活脱精到，引人遐想。南宋人邓椿在他的《画继》里曾指出：“世徒知人之有神，而不知物之有神。”山林的“神”(本质特征)，高明的作家艺术家总有独特的感受。陶弘景以形写神，在他笔下茅山中一年到头“青林翠竹”已使人欣悦不置，更有谁领略过，在清流两岸壁立千仞的高峰之上，常年色彩变幻莫测。这奇幻瑰丽的色彩，当然是大自然奥秘的生命之彩，它的奇情壮采和迷离多变的性格，作者用“五色交辉”来形容，可谓恰到好处。而如果用工笔刻镂，即使做到“情必极貌以写物，辞必穷力而追新”(《文心雕龙·明诗》)，也难免拖沓板滞，存形而略神。多种色彩奇妙的调谐而又变动不居，正是山林的逸趣神韵所在，然而这却是最难着笔之处。陶弘景用视觉形象和动感都很强的“五色交辉”四字来点染，自会引起读者对绚烂的山林形象的种种联想与记忆，在记忆里呈现的奇伟与色彩因人而异，具有无比的丰富性。这种能激起读者审美活动的活脱笔触，可称“字外之奇”(萧衍《观钟繇书法十二意》)。陶弘景又是书法家，他与梁武帝萧衍讨论钟王书法的文字俱在(见萧衍《答陶弘景书》及陶弘景《与梁武帝启》)，颇能显示他的艺术见解，这一点可存而不论。但陶弘景在书法艺术上讲究空间布白之美，和文学创作上用笔空灵是一致的。通过文字诱发读者的联想，虚实相生，形成字外的意境，让读者丰富的想象补充作者的艺术空白，正是本文成功之笔。

写了茅山中一年四时之美后，作者又用两组并列对偶句写一日之美：“晓雾将歇，猿鸟乱鸣；夕日欲颓，沉鳞竞跃。”如果说写茅山一年四时之美是以静见动：静到能窥见大自然的奥秘，大自然生命之律动是通过“交辉”的色彩奉献给作家的，那么，茅山中一日之美则是以动见静：天刚麻麻亮，“晓雾将歇”，花叶上露珠还未照上太阳时，山林就开始了欢唱，“猿鸟乱鸣”。这“乱”字有声繁悦耳，使人迷惑，动人心魄的意思。而到了“夕日欲颓”、金乌西栖之后，鱼儿避开了“鹰瞵鹗视”的威胁，此际竞跃腾欢，尽情享受空气中弥漫的芳馨。总之，从早到晚，山林中正是由于猿的柔声啼唤，鸟的恣意鸣啭和鱼的欢腾竞跃而显得格外静谧幽美。

从结构上看，《答谢中书书》从富有审美意味的两句开头，接着有两个不同时空层次的描写，以静现动，以动见静，写出了茅山美的性灵。至此出声赞叹：“实是欲界之仙都（实在是人间天堂呀）!”就是应有之笔。接着以反接收束全篇，深憾于自谢灵运以来竟无人妙赏此佳山水，一唱三叹，摇曳生姿，文章虽短而含蕴不尽。

以骈文的主要特征来看，《答谢中书书》或许不是很严饬的。四四四四的句式对属虽工，但基本上不用典藻饰。音律上平节和仄节的交替，也不完全合律。但它好就好在骈散兼行，散文的疏宕流畅之美和骈文的整炼之美结合得很好。谋篇见巧思，用语清丽含蓄，诗化了意境。

李兆洛在《骈体文钞》卷三十《答谢中书书》末批曰：“亦应尚有起讫。”认为它不是完篇。这是对书信体应该“尽言”（《文心雕龙·书记》）一点理解得过死，认为只有洋洋洒洒才算“尽言”，殊不知“文明从容，亦心声之献酬也”（同上），写信向对方把心里的话说透了，即算“尽言”。《答谢中书书》虽只六十八个字，但它已把作者幽栖山林俊赏妙悟之情趣写出来了。谢中书即谢微，出身名门，为谢朓的从侄孙，深得梁武帝萧衍之倚重。《梁书·文学传》说他：“年位尚轻，而任遇已重”。他很有才华，曾当殿赋诗三十韵，二刻便就，“其辞甚美，高祖（萧衍）再览焉”。这样一位锋芒早露、官运亨通的晚辈（谢少陶四十四岁），其骄矜自负自不待言，而陶弘景摒弃客套直抒胸臆的答书（谢的报书今已佚），愈益显出他这位“山中宰相”（《南史·陶弘景传》）的气度。

（魏明安）

三　峡①

郦道元

自三峡七百里中,两岸连山,略无阙处。重岩叠嶂,隐天蔽日,自非亭午夜分,不见曦月。至于夏水襄陵,沿溯阻绝。或王命急宣,有时朝发白帝,暮到江陵②,其间千二百里,虽乘奔御风,不以疾也。春冬之时,则素湍绿潭,回清倒影。绝巘多生怪柏,悬泉瀑布,飞漱其间,清荣峻茂,良多趣味。每至晴初霜旦,林寒涧肃,常有高猿长啸,属引凄异,空谷传响,哀转久绝。故渔者歌曰:"巴东③三峡巫峡长,猿鸣三声泪沾裳。"

赏　析

在诗人、画家的眼中,流动的江河,挺峙的山峦,都是有生命的。他们常与明月对饮,同清风闲谈,故出现在笔下的山水草木,也大多清新可爱,带着许多灵气。就如北魏的郦道元,他以地理学家的目光探寻自然,又以文学家的心灵感受自然,因此他的《水经注》虽是一部地理学巨著,又同时能带给人们以艺术上的莫大享受。《三峡》正是其中最具魅力的篇章之一。它仿佛是一轴瑰奇多彩的山水画长卷,令人于赏观之际不胜惊奇,不胜喜悦!

你看它开头几笔,多像是潇洒泼墨的大写意:"自三峡七百里中,两岸连山,略无阙处。重岩叠嶂,隐天蔽日"。作者的视线,在无限空阔的天地间扫过,而后从上到下,又从下到上,大笔勾勒磅礴七百里的三峡全景:那耸峙两

① 三峡:瞿塘峡、巫峡、西陵峡的总称,在长江上游四川东部、湖北西部一带。据今人考证,郦道元足迹未至南方,其文实出自南朝宋盛弘之的《荆州记》。

② 白帝:城名,在今四川奉节县东边山上。江陵:县名,今属湖北。

③ 巴东:郡名,东汉末置,治所在鱼复(今四川奉节东)。地控三峡之险,为蜀汉东部门户。

岸的群峰，拔地而起的叠嶂，便连绵疾走，瞬息之间占据了天空，遮蔽了云日。它们的涌现，简直使整个世界都黯然失色了，天地是三峡的，连“曦（日）月”也只有在“亭午（正午）夜分”，才能进入其中。

不过高山总需有流水陪衬，才显得灵气十足。至于伟岸雄峻的三峡，就更需汹涌飞驰的一江急流了。作者接着选取的，恰正是震荡三峡的浩浩“夏水”：椽笔方落，夏水即已“襄陵”（水凌于高陵之上）。那是三峡水势最盛的夏日，它滚滚滔滔，奔腾咆哮，正与两岸沉默的高山相应，为三峡带来了蓬勃的活力。而阻塞水道，漫过高陵的迅猛，又使三峡于雄峻之中，增添了几分惊险壮奇的声色。令人惊异的是，作者并没有去直接描摹江水的惊涛拍岸，江行的风波险恶；而是想落天外，在波峰浪尖之上，虚拟了一叶扁舟，让它击波逐浪，与“王命急宣”的使者骏骑相比。结果是“朝发白帝，暮到江陵”，一千二百里的行程，“虽乘奔御风，不以（如）疾也”。只八个字，便在路遥、时短、行速的比较中，显示了三峡之流无可凌逾的湍急！而虚拟中小舟和使者的出现，又赋予了雄奇的自然以无限的生命力，作者的运笔奇思，真是妙不可言。难怪后世李白，竟也因之触动灵感，写出了“朝辞白帝彩云间，千里江陵一日还”（《早发白帝城》）的名句。

三峡之美，虽以山高水急为主要特征，但也不仅仅如此。在它七百里的山山水水中，还回转着无尽的俊姿秀影。恰似一条曲折漫长的彩色画廊，一弯一转之间，向你展现的，都是令人留连的绝美画境。就说是“春冬之时”吧，三峡深幽隽逸，别是一种清奇秀脱的模样：你看那碧绿的潭水，浮漾着峰峦花树的倒影；而那些“吸翠霞而夭矫”的怪柏，把根扎在悬崖峭壁上，倾斜着躯干，真是情态百出。还有那些挂在山崖上的大大小小瀑布，正带着欢畅的笑声，从高处飞冲而下。面对着这种水清、树荣、山峻、草茂的幽秀景象，你是否也要与作者一起，发出“良多趣味”的感叹呢？

至于那些雨后初晴的秋日，或是霜花满天的早晨，三峡却又另有一番风致了：山野间寒静肃穆，仿佛含着深愁似的。寂寂的山谷之间，又常有“高猿长啸”，啸声绵长，凄凉怪异，加以“空谷传响”，很久才消失。它所带给你的，该是一脉何其缠绵的愁思！这种种惆怅和哀愁，又被作者巧妙地绾结到那一曲“猿鸣三声泪沾裳”的古朴渔歌中去，听来便愈加余音缠绕，令你神思萧散而泪水涔涔了。

细细涵咏，这篇短短的文字，竟把三峡之美，表现得何等神奇！它的山旋水转、四季变幻和奇境迭出，究竟给了作者以多少画之笔意、诗之灵感呵？作者笔下的三峡，简直就是一位魁伟入云的奇男子：盛夏的奔放和热情，春冬的俊逸和闲远，秋日的忧伤和啸叹，构成了它多么丰满而多姿多态的性格。这就是绵延大江七百余里的三峡！它仿佛一直在等待着人们发现它，认识它，以至于天荒地老，亿万千年。只是到了作者的眼中、笔下，它的雄峻神奇、秀美俊逸和豪放深情，才第一次得到了欣喜惊人的表现，激起了读者的诧愕高妙的赞叹、遐想。面对着这位拥有一襟山岚的友人的到来，倘若三峡有知，恐怕也要“惊知己于千古”了。

（张　巍）

与宋元思书

吴　均

风烟俱净，天山共色，从流飘荡，任意东西。自富阳至桐庐一百许里①，奇山异水，天下独绝。水皆缥碧，千丈见底；游鱼细石，直视无碍。急湍甚箭，猛浪若奔。夹岸高山，皆生寒树。负势竞上，互相轩邈，争高直指，千百成峰。泉水激石，泠泠作响；好鸟相鸣，嘤嘤成韵。蝉则千转不穷，猿则百叫无绝。鸢飞戾天者，望峰息心；经纶②世务者，窥谷忘反。横柯上蔽，在昼犹昏；疏条交映，有时见日。

赏　析

这是吴均写给友人的一封信，现存为节文。宋元思，一作朱元思，其人不详。吴均在这封信中，生动而简练地描写了富阳、桐庐一带富春江上的优美景色，抒写了向往自然、厌弃尘俗的心情。

“风烟俱净，天山共色”二句，以对句发端，从大处着笔，写登舟纵目的总体感受。江上风平浪静，烟光尽扫，两岸山色无垠，远与天接，视野是何等开阔，心情又是何等舒展！这正是一个秋高气爽、游目骋怀的大好时节。这两句景语孕情，大气包举，可谓善于发端。“从流飘荡，任意东西”，进一步抒写江上放舟、对景陶醉的那种自由解脱的情态。这种无定点的审美观照，正说明山光水色纷至沓来，令人目不暇接，人在大自然的美景面前仿佛变得身不由己了。这种随任式的态度，却正是自由的审美心态的独特表现方式。“自富阳至桐庐一

① 富阳：县名，在今浙江杭州西南部，以县城位于富春江之北而得名。富春江沿岸为著名风景区。桐庐：县名，在今浙江杭州西南部、富春江沿岸。

② 经纶：筹划治理。

百许里，奇山异水，天下独绝。”至此点明舟行路线。富阳在富春江下游，桐庐则在其上游，因而作者是溯江而上。这一百里左右的水路，也是富春江的最佳游程，作者用“奇山异水，天下独绝”来概括，极尽其赞叹、倾倒之情。行文至此为第一小段，是概览性的总写。

下文即承“奇山异水”而分写之。先逐层写水：“水皆缥碧，千丈见底；游鱼细石，直视无碍。”这是写江水深而清澈，以至水中游鱼，江底细石，皆历历可见。游动的鱼儿，目光很难追踪，江底的细石，通常更不易看得分明。然而作者却说“直视无碍”，那么这一江碧琉璃的晶莹澄澈，不用说是何等令人惊叹了。面对这表里俱澄澈的明镜般的江水，人的心灵也仿佛变得透明而无杂质了。这一层意思作者虽然没有说，却是可以自然联想到的。这几句写江水的明净可爱，大体是一种静态美（游鱼的动态，不过是江水明净的一种陪衬而已）。接着两句“急湍甚箭，猛浪若奔”，则开出另一境界。原来富春江也有急流险滩，它在让你领略柔和明净的风姿外，还以其奔腾湍急的波涛给人一种气势磅礴的美感。由静态而转为动态，舟行景换，可见江上风光丰富多彩。这是就“水”的一面着笔，写来姿态横生。次写“山”：“夹岸高山，皆生寒树。负势竞上，互相轩邈，争高直指，千百成峰”，写来气势非凡。两岸的高山都长着耐寒的树木，可见山色之青葱；这连绵的群山，在作者的视觉感受中不止是静穆崇高的，却还是奔放活跃的，它们仿佛在互比高低，使劲往上耸，正是这相互竞争，才形成了千百座形状不一的奇峰。这是用审美移情的眼光，写山势之高、之奇，化静为动，使人感受到大自然那种强烈的生命节奏。

以上为第二小段，分写山水之奇异，着重从视觉感受一面落笔。下文转换角度，着重写听觉感受：“泉水激石，泠泠作响；好鸟相鸣，嘤嘤成韵。蝉则千转不穷，猿则百叫无绝。”山泉声，鸟鸣声，蝉声，猿声，声调各异，自成天籁，这是一部大自然的协奏曲，多么令人心旷神怡！工整的骈语，联翩而至，语言形式本身的韵律美，更加强了所描写音响的天然韵律美，两者可谓水乳交融了。

接着从写景而转到抒写身历其境的内心感受：“鸢飞戾天者，望峰息心；经纶世务者，窥谷忘反。”那种像鹰一样具有高飞冲天的雄心的人，见了这样的高峰，也要死了超越山峰的心；那些为经营世务而奔走忙碌的人，看见这幽谷的美景，也要留连忘返。这是说优美的山水，足以使热心世务、企盼仕途腾达的人也产生隐居之想。触景生情，从审美感受引向仕途进退的人生态度的变化，进一步烘托出山水巨大的诱人魅力。文意至此似已具足，下面“横柯上蔽，在昼犹昏；疏条交映，有时见日”四句，是写山谷中树木蔽天，景象幽深，阳光只偶尔从疏枝叶隙间漏射下来。这境界是异常清冷的，热衷世务者至此自然要冷下心来。因而这四句不妨看作对上文的一种补充渲染。

这封书信短小隽永，而层次井然，写景抒情，均极简练生动。以四言句式为主，多用骈句，韵律感很强，宛如一首韵味盎然的诗，千百年来脍炙人口，不愧为六朝山水小品的上乘之作。

（吴战垒）

隋唐五代文

秋日登洪府滕王阁饯别序

王　勃

豫章故郡，洪都新府①。星分翼轸，地接衡庐②。襟三江而带五湖③，控蛮荆而引瓯越④。物华天宝，龙光射牛、斗之墟⑤；人杰地灵，徐孺下陈蕃之榻⑥。雄州雾列，俊采星驰⑦。台隍枕夷夏之交，宾主尽东南之美⑧。都督阎公之雅望，棨戟遥临⑨；宇文新州之懿范，襜帷暂驻⑩。十旬休假⑪，胜友如云；千里逢迎，高朋满座。腾蛟起凤，孟学士之词宗；紫电青

---

① “豫章”二句：豫章，汉郡名，治南昌（今市）。洪都：指洪州。唐武德五年（622）改豫章郡为洪州，治豫章（今江西南昌）设都督府，故称“洪都新府”。

② “星分”二句：翼轸，星宿名。古代天文家根据天上星宿的位置划分地面相应的区域，称为“分野”。豫章古属楚地，为翼、轸二星的分野。衡庐，指衡山和庐山。这里代指两山所在的衡州和江州地区。

③ “襟三江”二句：襟三江，以三江为衣襟。三江，指太湖的支流松江、娄江、东江，因豫章在三江的上游，如衣之襟，故称。带五湖，以五湖为衣带。五湖，指太湖、鄱阳湖、青草湖、丹阳湖、洞庭湖，因在豫章周围，如衣带束身，故称。

④ “控蛮荆”句：蛮荆，指楚地，古称楚国为“荆蛮”，即今湖南、湖北一带。瓯越，指今浙江省，境内有瓯江，古为越国，故称。

⑤ “物华”二句：物华天宝，物的光华焕发为天上的宝气。龙光，指宝剑的光辉。牛、斗，二星宿名。墟，所在之处。

⑥ “人杰”二句：人杰地灵，人物有俊杰地方有灵秀之气。徐孺，名稺（zhì），字孺子，东汉时豫章南昌名士，德行为时人所景仰。

⑦ “雄州”二句：雄州，大州。雾列，形容繁华。雾，喻浓密、盛多。俊采，指有才之士。星驰，形容人才之多如流星飞驰。

⑧ “台隍”二句：台隍，亭台、城堑。枕，据。夷，指荆楚少数民族地区。夏，华夏地区，指古扬州。交，接壤之处。尽东南之美，指包括东南一带所有的人才。尽，穷尽。

⑨ “都督”二句：阎公，当时洪州的都督姓阎。雅望，崇高的声望。棨（qǐ）戟，有衣套的木戟，这里指大官出行时作前导的一种仪仗。

⑩ “宇文”二句：宇文，复姓宇文的新州（治今广东新兴）刺史，名不详。懿范，美好的榜样。襜（chān）帷，车上四旁的帷幕，借指车驾。

⑪ 十旬休假：适逢十日一旬的假期。唐时官吏逢十休假。

霜，王将军之武库①。家君作宰，路出名区②；童子③何知，躬逢胜饯。

时维九月，序属三秋④；潦水⑤尽而寒潭清，烟光凝而暮山紫。俨骖騑于上路，访风景于崇阿⑥。临帝子之长洲，得天人之旧馆⑦。层台耸翠，上出重霄；飞阁翔丹，下临无地⑧。鹤汀凫渚⑨，穷岛屿之萦回；桂殿兰宫，即冈峦之体势⑩。披绣闼，俯雕甍⑪：山原旷其盈视，川泽纡其骇瞩⑫。闾阎扑地，钟鸣鼎食之家⑬；舸舰迷津，青雀黄龙之轴⑭。云销雨霁，彩彻区明⑮。落霞与孤鹜⑯齐飞，秋水共长天一色。渔舟唱晚，响穷彭蠡⑰之滨；雁阵惊寒，声断衡阳⑱之浦。

遥襟甫畅，逸兴遄飞⑲。爽籁发而清风生，纤歌凝而白云遏⑳。睢园

---

① “腾蛟”四句：腾蛟起凤，形容才华如蛟龙腾空，凤凰起舞。孟学士，名不详。词宗，文辞的宗匠。紫电青霜，古宝剑名。王将军，名不详。武库，武器仓库。这里显示王将军的威武。

② “家君”二句：家君，家父。宰，县官。出，过。名区，名胜之地，指洪州。

③ 童子：犹言小辈，王勃自称。

④ “时维”二句：时，时序。维，乃，是。三秋，指季秋九月。

⑤ 潦(lǎo)水：雨后的积水。

⑥ “俨骖騑”二句：俨，通“严”，整治。骖騑(cān fēi)，指驾车的马。崇阿，高大的山陵。

⑦ “临帝子”二句：帝子，帝王之子，指滕王李元婴。长洲，指滕王阁前的沙洲。天人，出类拔萃的人，犹言天上人，这里指滕王。旧馆，指滕王阁。

⑧ 无地：犹言看不见地面，形容位置高渺。

⑨ “鹤汀”句：鹤汀，鹤所栖止的水边平地。凫(fú)渚，野鸭聚处的小洲。

⑩ “即冈峦”句：即，依着。体势，形势。

⑪ “披绣闼”二句：披，开。绣闼(tà)，绘饰华美的门。雕甍(méng)，雕饰的屋脊。

⑫ 骇瞩：使人见了感到惊骇。

⑬ “闾阎”二句：闾阎，里巷的门，这里借指房屋。扑地，遍地。钟鸣鼎食：古代贵族鸣钟列鼎而食，这里喻豪富大族。

⑭ “舸舰”二句：舸(gě)舰，指大船。迷津，塞满渡口。迷，通“弥”。青雀黄龙之轴，装饰精美的雀舫龙舟。轴，通“舳”，船尾把舵处，这里代指船。

⑮ “彩彻”句：彩，光彩，指日光。彻，通“贯”。区，指天空。

⑯ 鹜(wù)：野鸭。

⑰ 彭蠡：古大泽名，即今鄱阳湖。

⑱ 衡阳：今属湖南省，相传雁飞到衡阳就不再南飞，等到春天才归。衡山有回雁峰。

⑲ “遥襟”二句：遥襟，远怀。逸兴，超逸的兴致。遄(chuán)，迅速。

⑳ “爽籁”二句：爽籁，管子参差不齐的排箫。纤歌，音调柔细的歌。凝，指歌声缭绕。

绿竹，气凌彭泽之樽①；邺水朱华，光照临川之笔②。四美具，二难并③。穷睇眄于中天④，极娱游于暇日。天高地迥，觉宇宙⑤之无穷；兴尽悲来，识盈虚之有数⑥。望长安于日下，目吴会于云间⑦。地势极而南溟深，天柱高而北辰远⑧。关山难越，谁悲失路之人；沟水相逢，尽是他乡之客⑨。怀帝阍而不见，奉宣室以何年⑩？嗟乎！时运不齐，命途⑪多舛；冯唐易老，李广难封⑫。屈贾谊于长沙，非无圣主⑬；窜梁鸿于海曲，岂乏明时⑭？所赖君子见机，达人知命⑮。老当益壮，宁移白首之心；穷且益坚，不坠青云之志⑯。

---

① “睢园”二句：睢（suī）园，即汉梁孝王刘武的睢阳（古县名，治今河南商丘市南）菟园。梁孝王曾在园中聚集文士饮酒赋诗。彭泽，指陶渊明，他曾任彭泽令。

② “邺水”二句：邺，古邑都名，在今河北临漳县境，是曹魏兴起的地方。朱华，荷花。临川，郡名，治今江西临川市。这里代指谢灵运，他曾任临川内史，《宋书》本传说他：“文章之美，江左莫逮。”

③ “四美”二句：四美，指良辰、美景、赏心、乐事。二难，指贤主、嘉宾难得同时在一起。

④ 穷睇眄（dì miǎn）：极目远望。中天：长天。

⑤ 宇宙：《淮南子·原道训》高诱注：“四方上下曰‘宇’，古往来今曰‘宙’，以喻天地。”

⑥ “识盈虚”句：盈虚，消长，指变化。数，命运。

⑦ “目吴会”二句：日下，指京都。封建社会以帝王比日，因将皇帝所在之地为日下。吴会，地名，秦汉会稽郡治在吴县，郡县连称为吴会，即今江苏苏州市。

⑧ “地势”二句：南溟，南海。天柱，古代神话中昆仑山有铜柱，高入天，称为天柱。北辰，北极星，这里喻指国君。

⑨ “关山”四句：失路，比喻不得志。沟水相逢，比喻偶然相遇，聚散无定。“沟”一作“萍”。

⑩ “怀帝阍”二句：帝阍（hūn），天帝的守门人，这里借指朝廷。宣室，汉未央宫前殿正室。贾谊被贬长沙后，汉文帝召他回长安，曾在此接见他。

⑪ 命途：命运。

⑫ “冯唐”二句：冯唐，西汉人，文、景帝时不被重用，武帝时求贤良，冯唐被推举，但年已九十余，不能复为官。李广，西汉名将，屡建战功，但终身未能封侯。

⑬ “屈贾谊”二句：贾谊，西汉文帝时人，曾受排挤被贬长沙。圣主，指汉文帝。

⑭ “窜梁鸿”二句：窜，逐走。梁鸿，东汉人，曾作《五噫歌》讽刺朝廷，得罪章帝，避居齐鲁、吴中。海曲，海隅，滨海之地。明时，政治清明之时。

⑮ “所赖”二句：见机，识时务。达人，通达事理的人。

⑯ “老当”四句：老当益壮，《后汉书·马援传》：“丈夫为志，穷当益坚，老当益壮。”青云之志，喻志向高远。

酌贪泉而觉爽，处涸辙以犹欢①。北海虽赊，扶摇可接，东隅已逝，桑榆非晚②。孟尝高洁，空余报国之情；阮籍猖狂，岂效穷途之哭③？

勃，三尺微命，一介书生④。无路请缨，等终军之弱冠⑤；有怀投笔，慕宗悫之长风⑥。舍簪笏于百龄，奉晨昏于万里⑦。非谢家之宝树，接孟氏之芳邻⑧。他日趋庭，叨陪鲤对⑨；今晨捧袂，喜托龙门⑩。杨意不逢，抚凌云而自惜⑪；钟期相遇，奏流水以何惭⑫？呜呼！胜地不常，盛筵难再；兰亭已矣，梓泽丘墟⑬。临别赠言⑭，幸承恩于伟饯；登高作赋，是所望于

---

① “酌贪泉”二句：贪泉，泉名，传说在今广州北二十里的石门，传说人饮此泉则会变贪，但晋代廉吏吴隐之饮此水后，操守愈坚定。涸(hé)辙，干涸的车辙，比喻穷困的境遇。《庄子·外物》有车辙中鲋鱼求活的寓言。

② “北海”四句：赊(shē)，远。扶摇，一种自下而上的巨风。东隅，日出处，比喻早年的时光。桑榆，日落处，比喻未来的日子。

③ “孟尝”四句：孟尝，字伯周，东汉会稽上虞人。曾任合浦太守，以廉洁著称，后因病隐居。桓帝时，虽有人多次荐举，终不见用。阮籍，字嗣宗，晋代名士。

④ “三尺”二句：三尺微命，指地位卑微。一介，一个。

⑤ “无路”二句：请缨，据《汉书·终军传》，终军武帝时出使南越，自请“愿受长缨，必羁南越王而致之阙下”，时年二十余岁。弱冠，古代男子二十岁行冠礼，一般称二十岁左右的人为弱冠。

⑥ “有怀”二句：投笔，指东汉班超投笔从军事。宗悫(què)，南朝宋人，少年时曾向叔父表示“愿乘长风破万里浪”。后封洮阳侯。

⑦ “舍簪笏”二句：簪笏，古代官员用的冠簪、手版，这里借指官职。百龄，百年，犹指一生。奉晨昏，古代侍奉父母的礼节，即晚间侍奉父母就寝，早晨向父母请安。

⑧ “非谢家”二句：谢家之宝树，比喻好子弟。孟氏之芳邻，据说孟轲的母亲为教育儿子而三迁择邻。

⑨ “他日”二句：趋庭，指接受父教。趋，小步快走，表示恭敬。鲤，孔鲤，孔子之子。对，庭对，指接受教诲。

⑩ “今晨”二句：捧袂(mèi)，举起双袖，向长者表示恭敬。龙门，喻声望高的人的门第。

⑪ “杨意”二句：杨意，即杨得意。汉武帝时为狗监，曾向武帝推荐司马相如。凌云，司马相如曾作《大人赋》，武帝读后大悦，“飘飘有凌云之气”。

⑫ “钟期”二句：钟期，即钟子期，春秋时楚人，善听琴。伯牙鼓琴，时而志在高山，时而志在流水，钟子期都能理解，后人因以“高山流水”比喻知音。

⑬ “兰亭”二句：兰亭，东晋王羲之等曾在兰亭宴集，故址在今浙江绍兴。梓泽，西晋石崇金谷园的别名，故址在今河南洛阳市西北。

⑭ 赠言：临别时用正言相勉励，这里指写这篇序文。

群公。敢竭鄙诚，恭疏短引①；一言均赋，四韵俱成②。请洒潘江，各倾陆海云尔③。

赏析

滕王阁为唐永徽四年(653)高祖子滕王李元婴为洪州都督时所建，以封号为名，故址在今江西南昌市赣江滨。上元二年(675)九月，王勃往南海省亲，途中路经洪州，逢都督阎公在滕王阁大宴宾客，遂在宴会上挥毫写成此《秋日登洪府滕王阁饯别序》(简称《滕王阁序》)。这篇临别赠言虽为即兴之作，但堪称古代骈文中的精品。在严格的骈体形式束缚下，作者充分发挥骈文特有的表现手段，熔对偶、声韵、事典、辞藻于一炉，又运散文之气于骈偶之中，严整中呈行云流水之势。

全文层层扣题，文思缜密，运思谋篇，无不统于题目之下。第一段历叙洪州地势之雄伟、物产之珍异、人才之杰出、宾主之尊贵，扣题中"洪府"二字。第二段由趋名楼，登高阁，写到近览楼阁之壮丽，远眺山川之胜景，展示出一幅流光溢彩的滕王阁秋景图，扣题中"秋日""登滕王阁"六字。第三段正面写滕王阁宴会，由参与宴会的逸兴，引出人生遇合的感慨，扣题中"饯"字。第四段自叙遭际，说明有幸躬逢盛会，自当应命作序，扣题中"别"字，复出"饯"字。

统观全文，由地及人，由人及景，由景及情，步步递进，紧扣题意。文因饯别而作，但对于宴会之盛仅略叙数笔带过，而倾全力写登阁所见之景，因景而生之情，这就脱去了一般饯别文章颂扬、应酬的窠臼，辟出了自家蹊径。

---

① 恭疏短引：恭敬地写这篇小序。

② "一言"二句：一言，指诗一首。均赋，每人作诗一首。四韵，八句四韵诗。王勃有《滕王阁诗》："滕王高阁临江渚，佩玉鸣鸾罢歌舞。画栋朝飞南浦云，珠帘暮卷西山雨。闲云潭影日悠悠，物换星移几度秋。阁中帝子今何在？槛外长江空自流。"

③ "请洒"二句：潘江陆海，钟嵘《诗品》："陆(机)才如海，潘(岳)才如江。"这里用来形容众宾客的文才。云尔，语气助词，用于句尾表示全文的结束。

作者善用灵活多变的笔法描写山容水态，表现楼台壮观，从而把读者带入身临其境的审美境地。其一，色彩变化之美。“潦水尽而寒潭清，烟光凝而暮山紫”，这两句不囿于静止的画面色彩，而着力表现水光山色的色彩变幻：寒潭之水因积水退尽而一片清明；傍晚的山峦因暮霭笼罩而呈紫色。上句设色淡雅，下句设色浓重，在色彩的浓淡对比中，突出秋日景物的特征，被前人誉为“写尽九月之景”。其二，远近错落之美。作者笔下，诸般景物纷至沓来，依次展现，既各尽其美，又有层次的远近变化。“鹤汀凫渚”四句写滕王阁周围景物，是近景；“山原旷其盈视”二句写山峦、平原的广阔和川流、湖泽的迂回，是中景；“云销雨霁”以下则是水天浩淼的远景。笔墨由近及远地铺展开去，把远近景物编织在一起，组成一幅富有层次感和纵深感的全景图。其三，上下浑成之美。“层台耸翠，上出重霄；飞阁翔丹，下临无地”，这四句由两组镜头剪辑而成：上有层台碧瓦攒刺云霄，下有飞架的阁道丹彩欲流，借视角的俯仰变化，使上下相映成趣，突出了危楼高耸的壮观。“落霞与孤鹜齐飞，秋水共长天一色”更是写景名句，青天碧水，天水相接，上下浑然一色；彩霞自上而下，孤鹜自下而上，相映增辉，构成一幅色彩明丽而又上下浑成的绝妙好图。其四，虚实相映之美。作者登高临远，不仅骋目八方，而且思接千里。文中既实写目见之景，又发挥想象，构想出目力难及之景。“渔舟唱晚”四句，即凭借听觉联想，用虚写手法传达远在“彭蠡之滨”“衡阳之浦”的渔歌和雁声。如此虚实相间地模山范水，既使读者对景物有具体的感受，又引导读者开拓视野，展开联想，登山临水，视通万里。

在着意铺叙景色之美后，作者以腾挪跌宕的笔势，述志言情，由逸游的豪兴，陡引出宇文新州及自己途路坎坷的感慨，表白了报国无门却壮志不坠的执著态度。“望长安于日下”四句，明写南、北，暗藏东（云间）、西（昆仑），抒写远离京城、失意流落之情，接着从关山难越，念及英雄失路，连用屈原、贾谊、冯唐、李广四人的典故，借历代怀才不遇的人物，表达有志难伸的悲慨，同时也流露“时运不齐，命途多舛”的消极情绪。至“所赖”一提，振起全篇。“老当益壮”几句，勉励宇文新州莫因年华易逝和处境困顿而自暴自弃，片言居要，为全篇警策。接着再用《庄子·逍遥游》典，以大鹏作比，表明扶摇直上九霄的凌云之志；用《汉书·冯异传》“失之东隅，收之桑榆”的成句，表示早年虽然失意，但拯时济世的信心并未泯灭。同时又反用“贪泉”“涸辙”和阮籍之典，说明处困顿而清操不移，逆境中壮志弥坚。作者正是自如地驱遣历史典故，以跌宕之笔述志言情，事典繁多但贴切达意，气势充畅而语约意丰，展示了抑扬升沉的情感发展轨迹，披露了交织于内心的失望与希望、痛苦与追求、失意与奋进的复杂感情。

唐初的骈体文还有齐、梁余风，“绨句绘章”，以形式上的华美掩盖内容上的空虚。王勃此文却用骈体表现了比较丰富的内容，流露了作者的真情实感，具有很强的艺术感染力。历史上的滕王阁虽已不复存在，但它的名字依然留在人们的记忆中，为祖国的江山增辉，这不能不归功于王勃的这篇千古传诵的名篇。

（顾伟列）

山中与裴秀才迪书

王维

近腊月下，景气和畅，故山殊可过①。足下方温经，猥不敢相烦。辄便往山中，憩感配寺②，与山僧饭讫而去。

北涉玄灞③，清月映郭。夜登华子冈，辋水沦涟，与月上下。寒山远火，明灭林外。深巷寒犬，吠声如豹。村墟夜舂，复与疏钟相间。此时独坐，僮仆静默，多思曩昔携手赋诗，步仄径，临清流也。

当待春中，草木蔓发，春山可望，轻鲦④出水，白鸥矫翼，露湿青皋，麦陇朝雊⑤。斯之不远，傥能从我游乎？非子天机清妙者，岂能以此不急之务相邀？然是中有深趣矣。无忽。因驮黄蘗人往，不一⑥。山中人王维白。

赏析

王维工诗善画。苏轼评其诗谓："诗中有画"，"画中有诗"。这篇山水小品，写得饶有诗情画意，不妨说是文中有诗，文中有画，体现了诗、画、文的融合。题内"山中"，指蓝田县南的峣山中。王维在蓝田辋谷川口（即峣山口）有隐居别业，常与朋友裴迪在这一带的风景佳胜处同游赋诗。这是王维从长安

① 故山：旧日所居住的山，此指蓝田山辋川别业。
② 感配寺：在蓝田县城，一作感化寺。
③ 玄灞：深青色的灞水。辋水在蓝田县南北流入灞。
④ 鲦（tiáo）：一种细长的淡水鱼。
⑤ 雊（gòu）：野鸡鸣叫。
⑥ 驮黄蘗（bò）人：进城卖黄蘗（一种药材）的人。不一：不详说，旧时书信结尾用语。

回到辋川别业后给裴迪写的一封信，邀他在开春后同游山中。秀才，是当时对士人的通称。

信一开头，就以轻淡而有情致的笔墨明快地提出“故山殊可过”这个全文的中心。农历十二月，气候本来还相当寒冷，但对大自然特别敏感的王维，却已感到阳气的萌动和景物气候的温煦宜人。这正透露出他“天机清妙”的禀赋。接着讲到，由于裴迪正在温习经书，不便相邀，只能自己先往山中。这就为下面邀裴明春同游埋下伏笔。

接下来一段，是对山中冬夜清寥优美景色的具体描绘，也是对上文“故山殊可过”的具体印证。作者先点出“北涉玄灞”的经行路线，并以“清月映郭”带出特定的时间背景和景物总特征，然后顺着由近及远，由水而山，由视而听，由色而声的次序进行描写，显得既从容有致，又井然有序；并且运用以动衬静、以明托暗、以声显寂的手法，使读者于波光月影的荡漾、寒山远火的明灭、深巷寒犬的吠叫、夜舂疏钟的相间中，感受到辋川月下寒夜的幽寂、清寥与深永。辋川景物原是作者所熟悉的，但寒夜登华子冈所见所闻，却使他感到既新鲜又亲切，像是发现了一个新的充满诗情画意的境界。这正是作者笔下的境界虽带有冬夜的幽寒，却并不显得凄清，而是具有令人神远的诗意美的原因。接着，作者用“此时独坐”一句作为转折，由途中观赏月夜清景折入静夜独坐时对往昔与裴迪同游情景的追忆。“此时”“曩昔”“独坐”“携手”，两两相对，“步仄径”“临清流”的兴会与眼下的“独坐”“静默”相形，益发衬托出对朋友的思念，从而引出对“春中”同游的热烈期待。

接着，文章以欢快而充满展望的语调描绘出明春山中生机勃发的景象。从春山到春水，从天空到地下，从田野到草地，从植物到动物，到处充溢着跃动的生机，展示出与寒冬月夜的辋川迥然不同的境界，其中渗透了作者对春天、对生命的热爱。想到这一切，他对朋友的思念更加殷切了，因而水到渠成地发出“从我游”的邀约。作者强调只有“天机清妙”者才能领略大自然的美景，并在观照中发现“深趣”，这就把同游山中升华到一个更高的思想境界和美学境界，被世俗视为“不急之务”的游赏也就获得了深刻的意义。文章写到这里，随即淡淡收住，留下对明春山中同游的期待，让读者去驰骋想象。

同作者许多优秀的山水诗一样，这篇山水小品尽管也有对具体景物鲜明如画的描绘，但它的主要特点却是表现作者在观照自然时所领略到的一种得意忘言的“深趣”，一种对自然界诗意美的发现的喜悦，和对更美好的生活的向往。它的艺术感染力也主要来自渗透在作者所描绘的境界中的一片荡漾诗情。这和后来一些以刻画客观景物为主的山水游记是很不同的。

文章以春中同游山中为结穴，但它用笔的重点仍在寒夜月下辋川景物的描写。寒夜景色之美已使人神往，则“春山可望”之时更不待言。对春天山中的风光，只以想象之笔稍作点染，正是由于上文已作了充分的铺垫。文中多用比较整齐的四字句，但不拘骈偶，语言清丽，又贯注着深情妙趣，读来只觉流畅自如，毫无板滞之感。

（刘学锴）

春夜宴诸从弟桃李园序

李 白

夫天地者，万物之逆旅①；光阴者，百代之过客。而浮生若梦，为欢几何？古人秉烛夜游，良有以也。况阳春召我以烟景，大块②假我以文章。会桃李之芳园，序天伦之乐事。群季俊秀，皆为惠连③；吾人咏歌，独惭康乐④。幽赏未已，高谈转清。开琼筵以坐花，飞羽觞而醉月。不有佳作，何伸雅怀？如诗不成，罚依金谷酒数⑤。

赏 析

这篇散文小品，洋溢着诗情画意，像一首优美的诗，长期以来，家弦户诵，脍炙人口。明代大画家仇英还把它转化为视觉形象，绘成图画，流传至今。

从题目看，这是一篇记事文。一看题目就知道文章的基本内容，又怎能引人入胜呢？然而一读全文，就立刻被那强烈的艺术魅力所吸引，陶醉于美的享受。原因在于：作者结合剩下的两个要素，对已见于题目中的四个要素作了进一步的、独特的回答，从而展现了情景交融、景美情浓的艺术天地。

全文是以议论开头的："夫天地者，万物之逆旅；光阴者，百代之过客。而浮生若梦，为欢几何？古人秉烛夜游，良有以也。"《古文观止》的编者说这是"点'夜'字"，即回答了"何时"。这固然是对的；但不仅如此，更重要的，还在于

---

① 逆旅：客舍。

② 大块：大自然。

③ 惠连：南朝宋文学家谢惠连，与其族兄谢灵运并称"大小谢"。

④ 康乐：南朝宋文学家谢灵运，谢玄孙，袭封康乐公。

⑤ 金谷酒数：晋石崇宴客洛阳金谷涧中，赋诗不成者罚酒三觞。

回答了另一个要素:"为何"。白天满可以"宴",为什么要"夜"宴呢?就因为"浮生若梦,为欢几何",所以要及时行乐,连夜间都不肯放过。及时行乐的思想在我们看来是消极的,但在封建社会的某些知识分子和达官贵人中却是普遍存在的。《古诗十九首》有云:"生年不满百,常怀千岁忧。昼短苦夜长,何不秉烛游?"曹丕《与吴质书》有云:"少壮真当努力,年一过往,何可攀援?古人思秉烛夜游,良有以也。"作者在行文上的巧妙之处,就表现在他不去说明自己为什么要"夜"宴,只说明"古人秉烛夜游"的原因,而自己"夜"宴的原因,已和盘托出,无烦词费。

"阳春召我以烟景,大块假我以文章",这是万口传诵的名句。其所以成为名句,就由于它的确佳妙。第一,只用几个字就体现了春景的特色。春天的阳光,暖烘烘,红艳艳,多么惹人喜爱!"春"前着一"阳"字,就把春天形象化,使人身上感到一阵温暖,眼前呈现一片红艳。春天地气上升,花、柳、山、水,以及其他所有自然景物,都披绡戴縠,分外迷人。那当然不是绡縠,而是弥漫于空气之中的袅袅轻烟。"景"前着一"烟"字,就展现了这独特的画面。此后,"阳春烟景",就和作者在《黄鹤楼送孟浩然之广陵》一诗中所创造的"烟花三月"一样,成为人们喜爱的语言,一经运用,立刻唤起对春天美景的无限联想。至于把天地间的森罗万象叫做"文章",也能给人以文采炳焕、赏心悦目的感受。第二,这两个句子还把审美客体拟人化。那"阳春"是有情的,她用美丽的"烟景"召唤我;那"大块"也是有情的,她把绚烂的"文章"献给我。既然如此,作为审美主体的"我"又岂能无情!自然主客拥抱,融合无间了。

"会桃李之芳园"以下是全文的主体,着重写"如何"。这一点很重要。试想,与诸从弟夜宴,如果是为了饯别,那就会出现"醉不成欢惨将别,别时茫茫江浸月"(白居易《琵琶行》)的场面,或"今宵酒醒何处,杨柳岸晓风残月"(柳永《雨霖铃》)的景象,未免大败人意。如今幸而并非如此。"会桃李之芳园",不是为了饯别,而是为了"序天伦之乐事"。这一句,既与第一段"为欢几何"里的"欢"字相照应,又赋予它以特定的具体内容。这不是别的什么"欢",而是"序天伦之乐事"的"欢"。看来,作者与从弟们分别很久了。作为封建社会里的"浮生",难得享天伦之乐啊!如今,不但相会了,而且相会于流芳溢彩的桃李园中，阳春既召我以烟景，大块又假我以文章，此时此地，“序天伦之乐事”，真是百倍的欢乐！在这里，美景烘托乐事，幽赏助长高谈，从而把欢乐的激情推向高潮。

“开琼筵以坐花，飞羽觞而醉月”两句，集中写“春夜宴桃李园”，这是那欢乐的浪潮激起的洪峰。“月”乃“春夜”之月，“花”乃“桃李”之花。兄弟相会，花月交辉，幽赏高谈，其乐无穷，于是继之以开筵饮宴。“飞羽觞”一句，实在写得好！《汉书·外戚传》引班倢伃赋云：“酌羽觞兮销忧。”颜师古注采用孟康的解释：“羽觞，爵也。作生爵形，有头，尾，羽翼。”爵，是酒器的名称；而在古代，“爵”字又与“雀”字相通。所谓“作生爵形”，就是其酒器的形状像活的雀儿，有头，有尾，有羽翼。正因为有羽翼，所以又称“爵”为“羽觞”。班倢伃独自借酒浇愁，“觞”虽有“羽”，却只能“酌”，不能“飞”。李白从“羽”字着想，生动地用了个“飞”字，就把兄弟们痛饮狂欢的场景表现得淋漓尽致。

痛饮固然可以表现狂欢，但光痛饮，就不够“雅”。他们都是诗人，痛饮不足以尽兴，就要作诗。于是以“不有佳作，何伸雅怀”等句结束了全篇。《古文观止》的编者说：“末数语，写一觞一咏之乐，与世俗浪游者迥别。”是相当中肯的。

开头以“浮生若梦”等句引出夜宴，在今天看来，思想境界当然不高，但在李白却有其社会原因。况且，开头一段，不过是为了引出下文；而其中的“欢”字，又为全文定下了基调。“况”字以下，写景如画，充满着春天的生机；叙事如见，洋溢着健康的欢乐。意境是崇高的，格调是明朗的。诵读全文，并不会滋生“浮生若梦”的消极情绪，却能于获得艺术享受的同时提高精神境界，热爱自然，热爱人生。

结尾的“如诗不成，罚依金谷酒数”，用的是石崇《金谷诗序》（《全晋文》卷三三）的典故。李白的这篇序，从体裁、题材上看，也与《金谷诗序》相似。而《金谷诗序》却说“感性命之不永，惧凋落之无期”，情调很悲凉。其他同类作品，如王羲之的《〈兰亭集〉序》，前面虽说“仰观宇宙之大，俯察品类之盛，所以游目骋怀，足以极视听之娱，信可乐也”，结尾却“临文嗟悼，不能喻之于怀”，发出“悲夫”的慨叹。孙绰的《三月三日兰亭诗序》（《全晋文》卷六一）也说“乐与时去，悲亦系之”，与王序如出一辙。陶渊明的《游斜川诗序》亦然：“悲日月之既往，悼吾年之不留”，调子是低沉的。直到初唐的游宴诗文，仍跳不出这种老套子。王勃的《滕王阁序》，不是也有“呜呼！胜地不常，盛筵难再；兰亭已矣，梓泽丘墟”的感慨吗？李白同样写游宴，却完全摆脱了“既喜而复悲”的陈套，给人以乐观情绪的感染。与古人的同类作品相比，本篇确是别开生面，“自是锦心绣口之文”。

（霍松林）

杂说(四)

韩 愈

世有伯乐①,然后有千里马。千里马常有,而伯乐不常有。故虽有名马,只辱于奴隶人之手,骈死于槽枥之间,不以千里称也。

马之千里者,一食或尽粟一石。食马者不知其能千里而食也,是马也,虽有千里之能,食不饱,力不足,才美不外见②,且欲与常马等不可得,安求其能千里也!

策之不以其道,食之不能尽其材,鸣之而不能通其意,执策而临之曰:"天下无马。"呜呼!其真无马邪?其真不知马也?

赏 析

这是《杂说》的第四篇。文中以千里马喻杰出的人才,以伯乐喻善于识别人才的当权者。但文章的重点却落在千里马与伯乐的对立面上。这是它的构思立意新颖独特之处。

开头就出人意表,警动非凡。作者不是一般化地论述伯乐对于千里马的重要性,而是别出心裁地推出一个仿佛不合常识的论断:"世有伯乐,然后有千里马。"千里马是客观存在,它的有无按说并不取决于伯乐,作者这样耸人耳目地提出问题,自然是要引起读者的思索。紧接着,又指出另一种现象:"千里马常有,而伯乐不常有"。这表面上似乎跟开头的论断矛盾,实际上恰恰为它提供了论据。下面"故"字就势一转,把谜底揭开了,也把读者的悬念消除了:正

① 伯乐:姓孙名阳,春秋秦穆公时人,以善相马著称。曾荐九方堙为秦穆公相马,认为千里马须"得其精而忘其粗,在其内而忘其外"。事见《淮南子·道应训》。

② 见:通"现"。

因为伯乐不常有，所以虽有千里马，也只能在根本不识马的奴仆手下受辱，和平庸的马一起默默无闻地老死于马棚，不以千里马著称于世。这就强调指出了，千里马如果不遇伯乐，就实际上不成其为千里马。作者正是在这个意义上使用“然后有千里马”的“有”字的。对于千里马这个特殊事物来说，没有被发现，实际上等于不存在。作者抓住了这个特点，才使开头的那个论断显得分外真实合理、警策非凡，而这个“有”字也确切不可移易。

千里马之所以没有被发现，作者认为跟它“食不饱”有密切关系。因此接下来就抓住千里马的食量问题做文章。作者将千里马的才具与食量联系起来，强调在“食(饲)马者不知其能千里而食”的情况下，它“食不饱，力不足，才美不外见(现)”，连跟平常的马相等也办不到，更不用说日行千里了。“不知”二字，从“伯乐不常有”来，是这一段的眼目。由“不知”引起下文一连串的“不”，层层顶接，极富逻辑力量。然后用“且欲……安求……”的句式，逼进一层，将“不知”所造成的后果淋漓尽致地表现出来。上段还只说“骈死于槽枥之间”，这里则说“且欲与常马等不可得”，意思又深一层。

接下来一段便明显地把重点落在驭马者身上。开头三句，以“食之不能尽其材”承上段，而就势翻出“策之”“鸣之”两句，但对此并不再展开论述，读者自可意会。三句用排比句式，一气蝉联，指出对千里马既不懂得正确的驾驭之道，又不能按照它的才具给以充足的食料，而当它鸣叫时又不懂得它的心意。这三个“不”，归根于一个“不知”，已将驭马而不识马的害处揭露得非常充分，下面更进一步，用漫画化手法画出驾驭者愚妄无知而又极主观武断的形象。千里马就在眼前，他却视而不见，执策而临之曰：“天下无马。”在讽刺揶揄中流露出意味深长的幽默。最后，是作者对上述现象的强烈感慨。本意是斥责驭者不知马，却故意用摇曳之笔咏叹出之：“呜呼！其真无马邪？其真不知马也？”以疑问的口吻来表达肯定的意思，讽刺更辛辣，幽默感也更浓了。

杰出的人才不被当权者所了解与任用，是封建社会的痼疾。这个问题并不新鲜。韩愈这篇文章，好在老问题而有新角度。他不是单纯从身受其害的知识分子出发，诉说一番怀才不遇的委屈与牢骚，也不是一般地论述当权者了解、任用人才的重要性，而是紧紧抓住对人才的发现在某种意义上比人才本身更为重要这个特点,围绕“不知”二字来做文章,从而一方面揭露出居于伯乐之位而无伯乐之识的当权者颟顸无知而又主观武断的丑恶面目,另一方面又揭示出杰出人才被埋没、受屈辱的境遇及其原因,深刻地说明了:不是天下无才,而是缺乏发现人才、了解人才的“伯乐”。千里马的食量和才具,一般的人往往不大注意它们之间的关联,但作者却注意到“千里之能”的发挥有待于食饱力足的客观条件这个事实,从而别有会心地从一个人们容易忽略的角度提出问题,揭示出“食不饱”与“才美不外见”的关系,从而说明对待杰出的人才,应为他们创造一些特殊的条件。这样提出问题,便具有新意,能给人以启示。

文章的另一特点是感情色彩强烈,表达上富于含蕴。作者仕途偃蹇,三度上书宰相而被置之不理,对才士的遭遇有切肤之痛。发而为文,便处处流露出一种强烈的愤郁,对颟顸无知的当权者表示了强烈的鄙视和嘲讽。但在表达时,却不流于一泻无余的斥责怒骂,而是以唱叹之笔含蓄出之。文中多次提到千里马,每一次都笔端饱含感情,而且笔笔都不重复。像“是马也,虽有千里之能,食不饱,力不足,才美不外见,且欲与常马等不可得,安求其能千里也”这个长句,浑浩流转,一气旋折,蕴含着满腔牢骚愤郁,但用的却是抒情笔调。文章的结尾,将强烈的愤郁化为无穷的感慨,更显得蕴蓄有致。前人评道:“起如风雨骤至,结如烟波浩渺。寥寥短章,变态无常。而庸耳俗目,一齐写尽”(清蔡铸《蔡氏古文评注补正全集》),是很准确的。

(刘学锴)

师说

韩愈

古之学者必有师。师者,所以传道受业解惑也①。人非生而知之者,孰能无惑?惑而不从师,其为惑也,终不解矣。生乎吾前,其闻道也,固先乎吾,吾从而师之;生乎吾后,其闻道也,亦先乎吾,吾从而师之。吾师道也,夫庸知其年之先后生于吾乎?是故无贵无贱,无长无少,道之所存,师之所存也。

嗟乎,师道之不传也久矣,欲人之无惑也难矣!古之圣人,其出人也远矣,犹且从师而问焉;今之众人,其下圣人也亦远矣,而耻学于师。是故圣益圣,愚益愚。圣人之所以为圣,愚人之所以为愚,其皆出于此乎?

爱其子,择师而教之,于其身也,则耻师焉,惑矣!彼童子之师,授之书而习其句读②者,非吾所谓传其道解其惑者也。句读之不知,惑之不解,或师焉,或不焉③,小学而大遗,吾未见其明也。

巫医、乐师、百工之人,不耻相师。士大夫之族,曰师、曰弟子云者,则群聚而笑之。问之,则曰:"彼与彼年相若也,道相似也。"位卑则足羞,官盛则近谀。呜乎!师道之不复可知矣!巫医、乐师、百工之人,君子不齿,今其智乃反不能及,其可怪也欤!

圣人无常师。孔子师郯子④、苌弘⑤、师襄⑥、老聃⑦。郯子之徒,其贤

---

① 道:指孔孟之道。业:指以攻读儒家经典为主的学业。惑:指道与业两方面的疑难。受,通"授"。

② 句读(dòu):即"句逗"。文辞语意已尽处为句,语意未尽而须停顿处为读。

③ 不:同"否"。

④ 郯(tán)子:春秋时郯国的君主,据说孔子曾向他请教少皞氏以鸟名官的事。

⑤ 苌(cháng)弘:周敬王时大夫,据说孔子曾向他请教音乐方面的问题。

⑥ 师襄:鲁国乐官,孔子曾向他学琴。

⑦ 老聃(dān):即老子李耳,孔子曾向他问礼。

不及孔子。孔子曰:“三人行,则必有我师。”是故弟子不必不如师,师不必贤于弟子,闻道有先后,术业有专攻,如是而已。

李氏子蟠,年十七,好古文,六艺经传①,皆通习之,不拘于时,学于余。余嘉其能行古道,作《师说》以贻之。

赏析

这是韩愈著名的论说“师道”的文章。文中虽也正面论及师的作用、从师的重要性和以什么人为师等问题,但重点是批判当时流行于士大夫阶层中的耻于从师的不良风气。唐柳宗元《答韦中立论师道书》说:“今之世,不闻有师;有辄哗笑之,以为狂人。独韩愈奋不顾流俗,犯笑侮,收召后学,作《师说》,因抗颜而为师;世果群怪聚骂,指目牵引,而增与为言辞。愈以是得狂名。”可见当时韩愈倡言师道,抗颜为师,是冒着触犯流俗的危险,很需要一些勇气的。就文章的写作意图和主要精神看,这是一篇针对性很强的批驳性论文,只不过没有采用通常的驳论形式而已。

文章的开头一段,先从正面论述师道——从师的必要性和从师的标准(以谁为师)。劈头提出“古之学者必有师”这个论断,紧接着概括指出师的作用:“传道受(授)业解惑”,作为立论的出发点与依据。从“解惑”(道与业两方面的疑难)出发,推论人非生而知之者,不能无惑,惑则必从师的道理;从“传道”出发,推论从师即是学道,因此无论贵贱长幼都可为师,“道之所存,师之所存也”。这一段,层层顶接,逻辑严密,概括精练,一气呵成,在全文中是一个纲领。这一段的“立”,是为了下文的“破”。一开头郑重揭出“古之学者必有师”,就隐然含有对“今之学者”不从师的批判意味。

第二段开头,紧承上段对师道的论述,连用两个语气强烈的感叹句:“嗟乎,师道之不传也久矣,欲人之无惑也难矣!”重笔掠转,总起这一段的批判内

① 六艺经传:六经的经文和注解。

容，其势如风雨骤至，先声夺人。接着，就分三层从不同的侧面批判当时士大夫中流行的耻于从师的不良风气。先以“古之圣人”与“今之众人”作对比，指出圣与愚的分界就在于是否从师而学；再以士大夫对待自己的孩子跟对待自己在从师而学问题上的相反态度作对比，指出这是“小学而大遗”的糊涂做法；最后以巫医、乐师、百工不耻相师与士大夫耻于相师作对比，指出士大夫之智不及他们所不齿的巫医、乐师、百工。作者分别用“愚”“惑”“可怪”来揭示士大夫耻于从师的风气的不正常。由于对比的鲜明突出，作者的这种贬抑之辞便显得恰如其分，具有说服力。

在批判的基础上，文章又转而从正面论述“圣人无常师”，以孔子的言论和实践，说明师弟关系是相对的，凡是在道与业方面胜过自己或有一技之长的人都可以为师。这是对“道之所存，师之所存”这一观点的进一步论证，也是对士大夫之族耻于师事“位卑”者、“年近”者的现象进一步批判。

文章的最后一段，交待作这篇文章的缘由。李蟠“能行古道”，就是指他能继承久已不传的“师道”，乐于从师而学。因此这个结尾不妨说是借表彰“行古道”来进一步批判抛弃师道的今之众人。“古道”与首段“古之学者必有师”正遥相呼应。

在韩愈的论说文中，《师说》是属于文从字顺、平易畅达一类的，与《原道》一类豪放磅礴、雄奇桀骜的文章显然有别。但在平易畅达中仍贯注着一种气势。这种气势的形成，有多方面的因素。

首先是理论本身的说服力和严密的逻辑所形成的夺人气势。作者对自己的理论主张高度自信，对事理又有透彻的分析，因而在论述中不但步骤严密，一气旋折，而且常常在行文关键处用极概括而准确的语言将思想的精粹鲜明地表达出来，形成一段乃至一篇中的警策，给人留下强烈深刻的印象。如首段在一路顶接，论述从师学道的基础上，结尾处就势作一总束：“是故无贵无贱，无长无少，道之所存，师之所存也。”大有如截奔马之势。“圣人无常师”一段，于举孔子言行为例之后，随即指出：“是故弟子不必不如师，师不必贤于弟子，闻道有先后，术业有专攻，如是而已。”从“无常师”的现象一下子引出这样透辟深刻的见解，有一种高瞻远瞩的气势。正如清刘熙载所说：“说理论事，涉于迂

就，便是本领不济。看昌黎文老实说出紧要处，自使用巧骋奇者望之辟易。”（《艺概·文概》）

其次是硬转直接，不作任何过渡，形成一种陡直峭绝的文势。开篇直书“古之学者必有师”，突兀而起，已见出奇；中间批判不良风气三小段，各以“嗟乎”“爱其子”“巫医、乐师、百工之人”发端，段与段间，没有任何承转过渡，如三峰插天，兀然峭立，直起直落，了不相涉。这种转接发端，最为韩愈所长，读来自觉具有一种雄直峭兀之势。近代林纾说：“大家之文，每于顶接之先，必删却无数闲话，突然而起，似与上文毫不相涉。”（《春觉斋论文》）本篇正是典型的例证。

此外，散体中参入对偶与排比句式，使奇偶骈散结合，也有助于加强文章的气势。

（刘学锴）

陋室铭

刘禹锡

山不在高，有仙则名；水不在深，有龙则灵。斯是陋室，惟吾德馨①。苔痕上阶绿，草色入帘青。谈笑有鸿儒②，往来无白丁③。可以调素琴④，阅金经⑤。无丝竹之乱耳⑥，无案牍之劳形⑦。南阳诸葛庐⑧，西蜀子云亭⑨。孔子云："何陋之有⑩？"

赏析

《陋室铭》是一篇托物言志的铭文。它单纯、简练、清新像一首精粹的诗，充满了哲理和情韵。

开篇几句从《世说新语·排调》"山不高则不灵，渊不深则不清"翻出新意，运用诗歌中常见的比兴手法引出陋室。"山不在高""水不在深"比兴陋室，"有仙则名""有龙则灵"则比兴陋室之德。这四句是脍炙人口的名言佳句，颇有哲

---

① 馨：香，指德行美好。
② 鸿儒：大儒，博学者。
③ 白丁：白衣，平民。
④ 素琴：没有华丽装饰的琴。
⑤ 金经：古时用泥金书写经文的佛经。
⑥ 丝竹：弦乐和管乐，泛指音乐。
⑦ 案牍：官场文书。
⑧ 南阳诸葛庐：诸葛亮在南阳隐居住草庐。
⑨ 西蜀子云亭：成都少城西南有汉辞赋家扬雄宅，亦称草玄堂，因扬雄字子云，故称子云亭，是扬雄著《太玄》之处。
⑩ 何陋之有：《论语·子罕》："子欲居九夷。或曰：'陋，如之何？'子曰：'君子居之，何陋之有？'"

理诗的精警和含蕴。

作者自远而近，次第写来，以并列句式造成顺流直下的气势，随后托出“斯是陋室，惟吾德馨”，便觉妙语如珠，胜意迭出。这两句从《尚书·周书·君陈》“黍稷非馨，明德惟馨”联想得来，强调以德自励，确为一篇之主旨与警策。

写陋室之陋是为了衬托室中主人之贤，而写室中主人之贤，正好说明陋室不陋。这是一种相反相成的关系。以下写室之内外之景、室中人、室中事，句句扣住“陋”字，而又不离“德”字。

“苔痕上阶绿，草色入帘青”是写室内外之景，妙在精切地传出陋室的佳处，以诗的语言表现诗的意境。“痕”“色”二字，变概念化的“苔”“草”为可感、可视的具体形象。“上阶”“入帘”，化静为动，写出“苔”“草”的神态，又将外景引入室内，为陋室增添了勃勃生机，洋溢一片盎然春意。而一“绿”一“青”，色彩鲜明，更映衬出陋室的闲雅、清幽与别致。这两句为叙写陋室中的人和事创造了适宜的环境。

“谈笑有鸿儒，往来无白丁”写室中人，侧重写与朋友的交往，借以显示作者身份的高贵和性情的高雅。作者《自左冯归洛下酬乐天兼呈裴令公》一诗云：“新恩通籍在龙楼，分务神都近旧丘。自有园公紫芝侣，仍追少傅赤松游。”这情景正堪为“谈笑有鸿儒，往来无白丁”作注。

“可以调素琴，阅金经。无丝竹之乱耳，无案牍之劳形”四句写室中事，表现身居陋室的雅趣，足见作者行事不陋。“调素琴，阅金经”，见出陋室生活之清雅；“无丝竹之乱耳，无案牍之劳形”，显出陋室生活之安适。一个超然物外、体静心闲的高人雅士形象呼之欲出。其中所叙的生活作风和精神境界在作者晚年诗作中时有反映：“暑服宜秋著，清琴入夜弹”（《秋中暑退赠乐天》），“案头开缥帙，肘后检青囊”（《闲坐忆乐天以诗问酒熟未》），这正与铭文中的“调素琴，阅金经”相谐合。作者写室中之人心闲体静，衬托他的勤于修德；而写他的勤于修德，则揭示陋室不陋、令名远播的原委。从句式上看，前二句散句单行，后二句骈俪偶对，骈散相间，颇具韵律美。从写法上看，一二句从正面说，三四句从反面写，正反结合，且“可以调素琴”与“无丝竹之乱耳”、“阅金经”与“无案牍之劳形”又形成呼应和对照，颇见文思之巧。

最后引证古人、古迹、古语作结。把陋室比作诸葛孔明的南阳草庐、扬雄的成都宅第，意在自慰和自勉；援引孔子“何陋之有”，则说明自身的志趣与圣人之道相符合。而省略上句“君子居之”只引下句，既呼应上文“惟吾德馨”，又隐含君子居住其内之意，妙在机趣横生，不露自炫之迹。上下古今，浑然一体，包含着无限的情兴和深长的韵味。

全文短短八十一字，但能打破铭文句式整齐对偶、内容多为规戒与褒赞的局限，行文一波三折，回环往复，富有诗歌的韵姿和含蕴，确为短小精警的千古名文。

（王少华）

捕蛇者说

柳宗元

永州之野产异蛇，黑质而白章，触草木尽死；以啮人，无御之者。然得而腊之以为饵，可以已大风、挛踠、瘘、疠，去死肌，杀三虫①。其始，太医以王命聚之，岁赋其二。募有能捕之者，当其租入。永之人争奔走焉。

有蒋氏者，专其利三世矣。问之，则曰："吾祖死于是，吾父死于是，今吾嗣为之十二年，几死者数矣。"言之，貌若甚戚者。

余悲之，且曰："若毒之乎？余将告于莅事者，更若役，复若赋，则何如？"

蒋氏大戚，汪然出涕曰："君将哀而生之乎？则吾斯役之不幸，未若复吾赋不幸之甚也。向吾不为斯役，则久已病矣。自吾氏三世居是乡，积于今六十岁矣；而乡邻之生日蹙，殚其地之出，竭其庐之入，号呼而转徙，饥渴而顿踣，触风雨，犯寒暑，呼嘘毒疠，往往而死者相藉也。曩与吾祖居者，今其室十无一焉；与吾父居者，今其室十无二三焉；与吾居十二年者，今其室十无四五焉。非死则徙尔。而吾以捕蛇独存。悍吏之来吾乡，叫嚣乎东西，隳突乎南北，哗然而骇者，虽鸡狗不得宁焉。吾恂恂而起，视其缶，而吾蛇尚存，则弛然而卧。谨食之，时而献焉。退而甘食其土之有，以尽吾齿。盖一岁之犯死者二焉，其余则熙熙而乐。岂若吾乡邻之旦旦有是哉！今虽死乎此，比吾乡邻之死则已后矣。又安敢毒耶？"

余闻而愈悲。孔子曰："苛政猛于虎也②。"吾尝疑乎是。今以蒋氏观之，犹信。呜呼！孰知赋敛之毒有甚是蛇者乎！故为之说，以俟夫观人风者得焉。

---

① 三虫：一般应是蛔虫、赤虫、蛲虫等人体内的寄生虫。一说是三尸之虫。道家将人体的脑、胸、腹称为三尸，这三处的病虫称为"三虫"。柳宗元有《骂尸虫文》，则是另有寓意，为谗害者而发。

② 苛政猛于虎：语出《礼记·檀弓》。

赏 析

唐顺宗永贞元年(805),柳宗元参与了王叔文为首的永贞革新运动,失败后,被贬为永州(今属湖南)司马,历时十年(805—815)。这期间,他有更多的机会接触下层,了解人民的疾苦,自然就更激起对朝廷苛敛重赋的不满和义愤。《捕蛇者说》正是在永州所写。文中揭露了天宝以后六十年来农民破产流亡的现实,展现了在统治者的横征暴敛之下,中唐时期苦难深重的社会画面,表达了对人民疾苦的同情,曲折地反映了作者坚持改革的意愿。《捕蛇者说》是柳文中最广为传颂的名篇。“此文无选本不录,读者最广,人谈柳文,必首及是篇”(章士钊《柳文指要》)。可见其对后世影响之深远。

《捕蛇者说》这题目,意思是讲讲捕蛇人的事。说,是一种文体,可以议论,也可以叙事。全文可分为三段。

第一段从开头到“永之人争奔走焉”,集中写永州之蛇的特点,突出了一个“异”字。请看:这蛇毒性异常;然而“腊之以为饵”,什么麻疯、手足麻木、脖子肿、恶疮等病都可以治好,还可以消除局部坏死的肌肉,杀死人体内的寄生虫,这可说是功用奇异。早先给皇帝治病的太医以皇帝的名义发布命令,征集这种异蛇,每年征两次,可以抵消应缴的租税。因此,从那以后,“永之人争奔走焉”。作者只用“争奔走”三字,就把永州百姓争先恐后、不顾劳苦、冒死捕蛇的情景显现了出来。当然,这是“王命”所致。

第二大段从“有蒋氏者”到“又安敢毒邪”,包括文章的二、三、四自然段,是全文的重心。

由上文的异蛇,引出捕蛇人蒋氏。这蒋氏可说是捕蛇世家,经历也可称奇。请听他的诉说:他的祖父死于捕蛇,他的父亲死于捕蛇,他自己接着捕蛇十二年,险遭丧身之害也不知多少次了。这里,讲祖孙三代,连用了三个“死”字,突出了毒蛇的可怕,捕蛇的危险;写捕蛇人,只“言之貌若甚戚者”一句,便把他回首往事,悲痛在心,哀形于色的情态勾画出来了。明明是备受毒蛇之害,却说独享捕蛇之利,在这极为矛盾的境况中,更见出其内心的酸楚。

因此，作者接下来说："余悲之，且曰：'若毒之乎？余将告于莅事者，更若役，复若赋，则何如？'"在为蒋氏的不幸遭遇而感到悲痛的同时，这位好心肠的作者立刻提出了一个解脱危险的办法。可出乎意料的是，蒋氏并没有表示感激，他"大戚，汪然出涕曰：'君将哀而生之乎？则吾斯役之不幸，未若复吾赋不幸之甚也'"。蒋氏的态度表明：毒蛇可怕，但赋敛之毒更厉害呀！

这话怎么讲呢？接着，蒋氏说了这样几层意思：

一是：蒋氏祖孙三代在这个地方居住有六十年了，亲眼见到同村的人生活一天比一天艰难窘迫。为了缴赋税，他们耗尽了田地的出产、全家的收入，不够，只好哭喊着离乡背井去逃荒，一路上，饥渴劳累，跌跌撞撞，受着风吹雨打，冒着酷暑严寒，吸着有毒的瘴气，死在途中的人很多。跟他的祖父、父亲和自己一起住的那些人家越来越少了。他们不是死去就是逃亡，只有他因为捕蛇才在这里生活下来。

二是：那些凶暴的官吏到乡下催租逼税的时候，到处狂呼乱叫，到处喧闹骚扰，那种吓人的气势，就连鸡犬也不得安宁。而这时他小心翼翼地起来看看自己的瓦罐，只见捕来的蛇还在，便可以放心地躺下了。他细心地喂养蛇，到规定的时间把它当租税缴上去，回来后，就能美美地享用自己田里的出产，安度岁月。

三是：这样看来，一年当中他冒生命危险有两次，而其余的时间就可以坦然快乐地过日子，哪像乡邻们天天都受着死亡的威胁呢？即使现在因为捕蛇而丧生，比起乡邻们来，也是后死的了，哪还敢怨恨捕蛇这个差使呢？

蒋氏的一番话，以他"以捕蛇独存"和乡邻们"非死则徙"相对比；以他"弛然而卧"和乡邻们备受悍吏袭扰相对比；以他"一岁之犯死者二"和乡邻们"旦旦有是"相对比，说明捕蛇之不幸，确实"未若复吾赋不幸之甚也"。可见他在讲述三代人受蛇毒之害时"貌若甚戚"，而当听了要恢复他的赋税时却"大戚，汪然出涕"地恳求，完全是出于真情。蒋氏的话，发自肺腑，带着血泪，听来怎不令人心碎！

作者在结尾说："余闻而愈悲"。想到自己过去对孔子所说的"苛政猛于虎"这句话还有所怀疑，现在从蒋氏所谈的情况看来，这话是可信的。唉！谁知道赋税对人民的毒害竟比毒蛇还要严重呢！于是写了《捕蛇者说》这篇文章，为的是让那些观察民情的人知道苛重的赋税给老百姓造成的灾难。在全文边叙述边议论间或抒情的写法中，最后这一番议论，确实起到了画龙点睛的作用。如果说“苛政猛于虎”强调的是一个“猛”字，那么本文就紧扣一个“毒”字，既写了蛇毒，又写了赋毒，并且以前者衬托后者，得出“赋敛之毒”甚于蛇毒的结论。

本文在写作手法方面，除了对比、衬托的大量运用及卒章点明主题外，对蒋氏这一个人物的描绘也是极富特色的。特别是他不愿意丢掉犯死捕蛇这一差使的大段申述，讲得是既有具体事实，又有确切数字；既有所闻所见，又有个人切身感受；既有祖祖辈辈的经历，又有此时此刻的想法；既讲述了自家人的不幸，又诉说了乡邻们的苦难：不仅使人看到了一幅统治者横征暴敛下的社会生活图景，也让人感到此人的音容体貌宛在目前，有血有肉，生动传神。

通篇读来，《捕蛇者说》这篇散文内容详实，人物突出，见地深邃，笔锋犀利，结构完整，堪称散文中的杰作。

（董扶其）

至小丘西小石潭记

柳宗元

从小丘西行百二十步，隔篁竹，闻水声，如鸣珮环，心乐之。伐竹取道，下见小潭，水尤清冽。全石以为底，近岸，卷石底以出，为坻为屿①，为嵁②为岩。青树翠蔓，蒙络摇缀，参差披拂。

潭中鱼可百许头，皆若空游无所依。日光下澈，影布石上，佁然③不动，俶尔远逝，往来翕忽，似与游者相乐。

潭西南而望，斗折蛇行，明灭可见。其岸势犬牙差互，不可知其源。坐潭上，四面竹树环合，寂寥无人，凄神寒骨，悄怆幽邃。以其境过清，不可久居，乃记之而去。

同游者：吴武陵、龚古、余弟宗玄④。隶而从者：崔氏二小生，曰恕己，曰奉壹。

赏析

这是《永州八记》的第四篇。题中有个“至”字，第一段即紧承上篇《钴鉧潭西小丘记》，写从小丘西行“至”小石潭的经过。“隔篁竹，闻水声，如鸣珮环”，于是“心乐之”，欲寻声而往，一窥究竟；但为丛篁所隔，无路可通，便下决心“伐

---

① 坻(chí)：水中高地。屿(yǔ)：小岛。

② 嵁(kān)：不平的山岩。

③ 佁(yǐ)然：静止貌。佁，一本作“怡”。

④ 吴武陵(?—834)：唐信州(治今江西上饶)人，一说澧州(治今湖南澧县东南)人。元和进士，以史才直史馆，旋因事流放永州，与柳宗元交往。工诗文，柳宗元称其才气壮健。龚古：人名，生平未详。

竹取道”。“伐竹取道”四字,用行动写心情,坐实了前边的“乐”字。到了“下见小潭,水尤清冽”,见得力气没有白费,其“乐”更不待言。这几句,既与前篇联系,点出小石潭的环境,又表现了发现小石潭的喜悦心情。未见小潭,先闻水声;因闻水声,即觅小潭。行文曲折,引人入胜。

第二篇《钴鉧潭记》着重写潭源冉水的奔注、屈折、荡击,潭本身写得很少。这一篇,则着重写小石潭本身。

作者于“下见小潭”之时赞美“水尤清冽”。接下去,即在“清”字上作文章。要写出水如何“清”,是比较困难的;作者却因难见巧,写出了两段妙文。

他先撇开“清”,从“小石潭”的“石”字上落墨,写这个潭“全石以为底”;在靠近四周石岸的地方,又从潭底突出若干形态各异的石头,有的像坻,有的像屿,有的像嵁,有的像岩。石上满是青树翠蔓,在微风里“蒙络摇缀,参差披拂”。可以想见,那翠带似的蔓条有的在空际摇曳,有的在水面飘拂,甚或浸入水里。寥寥数语,写景如画。

以上是写石潭的形状,也是写潭水之所以“清”。就文章的脉络说,分明是从“水尤清冽”生发出来的。试想,一个以“全石”为底、又被遍生青树翠蔓的石坻、石屿、石嵁、石岩环绕的水潭,怎能不“清”?当然,如果潭源之水挟泥沙而俱下,那又是另外一回事。可是前面的“闻水声,如鸣珮环”,不是已经暗示出潭源之水也是“清冽”的吗?

就潭状写出了潭水之所以“清”,自然要进一步写潭水如何“清”。

“潭中鱼”几句,不太细心的读者会认为只不过写鱼罢了。其实不仅写鱼。大画家只画飞虫,不画天空;只画游鱼,不画清水。但由于虫的确在飞,鱼的确在游,因而在欣赏者眼前,就出现了天空,出现了清水。这里写“潭中鱼”的几句,正是采用了这种以实见虚的写法。“皆若空游无所依”,脱胎于前人的创作。但东晋袁山松的“其水十丈见底,视鱼游如乘空”(《宜都山川记》记夷水入江处);南朝梁吴均的“水皆缥碧,千丈见底,游鱼细石,直视无碍”(《与宋元思书》);北魏郦道元的“绿水平潭,清洁澄深,俯视游鱼,类若乘空”(《水经注·洧水》);唐沈佺期的“朝日敛红烟,垂钓向绿川,人疑天上坐,鱼似镜中悬”(《钓竿篇》);唐王维的“涟漪涵白沙,素鲔如游空”(《纳凉》):都是先写水清,后写鱼游,就像某些画家按照游鱼的动势勾了些代表波纹的弧线。至于宋苏舜钦的“人行镜里山相照,鱼戏空中日共明”(《天章道中》);宋楼钥的“水真绿净不可唾,鱼若空行无所依”(《顷游龙井得一联,王伯齐同儿辈游,因足成之》);宋刘爚的“炯鯈鱼之成群,闯寒波而游泳,若空行而无依,涵天水之一镜”(《鱼计亭赋》);明阮大铖的“水净顿无体,素鲔若游空,俯视见春鸟,时翻荇藻中”(《园居杂咏》):看来都借鉴了柳文,又各有新意,但在先写水清,后写鱼游这一点上,却都与袁、吴、郦、沈、王之作相类。柳宗元的独创性,在于不复写水,只写鱼游,而澄澈的潭水已粼粼映眼。这还不够,他又借日光作进一步的渲染。作者于岸上观鱼,很难看清潭心;而近岸之处,石坻、石屿、石嵁、石岩上的青树翠蔓,又摇缀、披拂,鱼游于树荫蔓条之下,也未必能够看得一清二楚。所以,必须借助日光。“日光下澈”的“澈”字下得好!“澈”者,照澈潭底也。红艳艳的日光透过蓝晶晶的潭水,直照到白莹莹的石底,多么富于色彩!这色彩,又是用来烘托游鱼以见潭水之“清”的。潭水透明,所以当日光下澈之时,鱼自然“影布石上”。“佁然不动,俶尔远逝,往来翕忽”的是水里的鱼,又是潭底的鱼影;加上“似与游者相乐”一句,人、鱼并写,情味无穷。

这几笔,真是绘形,绘神,绘影,绘色,即便是最高明的画师,也很难达到这样超妙的艺术境界。

《钴鉧潭记》先写潭源,这一篇恰恰相反。作者是从小丘西行——即从石潭的东方走来的,因被竹林所遮,所以未见石潭,先闻水声。“如鸣珮环”,显然是潭源之水撞击石岸、滴入石潭之时发出的清响。但是接下去,却为什么不先写潭源呢?原来潭源不在潭东,而在西南。作者从潭东行来,立刻被石潭本身的奇景所吸引,于是先写石潭。在饱赏石潭奇景之后,这才朝西南而望,发现了潭源。

写潭源,也就是写远景。潭源是一条小溪。因“其岸势犬牙差互”(其为石岸可知),故溪水像北斗般曲折,像长蛇般蜿蜒。从潭上望去,有些地方溪光闪耀,有些地方为石岸所蔽,不见溪光。写远景半藏半露,饶有画意。而这又是写远望中景物，重点在“望”字上。望潭源而“不可知其源”，又富有诗情。

结尾以“其境过清”收尽全篇。前面出现过两个“乐”字，但作者的“乐”是短暂的。“竹树环合，寂寥无人，凄神寒骨，悄怆幽邃……不可久居”等句，借景物写感受，含蓄地反映了他的寂寞的处境和凄怆、哀怨的心境。

（霍松林）

阿房宫赋

杜　牧

六王毕①，四海一②。蜀山兀③，阿房出。覆压三百余里，隔离天日。骊山④北构而西折，直走咸阳⑤。二川⑥溶溶，流入宫墙。五步一楼，十步一阁；廊腰缦回，檐牙高啄；各抱地势，钩心斗角。盘盘焉，囷囷⑦焉，蜂房水涡，矗不知其几千万落。长桥卧波，未云何龙⑧？复道⑨行空，不霁何虹？高低冥迷，不知西东。歌台暖响，春光融融；舞殿冷袖，风雨凄凄。一日之内，一宫之间，而气候不齐。

妃嫔媵嫱⑩，王子皇孙，辞楼下殿，辇来于秦。朝歌夜弦，为秦宫人。明星荧荧，开妆镜也；绿云扰扰，梳晓鬟也；渭流涨腻，弃脂水也；烟斜雾横，焚椒兰也；雷霆乍惊，宫车过也；辘辘⑪远听，杳不知其所之也。一肌一容，尽态极妍，缦立⑫远视，而望幸⑬焉。有不得见者三十六年。燕赵之收藏，韩魏之经营，齐楚之精英，几世几年，剽掠其人，倚叠⑭如山；一旦不

---

① 六王：齐、楚、燕、赵、韩、魏六国的国王。毕：完结。
② 四海一：指全国统一。
③ 兀(wù)：形容山秃，指山上木材都被采伐尽了。
④ 骊山：在今陕西临潼东南。
⑤ 咸阳：秦都，故址在今陕西咸阳东北，秦亡为项羽焚毁。
⑥ 二川：渭川、樊川。
⑦ 囷(qūn)囷：曲折回旋的样子。
⑧ 未云何龙：没有云哪来的龙？《周易》："云从龙，风从虎。"
⑨ 复道：在空中架木筑成的阁道，连通宫中楼阁，上下都有通道。
⑩ 妃嫔媵嫱(yìng qiáng)：均为帝王的妾侍。各有等级，妃次于后，比嫔、嫱高。嫔、嫱为宫中女官，媵为陪嫁女子。这里指六国的宫妃。
⑪ 辘(lù)辘：车声。
⑫ 缦(màn)立：延伫，久立。
⑬ 望幸：盼望帝王来临。
⑭ 倚叠：积累。

能有，输来其间，鼎铛玉石，金块珠砾，弃掷逦迤，秦人视之，亦不甚惜。

嗟乎！一人之心，千万人之心也。秦爱纷奢，人亦念其家。奈何取之尽锱铢①，用之如泥沙！使负栋之柱，多于南亩之农夫；架梁之椽，多于机上之工女；钉头磷磷，多于在庾②之粟粒；瓦缝参差，多于周身之帛缕；直栏横槛，多于九土之城郭；管弦呕哑，多于市人之言语。使天下之人，不敢言而敢怒。独夫③之心，日益骄固。戍卒叫④，函谷举⑤；楚人一炬⑥，可怜焦土！

呜呼！灭六国者六国也，非秦也。族秦者秦也，非天下也。嗟夫！使六国各爱其人，则足以拒秦；使秦复爱六国之人，则递三世可至万世而为君，谁得而族灭也？秦人不暇自哀，而后人哀之；后人哀之而不鉴之，亦使后人而复哀后人也。

赏 析

在唐人小赋中，杜牧的《阿房宫赋》是一篇很出色的作品。脱稿不久，即引起人们的重视。

杜牧是主张“凡为文，以意为主、气为辅，以辞彩章句为之兵卫”（《答庄充书》）的。那么，他写《阿房宫赋》，其用意何在呢？

关于阿房宫建造的时间、原因、地址及规模，《史记·秦始皇本纪》《汉书·贾山传》《水经注·渭水》以及《三辅旧事》《三辅黄图》等都有记述；《史记》成书

① 锱铢（zī zhū）：一两的二十四分之一为铢，六铢为锱。这里指极微小的数量。
② 庾（yǔ）：仓。
③ 独夫：众叛亲离的统治者。这里指秦始皇。
④ 戍卒叫：指陈涉、吴广起义。戍卒：戍守边疆的兵士。
⑤ 函谷举：函谷关被攻下。公元前 206 年，刘邦从武关攻入咸阳，又派兵守函谷关。秦时函谷关在今河南灵宝市东北。
⑥ 楚人一炬：指公元前 206 年，项羽入咸阳，焚烧秦国宫殿，大火连烧三月。项羽为楚将项燕之后，故称为楚人。

最早,其记述也比较准确,故摘引如下:

(始皇)三十五年(公元前212年)……始皇以为咸阳人多,先王之宫廷小,吾闻周文王都丰,武王都镐,丰、镐之间,帝王之都也。乃营作朝宫渭南上林苑中。先作前殿阿房,东西五百步,南北五十丈,上可以坐万人,下可以建五丈旗。周驰为阁道,自殿下直抵南山。表南山之巅以为阙。为复道,自阿房渡渭,属之咸阳,以象天极,阁道绝汉抵营室也。阿房宫未成;成,欲更择令名名之。作宫阿房,故天下谓之阿房宫。隐宫徒刑者七十余万人,乃分作阿房宫,或作丽山。

这一段记述与《阿房宫赋》的描写相对照,有几点值得注意:一、秦始皇修阿房宫,主要由于"咸阳人多,先王之宫廷小"。即随着国家的统一,作为国都的咸阳人口不断增加,原有的宫廷已不能满足新的需要,故于渭水之南营建新的朝宫,可见《阿房宫赋》把阿房宫的兴建完全归因于"秦爱纷奢",并不确切。二、阿房宫先建前殿,终始皇之世,全部工程并未完成。即使全部完成,也谈不上《阿房宫赋》所说的"覆压三百余里"。三、秦始皇三十五年才开始修阿房宫,距始皇之死不过两年,因而《阿房宫赋》说"宫人"们"缦立远视,而望幸焉,有不得见者三十六年",也不合事实。

项羽入关,阿房宫即化为灰烬,杜牧描写阿房宫,所依据的最早最可靠的文字资料,也只能是《史记》中的有关部分。而把《阿房宫赋》的描写和《史记》中的有关记载相比较,就发现它在很大程度上出于作者的艺术想象和夸张;想象和夸张的用意,则在于借历史题材以警戒当时的荒淫君主。

杜牧所处的时代,政治腐败,阶级矛盾异常尖锐,而藩镇跋扈,吐番、南诏、回鹘等纷纷入侵,更加重了人民的痛苦。大唐帝国,已面临崩溃的前夕。杜牧针对这种形势,极力主张内平藩镇,加强统一,外御侵略、巩固国防。为了实现这些理想,他希望当时的统治者励精图治、富民强兵。而事实恰恰和他的愿望相反。穆宗李恒以沉溺声色送命。接替他的敬宗李湛,荒淫更甚:"游戏无度,狎昵群小","视朝月不再三,大臣罕得进见";又"好治宫室,欲营别殿,制度甚广";并命令度支员外郎卢贞,"修东都宫阙及道中行宫",以备游幸(引文见《通鉴》卷二四三)。……对于这一切,杜牧是愤慨而又痛心的。他在《上知己文章》中明白地说:“宝历(敬宗的年号)大起宫室,广声色,故作《阿房宫赋》。”可见《阿房宫赋》的批判锋芒,不仅指向秦始皇和陈后主、隋炀帝等亡国之君,而主要是指向当时的最高统治者的。

“六王毕,四海一。蜀山兀,阿房出。”起势雄健,涵盖无穷。乍看似乎仅仅是叙事;实则于叙事中寓褒贬,并为此后的许多文字埋下根子。“六王”为什么会“毕”?“四海”为什么能“一”?一亡一兴,关键何在?读完全篇,这些问题就会得到解答。“六王”之“毕”,其原因既在自身,那么,秦能统一四海的原因,也就不言可知了。这两句一抑一扬;而扬秦又是为更有力地抑秦蓄势。“蜀山兀,阿房出。”一因一果,反映了一苦一乐,六个字概括了无限深广的内容。“兀”“出”两字,力重千钧,自不待言。而从“兀”到“出”的过程,更给读者留下了驰骋想象的广阔天地。第一,举蜀山以概秦陇之山。由蜀山到关中,要经过“难于上青天”的蜀道,凭借人力运送巨大的木料异常艰难。而一定要取材蜀山,见得秦陇一带的树木已经砍伐一空,尚不敷用。秦陇之山尽秃而殃及蜀山,直到蜀山不剩一木而阿房始“出”,则阿房宫多么宏大,秦始皇多么骄奢,已不难想见。第二,举木料以概其他建筑材料。所需的木料既如此众多,则其他的建筑材料需要如何,也不难想见。第三,举砍伐、运送木料以概其他工程。而从木材及其他一切建筑材料的砍伐、加工、运送直到合拢来建成“覆压三百余里”的阿房宫,都是役使人民进行的,这中间榨取了多少人民的血汗、葬送了多少人民的生命,也是可以想见的。“六王”既以“不爱其人”而覆亡,秦始皇又将自己的淫乐建筑在人民的苦难之上,那么,从“六王”的已“毕”,不是很可以预见秦的将“毕”吗?

廖莹中《江行杂录》上说:

> 杜牧之《阿房宫赋》云:“六王毕,四海一。蜀山兀,阿房出。”陆参作《长城赋》云:“干城绝,长城列。秦民竭,秦君灭。”参辈行在牧之前,则《阿房宫赋》又祖《长城》句法矣。

《长城赋》(见《全唐文》卷六一九)以四个三字句发端,一句一意,层层逼进;又句句押韵，音节迅急，有如骏马下坡，俊快无比。《阿房宫赋》正与此相似，说它“祖《长城》句法”，是很有见地的。但作赋以四个三字句开头，并非始于陆参，而是创于晋人郭璞。郭璞《井赋》云：“益作井，龙登天，凿后土，洞黄泉。”此后，南朝谢惠连《雪赋》以“岁将暮，时既昏，寒风积，愁云繁”发唱，无疑受了郭璞的启发，却青出于蓝。《长城赋》学习《井赋》《雪赋》的句法，又比前者更胜。《阿房宫赋》则在取法前人的基础上有更多的创造，百尺竿头，更进一步。这说明文艺创作既贵在创造，又需要借鉴前人。杜牧作《阿房宫赋》，既表现了惊人的艺术想象力，又很善于借鉴前人。

“覆压三百余里，隔离天日”两句，紧承“出”字，总写阿房宫的规模。上句言其广，下句言其高。自“骊山北构而西折，直走咸阳”到“高低冥迷，不知西东”，就广、高两方面作进一步的描写。“五步一楼，十步一阁；廊腰缦回，檐牙高啄；各抱地势，钩心斗角”等句，既简练，又形象。特别是“长桥卧波，未云何龙？复道行空，不霁何虹”，更其传神。不说长桥如龙，复道如虹，而说“未云何龙”“不霁何虹”，不仅笔势跌宕，而且从惊叹语气中表达了对那些建筑物的观感，给客观描写涂上了浓烈的抒情色彩。欧阳修很赞赏苏舜钦《新桥对月诗》中写松江长桥的“云头滟滟开金饼，水面沉沉卧彩虹”一联（《六一诗话》）。其后一句，可能从杜牧的这两句脱胎。

以上写阿房宫的宏伟瑰丽，已寓贬意；但还不能完全说明问题。因为完成如此宏丽的建筑，固然加重了人民的负担；但如果在完成之后，用来做有利于人民的事情，那还是应该赞许的。所以，作者在写了阿房宫的宏伟瑰丽之后，立刻将笔锋伸向更重要的地方。“歌台暖响，春光融融；舞殿冷袖，风雨凄凄。一日之内，一宫之间，而气候不齐。”这几句用夸张的手法描写了歌舞之盛（歌喉吐暖，舞袖生风，以致改变了气候）。接下去，点出那些供秦始皇享乐的歌舞者，乃是六国的“妃嫔媵嫱，王子皇孙”；既回应“六王毕”，又暗示秦统治者的前途。

关于阿房宫的宏丽和秦始皇的淫乐，《史记》以后的描述不断增加夸张和想象的成分。《三辅黄图》云：“阿房宫可受十万人，车行酒，骑行炙，千人唱，万人和。”《阿房宫赋》中“歌台暖响”等句如果说有文字资料作为根据的话，其根据不过如此;因而可以看出作者在艺术构思方面的高度创造性。

承“为秦宫人”的“明星荧荧……”一段是脍炙人口的:忽然间,天际群星闪耀;不是群星,而是美人开了妆镜!忽然间,空中绿云飘动;不是绿云,而是美人梳理头发!渭河暴涨,泛起红腻;原来是美人泼了脂水!烟雾乍起,散出浓香;原来是美人点燃兰麝!不直说美人众多,却用明星、绿云、渭涨、雾横比喻妆镜、晓鬟、弃脂、焚椒,间接地写出美人众多,其手法已很高明。但还不止这些。通过形象而又贴切的比喻,既写了美人,又写了阿房宫。下临渭水、高插青霄的楼阁,像蜂房似的布满空际的窗户,以及当窗晓妆的美人,都历历如见。而写美人,又正是为了写秦始皇。所以接着便写“宫车”之过。“宫车”日日行幸,而宫人尚“有不得见者三十六年”,则秦始皇荒淫到何种程度,也就用不着说穿了。

从“燕赵之经营”到“一旦不能有,输来其间,鼎铛玉石,金块珠砾,弃掷逦迤,秦人视之,亦不甚惜”,承上歌舞之盛,美人之多,进而写珍宝之富。通过这一系列叙写,形象地点出阿房宫的用途,从而对秦始皇进行了鞭挞。

从开头直到这里,作者以精练、生动的笔墨,叙写了阿房宫的兴建、规模和用途,没有抽象地发议论,而议论已寓于其中。读者不难看出:用人民的血汗凝成、供统治者享乐的阿房宫,集中地反映着人民的苦难,也集中地反映着统治者的荒淫腐化。

于是,作者水到渠成似的进一步完成他的主题:写阿房宫的毁灭,也就是写秦统治者的毁灭及其所以毁灭之故,向当时的最高统治者敲响警钟。

“嗟乎!一人之心,千万人之心也。秦爱纷奢,人亦念其家。奈何取之尽锱铢,用之如泥沙!”对秦统治者的残民以自肥作了有力的抨击。以下数句,尤其精彩:“使负栋之柱,多于南亩之农夫;架梁之椽,多于机上之工女;钉头磷磷,多于在庾之粟粒;瓦缝参差,多于周身之帛缕;直栏横槛,多于九土之城郭;管弦呕哑,多于市人之言语。使天下之人,不敢言而敢怒。独夫之心,日益骄固。戍卒叫,函谷举;楚人一炬,可怜焦土!”这是紧承“嗟乎”以下各句而来的。“秦爱纷奢,人亦念其家”两句,“秦”“人”并提。接着以“奈何取之尽锱铢,用之如泥沙”的愤慨语,总括秦的纷奢及其给人民带来的灾难。然后用“使”字领起，摆出一系列罪证。秦统治者剥削、压迫人民的罪证是不胜枚举的。文学创作的特点在于通过个别表现一般，因而在一篇作品中也用不着从各方面罗列罪证。作者写的是《阿房宫赋》，即从阿房宫着笔，就前半篇的叙写作了合乎逻辑的推演。一连串用准确的比喻构成的排句，形象地表现了“秦”与“人”、剥削者与被剥削者一乐一苦的两个方面及其相互关系。一句句喷薄而出、层层推进，到了“使天下之人，不敢言而敢怒”，已将火山即将爆发的形势全盘托出。再用“独夫之心，日益骄固”从反面一逼，便逼出“戍卒叫，函谷举”的局面，农民起义的熊熊烈火终于埋葬了统治者。而供统治者享乐的阿房宫，也随之化为灰烬。

作者写《阿房宫赋》，其目的是给当时的最高统治者提供历史教训。为了丰富历史教训的内容，从“六王毕，四海一”以下，一直是既写秦，又不忘六国。就章法说，以秦为主，以六国为宾。就思想意义说，以六国为秦的前车之鉴。阿房宫中的无数美人，乃是六国的“妃嫔媵嫱”；阿房宫中的无数珍宝，又是六国“取掠其人”的长期积累。六国一旦灭亡，则美人“辇来于秦”，珍宝“输来其间”；那么，秦一旦蹈六国的覆辙，又将怎样呢？秦不以六国为鉴，终于自食其果；那么，当时的统治者又走秦的老路，难道会有什么更好的结局吗？写到这里，真可谓“笔所未到气已吞”！接下去，还不肯正面说破，却以无限感慨揭示出六国与秦灭亡的原因：“呜呼！灭六国者六国也，非秦也。族秦者秦也，非天下也。嗟夫！使六国各爱其人，则足以拒秦；使秦复爱六国之人，则递三世可至万世而为君，谁得而族灭也？”既指出六国与秦的所以亡，又指出倘能“各爱其人”（作者避唐太宗李世民的讳，故以“人”代“民”），就不会亡。这才将笔锋移向“后人”——主要是当时的统治者：“秦人不暇自哀，而后人哀之；后人哀之而不鉴之，亦使后人而复哀后人也。”

作者具有可贵的民本思想。他把六国及秦的灭亡，归因于“不爱其民”，希望统治者汲取教训，真可谓语重心长！但他自己也意识到这种希望终归要落空，因而以深沉的感慨结束全篇。

（霍松林）

宋金元文

岳阳楼记

范仲淹

庆历四年①春，滕子京谪守巴陵郡②。越明年③，政通人和，百废具兴。乃重修岳阳楼，增其旧制，刻唐贤今人诗赋④于其上。属⑤予作文以记之。

予观夫巴陵胜状，在洞庭一湖：衔远山，吞长江，浩浩汤汤⑥，横无际涯；朝晖夕阴，气象万千。此则岳阳楼之大观也。前人之述备矣。然则，北通巫峡，南极潇湘，迁客骚人⑦，多会于此。览物之情，得无异乎？

若夫霪雨霏霏⑧，连月不开；阴风怒号，浊浪排空；日星隐曜，山岳潜形；商旅不行，樯倾楫摧；薄暮冥冥，虎啸猿啼。登斯楼也，则有去国⑨怀乡，忧谗畏讥，满目萧然，感极而悲者矣。

---

① 庆历四年：公元1044年。庆历，宋仁宗年号。

② 滕子京谪守巴陵郡：滕子京，名宗谅，河南（今河南洛阳一带）人。与范仲淹同于大中祥符八年（1015）中进士，为泰州军事判官时，曾助范仲淹主持筑捍海堤堰。庆历二年，他以天章阁待制任环庆路都部署、并知庆州，在防御西夏方面曾有贡献。次年被人诬告，牵连甚众，囚系满狱。范仲淹、欧阳修为之辩白，遂贬知凤翔府，后又贬知虢州。庆历四年，王拱辰提出滕子京"盗用公使钱，止削一官，所坐太轻"；因而又贬到岳州巴陵郡（今湖南岳阳一带）。

③ 越明年：到第二年。越，及，到。

④ 唐贤今人诗赋：如李白的《秋登巴陵望洞庭》、杜甫的《登岳阳楼》、孟浩然的《临洞庭上张丞相》、夏侯嘉正的《洞庭赋》等，都是写"岳阳楼之大观"的。杜甫的"吴楚东南坼，乾坤日夜浮"及孟浩然的"气蒸云梦泽，波撼岳阳城"两联，尤其有名。

⑤ 属：同"嘱"。

⑥ 汤（shāng）汤：水流大而急的样子。

⑦ 迁客：谪迁的人。骚人：诗人。

⑧ 霪雨：连绵的雨。霏霏：雨飘落的样子。

⑨ 去国：离开国都。

至若春和景明，波澜不惊，上下天光，一碧万顷；沙鸥翔集，锦鳞①游泳；岸芷汀兰，郁郁青青。而或长烟一空，皓月千里，浮光跃金，静影沉璧；渔歌互答，此乐何极！登斯楼也，则有心旷神怡，宠辱皆忘，把酒临风②，其喜洋洋者矣。

嗟夫！予尝求古仁人之心，或异二者之为。何哉？不以物喜，不以己悲。居庙堂③之高，则忧其民；处江湖之远④，则忧其君：是进亦忧，退亦忧。然则何时而乐耶？其必曰“先天下之忧而忧，后天下之乐而乐”乎！噫！微⑤斯人，吾谁与归⑥？时六年⑦九月十五日。

赏析

宋人王辟之曾说：“庆历中，滕子京谪守巴陵，治最为天下第一。政成，重修岳阳楼，属范文正公为记，词极清丽。苏子美书石，邵竦篆额，亦皆一时精笔。世谓之‘四绝’云。”（《渑水燕谈录》卷六）作为“四绝”之一的《岳阳楼记》，确是一篇脍炙人口的名文。

全文共分五段。第一段，叙作记的原因。分三层。“庆历四年春，滕子京谪守巴陵郡。”这是第一层。“谪”字是全文的关键。“越明年，政通人和，百废具兴。”这是第二层。一个被“谪”的人而能做出这样的成绩，自然值得赞美。作者写这几句，正是赞美滕子京；但也另有用意，后面再谈。“乃重修岳阳楼，增其旧制，刻唐贤今人诗赋于其上。属予作文以记之。”这是第三层。“乃”字

① 锦鳞：指鱼。

② 把酒临风：端起酒杯，面对着风喝酒。

③ 庙堂：指朝廷。

④ 处江湖之远：指不在朝廷做官。

⑤ 微：假如没有。

⑥ 吾谁与归：我同谁一起呢？与，同“欤”，表示疑问。归，归附，归依。

⑦ 六年：指庆历六年。

承上启下，说明“重修岳阳楼”是在“政通人和，百废具兴”的前提下进行的。

第二段共两层。作者在前一段只用两句话交代了重修岳阳楼的全部工程；并没有描写重修后的岳阳楼如何壮丽，因为这与他所要表现的主题无关。到了第二段，先写岳阳楼上所见的自然形胜：“予观夫巴陵胜状，在洞庭一湖：衔远山，吞长江，浩浩汤汤，横无际涯；朝晖夕阴，气象万千。此则岳阳楼之大观也。前人之述备矣。”这是第一层，也写得很概括。因为一则“前人之述备矣”（与前段中的“刻唐贤今人诗赋于其上”呼应），用不着重复；二则这不是重点，仅是逐渐向重点过渡的桥梁。是怎样过渡的呢？“然则，北通巫峡，南极潇湘，迁客骚人，多会于此。览物之情，得无异乎？”这是第二层，以“然则”承上转下：既然岳阳楼之大观如此，那么，南来北往的“迁客骚人”（“迁客”与前段中的“谪”字呼应）到这里登高四望，触景而生的情感岂不有所不同吗？这一反问引出了第三段和第四段。这两段是对“览物之情，得无异乎”的回答。多用偶句，在形式和内容上是对称的：都是先写景，后写“迁客骚人”触景而生的“情”。景不同，情也不同。一悲一喜，形成鲜明的对照，坐实了上面的“异”字。

最后一段是全文的重点，即古人所谓“结穴”。“嗟夫！予尝求古仁人之心，或异二者之为。何哉？”提出理想化了的“古仁人”用以否定上两段所写的“迁客骚人”，这是第一层。“不以物喜，不以己悲。居庙堂之高，则忧其民；处江湖之远，则忧其君：是进亦忧，退亦忧。然则何时而乐耶？其必曰‘先天下之忧而忧，后天下之乐而乐’乎！”具体地写出“古仁人”不同于“迁客骚人”的宏大抱负，回答了前面的“何哉”，这是第二层。“噫！微（非）斯人，吾谁与归？”这是第三层。作者含蓄地、但也明确地表示了他的态度：他是把这样的“古仁人”作为学习的榜样的。虽然没有提“以物喜”“以己悲”的“迁客骚人”，实际上是把他们否定了，而那种感慨系之的语气，更加强了否定的力量。

全文步步深入，由反而正，章法谨严而又富有变化。

在一篇作品中否定什么，肯定什么，这与当时的社会环境、作者的生活道路和思想倾向有关。范仲淹写这篇文章的时代，北宋王朝因政治腐败，阶级矛盾已复杂而尖锐，民族矛盾（契丹的威胁、西夏的侵略）也日益严重。不少有远见的知识分子要求实行政治改革，并以范仲淹为中心，形成一个较有进步性的政治集团，与代表大地主官僚利益的“邪党”（以夏竦、吕夷简为中心）作斗争。由于大地主官僚的经济力量仍然保持支配地位，在政治上也自然握有实权，因而以范仲淹为首的政治集团中的许多人物，都一再地遭到打击，作了“迁客”。

《岳阳楼记》是庆历六年九月十五日写的。作者于前一年出知邓州。就是说，作记的时候，他已经是“迁客”。在中国封建社会里，“迁客”往往也是“骚人”（诗人）。那些“迁客骚人”，大都因“怀才不遇”而牢骚满腹，多愁善感。作者在几次被贬谪、如今又作“迁客”的情况下写这篇文章，却能否定一般“迁客骚人”“以物喜”“以己悲”，被个人得失和环境变化所支配的卑微情感，而提出所谓“古仁人”作榜样，这分明是对自己的鞭策，也是对因受“邪党”迫害而作了“迁客”的许多朋友的勉励——首先是对滕子京的勉励。

前面说过，“政通人和，百废具兴。乃重修岳阳楼”是赞扬，但也另有用意。用意何在呢？那就是勖勉滕子京应该看得远些，不必“凭栏大恸”，而要进一步做到“政通人和，百废具兴”。

这篇作品的客观意义当然有更大的普遍性；但作者却主要是规劝，或者说是批评“罕受人言”的滕子京的。规劝、批评而不露锋芒，却又很有力量，也显示了作者的构思之妙。

就艺术表现说，《岳阳楼记》有许多特点。骈散结合，排比工整，词采富丽，颇有诗味，这是众所熟知的。除此而外，还有几点值得注意。

这篇文章仿佛一向以善写景著名。《后山诗话》中说：“范文正公为《岳阳楼记》，用对话说时景，世以为奇。”那些写景部分，的确相当出色。作者以非常精练的诗的语言，描绘了几种迥然不同的自然景色，形象鲜明突出，极富感染力。

可是这篇作品，却并不是写景文。

古文中的“记”，从前的许多文论家都认为是“记事之文”。而《岳阳楼记》却只有第一段“记事”，中间几段大部分“写景”，最后一段，又分明是“议论”。一种文章体裁，并不是一个死硬的框框。范仲淹把“记事”“写景”“议论”冶于一炉，正显示了他的创造性。

不过只说有记事、有写景、有议论，还不足以说明这篇文章的主要特点。

这篇文章，实质上是议论文——独特的议论文。

写议论文，通常先提论点、再摆论据。而这篇文章的论点却在最后，即“先天下之忧而忧，后天下之乐而乐”。这个论点，是通过对“迁客骚人”的否定树立起来的。全文的第一段突出“谪守巴陵郡”，第二段从“岳阳楼之大观”引出“迁客骚人”的“览物之情”。“若夫”“至若”两段尽管写景很出色，但不是为写景而写景，而是为了写“迁客骚人”的“情”；而写“迁客骚人”的“情”，又是为了用这种只局限于个人的“情”来反衬“古仁人之心”的“伟大”“崇高”，实际上起了论据的作用。

有扼要的记事，有生动的写景，有简明的议论；写景与议论，又带有浓郁的抒情色彩。而这一切，又都集中于强化“先忧后乐”的论点。正因为这样，随着《岳阳楼记》的广泛传播，“先天下之忧而忧，后天下之乐而乐”两句话便日益深入人心，化为鼓舞人们关心天下、献身民众的精神力量。

（霍松林）

醉翁亭记

欧阳修

环滁皆山也。其西南诸峰，林壑尤美。望之蔚然而深秀者，琅邪也。山行六七里，渐闻水声潺潺，而泻出于两峰之间者，酿泉也。峰回路转，有亭翼然临于泉上者，醉翁亭也。作亭者谁？山之僧智仙也。名之者谁？太守自谓也。太守与客来饮于此，饮少辄醉，而年又最高，故自号曰醉翁也。醉翁之意不在酒，在乎山水之间也。山水之乐，得之心而寓之酒也。

若夫日出而林霏①开，云归而岩穴暝，晦明变化者，山间之朝暮也。野芳发而幽香，佳木秀而繁阴，风霜高洁，水落而石出者，山间之四时也。朝而往，暮而归，四时之景不同，而乐亦无穷也。

至于负者歌于途，行者休于树，前者呼，后者应，伛偻提携②，往来而不绝者，滁人游也。临溪而渔，溪深而鱼肥；酿泉为酒，泉香而酒洌；山肴野蔌，杂然而前陈者，太守宴也。宴酣之乐，非丝非竹；射者中③，弈者胜，觥筹交错，起坐而喧哗者，众宾欢也。苍颜白发，颓然乎其间者，太守醉也。

已而夕阳在山，人影散乱，太守归而宾客从也。树林阴翳，鸣声上下，游人去而禽鸟乐也。然而禽鸟知山林之乐，而不知人之乐；人知从太守游而乐，而不知太守之乐其乐也。醉能同其乐，醒能述以文者，太守也。太守谓谁？庐陵欧阳修也。

赏 析

这篇《醉翁亭记》是宋代散文名篇，历来被视为欧阳修的代表作之一。文

---

① 林霏：林中雾气。

② 伛偻：老人。提携：小孩。

③ 射者中："射"指投壶。以矢投壶中，中者胜。

章的语言平易明畅，写作背景却相当复杂，涵蕴也很丰厚，以致评析此文的主题时，众说纷纭，莫衷一是。

首先要弄清的是：欧阳修为什么一贬滁州，就自号“醉翁”，并以此名亭，作文为记。就这篇文章内容看，那是由于琅邪山的风景使他陶醉，人与人之间亲密淳朴的关系使他陶醉，那香而且洌的酒使他陶醉。因此有人说，欧为此文，意在寓性情于游赏。或者说，纵情山水，表旷达自放的情怀。但是，这篇文章写于宋仁宗庆历六年(1046)，时欧年四十，贬滁州已经一年。他这次被贬，由于论救推行庆历新政诸君子，得罪了守旧官僚。这些人利用他甥女张氏犯法一事，想把他牵连下狱。后来事虽大白，他还是被贬往滁州。欧阳修是个性刚直的人，读他的《与高司谏书》可知其议论之峻切。现在邪正颠倒，他无端被诬，心中怎么能没有愤懑，又怎么能自放于山水诗酒？十年前，因为支持范仲淹，贬为夷陵县令时，他曾写信给同案被贬的尹师鲁，肯定了尹在谪迁中“益慎职，无饮酒”的自处之道，并批评了那些一遭贬逐，便“傲逸狂醉”的人。十年后的今天，写这篇《醉翁亭记》，竟然畅言饮酒，自号“醉翁”，以至苍颜白发，颓然乎众宾之间，前后矛盾，判若两人。要说这完全是出于性爱游乐，纵情山水，是很难令人信服的。

那么，是不是果如另外一些评论者说的，山水之乐无非是沉郁、压抑心情的饰容，像李白那样，以耽酒自寓其愤世傲岸之情呢？考欧阳修之为人及其所为文，可贵处在一“真”字。他决不会矫情伪饰，自欺欺人。他之所以前后矛盾，其中必有一个难以具言的心理历程。十年前，他写了那封著名的《与尹师鲁书》，透露了一点消息。那信中说，不少前代名人，包括韩愈在内，“一到贬所，则戚戚怨嗟，有不堪之穷愁形于文字，其心欢戚无异庸人。”因此告诫余靖(安道)：“慎勿作戚戚之文。”他显然看不起、更不屑做那种患得患失的庸人，他的心有更宽广的天地。再说，受到打击、遭到贬谪就忧戚怨嗟，反而使那些陷害他的人弹冠相庆，无异于为敌张目。因此，他诗酒山林，随遇皆乐，显示自己绝不曾因横遭打击垂头丧气；反而意气自若，心态安怡，表现出泱泱君子的坦荡风怀，铮铮铁骨。这是他在《醉翁亭记》里强调“其乐亦无穷也”的真正原因。再说，滁州“地僻而事简”，他于无意中得此闲太守，正所谓不幸中之大幸。滁州又有琅邪林泉之胜足资畅游，可以涤荡胸中积悃。来滁时过一年，朝往暮归，便渐渐得到一种翛然自适之乐，冲淡了心底的烦忧。更何况，守滁一年，能使滁州的人民“乐其岁物之丰成”，又幸滁州士人“喜与予游”，而“与民共乐”正是“刺史之事”（以上几处引文均见作者写于与本文同时的《丰乐亭记》），更足以使他化忧为乐。怀此乐心，以涉山林，则寓目之景色无不献美于前；以临卮酒，则入口之涓滴无不“饮少辄醉”。“饮少辄醉”也不全限于酒量的大小，而且包含有心之所乐，未饮先如醉一层意蕴。于此可知，由诫人以“无饮酒”发展到“自号醉翁”，经历了一个从毋为个人忧患戚戚然借酒浇愁，变为真正“得心寓酒”的心理历程。因此说，这篇文章写作背景相当复杂，分析时不能以偏概全。

从上述分析看，这篇散文涵蕴是非常丰厚的。唯其丰厚，故耐咀嚼。但此文之所以传诵千古，又不限于涵蕴的丰厚，还因为它在艺术上确有独特的成就。欧文最长于抒情。在这篇散文里，他要抒发的是被贬滁州一年后的生活情怀。因此，题目虽是《醉翁亭记》，在“亭”字上反而着墨不多，用主要篇幅来写“醉翁”。林壑泉亭，无不是醉翁活动的衬景；“日出”“云归”，无不荡漾着醉翁的诗情雅意。这样安排重点，写“亭记”却突出人物，不以亭为核心，乍看似乎离了题面，其实扣紧题旨，是这篇优美的抒情散文在裁剪上独具的特色。但命题既为《醉翁亭记》，当然又不能完全不点到“亭”。这篇散文写“亭”虽只寥寥数语，构思也很具匠心。全文先用“环滁皆山也”一语喝起，写大景、全景。但这仅仅是远处环视，只可能看见一片模糊的轮廓，故泛言其为“环滁皆山”。镜头拉近到“西南诸峰”，渐渐望见那“蔚然深秀”之色；再拉近到“酿泉”，便听到了流水潺潺之声；再拉近到醉翁亭，终于看清了亭子像鸟翼一般的具体形象。这样迤逦写来，切合步行入山远近视听之理，又显得层次丰富，胜境迭陈，使读者随着作者的脚印，信步神游于楮墨画图之间，有一种“引人入胜”的艺术效果。第三段写山林中的人，先写“负者”“行者”的来往游人，次写坐起喧哗的众宾，镜头拉近，头像扩大，最终写核心人物——“颓然乎其间”的太守，推出“苍颜白发”的特写镜头。后段写人禽和谐共乐，也是先写禽鸟之乐，而后写众人之乐，最后归结到太守之乐，结末一句直接点出太守者“庐陵欧阳修也”：都是从大到小，由远而近，最后集中到醉翁一人。这种移步换形、聚焦一点的艺术手法，使全文重点突出，“醉翁”始终居于画面的中心。所写事物虽不多，却纷繁有序；林壑之胜，朝暮四时之景，休息、行走的游人，以至喧哗的众宾，幽鸣的禽鸟，这众多杂沓的物态人情，都用一个“乐”字贯串，使文意辐辏，凝而不散。特别是结处“然而禽鸟知山林之乐，而不知人之乐；人知从太守游而乐，而不知太守之乐其乐也”，四句中两用“知”与“不知”，文势遒劲，一转一深，构成螺旋式层层推进，是一篇之警策，显示出作者炼句炼意的艺术功力。

人多称赞欧阳修的散文富于诗意，誉之为“诗化的散文”。称之为诗，首先要有诗的意境。前面论析过的人与自然，人与人的心灵沟通，情景相生，意与境偕，已具诗的意境。誉之为诗，还必须具备音乐之美，要求韵律悠扬，声情契合。在这方面，本文也有戛戛独造之处。这篇文章的中心人物醉翁的心情，是翛然自适、悠闲容与的。反映这种心情的句式韵律，也纡徐悠远，逸韵从容，自有诗一般的音乐境界。这就要说到本文连用“也”字的艺术效果。“也”这个助词，本多用来表判断语气，用于句末，往往表示语意顿结。欧阳修在这篇文章的许多句子里，却赋予“也”与今语“啊”字情韵相近的特殊的感叹意味，不是休止符而是一个延长音符。全文连用二十一个“也”字，构成曼声咏叹的韵致，以表现醉翁悠然自得的心态，这是欧阳修的独创。欧的史传文字，多顿挫唱叹之美；这类记游乐情怀的文字，却不取顿挫转折而专一反复咏叹。可见他的散文，因情赋声，具有多种风调，多种情韵。所谓秋虫春鸟，各有新声，不拘于一格，却无往而不近乎诗。

（赖汉屏）

爱莲说

周敦颐

水陆草木之花，可爱者甚蕃。晋陶渊明独爱菊①；自李唐来②，世人甚爱牡丹；予独爱莲之出淤泥而不染，濯清涟而不妖，中通外直，不蔓不枝，香远益清，亭亭净植，可远观而不可亵玩焉。

予谓菊，花之隐逸者也；牡丹，花之富贵者也；莲，花之君子者也。噫！菊之爱，陶后鲜有闻；莲之爱，同予者何人？牡丹之爱，宜乎众矣！

赏析

周敦颐是北宋理学濂洛学派创始人、二程（程颢、程颐）的老师。他博学力行，品德高尚，为官清廉，不媚权贵，明断狱案，得到人民的赞赏。北宋中叶，士大夫在封建统治者诱掖下，追求富贵利达，耽于享乐之风盛行。作者目击时弊，慨然命笔，写成此篇借物咏志的小品，通过对莲花的爱慕与礼赞，表明自己对美好理想的憧憬，对高尚情操的崇奉，对庸劣世态的憎恶。其懿德高行与美学情趣，在当时具有现实意义，在今天也不失其思想价值。

作者起笔说："水陆草木之花，可爱者甚蕃。"选用"可爱"二字，包罗群芳，表明托物寄兴，并不刻意求工，极见其立言斟酌之妙。接着叙说"晋陶渊明独爱菊"。陶渊明不肯为五斗米折腰，解绶归隐后，饮酒赋诗，安享"采菊东篱下，悠然见南山"的田园逸趣。"独爱菊"，显示渊明雅致芬芳，傲然物外的性格。

① "晋陶渊明"句：陶渊明（365—427），东晋诗人，又名潜，字元亮，寻阳柴桑（今江西九江）人。《续晋阳秋》："陶潜尝九月九日无酒，于宅边东篱下摘菊盈把，俄见白衣人至，乃刺史王弘送酒，便就酣饮。"

② 李唐：唐朝皇帝姓李，故称李唐。

继写“自李唐来，世人甚爱牡丹”。据唐人李肇《国史补》卷中载：“京城贵游，尚牡丹，三十余年矣。每春暮，车马若狂，以不耽玩为耻。执金吾铺官围外寺观种以求利，一本有值数万者。”又刘禹锡《赏牡丹》诗：“惟有牡丹真国色，花开时节动京城。”白居易《买花》诗：“共道牡丹时，相随买花去。……一丛深色花，十户中人赋。”都从不同侧面反映了唐人、特别是统治阶层“甚爱牡丹”的好尚。然后作者撇开一笔说，让那班人爱其所爱吧，“予独爱莲之出淤泥而不染，濯清涟而不妖，中通外直，不蔓不枝，香远益清，亭亭净植，可远观而不可亵玩焉”。这一连串铺叙，对莲花挺拔秀丽的芳姿，清逸超群的令德，特别是可敬而不可侮慢的嵚崎磊落的风范，作了淋漓尽致的渲染。作者所表达的，决不是一班文士墨客百无聊赖的闲情逸致，而是他身处污浊环境，独能超然脱俗，保持高风亮节的自我写照。他为官正直，数洗冤狱，为民作主；晚年定居庐山，著书明道，洁身自爱，颐养天年，便是身体力行，澹泊明志的体现。这正是这篇小品能给人思想情趣以深切感染的着力之处。

接下来，作者对三种花象征的不同性格进行了比较和品评：“予谓菊，花之隐逸者也；牡丹，花之富贵者也；莲，花之君子者也。”本来，花是不具备人格的，但在作者眼里，莲花近于菊，却不像菊那样清高冷傲，似乎是逃避现实的隐者；它更不像牡丹那样妍丽妖冶，以富贵媚人。莲花出于污浊现实而不受沾染，受清水洗濯而不显妖冶，实为百花丛中的贤君子啊！另外，莲花又是佛教中的圣物，如来、观音均以莲花为座。唐释道世《三宝敬佛》云：“故十方诸佛，同出于淤泥之浊；三身正觉，俱坐于莲台之上。”作者《题莲》诗也云：“佛爱我亦爱，清香蝶不偷。一般清意味，不上美人头。”正可与这篇小品参照阅读，情趣相得益彰。

最后，作者饱含激情，由评花进而对“爱”也作出评价：“噫！菊之爱，陶后鲜有闻；莲之爱，同予者何人？牡丹之爱，宜乎众矣！”深深地慨叹：当今之世真隐者少，有德者寡，而趋炎附势钻刺富贵之门的小人比比皆是；这莽莽红尘，能有几个志同道合之人，共同去根治这社会痼疾呢？言下虽不免流露出一种孤掌难鸣的哀怨，但一语暗讽，意味深长，无情地鞭挞了那些寡廉鲜耻之徒，给读者留下联翩的浮想。

《爱莲说》为宋代散文中的上乘之作。不仅思想深刻，情趣健康，其艺术手法亦别具特色。全文仅一百十九字，内蕴却无比丰富。其中有对芸芸众花的叙述，有对莲花君子形象的描写铺陈，有对爱花态度的议论，有对内心感慨的抒情，而这一切又都为“爱莲”的主旨服务，主题思想十分鲜明。又运用拟人化手法，将人类美好的品德情操赋予莲花，倍加礼赞，借花喻人，自况自励。又将“隐逸者”“富贵者”“君子者”三者对比映衬，以揭示莲、菊、牡丹各自不同的形态与气质；并以菊为陪衬，以牡丹为反衬，使莲花挺拔超群的高洁形象矗立于读者心中，歌颂了自己坚贞不渝的理想和洁身自爱的君子情操，对竞名逐利的世态人情表明了心迹，言已尽而意无穷，极富艺术感染力。

（邓韶玉）

伤仲永

王安石

金溪①民方仲永，世隶耕。仲永生五年，未尝识书具，忽啼求之。父异焉，借旁近与之，即书诗四句，并自为其名。其诗以养父母、收族②为意，传一乡秀才观之。自是指物作诗立就，其文理皆有可观者。邑人奇之，稍稍宾客其父③，或以钱币乞④之。父利其然也，日扳⑤仲永环丐⑥于邑人，不使学。

予闻之也久。明道⑦中，从先人还家，于舅家⑧见之，十二三矣。令作诗，不能称前时之闻。又七年，还自扬州⑨，复到舅家，问焉，曰："泯然众人矣！"

王子曰：仲永之通悟，受之天也。其受之天也，贤于材人远矣。卒之为众人，则其受于人⑩者不至也。彼其受之天也，如此其贤也，不受之人，且为众人。今夫不受之天，固众人；又不受之人，得为众人而已邪？

赏析

这篇因事抒感、叙议结合的短文，作于宋仁宗庆历三年(1043)。时作者年

---

① 金溪：县名，在王安石家乡江西临川县东。

② 收族：团结同族。

③ 宾客其父：用对待宾客的礼节对待他父亲。"宾客"用作动词。

④ 乞(qì 气)：给予。

⑤ 扳：挽。

⑥ 环丐：到处求讨。丐，一作"谒"。

⑦ 明道：宋仁宗年号。明道二年(1032)，王安石十三岁，随其父王益回乡居祖父丧三年。

⑧ 舅家：王安石母家姓吴，世居金溪乌石冈。

⑨ 还自扬州：仁宗庆历三年(1043)，王安石在淮南判官(任所在扬州)任上，请假回乡探亲，再到金溪舅家，有《忆昨诗示诸外弟》纪其事。

⑩ 受于人：后天的培养教育。

二十三岁，与文章中的主角方仲永年龄相仿。题名“伤仲永”，这“伤”字正是全篇点眼，它所包含的内容是相当丰富的。

文章开头一段，记述了方仲永幼年聪颖的情况。先点出其“世隶耕”，出身世代为农的家庭，为下面写他的天资作铺垫。接着，写他五岁时忽然无师自通、书诗署名的突出表现。这几句写得颇具神奇色彩。本来“未尝识书具”——农家无笔墨纸砚，却“忽啼求之”；求得之后，不但“即书诗四句”，且“自为其名”；从此之后，又竟“指物作诗立就”。这自然被乡人视为神童了。因为“奇”其子，连带着“稍稍宾客其父”，甚至给他钱。这本来是山乡百姓对有天资的儿童及其家庭的敬重，但竟反过来成了压抑天资的不利条件。“父利其然也，日扳仲永环丐于邑人，不使学。”儿童的天资被无知的父亲利用来作为到处敛钱的资本，亟须在求学中发展的天资竟“不使学”。作者对这种因没有文化和贫困带来的愚昧，在叙述中寓有讽慨；而对被利用来到处讨钱的仲永，则不无“伤”意。这几句是本段中的关键之笔。仲永后来的结局与作者的议论，都由此伏根。“不使学”三字用笔尤重。整段叙述，从“未尝识书具”到“指物作诗立就”到“不使学”，文意曲折多变，使读者对仲永的将来发展引起很大的兴趣。

接下来一段，从作者亲自见闻的角度简略交待了仲永从神童沦为“众人”的过程。开头的“予闻之也久”，束上起下，一方面显示上段所写的内容即据传闻而得，另一方面又引出亲识其面的愿望。作者写了两次见闻：一次是仲永十二三岁时，“令作诗，不能称前时之闻”，暗示在这六七年中，仲永的诗毫无长进。如果说，五六岁儿童作的诗尽管稚拙，人们尚觉可观，那么六七年后写得反而不如以前听说的那样好，人们便非但不以为奇，且因先时之闻名而感到其名不副实了。第二次是仲永二十岁时。这次并未见面，只是听亲戚说：“泯然众人矣！”一句话就交待了这位从前的神童的结局。两次写法不同，但都极简练而有含蕴。“泯然众人矣”一语，把说话人漠然视之的态度生动地表现出来，与先前“邑人奇之”的情况恰成对照，而作者的惋惜感慨之意也隐见言外。

最后一段是作者对方仲永由一邑称奇的神童变成无声无息的普通人一事所发的议论，也是本篇思想的集中体现。作者首先指出，仲永的聪明颖悟是“受之天”，即来自天赋，而且他的天赋远超于一般的有才能的人。这正是为了反跌出下面的正意:“卒之为众人,则其受于人者不至也。”关键原因是缺乏后天的教育和学习。到这里,已将上两段所叙述的情事都议论到了。但作者却就势转进一层,指出天赋这样好的仲永,没有受到后天的培养教育,尚且沦为众人;那么天赋本属平常的一般人,如果再不受教育,还能做一个普普通通的人吗?前者是宾,后者是主,在对比中更突出了一般人学习的重要性。就方仲永的情况看,这层议论仿佛是余波,但作者主要的用意正在这里。因为在现实生活中,资质平常的人总是多数。方仲永这一典型事例的意义主要不在于说明天赋好的人不学习会造成什么后果,而在于说明后天教育对一个人成长的决定意义。作者因仲永由天才沦为普通人一事推出的这一结论,正是他看问题透过一层,比别人深刻的地方。

这样看来,题内的“伤”字就可能具有多层意蕴。首先是表层的,为仲永这样一个天资聪颖的儿童最终沦为众人感到惋惜;进一层,是感慨仲永虽有天赋,却没有遇上有利于他成长提高的环境。文中对其父以仲永为获利之资的叙写,就含有对泯灭天才的人为环境的批评。更进一层,从仲永的具体事例生发开来,感慨社会上许多资质平常的人不去努力学习提高,以致连成为众人都不可得。这样,作者所“伤”的就不再局限于仲永个人,而是许许多多不“受之天”又“不受之人”的众人,作者的感慨和文章的思想意义也就深刻多了。

在王安石的散文中,《伤仲永》虽不以峭刻拗折著称,但仍具有深刻透辟、简洁遒劲的特点。尤其是最后一段,层层转进,一气蝉联,既曲折尽致,又浑浩流转。结以问语作收,雄劲中具不尽之致,尤耐寻味。

(刘学锴)

游褒禅山记[①]

王安石

褒禅山亦谓之华山，唐浮图②慧褒始舍于其址，而卒葬之，以故其后名之曰“褒禅”。今所谓慧空禅院者，褒之庐冢③也。距其院东五里，所谓华山洞者，以其乃华山之阳名之也。距洞百余步，有碑仆道，其文漫灭，独其为文犹可识，曰“花山”。今言“华”，如“华实”之“华”者，盖音谬④也。

其下平旷，有泉侧出，而记游者甚众，所谓前洞也。由山以上五六里，有穴窈然⑤，入之甚寒，问其深，则其好游者不能穷也，谓之后洞。余与四人拥火以入，入之愈深，其进愈难，而其见愈奇。有怠而欲出者，曰：“不出，火且尽。”遂与之俱出。盖予所至，比好游者尚不能十一⑥，然视其左右，来而记之者已少；盖其又深，则其至又加少矣。方是时，予之力尚足以入，火尚足以明也。既其出，则或咎⑦其欲出者，而予亦悔其随之，而不得极夫游之乐也。

于是予有叹焉。古人之观于天地、山川、草木、虫鱼、鸟兽，往往有得，以其求思之深而无不在也。夫夷⑧以近，则游者众；险以远，则至者少。而世之奇伟瑰怪非常之观，常在于险远，而人之所罕至焉。故非有志者不能至也。有志矣，不随以止也，然力不足者，亦不能至也。有志与力，而又

---

① 本文作于宋仁宗至和元年(1054)，王安石时任舒州(治所在今安徽安庆)通判。褒禅山，在今安徽含山县北。

② 浮图：梵语译音，或译“浮屠”“佛图”，有佛、塔等义，此指和尚。

③ 庐：房舍。冢(zhǒng)：坟墓。

④ 音谬(miù)：读音错误。

⑤ 窈(yǎo)然：深远幽暗的样子。

⑥ 不能十一：不到十分之一。

⑦ 咎：责备。

⑧ 夷：平坦。

不随以怠，至于幽暗昏惑而无物以相①之，亦不能至也。然力足以至焉，于人为可讥，而在己为有悔。尽吾志也而不能至者，可以无悔矣，其孰能讥之乎？此予之所得也。

余于仆碑，又以悲夫古书之不存，后世之谬其传而莫能名者，何可胜道也哉！此所以学者不可以不深思而慎取之也。

四人者：庐陵②萧君圭君玉，长乐③王回深父，余弟安国平父、安上纯父。至和元年七月某日，临川④王某记。

赏 析

九方皋相马，遗形而得神，其用心在牝牡骊黄之外。这段话正可以移来读王安石的《游褒禅山记》。

这是王安石集中唯一的一篇游记(其《鄞县经游记》实为其任鄞县县令时巡视各乡工作的日录)，除去例行的结尾，整齐地分为两个大部分，前半记游，后半论说。第一段写游山，路线是：入山——慧空禅院——华山洞。但我们看到的却是一段考证文字，考证了褒禅山和华山洞得名的由来，根据倒仆的石碑考订出华山应读作“花山”，纠正俗传的音误。至于一般游记必不可少的内容，如山的形势风光如何，作者一行有没有进禅院“随喜”等，却竟然毫不提及。第二段写游洞。前洞只有三句介绍性的概述，还谈不上“游”；后洞是此游的重点，但除概况介绍外，也只写到“入之愈深，其进愈难，而其见愈奇”为止，究竟怎么个“难”，怎样的“奇”，也没有一字具体形容。游程就此半途而废，匆匆结束了。

作为游记，实在平淡无味，看来与王安石这样的大手笔不称。

---

① 相(xiàng)：辅助。
② 庐陵：今江西吉安。
③ 长乐：今属福建。
④ 临川：今江西抚州市。

出洞之后，似乎只剩下踏上归途了。然而作者此时却不惜笔墨，围绕着“悔”字做起文章来。首先详细补叙了两点事实：其一，“盖予所至，比好游者尚不能十一”；其二，当时“予之力尚足以入，火尚足以明也”。“十一”而已“所见愈奇”，则那未至的“十九”以及更深处境界之更加奇妙也可想。倘若真是“火且尽”，倒也无可奈何了，偏偏力尚足，火尚明，一切条件具备而“不得极夫游之乐”，这就构成了“悔”的前提。接着又对举了在共同现实面前的两种不同态度，以他人的“咎”旁衬自己的“悔”。只“咎”疲倦者之欲出，是从客观上推卸责任；而“悔”自己之“随之”，则是从主观上寻找原因。作者的高明之处就在于有严于自责的精神，由责生悔，由悔生思，由思生悟，由悟生叹，引发了一段大议论，通篇为之振起，把如两崖对峙、壁立千仞的记游与议论两大部分有机地联系了起来。其过渡之自然，有似“美人细意熨帖平，裁缝灭尽针线迹”。

第三段以一声感叹接转，以古人“求思之深而无不在”方能有得，兴起自己的思考，细致地叙述了“求思”的三个层次。自“夫夷以近”至“故非有志者不能至也”为一层，从游洞的经历直接体会到欲达目的，必须“有志”。一人怠惰以出，众人盲从而随，不都是无志所致吗？“有志矣”至“无物以相之，亦不能至也”为二层，进而从反面作逻辑推理：有力有物而无志，其后果已为实践证明；那么，有志而力不足，物不备呢？结论也是不可能的。要想达到预期的目的，志、力、物三要素缺一不可。“然力足以至焉”至“其孰能讥之乎”为三层。物是客体，故暂置而不论，着重分析志与力的关系。志是意志，力是精力，二者虽同存在于主体之中，却非齐等平列，志起着主导作用。哪怕同样是“不能至”，有力而志不坚，在人会被讥，在己会有悔；尽志而力不足，在己既无悔，人亦未能讥。思考到这里，已经豁然开朗：要争取理想的实现，就须意志坚定，尽力而为，成败在所不计。于是“此予之所得也”一句总束，完成了认识的全过程，获得了思想的升华。这一段是全文的中心，是作者用全力来捕捉和表达的主旨所在。层层析理，文意既愈进愈深，文笔更曲折多变。抓住四个“不能至”，交错叠用“然”“而”等转折性的连接词，步步拗转，如登九折之坂，虽陡险而不断；如溯九曲之溪，虽萦回而相通，令人有“若捕龙蛇，搏虎豹，急与之角而不敢暇”（柳宗元《读韩愈所著〈毛颖传〉后题》）的感觉，充分体现了作者峻拔奇崛的文风。

现在回头来看前面的记游部分，就都活了起来，显得勃勃有生气。原来记叙的详略去取，都是严格按照论说的需要选择的，恰如构建凌云台的材木，一根根都经过称量，铢两分寸丝毫不差。既因理而记事，复因事以明理。每一叙事都在为立论提供依据，每一论点都折射出游程的投影。前有所蓄，则后必有所发；后有所议，则前必有所本。可谓篇无剩语，句无剩字。那布局的严整，使人想起北京城的区划；结构的对称，又像一副棋盘。作者运子于棋盘之上，而落势千变万化；驰骤于通衢之中，而腾踔无不如意，显示了驾驭文字的非常功力。至于那些似乎该写却与主旨无关的风光景物，则一概摒而不书，免得喧宾夺主。盖这篇"游记"本不为记游而写，作者的目光超越于山情水韵之外，正是九方皋之相马，"见其所见，不见其所不见；视其所视，而遗其所不视"也。

前后洞之游与志力物之辨的对应，构成本文的主线。还有一条副线，即第四段所得出的治学必须"深思而慎取"的论点，与第一段对仆碑的考证遥相呼应，是作者的又一思想收获。两者相辅而行，如泰山之有梁父，使文势更丰满。

王安石是学者、文学家、诗人，但首先是政治家。他目睹时弊，奋思改革，其治国平天下的抱负，念念在心，有触即发，这就是本文论述中心的"志"。还在他任鄞县县令时(1047—1050)，就曾在境内推行青苗法并取得了成效。这篇《游褒禅山记》，不啻写下了献身改革的决心书。此后在《上仁宗皇帝言事书》中提出以孔子"困于排逐亦终不为之变"的精神来进行"施为变革"，《答司马谏议书》中的"度义而后动，是而不见可悔"，以至为相后推行新法遭到反对，在《次韵和甫咏雪》诗中所写的"势合便疑包地尽，功成终欲放春回。寒乡不念丰年瑞，只忆青天万里开"，无不一脉相承。直到晚年新法失败，退居金陵(今江苏南京)，还有"尧桀是非时入梦，固知余习未全忘"(《杖藜》)的诗句。他确实已尽了"志"，因而至死也没有"悔"。那坚定的信念，正是游褒禅山时立下的。此志已决，虽然后来游踪更广，且不乏名山胜水，但游记确实不需要作第二篇了。

(孟　斐)

石钟山记

苏 轼

“《水经》云：‘彭蠡之口，有石钟山焉。’郦元以为‘下临深潭，微风鼓浪，水石相搏，声如洪钟’。”是说也，人常疑之。今以钟磬置水中，虽大风浪不能鸣也，而况石乎？至唐李渤始“访其遗踪”，得双石于潭上，“扣而聆之，南声函胡，北音清越①，枹②止响腾，余韵徐歇”，自以为得之矣。然是说也，余尤疑之。石之铿然有声者，所在皆是也，而此独以“钟”名，何哉？

元丰七年六月丁丑，余自齐安③舟行适临汝，而长子迈将赴饶之德兴尉，送之至湖口，因得观所谓石钟者。寺僧使小童持斧，于乱石间择其一二扣之，空空④焉，余固笑而不信也。至莫夜月明，独与迈乘小舟至绝壁下。大石侧立千尺，如猛兽奇鬼，森然欲搏人；而山上栖鹘，闻人声亦惊起，磔磔云霄间；又有若老人欬且笑于山谷中者，或曰：“此鹳鹤也。”余方心动欲还，而大声发于水上，噌吰如钟鼓不绝。舟人大恐。徐而察之，则山下皆石穴罅，不知其浅深，微波入焉，涵澹澎湃⑤而为此也。舟回至两山间，将入港口，有大石当中流，可坐百人，空中而多窍，与风水相吞吐，有窾坎镗鞳之声，与向之噌吰者相应，如乐作焉。因笑谓迈曰：“汝识之乎？噌吰者，周景王之无射⑥也；窾坎镗鞳者，魏庄子⑦之歌钟也。古之人不余欺也。”

---

① 南声函胡：南边那块石头声音浑厚重浊。北音清越：北边那块石头声音清脆悠扬。

② 枹(fú)：同桴，木制的鼓槌。

③ 齐安：旧郡名，即黄州(今湖北黄冈)。

④ 空空：象声词，击石声。下文噌吰(chēng hóng)为厚重深沉的钟声。窾(kuǎn)坎为击物声。镗鞳(tāng tà)为钟鼓声。

⑤ 涵澹澎湃：波浪汹涌激荡的样子。

⑥ 无射(yì)：我国古代律吕名，六律之一。这里指钟。

⑦ 魏庄子：即魏绛，谥庄子，晋大夫。

事不目见耳闻而臆断其有无，可乎？郦元之所见闻，殆与余同，而言之不详；士大夫终不肯以小舟夜泊绝壁之下，故莫能知；而渔工水师，虽知而不能言：此世所以不传也。而陋者乃以斧斤考击而求之，自以为得其实。余是以记之，盖叹郦元之简，而笑李渤之陋也。

赏析

元丰七年(1084)正月，神宗出手札命苏轼由黄州(今湖北黄冈)移任汝州(今河南临汝)团练副使本州安置。三月文书到，四月离黄州，计划走水路经长江、淮河入洛赴任所，先至江西，游庐山，五月至筠州(今江西高安)别其弟子由(时监筠州盐酒税)，六月送长子迈赴饶州德兴(今属江西)县尉任，途经湖口，游石钟山，写了这篇游记。文中将议论和叙述相结合，通过夜游石钟山的实地考查，对郦道元和李渤关于石钟山得名的说法进行了分析批评，提出了事不目见耳闻不能臆断其有无的论断，表现了作者注重调查研究的求实精神，富有教育意义。

全文分为三段。第一段对前人记载提出质疑，第二段夜游石钟山，通过实践对问题求证，第三段得出结论。为突出主题，作者不先写游山，开头即引述郦道元和李渤关于石钟山得名的不同说法。郦道元认为石钟山的得名是因为它“下临深潭，微风鼓浪，水石相搏，声如洪钟”。李渤否定了郦道元的说法，他亲临其地考察，在潭上得到两块石头，敲击时发出铿锵的金石之声，认为这就是山名石钟的缘故。作者对二说都有怀疑，但并没有立刻作出判断。这段文字极简洁，特别是对前人说法的辩驳，虽只三言两语，却极生动。

引述郦、李的说法全用议论。第二段写作者自己的意见，却不是直说，而是用叙事笔调，以游石钟山的事实本身，自然表达出来；游山的具体描写，就是作者对此山得名的解释。这二者融为一体，正是此文最大的特色，也是它的成功之处。这样写，不仅使作者的意见显得真实可信，还使文章富有变化。如果仍用议论，那就只能写出一篇纯粹的考证文章，失去了游记的意趣。

游石钟山，重点在写山的得名的由来。作者之所以选择在莫（暮）夜去游览，也是因为夜里环境宁静，更容易体察到细微的声音。文中也写了环境景物，但这种描写是为了渲染气氛，更好地表现和突出主题。文中写了奇石、栖鹘、鹳鹤，突出了“夜”和“静”。用“猛兽奇鬼，森然欲搏人”形容夜里壁立千尺的巨石的狰狞可怖，用“若老人欬且笑于山谷中者”写鸣叫的鹳鹤，比喻都极生动，读来使人有毛骨悚然之感；栖鹘闻人声而惊飞，深山中鹳鹤的鸣声清晰可辨，也正见出月夜的寂静。这种寂静可怖的气氛，使得作者“心动欲还”，然而正在此时，却忽闻“大声发于水上”，这样可以更加使人感到惊喜和诧异；而环境越寂静，越能显出石钟山钟声的洪亮。这就从人的心理和音响效果两个方面，突出石钟山钟声的作用。两处钟声，一处由声响而及地形，一处由地形而及声响，不仅描绘出石钟山下都是巨大的石头洞穴和裂缝的特殊地形构造，道出了风浪与山石孔洞冲撞激荡而发声的原理，揭示了石钟山得名的真正由来，还在月夜寂静的水面上，突然发出一阵绝妙的钟鼓齐鸣曲，使读者如身临其境，仿佛看到了那结构奇特的石钟山，听到了那奇异的钟鼓声。结末引周景王和魏庄子的古钟来比拟，既点明石钟山发出的声音有如洪钟，同时也表达作者的喜悦心情。这一节没有一句议论，全用形象的描绘，把问题的答案揭示出来，显示了作者卓越的艺术才能。

游山，本来是一件极平常的事。作者却把它提高到理性的高度，从中悟出深刻的道理，总结出一个重要的结论：“事不目见耳闻而臆断其有无”，肯定要犯错误。“目见耳闻”讲的就是实地调查。它虽然是从游山这件小事总结出来，却具有普遍意义。它不仅是正面经验的总结，同时还包含着李渤和作者自己的反面教训在内，因而很有说服力。李渤虽然也作了现场调查但很不深入，便轻率否定了郦道元水石相搏而发大声的说法，所以犯了错误。作者在没有调查之前，也对郦道元的说法持怀疑态度，而且还举出了表面看来似乎很有道理的论证，如果他不调查，便“臆断其有无”，同样要犯与李渤相同的错误。正因为作者没有“臆断”，作了进一步的调查，才发觉“郦元之所见闻，殆与余同”，并用自己的“目见耳闻”，补充了郦道元“言之不详”的内容。文章还告诉我们，这种调查还必须是认真细致的，浮光掠影、蜻蜓点水似的调查绝对不行；要探求真理，必须付出艰苦的努力，有时甚至还要冒些风险。李渤虽然“访其遗踪”，但因为他只在潭上转了转，没有到潭下去看一看，因而凭叩石发声便认为得到了“石钟”的实际，这只能是错误的结论。苏轼因为月夜去潭下作了细致的考察，才把问题的本质弄清。末尾深深慨叹事不目见耳闻不能臆断其有无这个道理常常被人忽视，明白说出写作此文的目的，就是要引起人们对这个问题的重视，避免主观臆断的错误。这段文字不仅强化了本文的现实意义，还带有浓厚的抒情性，增加了作品的艺术感染力，读后使人警醒感叹。

除了融议论、叙述、抒情于一体这个特点之外，行文富于曲折变化，也是本文的一个突出特色。例如引述郦道元和李渤的说法，本来是极枯燥的内容，作者加上两个辩驳，即顿见精彩。文中写对旧说之疑共有三次，不仅每次写法不同，即便在同一次中，文笔也有曲折。对郦道元，是以人之疑引出己之疑，而己之疑又是以比喻来表达。李渤本来是在纠正郦说，作者引述时，特别加一句“自以为得之矣”，紧接着陡然一转——“然是说也，余尤疑之”，着一“尤”字，说它较郦说更不可信；驳李全用议论，一针见血，也不同于对郦之用比喻。对寺僧使小童持斧敲击所谓“石钟”，用“空空焉”形容敲出之声，又仅以“余固笑而不信也”一句表示不屑一驳，矛头直指到三百年前得双石“扣而聆之”的李渤；而且，此节插在游山之前，也使文章平添波澜。至于对两处水石之声的描写绝不雷同，前面已经提到，更是传神的绝妙笔墨。总之，此文所记之事、所讨论的问题虽极平常，但通篇几句一折，有些地方一句一转，极起伏变化之致，如江流云涌，仪态万方。

（王思宇）

记承天寺夜游

苏　轼

元丰六年①十月十二日，夜，解衣欲睡；月色入户，欣然起行。念无与为乐者，遂至承天寺寻张怀民②。怀民亦未寝，相与步于中庭。庭下如积水空明，水中藻荇交横，盖竹柏影也。何夜无月？何处无竹柏？但少闲人如吾两人者耳！

赏　析

苏轼自己评论他的文学创作，有一段话很精辟：

> 吾文如万斛泉源，不择地皆可出。在平地，滔滔汩汩，虽一日千里无难。及其与山石曲折，随物赋形，而不可知也。所可知者，常行于所当行，常止于不可不止，如是而已矣！其他，虽吾亦不能知也。（《文说》）

这段话，可与他的另一段话相补充："夫昔之为文者，非能为之为工，乃不能不为之为工也。山川之有云雾，草木之有华实，充满勃郁而见于外，夫虽欲无有，其可得耶？"（《江行唱和集序》）

这里最重要的一点是：文，是"充满勃郁"于内而不得不表现于外的东西。胸有"万斛泉源"，才能"不择地皆可出"；胸中空无所有，光凭技巧，就写不出好文章。苏轼的确是胸有"万斛泉源"的大作家。就其散文创作而言，那"万斛泉源"溢为政论和史论，涛翻浪涌，汪洋浩瀚；溢为游记、书札、叙跋等杂文，回旋激荡，烟波生色。

---

① 元丰六年：公元1080年。元丰为宋神宗年号。

② 承天寺：在今湖北省黄冈市南。张怀民：字梦得，苏轼的友人。

不妨据此来赏读这一篇随笔性的小文章《记承天寺夜游》。

这篇文章只有八十四个字，从胸中自然流出，“行于所当行”，“止于不可不止”，无从划分段落。但它不是“在平地”直流的。只有几十个字，如果“在平地”直流，一泻无余，还有什么韵味！细读此文，它虽然自然流行，却“与山石曲折”，层次分明。“元丰六年十月十二日，夜”。这像是写日记，老老实实地写出年月日，又写了个“夜”字，接下去就应该写“夜”里干什么。究竟干什么呢？“解衣欲睡”，没什么可干的。可就在“解衣”之时，看见“月色入户”，就又感到有什么可干了，便“欣然起行”。干什么呢？寻“乐”。一个人“行”了一阵，不很“乐”，再有一个人就好了；忽而想起一个可以共“乐”的人，就去找他。这些思想活动和行动，是用“念无与为乐者，遂至承天寺寻张怀民”两句表现出来的。寻见张怀民了没有，寻见后讲了些什么，约他寻什么“乐”，他是否同意：在一般人笔下，这都是要写的。作者却只写了这么两句：“怀民亦未寝，相与步于中庭。”接着便写景：

庭下如积水空明，水中藻荇交横，盖竹柏影也。

“步于中庭”的时候，目光为满院月光所吸引，引起一种错觉：“积水空明”，空明得能够看清横斜交错的各种水草。院子里怎么会有藻、荇之类的水草呢？抬头一看，看见了竹、柏，同时也看见了碧空的皓月，这才醒悟过来：原来不是藻荇，而是月光照出的竹、柏影子！“月光如水”的比喻是常用的，但运用之妙，因人而异。不能说作者没有用这个比喻，但和一般人的用法却很不相同，所产生的艺术效果也很不相同。

文思如滔滔流水，“与山石曲折”，至此当“止于不可不止”了。“止”于什么呢？因见“月色入户”而“欣然起行”，当止于月；看见“藻荇交横”，却原来是“竹柏影也”，当止于“竹柏”；谁赏月？谁看竹柏？是他和张怀民，当止于他和张怀民。于是总括这一切，写了如下几句，便悠然而止：

何夜无月？何处无竹柏？但少闲人如吾两人者耳！

寥寥数笔，摄取了一个生活片断。叙事简净，写景如绘，而抒情即寓于叙事、写景之中。叙事、写景、抒情，又都集中于写人；写人，又突出一点：“闲”。

入“夜”即“解衣欲睡”，“闲”；见“月色入户”，便“欣然起行”，“闲”；与张怀民“步于中庭”，连“竹柏影”都看得那么仔细、那么清楚，两个人都很“闲”。“何夜无月？何处无松柏?”但冬夜出游赏月看竹柏的，却只有“吾两人”，因为别人是忙人，“吾两人”是“闲人”。结尾的“闲人”是点睛之笔，以别人的不“闲”反衬“吾两人”的“闲”。惟其“闲”，才能“夜游”，才能欣赏月夜的美景。读完全文，两个“闲人”的身影、心情及其所观赏的景色，都历历如见。

苏轼的心胸的确很“坦然”。累遭贬谪，仍然乐观、旷达；即使流放到儋耳，也不曾像“骚人思士”那样“悲伤憔悴”。但他有志用世，并不自愿当“闲人”。因贬得“闲”，“自放于山水之间”，赏明月，看竹柏，自适其适，自乐其乐；但并不得意。他那“自适”与“自乐”，其中包含了失意情怀的自我排遣。《记承天寺夜游》的字里行间、特别是结尾数句的字里行间，都表现了这种特殊心境；只不过表现得非常含蓄罢了。有人单纯赞赏“其意境可与陶渊明之‘采菊东篱下，悠然见南山’相比”，似乎还失掉了些什么。

（霍松林）

前赤壁赋

苏　轼

壬戌之秋，七月既望，苏子与客泛舟游于赤壁之下。清风徐来，水波不兴。举酒属客，诵明月之诗，歌窈窕之章①。少焉，月出于东山之上，徘徊于斗牛之间②。白露横江，水光接天。纵一苇③之所如，凌万顷之茫然。浩浩乎如冯虚御风④，而不知其所止；飘飘乎如遗世独立，羽化而登仙。

于是饮酒乐甚，扣舷而歌之。歌曰："桂棹兮兰桨，击空明兮溯流光⑤。渺渺兮予怀，望美人兮天一方⑥。"客有吹洞箫者⑦，倚歌而和之。其声呜呜然，如怨如慕，如泣如诉，余音袅袅，不绝如缕，舞幽壑之潜蛟，泣孤舟之嫠妇⑧。

苏子愀然，正襟危坐而问客曰："何为其然也？"

客曰："'月明星稀，乌鹊南飞'⑨，此非曹孟德之诗乎？西望夏口⑩，东

---

① 窈窕之章：指上"明月之诗"中的诗句。按诗即《诗·陈风·月出》，其第一章云："月出皎兮，佼人僚兮，舒窈纠兮。"窈纠即窈窕。

② 斗牛之间：斗、牛，指天上的斗宿与牛宿。古代以星辰配地上的方位，斗牛之间下合吴越分野；吴越分野在黄州之东，故实指东方的天际。

③ 一苇：喻所乘小舟。

④ 冯虚御风：冯同"凭"，意谓船行如凌空驾风一样。

⑤ "击空明"句：意谓船桨拍着清澈江波，在月光下的水面逆流上驶。空明、流光是互文，状水也状月；溯，逆流而上。

⑥ "渺渺兮"二句：运化《楚辞·九歌》"目眇眇兮愁予"句及《九章·思美人》题意，抒发贬谪黄州思君而不能见的情怀。美人，古人常用以象征君王或良友。

⑦ 客有吹洞箫者：此客为道士杨世昌。

⑧ "舞幽壑"二句：形容洞箫声悲切，使潜伏于深壑中的蛟龙起舞，孤舟中的寡妇啜泣。嫠(lí)妇：寡妇。

⑨ "月明"二句：曹操《短歌行》中的诗句。

⑩ 夏口：今湖北武汉市汉口。

望武昌①,山川相缪,郁乎苍苍,此非孟德之困于周郎者乎②?方其破荆州③,下江陵④,顺流而东也,舳舻⑤千里,旌旗蔽空,酾酒临江,横槊赋诗⑥,固一世之雄也,而今安在哉!况吾与子渔樵于江渚之上,侣鱼虾而友麋鹿。驾一叶之扁舟,举匏樽以相属。寄蜉蝣于天地,渺沧海之一粟。哀吾生之须臾,羡长江之无穷。挟飞仙以遨游,抱明月而长终。知不可乎骤得,托遗响于悲风⑦。"

苏子曰:"客亦知夫水与月乎?逝者如斯,而未尝往也⑧;盈虚者如彼,而卒莫消长也⑨。盖将自其变者而观之,则天地曾不能以一瞬;自其不变者而观之,则物与我皆无尽也⑩,而又何羡乎?且夫天地之间,物各有主,苟非吾之所有,虽一毫而莫取。惟江上之清风,与山间之明月,耳得之而为声,目遇之而成色,取之无禁,用之不竭,是造物者之无尽藏也,而吾与子之所共适⑪。"

---

① 武昌:今湖北鄂城。

② "此非"句:指汉末建安十三年(208)曹操被周瑜击败于赤壁。此,指黄州江面。"此非……乎",是存疑句法,表示不能十分确断此地即赤壁战场旧地。孟德,曹操字。周郎,周瑜;瑜年少有威名,江东人称为周郎。

③ 荆州:汉代荆州包括湖北、湖南及河南南部部分土地,汉末荆州首府在襄阳。

④ 江陵:今属湖北,数度为荆州首府。

⑤ 舳舻(zhú lú):指战船。舳是船后掌舵处,舻是船前划桨处。

⑥ 横槊赋诗:形容气概雄迈。槊,长矛。

⑦ "挟飞仙"四句:意思是,登仙、与明月这样永在是办不到的,所以只能将悲思通过箫声诉之于秋风。

⑧ "逝者如斯"二句:《论语·子罕》:"子在川上曰:'逝者如斯夫,不舍昼夜。'"意为川水不分日夜地这样流逝而去。苏轼引用孔子的话,又补充一句"未尝往也",意思是川水虽逝去而河流仍在。

⑨ "盈虚者"二句:上文用"如斯",是以舟边的长江为比,是近处,故用"斯";此句用月为比,在远处,故用"彼"。盈虚,指月的盈亏,意思是月亮忽圆忽缺,但究竟没有消损或增大。

⑩ "盖将"四句:意思是,如从变动这面看,天地万物每一瞬间都在变化;从不变这面看,宇宙与人类都是长存的。

⑪ 共适:今存苏轼手写《赤壁赋》,"共适"作"共食",食的意思是享用。但明代以后本子大多作"共适"。两字均可通。

客喜而笑，洗盏更酌。肴核既尽，杯盘狼藉。相与枕藉乎舟中，不知东方之既白。

赏析

此赋作于北宋神宗元丰五年(1082)作者谪居黄州(今湖北黄冈)时，因同年另有《后赤壁赋》，故世人习称为《前赤壁赋》。

关于这一次赤壁之游，苏轼在《与范子丰》函中曾有所记述："黄州少西，山麓斗入江中，石室如丹，传云曹公败所——所谓'赤壁'者；或曰非也。……今日李委秀才来相别，因以小舟载酒饮赤壁下。李善吹笛，酒酣作数弄，风起水涌，大鱼皆出，山上有栖鹘，亦惊起。坐念孟德、公瑾如昨日耳!"可知此赋确是记游的实录。参照同时所作的《念奴娇·赤壁怀古》一词，更可看出赋中咏及曹操，词中咏及周瑜，两两相当；而词中"人道是、三国周郎赤壁"一句，用"人道是"三字传疑；此赋中用"此非孟德之困于周郎者乎"一句传疑；正可与《与范子丰》函中的"传云""或曰"两句相发明。但一赋一词，已使黄州赤壁的声名压倒了真正的古战场嘉鱼、蒲圻间的赤壁了。

凡是记游的诗文，首先当然要求写景叙事生动有味，更需要在写景叙事中注入作家浓郁的主观感情，才能神情飞动，诗趣盎然；倘若景与情交融之外，更能从物我之间即主客观的契合之间生发出哲理的意蕴，那便是上乘之作了。苏轼的许多杰作，大抵能达到这种最高境界。例如人们都熟悉的一首小诗《题西林壁》，全诗只有四句二十八字，就景、情、理三者兼备。头一句"横看成岭侧成峰"是写景；次句"远近高低各不同"是对景下评，显示出作者看山的惊喜之情；末两句"不识庐山真面目，只缘身在此山中"，就是对主客观的关系发抒哲学的认识论的解悟了。但一首七绝究竟不能细致地写景、充分地抒情和畅遂地宣示哲理，而在一篇赋里却行。《赤壁赋》通常被归为抒情小赋，其实依其内涵的重点说，更是一篇哲理小赋。

因此，从"苏子愀然"以下主客对答的三个自然段，应是全赋的重心所在。

主客对答是赋体中传统的表现手法，主与客都是作者一人的化身。在这篇赋里，客的观点和感情是苏轼的日常的感受和苦恼，而主人苏子所发抒的则是他超脱地俯察人与宇宙之后的哲学的领悟。前者沉郁，后者达观；前者充满人事沧桑与吾生有涯的感慨，后者则表现了诗人与大自然合而为一的心灵净化的境界。

但这种意蕴都不是藉抽象的灰色的言语表述，而是诉之于月下江游的眼前景物和由景物所引起的感触，因此才有强烈的感染力和渗透力。一方是由月夜江上想起曹操的诗句，由诗句联想起曹操兵下江南、横槊赋诗的英雄气概，进而产生了"千古风流人物"不免"浪淘尽"，空留山川遗迹的感慨，转而抱恨于人生须臾，江山无穷，登仙乏术的无可奈何；一方则顺手以眼前的江水与山月作比，以水的逝去而又长流、月的盈亏而又永生的现象，阐发变与不变、瞬间与永恒的关系，归结到人生应投入大化，方能超脱无谓的苦恼。这两方面的感情，包括人生苦闷和物我参透，当然都是苏轼在贬谪生活中的烦恼以及要求摆脱烦恼的旷达态度的表露。

然而，作为全赋重心的主客对答部分，如果没有前两段为之创造环境气氛，培养情绪，那么，主客对答的感情宣泄和哲理发挥，就不能产生出色的效果，乃至缺乏基础了。首段是点题，描写赤壁泛舟的情景，就记游来说，仅此一段，文意就已独立自足。这一段的描写，主客的情绪是愉快的，轻松的，彼此都陶醉在初夜江上的泛游之中。接着，第二段是由轻松到沉重，由愉快到抑郁的过渡，快乐的扣舷而歌引出了缠绵悲凉的洞箫声，刹那间情绪就转向了莫名的惆怅。这一过渡自然圆转，不露一丝圭角，使读者不知不觉地为这种感情的抑扬起伏所吸引，迫不及待地去倾听下面的对话，并且欣然同意这段对话乃是情理之所必有，正如对话结束，愁结解开以后的喜笑重酌也是情理之所必然一样。全赋的构架布局可说是天造地设，无瑕可击的。

抒情小赋自六朝起已代替西汉的大赋成为赋的主流，并且逐渐趋向散文化，成为韵散交织的更为自由的文体。唐以后，散赋已成为赋的基本形式，比四六对仗的骈体文还要自由疏放，但诗味却更为浓郁。散赋摆脱了堆砌典故、拘守声律的束缚，句法自由，结构自由，韵律也自由。但它又确实保持着赋的精神，与散文迥乎有别。这篇《赤壁赋》可说是散赋的杰出代表作之一。

在形式上，这篇赋既抛弃了通常作赋的架势，捐除了“若夫”“尔乃”“是以”等通常赋体中常用的转圜接笋的辞语，使感情的流动转折十分畅遂；用韵都在有意无意之间，如出天籁，只在每节的结束数句稍加强调。如第一段的“天”“然”“仙”，第二段的“慕”“诉”“缕”“妇”，“客曰”一段的“鹿”“属”“粟”与“穷”“终”“风”，以及下一段的“主”“取”与“色”“竭”“适”等。全赋若无韵而有韵，字面上的韵涵藏在全赋的感情节奏和叙述节奏之中，斧凿之痕全泯。先不论其全赋情景哲理的含蕴，即以表现方法而论，无怪于历代文论家的推崇，以至于唐庚称颂为“东坡《赤壁》二赋，一洗万古，欲仿佛其一语，毕世不可得也”（《唐子西文录》）了。

（何满子）

后赤壁赋

苏 轼

是岁十月之望，步自雪堂①，将归于临皋②。二客从予，过黄泥之坂③。霜露既降，木叶尽脱，人影在地，仰见明月。顾而乐之，行歌相答。

已而叹曰："有客无酒，有酒无肴；月白风清，如此良夜何?"客曰："今者薄暮，举网得鱼，巨口细鳞，状如松江之鲈④。顾安所得酒乎?"归而谋诸妇。妇曰："我有斗酒，藏之久矣，以待子不时之需。"

于是携酒与鱼，复游于赤壁之下。江流有声，断岸⑤千尺。山高月小，水落石出。曾日月之几何⑥，而江山不可复识矣。予乃摄衣⑦而上，履巉岩⑧，披蒙茸⑨，踞虎豹⑩，登虬龙⑪；攀栖鹘之危巢⑫，俯冯夷之幽宫⑬。盖二客不能从焉。划然长啸，草木震动，山鸣谷应，风起水涌。余亦悄然而悲，肃然而恐，凛乎其不可留也。返而登舟，放乎中流，听其所止而休

---

① 雪堂：苏轼谪居黄州后，在东坡筑室，名曰雪堂。

② 临皋：在黄州城南，濒临长江。苏轼在黄州，初寓定惠院，不久迁居临皋。后东坡雪堂建成，家属仍居临皋。

③ 黄泥之坂：由雪堂至临皋必经之路。

④ 松江之鲈：松江即吴淞江，古代记载江中出四鳃鲈鱼，其味鲜美。唐以后专以今上海市松江县产的鲈鱼称松江鲈鱼。

⑤ 断岸：陡峭的崖岸，指赤壁。

⑥ 几何：没有多久，指距上次七月十六日之游未久。

⑦ 摄衣：提起衣襟。

⑧ 履巉岩：踏着高峻的山岩。

⑨ 披蒙茸：拨开茂密的乱草。

⑩ 踞虎豹：蹲坐在状若虎豹的山石上。

⑪ 登虬龙：跨过状如虬龙的古木。虬龙，传说中有角的小龙。盘曲的树干似之，故以代称。

⑫ 危巢：高巢。此句意为攀扶着有高巢的树。

⑬ "俯冯夷"句：冯夷，水神名，相传他溺死于河中，为河伯。句意是说往下俯视大江。

焉。时夜将半，四顾寂寥。适有孤鹤，横江东来。翅如车轮，玄裳缟衣①，戛然长鸣，掠予舟而西也。

须臾客去，予亦就睡。梦一道士，羽衣蹁跹②，过临皋之下，揖予而言曰："赤壁之游乐乎？"问其姓名，俯而不答。"呜呼噫嘻！我知之矣。畴昔③之夜，飞鸣而过我者，非子也耶？"道士顾笑，予亦惊悟④。开户视之，不见其处。

赏析

《前赤壁赋》是记夏历七月十六夜的江游，本篇是记十月十五夜的江游，读者首先能感受到的是两赋因季节不同而呈现的景物的变化。前赋是"清风徐来，水波不兴""白露横江，水光接天"，一派新秋的景象；后赋是"霜露既降，木叶尽脱""山高月小，水落石出"的初冬江上之景。除了时令景色外，两次夜游的起兴和游程也大不相同。第一次是有目的、预先计划好的月下泛舟，人不离舟，所写的只是江与月，感情和议论也围绕着江与月而发，一气贯彻；这一次却并无江游的预谋，在散步中为"月白风清"的良夜所吸引，陡起游兴，才再度泛舟的，而且还舍舟登山，山游后又复舟游，过程曲折得多，展示的景色也因之而繁富。但更重要的区别是，前赋是作者以自己出面，发表了一篇议论，写的是舟中发生的实事；后赋则用道士化鹤这一俨然是印证前赋"羽化而登仙"的虚幻故事，作为高潮也作为余韵，以抒发超脱的情怀。对这两赋的意境，清代批评家金圣叹的领会颇为高明，他在《天下才子必读书》中评道："前赋是特地发

---

① 玄裳缟衣：黑色下裙，白色上衣。鹤羽洁白，翅旁及尾部呈黑色。这里借人的服色以说鹤的毛色。

② 蹁跹：一本作"蹁仙"。形容道士步履飘忽之状。又以形容鹤的舞姿，如杜甫《西阁曝日》诗："翩跹山巅鹤。"这里双关道士与鹤的步态。

③ 畴昔：往日。畴字是语首助词，无义。"畴昔之夜"，这里指昨夜。

④ 悟：一本作"寤"，意同，均作"觉醒"解。

明胸前一段真实了悟，后赋是承上文从现身现境一一指示此一段真实了悟。”又说：“若无后赋，前赋不明；若无前赋，后赋无谓。”把前后两赋的异同和关系说得相当透彻。

如果道士化鹤掠舟而过又到斋中相见不是托之于梦幻，那就变成一个荒诞的神怪故事，情趣也就因之顿减了。作者将这情节置之于若疑若信的恍惚的梦境，便觉得满纸空灵奇幻之中，作者的精神状态却是真实可信的。鹤是实体，梦中的道士为鹤的化现，是作者的积想所致的幻觉。从这个幻觉中透露了作者精神升腾入大自然的旷达之思，将自己升华而与大自然合为一体了。

此赋的写景，一向被历代文评家所推赏。其杰出之处在于不假辞藻，自然而工致。如首段的“人影在地，仰见明月”；第三段的“江流有声，断岸千尺。山高月小，水落石出”和“山鸣谷应，风起水涌”等语，全用白描，却给人以清新之感，字面质朴而诗情丰腴。这是诗人突入了自然之后，汲取了风景的精髓，以简约平淡的语言给以准确表达的缘故，其风味极像陶渊明的诗句。苏轼在古代诗人中最钦服陶渊明，自称“吾于诗人无所甚好，独好渊明之诗。渊明作诗不多，然其诗质而实绮，癯而实腴，自曹、刘、鲍、谢、李、杜诸人，皆莫及也”（见苏辙《子瞻和陶渊明诗集引》所述）。爱陶心切，便不知不觉追求着陶渊明“外枯而中膏，似淡而实美”（苏轼《评韩柳诗》）的境界。

写景写得好，是因为景中有情。所谓景中有情，不一定是在刻画景物时寄予感慨，而在于所刻画的对象中透露出作者的视角，作者对景物的体会，也即是有作者的诗情在内。于是风景与人格一致，达到了方苞所谓“胸无杂物，触处流露，不知其所以然而然”（王文濡《评校音注古文辞类纂》评此文引）的主客观契合的创作心理状态。

此赋的散文味更重，但音律依然有韵文的铿锵。好几处押的是“藏韵”，有如书法笔画中的藏锋。如第二段“藏之久矣”的“久”，与上句“酒”押韵；第三段“而江山不可复识矣”的“识”，与前面“尺”“出”押韵；“盖二客不能从焉”的“从”，与前面“茸”“龙”“宫”及后面的“动”“涌”“恐”押韵；“听其所止而休焉”的

"休",与前面"留也"的"留"和"舟""流"押韵,韵字后面均带虚字作尾,都必须在诵读时才能体察。赋的古义为诵,古人称不歌而诵的为赋,赋原是要诵读才能诵出滋味来的。

(何满子)

观潮

周密

浙江之潮，天下之伟观也。自既望以至十八日为最盛。方其远出海门，仅如银线；既而渐近，则玉城雪岭，际天而来，大声如雷霆，震撼激射，吞天沃日，势极雄豪。杨诚斋诗云“海涌银为郭，江横玉系腰”者是也。

每岁，京尹出浙江亭教阅水军，艨艟数百，分列两岸；既而尽奔腾分合五阵之势，并有乘骑、弄旗、标枪、舞刀于水面者，如履平地。倏尔黄烟四起，人物略不相睹，水爆轰震，声如崩山；烟消波静，则一舸无迹，仅有“敌船”为火所焚，随波而逝。

吴儿善泅者数百，皆披发文身，手持十幅大彩旗，争先鼓勇，溯迎而上，出没于鲸波万仞中，腾身百变，而旗尾略不沾湿，以此夸能。而豪民贵宦，争赏银彩。

江干上下十余里间，珠翠罗绮溢目，车马塞途。饮食百物皆倍穹常时①，而僦赁看幕，虽席地而不容闲也。

禁中例观潮于“天开图画”。高台下瞰，如在指掌。都民遥瞻黄伞雉扇②于九霄之上，真若箫台蓬岛③也。

赏析

浙江(即钱塘江)之潮，奔腾冲激，声撼地轴，叹为观止者由来已久。自宋

① 倍穹常时：谓价格都比平时加倍的高。穹，高起。

② 黄伞雉扇：帝王所用的仪仗。

③ 箫台：即凤台。春秋秦穆公时有箫史，善吹箫，穆公女弄玉好之，遂成婚配。尝吹箫作凤鸣，凤凰来止于其居，穆公因为作凤台。见《列仙传》。蓬岛：即蓬莱，古代传说渤海中三神山之一。箫台、蓬岛，总言神仙所居。

以来，以浙江观潮为题材的诗文，为数不少。以笔记而言，就有周密《武林旧事》，耐得翁《都城纪胜》《西湖老人繁胜录》和吴自牧《梦粱录》等，其中《武林旧事》尤能绘声绘色。

本文于叙述之外，更多的是描写，诸凡浙江怒涛，水军演习，吴儿弄潮和兵民、皇室观潮的情态状貌都逼真地再现了出来。作者善于抓住描写对象的主要特征，刻意渲染，因而能凭借极经济的笔墨，勾勒出观潮的热闹场面，成为一篇短小精悍的速写小品。

本文劈头两句："浙江之潮，天下之伟观也。"从大处落笔，提纲挈领，先给人一个总的印象。接着，补充交代"自既望以至十八日为最盛"，引出典型场面，然后转入集中描写，由远及近，由色相而及声势，序次井然，富有生活实感。海门，一般注家都以为镇名。但海门镇在浙江临海县东南，离杭州有数百里之遥，岂观潮人视力所能及？原来观潮所见的海门，就是鳖（一作"鼋"）子门，在府治东北六十里，它离观潮的中心位置浙江亭（旧为樟亭驿，在今杭州候潮门外）约三十来里地，江面开阔，潮初来时远望过去，仅似一痕一线而已。既而作者以淋漓酣畅的笔触，恣意挥洒，盛夸江涛排山倒海之势。"玉城雪岭"写其色与形，"声如雷霆""吞天沃日"，状其声与势。宋杨万里诗："海涌银为郭，江横玉系腰。"上句写江涛汹涌的近景，下句记远望所见。这里用它来收束对浙江潮的描写，显得十分熨帖自然。

教阅水军，据明人黄尊素《浙江观潮赋》说，是宋室南渡后才有的。文章第二小节叙写的就是水军演习的场面。从教阅（训练、检阅）水军的特点出发，作者首先把读者的注意力引向数百条艨艟战舰摆开的阵势方面，以显示出教阅场面之宏伟。"尽奔腾分合五阵之势"，卓诡变幻，见其调度之神速，操控之机灵。然后历数水军诸般武艺：乘骑、弄旗、标枪、舞刀于洪波上，竟从容悠闲得"如履平地"。一经这么映衬烘托，越发显示出健儿们本领之高强，动作之娴熟。正当大家聚精会神，关注水军操练之际，笔锋又转而去描写另一画面："倏尔黄烟四起，人物略不相睹，水爆轰震，声如崩山"。刹那间，烟炮满江，象征着"双方"接火，交战方酣，怎不令人心惊魄动！读者惊魂未定，画面陡转："烟消波静，则一舸无迹，仅有'敌船'为火所焚，随波而逝。"原来，趁着硝烟弥漫的当口，诸船尽藏，不见一只，意味着樯橹灰飞烟灭，一场厮杀胜利告终。作者就是如此善于摄取水军实战演习中的特技镜头，着意渲染铺张，层次清楚，给读者留下难以忘却的印象。由此可以看出作者剪裁的精当和文笔的老到。

第三节，转入对吴儿弄潮的描写。“弄潮”也是宋代时行的一项精彩表演。“吴儿”，吴地少年，钱塘古属吴地，故称。“披发文身”，写弄潮儿的外形。文身，身上刺有花纹。“手持十幅大彩旗，争先鼓勇，溯迎而上，出没于鲸波万仞中”，寥寥数笔，便使弄潮儿激流勇进、果敢好胜的心理态势，跃然纸上。接着，又写“腾身百变，而旗尾略不沾湿”，传神地再现了他们精湛的表演艺术。试想，“鲸波万仞”，浊浪排空，何其惊心！而他们却履险如夷，“腾身百变”；不仅此也，挥舞的十幅彩旗居然“旗尾略不沾湿”，由此人们不难想见其技巧之熟练。“以此夸能”，意在挣钱（观潮时“豪民贵宦，争赏银彩”），而不是单纯的群众性娱乐场面。无怪乎苏轼要发出“吴儿生长狎涛渊，冒利轻生不自怜。东海若知明主意，应教斥卤变桑田”（《八月十五日看潮五绝》）的感叹！与周密同时的吴自牧，在《梦粱录》里把弄潮儿斥为“一等无赖不惜性命之徒”。既然如此，周密又何以津津乐道，在《武林旧事》里不止一次地以欣赏的笔调极力渲染吴儿泅水的本领呢？细读下文，便可了然。

最后两小节，特写观众辏集的盛况。先写豪民贵宦车水马龙，僦赁看幕；再写宫中观潮，临了兼及都民。这里描写的中心则是皇室贵近在“天开图画”台上观潮。十里江岸，“珠翠罗绮溢目，车马塞途”，统统不过是“黄伞雉扇”的铺垫陪衬。在都城细民眼里，“天开图画”台，“真若箫台蓬岛”，仿佛是现实生活中的神仙世界。所有这一切，在周密心目中都是太平盛世的象征，是令人向往的。今天看来，这种景象恰恰反映了南宋小朝廷文恬武嬉、苟且偷安生活的一个侧影。

周密生当宋元易代之际，《武林旧事》又成书于宋亡之后。作者在《自序》中写道：“及时移物换，忧患飘零，追想昔游，殆如梦寐，而感慨系之矣。”周密这种思想情绪渗透全书，《观潮》一文自然也有表露。对此，联系作者所处的时代和遭际来考察也就不难理解了，当然也无需去求全责备。

（黄进德）

《指南录》后序

文天祥

德祐二年①正月十九日，予除右丞相兼枢密使，都督诸路军马②。时北兵已迫修门外③，战、守、迁皆不及施。缙绅、大夫、士萃于左丞相府④，莫知计所出。会使辙交驰，北邀当国者相见，众谓予一行为可以纾祸。国事至此，予不得爱身；意北亦尚可以口舌动也。初，奉使往来，无留北者，予更欲一觇北，归而求救国之策。于是辞相印不拜，翌日，以资政殿学士行⑤。

初至北营，抗辞慷慨，上下颇惊动，北亦未敢遽轻吾国⑥。不幸吕师孟构恶于前⑦，贾余庆献谄于后⑧，予羁縻不得还⑨，国事遂不可收拾。予

---

① 德祐：宋恭帝赵㬎年号，二年为公元1276年。

② 右丞相兼枢密使，都督诸路军马：此为文天祥全衔。南宋时置左右丞相，以左相为首，右相次之。枢密使为掌管全国军政的最高长官。

③ 时北兵已迫修门外：北兵指元兵。修门，国都的门。

④ 萃于左丞相府：会集在左丞相吴坚的府第。

⑤ 以资政殿学士行：宋朝宰相罢政，多授以此官。

⑥ "初至北营"四句：《指南录卷一·纪事》："予诣北营，辞色慷慨。……大酋（元丞相伯颜）为之辞屈而不敢怒。诸酋相顾动色，称为丈夫。是晚诸酋议良久，忽留予营中。当时觉北未敢大肆无状。"

⑦ 吕师孟构恶于前：吕文焕守襄阳降元，其侄吕师孟为兵部侍郎，于德祐元年十二月出使元军，请求称侄纳币。构恶之事指此。构恶，结怨。

⑧ 贾余庆献谄于后：贾余庆为同签书枢密院事、知临安府，与文天祥同使元军。元军扣留文天祥，与贾余庆有关。献谄，谓向敌人献媚。

⑨ 予羁縻不得还：《元史·伯颜传》："顾天祥举动不常，疑有异志，留之军中。天祥数请归，伯颜笑而不答。天祥怒曰：'我此来为两国大事，彼皆遣归，何故留我？'伯颜曰：'勿怒。汝为宋大臣，责任非轻，今日之事，正当与我共之。'令忙古歹、唆都馆伴羁縻之。"时忙古歹为万户，唆都为建康安抚使，都是元朝的高级将领。

自度不得脱，则直前诟虏帅失信，数吕师孟叔侄为逆①，但欲求死，不复顾利害。北虽貌敬，实则愤怒。二贵酋名曰馆伴，夜则以兵围所寓舍，而予不得归矣。

未几，贾余庆等以祈请使诣北；北驱予并往，而不在使者之目②。予分当引决③，然而隐忍以行。昔人云："将以有为也④。"至京口，得间奔真州⑤，即具以北虚实告东西二阃⑥，约以连兵大举。中兴机会，庶几在此⑦。留二日，维扬帅下逐客之令⑧。不得已，变姓名，诡踪迹，草行露宿，日与北骑相出没于长淮间⑨。穷饿无聊，追购又急，天高地迥，号呼靡及。

---

① "直前诟虏帅失信"二句：《指南录卷一·纪事》："正月二十日至北营，适与(吕)文焕同坐，予不与语。越二日，予不得回阙，诟虏酋失信，盛气不可止。……至是，文焕云：'丞相何故骂焕以乱贼？'予谓：'国家不幸至今日，汝为罪魁，汝非乱贼而谁！三尺童子皆骂汝，何独我哉！'焕云：'襄守六年不救。'予谓：'力穷援绝，死以报国可也。汝爱身惜妻子，既负国，又隤家声。今合族为逆，万世之贼臣也。'(吕师)孟在傍甚忿，直前云：'丞相上疏欲见杀，何为不杀取师孟！'予谓：'汝叔侄皆降北，不族灭汝，是本朝之失刑也，更敢有面皮来做朝士！予实恨不杀汝叔侄。……'"

② "贾余庆等以祈请使诣北"三句：《元史·世祖纪》：至元十三年二月，"宋主㬎率文武百僚诣祥曦殿望阙上表，乞为藩辅，遣右丞相兼枢密使贾余庆、枢密使谢堂、端明殿学士签枢密院事家铉翁、端明殿学士同签枢密院事刘岊(jié)奉表以闻。……遣其右丞相贾余庆等充祈请使，诣阙请命。右丞相命吴坚、文天祥同行"。

③ 分当引决：理应自杀。

④ "昔人云"二句：韩愈《〈张中丞传〉后叙》："城陷，贼以刃胁张巡，巡不屈，即牵去，将斩之；又降霁云，云未应，巡呼云曰：'南八，男儿死耳，不可为不义屈！'云笑曰：'欲将以有为也。公有言，云敢不死！'即不屈。"

⑤ "至京口"二句：京口，今江苏镇江。真州，今江苏仪征。

⑥ 东西二阃(kǔn)：指淮南东路制置使李庭芝(驻扬州)和淮南西路制置使夏贵(驻庐州，今安徽合肥)。阃，统兵在外的将帅。

⑦ "约以连兵大举"三句：《指南录卷三·议纠合两淮复兴》载，文天祥至真州，守将苗再成向其陈述恢复策略，天祥认为"中兴机会在此"，即作书与李庭芝、夏贵，约双方连兵大举。此事亦见《宋史·文天祥传》。

⑧ 维扬帅下逐客之令：《宋史·文天祥传》："时扬有脱归兵言，密遣一丞相入真州说降矣。庭芝信之，以为天祥来说降也，使再成亟杀之。再成不忍，给天祥出相城垒，以制司文示之，闭之门外。"

⑨ 长淮间：即淮河以南，当时的淮南东路一带地区。

已而得舟，避渚洲，出北海，然后渡扬子江，入苏州洋，展转四明、天台，以至于永嘉①。

呜呼！予之及于死者不知其几矣！诋大酋②当死；骂逆贼③当死；与贵酋处二十日，争曲直，屡当死；去京口，挟匕首以备不测，几自到死④；经北舰十余里，为巡船所物色，几从鱼腹死⑤；真州逐之城门外，几彷徨死；如扬州，过瓜洲扬子桥⑥，竟使遇哨，无不死；扬州城下，进退不由，殆例送死；坐桂公塘土围中，骑数千过其门，几落贼手死⑦；贾家庄几为巡徼所陵迫死⑧；夜趋高邮，迷失道，几陷死；质明避哨竹林中，逻者数十骑，几无所

---

① “避渚洲”六句：因长江中沙洲为敌所据，须避开。北海，长江口以北的海域。渡过扬子江口，入于苏州洋(今上海市附近海面)。四明，今浙江宁波。天台，今属浙江。永嘉，今浙江温州。

② 诋大酋：指前文“诟虏帅失信”事。

③ 骂逆贼：指痛斥吕文焕、吕师孟叔侄为逆事。

④ “去京口”三句：《指南录卷三·候船难》：“予先遣二校坐舟中，密约待予甘露寺下。及至，船不知所在，意窘甚，交谓船已失约，奈何！予携匕首，不忍自残，甚不得已，有投水耳。”

⑤ “经北舰”三句：《指南录卷三·上江难》：“予既登舟，意溯流直上，他无事矣。乃不知江岸皆北船，连亘数十里，鸣梆唱更，气焰甚盛。吾船不得已，皆从北船边经过，幸而无问者。至七里江，忽有巡者喝云：‘歹船！’歹者，北以是名反侧奸细之称。巡者欲经船前，适潮退，搁浅不能至。是时舟中皆流汗。其不来，侥幸耳。”物色，搜寻。

⑥ 瓜洲：在扬州市南四十里长江边。扬子桥：即扬子津，在扬州市南十五里。

⑦ “坐桂公塘”三句：《指南录卷三·至扬州》：“予不得已，去扬州城下，随卖柴人趋其家，而天色渐明，行不能进。至十五里头，半山有土围一所，旧是民居，毁荡之余，无椽瓦，其间马粪堆积。时惟恐北有望高者，见一队人行，即来追逐，只得入此土围中暂避。”又：“数千骑随山而行，正从土围后过。一行人无复人色，傍壁深坐，恐门外得见。若一骑入来，即无噍类矣！时门前马足与箭筒之声，历落在耳，只隔一壁。幸而风雨大作，骑只径去。”桂公塘，小丘名，在扬州城外。

⑧ “贾家庄”句：《指南录卷三·贾家庄》：“予初五日随三樵夫，黎明至贾家庄，止土围中。卧近粪壤，风露凄然。……是夜雇马趋高沙。”又《扬州地分官》：“初五至晚，地分官五骑咆哮而来，挥刀欲击人，凶焰甚于北。亟出濡沫(给钱)，方免毒手。”贾家庄，在扬州之北。巡徼，扬州宋军巡查的哨兵，故有“凶焰甚于北”之语。

逃死①;至高邮,制府檄下,几以捕系死②;行城子河,出入乱尸中,舟与哨相后先,几邂逅死③;至海陵④,如高沙⑤,常恐无辜死;道海安、如皋,凡三百里,北与寇往来其间,无日而非可死⑥;至通州,几以不纳死⑦;以小舟涉鲸波⑧出,无可奈何,而死固付之度外矣。呜呼!死生,昼夜事也⑨;死而死矣,而境界危恶,层见错出,非人世所堪。痛定思痛⑩,痛何如哉!

予在患难中,间以诗记所遭,今存其本,不忍废,道中手自抄录:使北营,留北关外,为一卷;发北关外,历吴门、毗陵⑪,渡瓜洲,复还京口,为一

---

① "夜趋高邮"六句:《指南录卷三·高沙道中》:"予雇骑夜趋高沙,越四十里,至板桥,迷失道。一夕由田畈中,不知东西。风露满身,人马饥乏。旦行雾中不相辨。须臾四山渐明,忽隐隐见北骑,道有竹林,亟入避。须臾,二十余骑绕林呼噪。虞候张庆右眼内中一箭,项二刀,割其髻,裸于地。帐兵王青缚去。杜架阁(杜浒)与金应,林中被获,出所携黄金赂逻者得免。予藏处与杜架阁不远,北马入林,过吾旁三四皆不见,不自意得全。"高邮,县名,今属江苏。

② "至高邮"三句:《指南录卷三·至高沙》:"予至高沙(即高邮),奸细之禁甚严。……闻制使有文字报诸郡,有以丞相来赚城,令觉察关防。于是不敢入城,急买舟去。"

③ "行城子河"四句:《指南录卷三·发高沙》:"二月六日城子河一战,我师大捷。"又:"自至城子河,积尸盈野,水中流尸无数,臭秽不可当,上下几二十里无间断。"又:"自高邮至稽家庄,方有一团人家,以水为寨。统制官稽耸云:'今早报,湾头马(指盘据湾头镇的元兵)出,到城子河边,不与之相遇,公福人也。'为之嗟叹不置。"城子河,在高邮县东南。

④ 海陵:今江苏泰州。

⑤ 如高沙:谓至海陵后,同在高邮的艰险遭遇相似。高沙即高邮。

⑥ "道海安"四句:《指南录卷三·泰州》:"予至海陵,间程趋通州,凡三百里河道,北与寇(土匪)出没其间,真畏途也。"又《闻马》:"越一日,闻吾舟过海安未远,即有马(敌骑)至县。使吾舟迟发一时顷,已为囚虏矣,危哉!"海安、如皋,俱县名,今属江苏。

⑦ "至通州"二句:《指南录卷三·闻谍》:"予既不为制钺(指淮东制置使李庭芝)所容,行至通州,得谍者云:'镇江府走了文相公,浒浦(常熟县东北浒浦镇,北临长江)一路有马(骑兵)来捉。'闻之悚然。"胡广《丞相传》载文天祥"至通州,几不纳。适牒报镇江大索文丞相十日,且以三千骑追亡于浒浦。始释制司前疑,而又迫追骑,赖通州守杨师亮出郊,闻而馆于郡,衣服饮食,皆其料理。"通州,今江苏南通。

⑧ 涉鲸波:谓出海。鲸波,巨浪。

⑨ "死生"二句:《庄子·至乐》:"死生为昼夜。"成玄英疏:"以生为昼,以死为夜,故天不能无昼夜,人焉能无死生。"意谓生死是平常的事。

⑩ 痛定思痛:韩愈《与李翱书》:"如痛定之人,思当痛之时,不知何能自处也。"

⑪ 吴门:今江苏苏州。毗陵:今江苏常州。

卷；脱京口，趋真州、扬州、高邮、泰州、通州，为一卷；自海道至永嘉，来三山①，为一卷。将藏之于家，使来者读之，悲予志焉。

呜呼！予之生也幸，而幸生也何所为？求乎为臣②，主辱臣死③，有余僇④；所求乎为子，以父母之遗体行殆而死⑤，有余责。将请罪于君，君不许；请罪于母，母不许；请罪于先人之墓，生无以救国难，死犹为厉鬼以击贼，义也；赖天之灵，宗庙之福，修我戈矛，从王于师，以为前驱⑥，雪九庙⑦之耻，复高祖⑧之业，所谓“誓不与贼俱生”，所谓“鞠躬尽力，死而后已⑨”，亦义也。嗟夫！若予者，将无往而不得死所矣。向也使予委骨于草莽，予虽浩然无所愧怍，然微以自文于君亲⑩，君亲其谓予何！诚不自意返吾衣冠，重见日月⑪，使旦夕得正丘首⑫，复何憾哉！复何憾哉！

是年夏五，改元景炎⑬，庐陵⑭文天祥自序其诗，名曰《指南录》。

---

① 三山：福建福州市的别称，以城内东有九仙山、西有闽山（乌石山）、北有越王山得名。

② 求乎为臣：《礼记·中庸》：“君子之道四，丘未能一焉。所求乎子，以事父未能也；所求乎臣，以事君未能也；所求乎弟，以事兄未能也；所求乎朋友，先施之未能也。”

③ 主辱臣死：此句为古谚。《史记·范雎蔡泽列传》：“臣闻‘主忧臣辱，主辱臣死’。”

④ 僇（lù）：通“戮”。羞辱。

⑤ “以父母”句：《礼记·祭义》：“身也者，父母之遗体也。……不敢以先父母之遗体行殆。”殆，危险。

⑥ “修我戈矛”三句：《诗·秦风·无衣》：“王于兴师，修我戈矛，与子同仇。”又《卫风·伯兮》：“伯也执殳，为王前驱。”

⑦ 九庙：古代皇帝立九庙以祭祀祖先。此指朝廷。

⑧ 高祖：开国的皇帝，子孙以其功最高，称为高祖。此指宋太祖赵匡胤。

⑨ “鞠躬尽力”二句：见诸葛亮《后出师表》。后世选本“尽力”或作“尽瘁”。

⑩ 微以自文于君亲：无法掩盖自己对皇帝、对父母的过失。微，无。文，掩饰。此指上文“有余僇”“有余责”之事。

⑪ “诚不自意”二句：谓料想不到能回到宋朝，恢复宋朝的衣冠（指任职），重新见到皇帝。

⑫ 正丘首：《礼记·檀弓上》：“狐死正丘首。”引申为死于故乡、故国。

⑬ “是年夏五”二句：《宋史·瀛国公纪》：德祐二年，“五月乙未朔，（陈）宜中等乃立（赵）昰于福州，以为宋主，改元景炎”。

⑭ 庐陵：文天祥为吉州吉水（今属江西）人。吉州在唐称庐陵郡，宋因之。这里是以郡名自称其籍贯。

赏析

文天祥于宋端宗景炎元年(1276)作为南宋的特命全权代表出使元营谈判,被元方扣留,后几经风险,中途逃回。他把患难之中所写的诗编成《指南录》,写有自序,每首诗之前,多有小序,故本文称后序。在这篇后序中,文天祥历数艰险,寄志述慨,足以跟他的《过零丁洋》《正气歌》相发明映辉。

这不是一般的诗集序文,而是惊天地、泣鬼神的民族正气歌。序文首先明确交代出使元营的严峻形势。就元方而言,大军"已迫修门外";就南宋而言,惧于元军之势,"战、守、迁皆不及施",举止失措。国破在即,百官无能,在这千钧系乎一发之际,"予不得爱身",荣辱、得失、生死,一概置之度外,挺身而出,毅然"辞相印不拜,翌日,以资政殿学士行"。

文天祥"初至北营,抗辞慷慨",以浩然正气,词争句夺,显示出堂堂正使的气派,产生了强烈的影响:"上下颇惊动,北亦未敢遽轻吾国"。他以自身的尊严维护了民族尊严,在外交上获得了显著成果。但后来形势逆转,处境困危,原因是"吕师孟构恶于前,贾余庆献谄于后",于是出现了无可补救的恶果:"予羁縻不得还"。面对变化了的形势,文天祥变换了策略。他"自度不得脱",于是取义成仁,所用言词也随之变化。"直前诟虏帅失信,数吕师孟叔侄为逆"。元军统帅伯颜违背外交常例,无故扣留使者,文天祥据事理痛骂,因而骂得有理。吕师孟叔侄叛国为逆,为虎作伥,文天祥持气节痛骂,因而骂得痛快。"直前"的动作,"诟""数"的言词,使文天祥的凛凛雄姿跃然纸上。文天祥之所以敢于辞锋犀利地力斥敌人,原因盖出于"但欲求死,不复顾利害",以死报国,以死殉节。斥敌的言词以崇高的气节为前提,崇高的气节又必然会表现于斥敌的言词中,二者互为表里又互为因果。

文章以主要篇幅描述了文天祥从元军脱逃的经过。元方羁縻了文天祥的身躯,但羁縻不了他的心。当元军不给文天祥以使臣待遇,撇置一旁时,他"分当引决";但他"隐忍以行",原因是他对自己一身维系整个国家命运的重要性有足够认识。他审时度势，隐忍下来，“将以有为也”，揭示了他隐忍行为的目的性。然而，屈是为着求伸。所以，他“至京口，得间奔真州”，一旦寻到机会，就毅然脱逃，企图联络淮东、淮西两制置使，“约以连兵大举”。但是淮东制置李庭芝误认他为元作奸细，几乎将他杀掉，于是他不避艰险，辗转逃生。“不得已，变姓名，诡踪迹，草行露宿，日与北骑相出没于长淮间。穷饿无聊，追购又急，天高地迥，号呼靡及。”这是他逃脱途中情景的逼真写照。他历尽千辛万苦，冲破险隘难关，百折不回，万死不辞。这是顽强意志的集中表现，也是坚韧毅力的有力显示。

总之，本文通过文天祥挺身出使之行，威武不屈之概，凌厉斥敌之言，长途越险之举，忧国忧民之情，周旋应敌之智，表现了这位民族英雄的品格和节操。他的名字虽千载而流传，他的诗文虽历世而不朽，其原因正在于此。这也是《〈指南录〉后序》最鲜明的思想特色。《〈指南录〉后序》曾经和文天祥的其他诗文激励过我国历代反对民族压迫而英勇奋斗、献身的人们，给他们以有力的精神鼓舞。

这篇序文运笔峻削，详略得宜而又变化多姿。一开始，出使元营的原因交代得了了分明，既粗笔提示又一笔不漏。先谈客观形势，继说自己打算，再写出使赴命，顺理成章。说明形势，既是交代背景，又起烘托作用。兵临城下，“战、守、迁皆不及施”，无他途可通，只有谈判才是善策，于是带出了“谈”字。朝廷百官怯如鸡，惶遽失措，于是隐隐露出了“谈”字。“使辙交驰，北邀当国者相见”，元方先打出谈判旗号，于是正式提出了“谈”字。谈判是唯一道路，但出面谈判的人选又该是谁？这便由势及事再及人。先交代自己受任于败军之际，奉命于危难之间，“除右丞相兼枢密使，都督诸路军马”，论身份，非己不可；百官既无胆且无识，要出使，非己莫属；“众谓予一行为可以纾祸”，这便把文天祥的出使提到议事日程上来。继之，写自己的内心打算，最后写到正式付诸实行。一节文字虽属简约，但行文不平不直，步步推进，使文天祥“以资政殿学士行”犹如利箭在弦，必有此举。叙述出使敌营和乘机逃脱的两节文字也颇有跌宕起伏的特色。“初至北营，抗辞慷慨，上下颇惊动，北亦未敢遽轻吾国”，形势有转机;“不幸”二字骤然逆转,文势因之顿挫;顿挫后则步步深化,“不得还”“不得脱”“不得归”连续出现,见出形势艰危。元方外松内紧,貌敬实怒,贵酋监视,兵围寓馆,表现出处境困难。“得间奔真州”,无望中有了希望,文笔为之一转,文势为之一振。“中兴机会,庶几在此”,欣慰之意,溢于言表。但维扬帅下逐客令,希望破灭,出现新的危机,自此穷途亡命,文章更在曲折中推进。短短几节文字,不断提挈笔势,开合动荡,顺承递转,依据事情的复杂进程,极尽变化之能事,写得曲折精妙。序文虽以叙事为主,但饱和着强烈的情感,基调悲壮。诵读全文,直觉回肠荡气,感人肺腑。作者的感情沸涌,不可自制,在文中一吐为快。如:“呜呼!予之及于死者不知其几矣!”“呜呼!死生,昼夜事也;死而死矣,而境界危恶,层见错出,非人世所堪。痛定思痛,痛何如哉!”仰面长叹,声声催泪,是不堪回首往事的悲慨,是悲愤情绪最深沉而又最强烈的倾泄!作者在叙事中寄寓情感,蘸满情感叙事,让读者从叙述中去领略作者起伏的感情。“莫知计所出”,表现出对百官的鄙夷之情;“不幸吕师孟构恶于前,贾余庆献谄于后”,表现出对叛徒的憎恶之情;“直前诟虏帅失信,数吕师孟叔侄为逆”,表现出对敌人的愤慨之情;“维扬帅下逐客之令”,表现出作者的忿懑之情;“不得已,变姓名,诡踪迹,草行露宿,日与北骑相出没于长淮间”,充满了走投无路的悲怆之情。情因事而发,各有不同,表现出这位民族英雄内心丰富复杂的思想感情。惟其如此,才使这篇后序能打动人心,具有强烈的艺术感染力。

文章气势充沛,用语多变。第四节以述“死”为中心,二十几个带“死”字的句子,一气如注,似强弩连发,奔马骤驰,又像急管繁弦,叠音竞奏。始有“呜呼”兴叹,为奔纵的文势作了准备;继之历述死里逃生经过,一句联属一句,一层紧跟一层,滔滔不绝,径赴纸面。最后一声“呜呼”以下,总揽全节。一句“痛定思痛,痛何如哉”,把文章气势推向悲痛的顶点。整节文字,词短句密,繁音促节,读之停顿不得,胸中荡然而生充畅之气。用语方面,文中连用动词却无一重复。第三节的“避”“出”“渡”“入”等字,各有妙用。同述“死”,二十几字,蝉联而下,但无一相类,显出变化而又统一的特征。作者还依据变化着的对象面貌,求取语言的腾挪变幻。例如:“几自刭死”,是写自杀,来源于“挟匕首以备不测”;“几从鱼腹死”,来源于江中遇敌船;“几落贼手死”,来源于“骑数千过其门”;“几陷死”,来源于“夜趋高邮,迷失道”。制府发下追捕公文,则“几以捕系死”;舟船险些与哨兵相遇,则“几邂逅死”。一句之中,前述死因,后谈死情,互成因果关系。这样,语言应用就切情切境且变化多端。

（吴功正　陆志平）

明文

送东阳马生序

宋　濂

余幼时即嗜学。家贫无从致书以观，每假借于藏书之家，手自笔录，计日以还。天大寒，砚冰坚，手指不可屈伸，弗之怠。录毕，走送之，不敢稍逾约。以是人多以书假余，余因得遍观群书。既加冠，益慕圣贤之道，又患无硕师名人与游，尝趋百里外，从乡之先达①执经叩问。先达德隆望尊，门人弟子填其室，未尝稍降辞色②。余立侍左右，援疑质理③，俯身倾耳以请；或遇其叱咄，色愈恭，礼愈至，不敢出一言以复；俟其欣悦，则又请焉。故余虽愚，卒获有所闻。

当余之从师也，负箧曳屣，行深山巨谷中。穷冬烈风，大雪深数尺，足肤皲裂而不知。至舍，四肢僵劲不能动，媵人持汤沃灌④，以衾拥覆，久而乃和。寓逆旅主人，日再食，无鲜肥滋味之享。同舍生皆被绮绣，戴朱缨宝饰之帽，腰白玉之环，左佩刀，右佩容臭⑤，煜然若神人。余则缊袍敝衣处其间，略无慕艳意，以中有足乐者，不知口体之奉不若人也。盖余之勤且艰若此。今虽耄老，未有所成，犹幸预君子之列，而承天子之宠光，缀公卿之后，日侍坐备顾问，四海亦谬称其氏名，况才之过于余者乎？

今诸生学于太学，县官日有廪稍之供⑥，父母岁有裘葛之遗，无冻馁

---

① 乡之先达：有地位有声望的同乡前辈。按，宋濂曾游学于当时学者吴莱、黄溍、柳贯等之门。吴莱、柳贯与宋濂皆为金华府（元称婺州）浦江人，黄溍为同府之义乌人，都可称同乡。据史实和文中所说情况对看，这里可能指黄溍。

② 未尝稍降辞色：态度始终非常严肃。辞色，言辞和脸色。

③ 援疑质理：提出疑难，质询道理。

④ 媵(yìng)人：这里指旅舍中雇用的仆役。汤：热水。沃灌：浇洗。

⑤ 容臭(xiù)：香囊，装有香料的小囊。

⑥ 县官：古代指天子或朝廷。这里指朝廷。廪稍：廪食。这里指伙食费用，由朝廷供给。

之患矣；坐大厦之下而诵诗书，无奔走之劳矣；有司业、博士①为之师，未有问而不告、求而不得者也。凡所宜有之书，皆集于此，不必若余之手录、假诸人而后见也。其业有不精、德有不成者，非天质之卑，则心不若余之专耳，岂他人之过哉！

东阳马生君则，在太学已二年，流辈甚称其贤。余朝京师，生以乡人子②谒余，撰长书以为贽③，辞甚畅达；与之论辨，言和而色夷。自谓少时用心于学甚劳，是可谓善学者矣。其将归见其亲也，余故道为学之难以告之。谓余勉乡人以学者，余之志也；诋我夸际遇之盛而骄乡人者，岂知余者哉！

赏析

这是一篇赠序。明洪武年间，宋濂官至翰林学士承旨知制诰，洪武十年(1377)致仕。第二年，宋濂至应天(今江苏南京)去朝见明太祖朱元璋。其时，在国子监读书的马君则，以同乡后辈的身份前来拜访，宋濂就写了这篇文章赠送给他。作者以自己勤苦求学而功成名就的事实，现身说法，勉励后辈专心向学，刻苦自励，情真意挚，语重心长。

就文章的内容而言，作者主要以自己青少年时代求学的艰苦经历，与太学生优越的学习条件进行对比。作者简洁生动地叙述早年的经历：幼时酷爱学习，但因家境贫寒，无书可读，只得向人借阅。借到书，即使在严冬季节，也要自己动手抄录；为了取信于藏书之家，到期一定归还，可见得书之难。年长以后，仰慕圣贤的道统，渴望名师指点，且又并非容易的事；为了求师，不顾穷冬烈风，负箧曳屣，奔走于深山巨谷之中，以致足肤皲裂。生活上，自己也甘于贫

① 司业：即国子监司业。博士：即国子博士。都是太学里的教官。

② 乡人子：同乡子侄辈。马君则是东阳(今属浙江)人，宋濂是浦江人。当时浦江、东阳同属金华府，故与宋濂称同乡。

③ 撰长书：写长信。贽：初次拜见长辈时所送的礼物。

苦,自得其乐。这些典型事例全面地叙述了作者艰苦勤奋的学习生活。从中可以看出,作者正是以一种坚韧不拔的毅力,不断地克服障碍,最后才功成名就的。笔墨酣畅,说理透彻,为下文的对比蓄满了气势。接着,有针对性地指出了太学生的优越条件:“无冻馁之患”,“无奔走之劳”,有教授相伴,有丰富藏书。这样,“其业有不精、德有不成者,非天质之卑,则心不若余之专耳,岂他人之过哉”! 结论只有一个:学业道德上的成长,取决于自己主观上是否努力。确凿的事实,强烈的对比,得出了无可置疑的结论,完成了所要揭示的主旨。此后,又交代了写作的缘由和宗旨。

就文章的写法而言,除全篇主体结构进行对比之外,在具体记叙的过程中,又处处予以对比。在记叙自己勤苦求学生活时,以主观上的勤奋与客观上的艰苦作对比。譬如,写得书需“手自笔录”时:“天大寒,砚冰坚,手指不可屈伸,弗之怠”;写求师时,师严而礼恭:“或遇叱咄,色愈恭,礼愈至”;写求学时,不辞劳苦,困难愈大愈见其志坚;写生活方面,以同舍生若神人的打扮与自己的缊袍敝衣作对比;在记叙太学生优越的学习条件时,又以客观条件的优越与主观上的努力与否作对比……作者以鲜明的对照,分辨事理,增强了文章的感染和说服力量。而在对比中,又可看出文章错综变化,富有波澜,毫无单调呆板之感。加之,措辞委婉,如话家常,表达出一种恳挚的感情,自然会亲切动人,催人奋进。

(陈绍华)

项脊轩志

归有光

项脊轩，旧南阁子也。室仅方丈，可容一人居。百年老屋，尘泥渗漉，雨泽下注；每移案，顾视无可置者。又北向不能得日，日过午已昏。余稍为修葺，使不上漏。前辟四窗，垣墙周庭，以当南日。日影反照，室始洞然。又杂植兰桂竹木于庭，旧时栏楯，亦遂增胜。借书满架，偃仰啸歌，冥然兀坐，万籁有声；而庭阶寂寂，小鸟时来啄食，人至不去。三五之夜，明月半墙，桂影斑驳，风移影动，珊珊可爱。

然予居于此，多可喜，亦多可悲。先是庭中通南北为一，迨诸父异爨，内外多置小门墙，往往而是。东犬西吠，客逾庖而宴，鸡栖于厅。庭中始为篱，已为墙，凡再变矣。家有老妪，尝居于此。妪，先大母婢也。乳二世。先妣抚之甚厚。室西连于中闺，先妣尝一至。妪每谓予曰："某所，而母立于兹。"妪又曰："汝姊在吾怀，呱呱而泣；娘以指扣门扉，曰：'儿寒乎？欲食乎？'吾从板外相为应答。"语未毕，余泣，妪亦泣。余自束发读书轩中，一日，大母过余曰："吾儿，久不见若影，何竟日默默在此，大类女郎也？"比去，以手阖门，自语曰："吾家读书久不效，儿之成，则可待乎？"顷之，持一象笏至，曰："此吾祖太常公宣德间执此以朝①，他日汝当用之。"瞻顾遗迹，如在昨日，令人长号不自禁。轩东故尝为厨；人往，从轩前过。余扃牖而居，久之，能以足音辨人。轩凡四遭火，得不焚，殆有神护者。

项脊生曰："蜀清守丹穴，利甲天下，其后秦皇帝筑女怀清台②。刘玄

---

① 太常公：指归有光祖母的祖父夏昶。昶字仲昭，昆山人，明成祖永乐进士，曾任太常寺卿。宣德：明宣宗年号（1426—1435）。

② "蜀清"三句：《史记·货殖列传》："巴寡妇清，其先得丹穴（朱砂矿），而擅其利数世，家亦不訾。清，寡妇也，能守其业，用财自卫，不见侵犯。秦皇帝以为贞妇而客之，为筑女怀清台。"

德与曹操争天下，诸葛孔明起陇中。方二人之昧昧于一隅也，世何足以知之？余区区处败屋中，方扬眉瞬目，谓有奇景，人知之者，其谓与坎井之蛙何异？”

余既为此志，后五年，吾妻来归。时至轩中，从余问古事，或凭几学书。吾妻归宁，述诸小妹语曰：“闻姊家有阁子，且何谓阁子也？”其后六年，吾妻死，室坏不修。其后二年，余久卧病无聊，乃使人复葺南阁子，其制稍异于前。然自后余多在外，不常居。庭有枇杷树，吾妻死之年所手植也，今已亭亭如盖矣。

赏析

以斋室为描写对象，展开叙事抒情，前已有刘禹锡《陋室铭》。《陋室铭》用韵文形式，主要抒发个人情志，体格短小。归有光的《项脊轩志》虽也有近似的感想（“项脊轩”在某种意义上说也是“陋室”），但作者却用散文形式，多叙家常，故别具风味。作者因远祖归道隆住在太仓（今属江苏）的项脊泾，遂将自己的书斋命名为“项脊轩”。《项脊轩志》这篇文章，是分两次写成的。前三段写于十九岁时，是本文；“余既为此志”以下一段则是十余年后，作者览旧作而续写的。故全篇合为四段。

从篇首到“风移影动，珊珊可爱”为第一段，记项脊轩修葺前后的情况。是文中着意描写轩室环境的部分。先记项脊轩的“前身”，旧时南阁子破旧的情景。一是很小：“室仅方丈，可容一人居”。二是很旧：“百年老屋，尘泥渗漉”。三是漏雨：“雨泽下注”。四是昏暗：“又北向不能得日，日过午已昏”。总之，是一间不折不扣的陋室。经作者添窗检漏，一番修葺之后，始得不漏不暗；又由于花木之置，小小轩室，居然成为胜境，成为幽雅的书斋。此节在全文最具文采：“借书满架，偃仰啸歌，冥然兀坐，万籁有声；而庭阶寂寂，小鸟时来啄食，人至不去。三五之夜，明月半墙，桂影斑驳，风移影动，珊珊可爱。”于景可爱，于情则可喜。

“然予居于此，多可喜，亦多可悲”一句承上段，同时又是一个转折，进入第二段。从写环境转入写人事的变迁，由可喜转入可悲。又分数层。先一层写庭院的几经变故，即诸叔伯分居前后，庭院由通到隔（“始为篱，已为墙”）的经过，“东犬西吠”“鸡栖于厅”等句写分居后的凌乱。客观的叙说家庭琐事中，寓有人世沧桑之慨。此可悲一也。进而通过家有老妪说亡母旧事，写家庭人事变故。须知作者生母去世时，他年龄尚小，所以母亲的形象在他是记不分明的（参《先妣事略》）。而那位老妪既是祖母的婢女，又作过两代人的奶妈，通过老妪来追忆旧事，是自然入妙之笔。她所说的，不过是先前母亲曾在何处站过，曾有过一些什么对话，然而就是这些平淡处，最为关情。“儿寒乎？欲食乎？”短短的两句，就惟妙惟肖地刻画出一个闻儿啼而动了怜爱的年轻母亲的形象。这种追忆，无疑会引起过早地失去母爱的作者的伤心。此可悲二也。再有便是作者自己对祖母的追忆。那段往事似乎也很平常，却同样洋溢着淳厚的人情味。“吾儿，久不见若影，何竟日默默在此，大类女郎也”的垂问，和“吾家读书久不效，儿之成，则可待乎”的自语，以及持象牙朝笏的一段勉励，生动地表现了老祖母对孙子的疼爱与厚望。以上回忆，看来不过是家庭生活中一些鸡毛蒜皮的小事，然而“一枝一叶总关情”，而且是为中国人文化心理结构所决定的至深之情，即人子之思和伤逝之痛，难怪作者说“瞻顾遗迹，如在昨日，令人长号不自禁”。以下又带过一笔叙轩中幽静与轩屡遭火而幸存，均关题意。其中轩中关门读书，闻足音而辨人一节，不但善写日常细微感觉，而且还写出了一个耐得寂寞的读书人形象，为下段议论伏笔。姚鼐说：“震川之文，每于不要紧之题，说不要紧之语，却自风韵疏淡。”本段即其例证。

第三段即项脊生（作者自称）的一番议论。作者以守丹穴的巴寡妇清和高卧隆中的诸葛亮，与处败屋寒窗之下的自身相比附，既自慨局促，又有自矜抱负之意。故语末虽以“坎井之蛙”自嘲，又未尝不含有对凡夫俗子的反讽与孤芳自赏的意味。

最后是若干年后的补记。续写项脊轩在妻死前后的变化，寓有新近的悼亡之情。文中记妻生前琐事，亦平淡中见隽永，与前文格调毫无二致。“不常居”三字似可收束全文，然文末又摇曳生姿，写到亡妻手植的一树枇杷“亭亭如盖”，寓睹物怀人、悼亡念存之思，较之“墓木已拱”之类成语，尤觉余味无穷，饶有新意。

总之，此文在叙事上以白描见长，抒情亦以素朴为本。老老实实地回忆，平平常常地叙述，其淡如水，其味弥长。恰如王锡爵所说：“无意于感人，而欢愉惨恻之思，溢于言语之外。”（《归公墓志铭》）这种以口头语说家常事的意境与笔墨，乃是归有光在唐宋八大家之后的一种创造。所谓“豪华落尽见真淳”，是可以移评归文的。行文散漫，似随口道来；然而无论写景、叙事、抒情，均围绕“项脊轩”这个中心，故能形散而神聚。虽总以素笔为主，但也有变化。如第一段稍具文采，与后文的质朴不同，却正与可喜可悲的情感变化、对照相吻合。故不能说作者在写作时毫无“匠心”。

（周啸天）

满井游记

袁宏道

燕地寒,花朝节后,余寒犹厉。冻风时作,作则飞沙走砾,局促一室之内,欲出不得。每冒风驰行,未百步辄返。

廿二日天稍和,偕数友出东直,至满井。高柳夹堤,土膏微润,一望空阔,若脱笼之鹄。于时冰皮始解,波色乍明,鳞浪层层,清澈见底,晶晶然如镜之新开而冷光乍出于匣也。山峦为晴雪所洗,娟然如拭,鲜妍明媚,如倩女之靧面①而髻鬟之始掠也。柳条将舒未舒,柔梢披风,麦田浅鬣②寸许。游人虽未盛,泉而茗者,罍③而歌者,红装而蹇者,亦时时有。风力虽尚劲,然徒步则汗出浃背。凡曝沙之鸟,呷浪之鳞,悠然自得,毛羽鳞鬣之间,皆有喜气。始知郊田之外,未始无春,而城居者未之知也。夫能不以游堕事,而潇然于山石草木之间者,惟此官也。而此地适与余近,余之游将自此始,恶能无纪?己亥之二月也。

赏析

本文作于万历二十七年(1599)。满井是北京安定门东三里外的一口古井,井中飞泉喷薄,冬夏不竭。井旁苍藤丰草,掩映着清清的渠水,错落的亭台,景色优美,是当时京郊探胜的好地方。

开首点出时地节令。燕地,指现在的北京和河北省北部,古代属燕国。旧俗以阴历二月十五(一说为二月十二或二月初二)为百花生日,称为花朝节。

① 靧(huì)面:洗脸。
② 鬣(liè):马鬃。
③ 罍(léi):古代盛酒的器具。

这一天人们要到野外去玩赏春光。

下接几句承上文“余寒犹厉”，着重写风沙的厉害。风是“冻风”，一出门，冒风快走，不到百来步就挡不住要回头。这是写渴望出游与不能出游的矛盾。作者探春出游之意早已按捺不住，但却被寒风沙砾所阻，不得不“局促一室之内”，其懊丧和郁闷可想而知。

以下，作者记叙了廿二日偕友游满井时所见的融融春光。“高柳夹堤，土膏微润”，是出郊所见；一个“局促一室之内，欲出不得”的人，忽然来到野外，看到堤岸两旁高高的柳树，闻到滋润的泥土芳香，心头不禁漾出一股春天的喜悦。他四望郊原，一片空阔，快活的心情就像脱笼之鸟一样，飞向那辽阔的春天原野。“若脱笼之鹄”，鹄就是天鹅，这是着力描写从局促困居的境况下解脱出来的喜悦。

“冰皮始解”几句写春水之美。“冰皮始解，波色乍明”点出余寒已退，薄冰初消，春水开始呈现出澄明的色泽。“鳞浪层层，清澈见底，晶晶然如镜之新开而冷光乍出于匣也”，是写微风吹过水面，漾起鱼鳞般的波纹，清澈的流水闪闪发光，好像清晨刚打开镜匣，反射出镜子的清光一样。“镜之新开”“冷光乍出”的“新开”“乍出”，与“冰皮始解，波色乍明”的“始解”“乍明”，一是形容一天的起点，一是形容一年的起点，相互呼应，同一机杼，很有节候感，足见作者观察的细致和刻画的工巧。另外，用新开匣的明镜来比喻明亮的春水，也显得优美熨帖；同时还可以使人联想到晨妆对镜的美人，从而具有表里相关的两层意蕴。

“山峦为晴雪所洗”几句，是写春山之美。山峦的积雪被晴日所融化，青葱的山色如同经过洗拭一般，显得格外鲜妍明媚，好像刚洗过脸的美人正在梳掠她的发髻。“始掠”的“始”字，表明美人晨妆刚罢。这个比喻，与上面开匣明镜的春水的比喻，虽然分别指山和水，却一气相通，由明镜而带出对镜梳妆的美人，这就把春山春水融成一体，给人以相互生发的和谐美感。

写水写山之后，转笔写植物。“柳条将舒未舒”，写柳芽刚吐，枝头鹅黄嫩绿，宛如朵朵蓓蕾，欲开还闭，别有一种风韵。“柔梢披风”，则写出杨柳的动态美。轻柔的柳梢，虽然还没有垂下万缕金丝，却已经迎着和暖的春风低昂而舞了。用一“柔”字、“披”字，写早春杨柳的风姿，很传神。这两句写杨柳，回应前面“高柳夹堤”一句，而作进一步的领略观赏。“麦田浅鬣寸许”，则回应前面“土膏微润”一句，视线由高而低：那一望无际的平畴上，浅绿的麦苗已经从芳润的泥土中探出头来，刚刚只有寸把长呢，整齐得像短短的马鬃一样。作者以极其简练的文字，把景物的特征和自己的审美感受鲜明地表现出来，每一句都渗透着明朗而喜悦的感情色彩。

以上从初到野外的第一印象写起，进而逐层展示春水之美、春山之美、杨柳之美、麦苗之美，构成了一幅北国郊原的早春风光图，令人目不暇接，心旷神怡。这是描写早春风光的第一大层次。

接着写早春的游人。作者写了游人的几种情态：“泉而茗者”，清雅而悠闲；“罍而歌者”，豪爽而痛快；“红装而蹇者”，从容而舒适。作者对这些最早到郊外来寻春的游人，显然是欣赏而怀有好感的。“风力虽尚劲，然徒步则汗出浃背”，这两句是抒写自己的感受，尽管郊原的风还很有点劲道，但徒步而游，从背上沁出的汗水中，却分明可以感到暖融融的春意了。这一节从游人着笔，写出各得其乐的种种情态，无异于一幅郊原春游图。他们既领略着最早的春光，又给余寒初退、大地回春的景色增添了不少的生气和暖意。这一倒叙之笔，成为描写早春风光的第二大层次。

“凡曝沙之鸟”几句，写大自然中的生物。曝沙，描写鸟的安闲恬静；呷浪，刻画鱼的自由天真。作者通过鱼鸟一动一静的情态，概括了大自然一切生物在春光中的悠然自得之感。他甚至发现和感受到鸟的羽毛和鱼的鳞鳍之间，都洋溢着一股“喜气”。这真是体察入微，化身为鱼鸟的代言人了。所谓“替山川写照，为鱼鸟传神”，作者以画工的手段、诗人的敏感，把早春景色写活了。这一节着眼于大自然的生物，构成了春光描写的第三大层次。

通过以上三层描写，得出一个审美结论：“始知郊田之外，未始无春，而城居者未之知也。”春在郊田之外，而居住在城里的人还不知道。辜负春光，岂不可惜！这几句与开头“局促一室之内，欲出不得”对照，可以感到作者由衷的欣慰之情。“始知郊田之外，未始无春”，这是作者郊游满井的结论。“始知”二字，得之于目接神遇的深切感受，也就是说，当他站立在郊田之外，沐浴着大好春光的时候，对于那些长期蛰居城内，感受不到早春气息的人，很有几分感慨。辛弃疾《鹧鸪天》词中说："城中桃李愁风雨，春在溪头荠菜花。"袁中郎的感慨在这一点上颇有共同之处，因而其寓意似乎也不局限在感知春色上，而含有引发人摆脱尘俗，向往大自然的美好情怀。

以上写景，写人，旁及鱼鸟，然后拍入到自身。"夫能不以游堕事，而潇然于山石草木之间者，惟此官也。"这几句是说：能够自由自在地遨游于山石草木之间，而不至于因为游玩而耽误公事的，只有我这个官员啊。当时他正在作顺天府学教官，是个闲职，因而有时间纵情遨游，不怕耽误公事。"惟此官也"的"惟"字，颇有自傲和自慰之感，他不因官小职闲而懊恼，反而为此深自庆幸没有那种庸俗的封建官场习气，流露出袁中郎独特的性情与个性。

结尾"此地适与余近"，从字面上是说此地刚好与我的住处接近，但这个"近"字，不仅指空间距离的相近，也指性情品格的相近。山水也有情性，辛弃疾说："我见青山多妩媚，料青山见我应如是"(《贺新郎》)。这里就体现了物我交融、如逢知己之感。事实上，作者在写这篇游记的前一年(万历二十六年)，已经游过满井，而且写了一首诗；但他在这里却说"余之游将自此始"。这大概是因为这一次的感受特别深刻，所以把它作为一个美好的开端吧。最后点明写这篇游记的时间。篇末记时，是古代游记的一种常见格式。

这篇游记描写北国早春气象，既能传山川景物之神，又处处洋溢着作者悠然神往的情感。作者从城居不见春叙起，接着写郊外探春，并逐层写出郊原早春景色的诱人，而最后归结道："始知郊田之外，未始无春，而城居者未之知也。"回应开头困居局促之状，迥然有苦乐之异和天渊之别，表现了作者厌弃喧嚣尘俗的城市生活，寄意于山川草木的潇洒情怀。通篇写景都渗透着这种洒脱而真挚的感情，使文字具有一种清新恬静的田园节奏。而简练的白描和贴切的比喻，更为行文增添了不少诗情画意。

（吴战垒）

核舟记

魏学洢

明有奇巧人曰王叔远,能以径寸之木,为宫室、器皿、人物,以至鸟兽、木石,罔不因势象形,各具情态。尝贻余核舟一,盖大苏泛赤壁云①。

舟首尾长约八分有奇,高可二黍许。中轩敞者为舱,箬篷覆之。旁开小窗,左右各四,共八扇。启窗而观,雕栏相望焉。闭之,则右刻“山高月小,水落石出②”,左刻“清风徐来,水波不兴③”,石青糁之。

船头坐三人,中峨冠而多髯者为东坡,佛印居右,鲁直居左。苏、黄共阅一手卷。东坡右手执卷端,左手抚鲁直背。鲁直左手执卷末,右手指卷,如有所语。东坡现右足,鲁直现左足,各微侧,其两膝相比者,各隐卷底衣褶中。佛印绝类弥勒④,袒胸露乳,矫首昂视,神情与苏、黄不属。卧右膝,诎右臂支船,而竖其左膝,左臂挂念珠倚之,珠可历历数也。

舟尾横卧一楫。楫左右舟子各一人。居右者椎髻仰面,左手倚一衡木,右手攀右趾,若啸呼状。居左者右手执蒲葵扇,左手抚炉,炉上有壶,其人视端容寂,若听茶声然。

其船背稍夷,则题名其上,文曰“天启壬戌⑤秋日,虞山⑥王毅叔远甫刻”,细若蚊足,钩画了了,其色墨。又用篆章一,文曰“初平山人”,其色丹。

通计一舟,为人五;为窗八;为箬篷,为楫,为炉,为壶,为手卷,为念

---

① 大苏:指苏轼,他与弟辙并称“大小苏”。
② “山高月小”二句:语出苏轼《后赤壁赋》。
③ “清风徐来”二句:语出苏轼《前赤壁赋》。
④ 弥勒:弥勒佛。
⑤ 天启壬戌:天启二年,公元1622年。天启,明熹宗年号。
⑥ 虞山:山名,在今江苏常熟西北,这里代指常熟。

珠，各一；对联、题名并篆文，为字共三十有四。而计其长曾不盈寸。盖简桃核修狭者为之。

魏子详瞩既毕，诧曰：嘻，技亦灵怪矣哉！《庄》《列》所载，称惊犹鬼神者良多，然谁有游削于不寸之质，而须麋①了然者？假有人焉，举我言以复于我，亦必疑其诳。今乃亲睹之。由斯以观，棘刺之端未必不可为母猴也②。嘻，技亦灵怪矣哉！

赏析

东坡与客泛舟赤壁，留下千古妙文——前后《赤壁赋》。自此，北宋东坡赤壁（在今湖北黄州）因赋而声名大著，反倒压过了真正的古战场三国周郎赤壁（在今湖北蒲圻西北）。历代艺术家因此多了一宗永久乐于取资的艺术创作题材——东坡赤壁泛舟，他们以书法、绘画等不同的艺术形式，创造性地表现对东坡人格魅力的追慕和向往。其中，明人王叔远的微雕作品核舟，可说是别具创格的奇品。可惜原物已不复可见，后世只能通过同时的散文家魏学洢的记，欣赏和领略其艺术风采。

东坡的赤壁游，有其自撰的赋记其胜；明人王叔远读苏赋而制核舟摹其境，魏学洢品核舟而撰记传其神。艺术的创造、艺术的感染、艺术的领悟，超越时空而上下交接，不断创新出奇。后人披读核舟之记，感悟核舟之奇，遥想东坡当年“举酒属客，诵明月之诗，歌窈窕之章”的飘逸丰神，获得的是不尽的艺术享受和愉悦。

明代微雕艺术家王叔远不愧是真正的艺术家，他表现“大苏泛赤壁”，并不

---

① 须麋：同“须眉”，指胡须、眉毛。

② “棘刺”句：棘刺，酸枣树枝。据《韩非子·外储说左上》载，战国时燕王征召有巧术之人，一卫人夸口说他能在酸枣树枝的末梢雕刻母猴，受到厚遇，让他演示，他推托须待半年。后来，有人建议燕王令他出示雕刻工具，他交不出，遂借口逃遁。这里作者反其意而用之，认为只要有微雕绝技，在酸枣树枝的末梢雕刻母猴也未必不可能。

拘泥于东坡的《赤壁赋》，而是大胆假以艺术想象和虚构，请来出自东坡门下而与之并称“苏黄”的诗人、书法家黄庭坚（字鲁直）和东坡的好友、僧人佛印禅师（宋时金山寺和尚，名了元，字觉老），让他们陪同寂寞的东坡泛舟赤壁。其实，东坡的两次游赤壁，都在元丰五年（1082）。此时黄庭坚远在江西泰和任知县，佛印也远在杭州的寺庙，或在扬州自己的庄园，不可能陪东坡泛舟赤壁。但黄庭坚既与东坡志同道合，又同在宦海沉浮，谊在师友之间，相互过往甚密，时常在一处评诗论书。所以核舟中摹画的苏、黄“共阅一手卷”，并非完全凭空捏造。微雕艺术家王叔远追求的是艺术的真实，藉以酿造一种诗的意境。他匠心独运，拈来前后《赤壁赋》中“清风徐来，水波不兴”“山高月小，水落石出”十六字，镌刻在船舱的八扇小窗上，藉以调动读者的形象思维和艺术想象。核舟便不再是一枚静止的雕刻小品，它仿佛真的是一叶舟楫，载着苏、黄和佛印，轻漾在赤壁静静的水波之上，仰观“山高月小”，面迎“清风徐来”。

如果说，核舟是微雕艺术家王叔远读懂了苏东坡其人其赋的艺术创造，那么，《核舟记》则是散文家魏学洢了悟了微雕艺术家王叔远其人其作的神来之笔。后世的人们正是通过魏学洢的传神妙笔，感知王叔远的艺术创造，体认其微雕技艺的“灵怪”。

这篇《核舟记》，严格说，是一篇说明文。作者魏学洢从核舟的长和高落笔，继而历叙船舱、船头、船尾、船背所刻的人、物和题款。但他又不是无视轻重缓急，平均使力，而是以船头、船尾的人物描述为重点，有条不紊、详略有致地加以精彩的描摹。船头三人，叙东坡，抓住“峨冠而多髯”的特征，见出其儒雅的风范；写佛印，突出“袒胸露乳”“绝类弥勒”，使一位放浪形骸的弥勒和尚的形象跃然纸上。作者不仅善于以外貌显示人物的精神风貌，更善于以人物的姿势情态，揭示人物的心灵世界。苏、黄“共阅一手卷”，苏“执卷端”，黄“执卷末”，“两膝相比”，体现两位文坛巨擘的相互依持，亲密无间；而苏“左手抚鲁直背”，鲁直“右手指卷，如有所语”，则体现东坡作为师长的爱抚与关怀，鲁直作为苏门弟子的虔敬与颖悟。而佛印则“矫首昂视”，“卧右膝，诎右臂支船，而竖其左膝，左臂挂念珠倚之”，意态闲适，神情傲然，体现佛家弟子的超脱和乐天。人们不难从中感受其中氤氲着一种静穆、淡泊的氛围，而被三人独立特行的心境所感染。船尾二舟子，一动一静，一文一野，相映成趣；一个“椎髻仰面”，倚横木，攀脚趾，“若啸呼状”；一个一手执蒲葵扇，一手抚炉，全神贯注地烧茶，“视端容寂，若听茶声然”，俱乐在其中，得其所哉。他们不啻是为文人的雅聚平添几分生趣和活力。舟上五人，有形有神，绘声绘色，无不栩栩如生，呼之欲出。此外，还刻有八扇窗户、六种器物（箬篷、舟楫、火炉、茶壶、手卷、念珠）、三十四个文字（对联、题名、篆文）。至于舟背，则署有刻制的年月和刻者姓名，墨色的字迹“细如蚊足”，但“钩画了了”，末尾加盖一方红色的篆文名章，体现一位成熟艺术家的郑重其事和一帧艺术精品的完美规整。而这一切，居然都雕刻在一枚“长约八分有奇，高可二黍许”的狭长桃核上，纤毫毕现，历历可辨，难怪作者魏学洢要称美王叔远为“奇巧人”，赞叹他的微雕技艺“灵怪”了。

核舟的作者王叔远运用雕刻艺术，“游削于不寸之质”，将东坡泛赤壁的情境“须麋了然”地展现无遗，这是微雕艺术家的创造；《核舟记》的作者魏学洢借助语言艺术，精微入神地描摹、传递核舟的形貌和意境，使这帧失传的古代微雕杰作得以永垂不朽，这是文学家的魅力。两种艺术同样不朽。而这不朽，则又与不朽的苏东坡和他那万古流芳的前后《赤壁赋》遥相回应！

（胡　同）

西湖七月半

张 岱

西湖七月半，一无可看，止可看看七月半之人。看七月半之人，以五类看之。其一，楼船箫鼓，峨冠盛筵，灯火优傒①，声光相乱，名为看月而实不见月者，看之；其一，亦船亦楼，名娃②闺秀，携及童娈③，笑啼杂之，环坐露台，左右盼望，身在月下而实不看月者，看之；其一，亦船亦声歌，名妓闲僧，浅斟低唱，弱管轻丝，竹肉④相发，亦在月下，亦看月而欲人看其看月者，看之；其一，不舟不车，不衫不帻⑤，酒醉饭饱，呼群三五，跻入人丛，昭庆、断桥⑥，嘄⑦呼嘈杂，装假醉，唱无腔曲，月亦看，看月者亦看，不看月者亦看，而实无一看者，看之；其一，小船轻幌，净几暖炉，茶铛⑧旋煮，素瓷静递，好友佳人，邀月同坐，或匿影树下，或逃嚣里湖，看月而人不见其看月之态，亦不作意看月者，看之。

杭人游湖，巳出酉归⑨，避月如仇。是夕好名，逐队争出，多犒门军酒钱，轿夫擎燎，列俟岸上。一入舟，速舟子急放断桥，赶入胜会。以故二鼓以前，人声鼓吹，如沸如撼，如魇如呓⑩，如聋如哑。大船小船，一齐凑岸，一无所见，止见篙击篙，舟触舟，肩摩肩，面看面而已。少刻兴尽，官府席

① 优：优伶，戏曲演员。傒(xī)：通“奚”，仆人。
② 娃：美女，指歌妓。
③ 童娈(luán)：俊美的男童。
④ 竹：指乐器之声。肉：指口中发出的歌声。
⑤ 帻(zé)：古代男子包头发的头巾。
⑥ 昭庆：昭庆寺，在西湖东北岸。断桥：在西湖白堤东端，近昭庆寺。
⑦ 嘄(jiào)：同“叫”。
⑧ 茶铛(chēng)：烧茶的小锅。
⑨ 巳：上午九时至十一时。酉：下午五时至七时。
⑩ 魇(yǎn)：梦魇，梦中惊悸。呓(yì)：说梦话。

散，皂隶喝道去。轿夫叫，船上人怖以关门，灯笼火把如列星，一一簇拥而去。岸上人亦逐队赶门，渐稀渐薄，顷刻散尽矣。

吾辈始舣①舟近岸。断桥石磴始凉，席其上，呼客纵饮。此时月如镜新磨，山复整妆，湖复颒面②。向之浅斟低唱者出，匿影树下者亦出。吾辈往通声气，拉与同坐。韵友③来，名妓至，杯箸安，竹肉发。月色苍凉，东方将白，客方散去。吾辈纵舟酣睡于十里荷花之中，香气拍人，清梦甚惬。

赏析

本篇选自《陶庵梦忆》。七月半，指农历七月十五日中元节。中元节也是一个宗教迷信的节日，佛教徒在这一天作盂兰盆会，追荐亡灵，解其倒悬之苦(盂兰盆是梵语音译，意谓“解倒悬”)。道教也在这一天诵经施食。杭州风俗，则于这一天倾城游湖，纵情作乐。此文即描绘各色游湖人等，随笔点染，形神逼肖，雅俗褒贬，了了分明。透过这幅五色斑斓的风俗画，我们可以感受到作者那种孤高自赏的生活情调和清雅脱俗的审美情趣。

农历七月半，正当月圆之际，此时游湖，本应赏月观景，文章一开头却说“一无可看”，先将题目正面一笔扫倒，接着说“止可看看七月半之人”，从反面揭题，选择一个独特的视角来抒写自己的观感。开头这闲闲两句，简练警切，不落俗套，且直接导出下文。

第二段即写“看七月半之人”。七月半游湖之人千千万万，何能遍看？作者自有手眼，即“以五类看之”。

其一，是有身份、有地位的官僚，坐着豪华的大船，摆开丰盛的宴席，奴仆侍奉，演员献艺，船上灯火通明，声乐齐鸣，好不气派！这种人“名为看月而实

---

① 舣(yǐ)：附船着岸。

② 颒(huì)面：洗脸。指湖面恢复明净。

③ 韵友：风雅的友人。

不见月”，即有意自炫而无心赏月，作者一语刺破此辈假冒风雅的嘴脸。

其二，是豪富之家，千金闺秀，携带美貌家童，露坐于船上的平台上，哭哭笑笑，娇声娇气，左张右望，“身在月下而实不看月”。这一类人是乘机玩乐，本不想看月，也不必作出看月的样子，其有别于第一类者在于不借“看月”之名，虽然庸俗，却不假冒风雅。

第三类，船上有声歌，有名妓闲僧随侍陪游，可见也非等闲之辈。浅斟低唱，颇有韵致，且“亦看月”，较之“名为看月而实不见月”和“身在月下而实不看月”的前二类人，似乎要风雅一些。作者用了四个“亦”字，正是比较而言。

第四类，是一批市井好事之徒，他们与前三类大不同，专拣热闹处钻。他们大呼小叫，旁若无人，左顾右盼，洋洋自得。此辈“月亦看，看月者亦看，不看月者亦看”，无所不看，而“实无一看”。他们以此为乐，什么雅与俗，统统不在话下。作者在此白描传神，读来如闻其声，如见其人。

第五类，是清雅之士。他们坐的是小船，明净的几案，通红的炉火，煮好茶，慢慢地品味，二三好友，绝色佳人，一同赏月，确实雅兴不浅。但是他们不想被人看见，有的把小船隐蔽在树荫下，有的则悄悄地划向里湖，躲避喧闹的人群。他们在清净处得以从容看月，而不被别人看见，他们的看月纯是兴之所至，自然而然，并无做作之态。

作者写五类人，观察细致，描绘生动，各色人等，无不现身纸上，而作者似乎不动声色，五个“看之”，大有冷眼旁观之概。然而他的主观褒贬之情还是可以从笔下的形象中感知的。第一类是假冒风雅的官僚，第二类是无意风雅的豪门，第三类则欲显风雅而不免做作，第四类是不知风雅为何物的市井好事之徒，第五类是不欲显其风雅而真正风雅的文人雅客。作者对前二类人显然嗤之以鼻；对第三类有所肯定，也有所讥刺；对第四类虽然不作肯定，却似乎欣赏其放荡中亦有几分天真；对第五类则显然引为同调。五类人，依次写来，如镜头推移，声态各异，境界不同。纷杂的情景再现于笔下，作者并不现身评点，却于客观的画面中分雅俗、寓褒贬，兼有史笔与传神之妙。

第三段写杭人游湖好虚名，凑热闹。袁中郎在《晚游六桥待月记》中也批评过杭人只爱白天游湖，不会选择时间，白白放过西湖最美的时刻。农历七月十五之夜，例应游湖，杭人出于好名，则成群结队而出。西湖在杭州城西，游湖须经城门，而城门关闭有定时，这一晚就多赏给守门的兵士一些酒钱，好晚些关门。二更以前，湖上人声乐声，闹成一片，“如沸如撼，如魇如呓，如聋如哑”，连下六喻，形容声音嘈杂，含糊难辨。这一片刺耳的噪音，破坏了西湖月夜的静谧气氛。这是写听觉感受的不堪。从视觉一面来说，则“止见篙击篙，舟触舟，肩摩肩，面看面而已”，连用四个短句，将湖上密密麻麻舟船相触，肩摩踵接的拥挤状况形容尽致。“少刻兴尽”，狂热的兴头维持不了多久，各色人等作鸟兽散。灯笼火把，排列成行，如闪烁的星星在夜幕中移动消失。真是来也匆匆，去也匆匆，简直莫名其妙，名为游湖看月，实与西湖风月毫不相干。这一段插叙，回应开头“西湖七月半，一无可看”的论断，具体描写，缴足其意，同时又为下文作铺垫和反衬。

最后一段从前面第三人称的叙述，突然转为第一人称的“吾辈”，叙述角度变换了，加强了主观的抒情色彩。“始”字，表示喧闹嘈杂的场面一告结束，西湖恢复了宁静安闲的本貌。一规圆月，如新磨之镜，清光格外皎洁可爱；湖光山色，如美人重新梳妆打扮，益发显得容光照人。此时，对景畅怀，与客纵饮，“向之浅斟低唱者出，匿影树下者亦出。吾辈往通声气，拉与同坐”。“浅斟低唱者”即前文所写之第三类人，大醇小疵，还算有赏月雅兴；“匿影树下者”则为第五类清雅之士。五类人中唯此二者独留，故与之声气相通，有共同语言，拉来同坐。“韵友来，名妓至，杯箸安，竹肉发”，这四个短句，写相得共赏之乐，节奏欢快，心情亦极欢快。“月色苍凉，东方将白，客方散去”，写通宵盘桓，兴尽方散。与前文众人游湖匆匆聚散恰成对照。兴尽而散，却并不急于回城，而复纵舟，“酣睡于十里荷花之中，香气拍人，清梦甚惬”。这个富有诗意的结尾，更显得雅韵流溢，余香沁人。可见西湖七月半自有其迷人之处，一被俗人点污，则一无可看；一成为雅人的世界，则处处是诗。作者的审美情趣自然是高雅脱俗的，但也不免传统文人孤高自赏的毛病。

此文写人物场景，极纷繁复杂，而又极有条理。五类人物，两种场景，写来如见其人，如临其境。其观察之深入细致，笔墨之精练老到，确实令人佩服。行文错综，富于变化，转接呼应，均极自然。开头奇警峭拔，结尾则韵味悠长，全篇运用对比映照，严于雅俗之分，而又妙在不作正面按断，令读者悠然会心，识其旨趣所在，艺术技巧委实是很高明的。

（吴战垒）

湖心亭看雪

张　岱

崇祯五年①十二月，余住西湖。大雪三日，湖中人鸟声俱绝。

是日，更定矣，余拏一小舟，拥毳衣炉火，独往湖心亭看雪。雾凇沆砀，天与云、与山、与水，上下一白；湖上影子，惟长堤一痕、湖心亭一点与余舟一芥、舟中人两三粒而已。

到亭上，有两人铺毡对坐，一童子烧酒，炉正沸。见余，大喜，曰："湖中焉得更有此人！"拉余同饮。余强饮三大白而别。问其姓氏，是金陵②人，客此。

及下船，舟子喃喃曰："莫说相公痴，更有痴似相公者。"

赏　析

张岱的小品可谓名副其实的小品，长者不过千把字，短者仅一二百字，笔墨精练，风神绰约，洋溢着诗的意趣。如果拿诗来作比，颇似唐人绝句。它以隽永见长，寥寥几笔，意在言外，有一唱三叹之致，《湖心亭看雪》就是如此。

开头二句点明时间、地点。张岱文集中凡纪昔年游踪之作，大多标明朝纪年，以示不忘故国。这里标"崇祯五年"，也是如此。"十二月"，正当隆冬多雪之时；"余住西湖"，则点明所居邻西湖。这开头的闲闲二句，却从时、地两个方面不着痕迹地引逗出下文的大雪和湖上看雪。下文"大雪三日，湖中人鸟声俱绝"，紧承开头。只此二句，大雪封湖之状就令人可想，读来如觉寒气逼人。作

---

① 崇祯五年：公元1632年。崇祯：明思宗年号。

② 金陵：今江苏南京。

者妙在不从视觉写大雪，而通过听觉来写。“湖中人鸟声俱绝”，写出大雪后湖山封冻，人、鸟都瑟缩着不敢外出，寒噤得不敢作声，连空气也仿佛冻结了。一个“绝”字，传出冰天雪地、万籁无声的森然寒意。这是高度的写意手法，巧妙地从人的听觉和心理感受上写出了大雪的威严。它使我们联想起唐人柳宗元那首有名的《江雪》诗：“千山鸟飞绝，万径人踪灭。孤舟蓑笠翁，独钓寒江雪。”柳宗元这幅江天大雪图是从视觉着眼的，江天茫茫，人鸟无踪，江雪中独有一位垂钓的渔翁。而张岱笔下则是“人鸟无声”，但这无声却正是人的听觉感受，因而无声中仍有人在。如果说，《江雪》中的“千山鸟飞绝，万径人踪灭”，是为了渲染和衬托寒江独钓的渔翁，那么这里“湖中人鸟声俱绝”，则为下文有人冒寒看雪作映照。

“是日，更定矣，余拏一小舟，拥毳衣炉火，独往湖心亭看雪。”“是日”者，“大雪三日”后，严寒之日也；“更定”者，夜深人静，寒气倍增之时也。“拥毳衣炉火”一句，则以御寒之物反衬寒气砭骨。试想，在“人鸟声俱绝”的冰天雪地里，竟有人夜深出门，“独往湖心亭看雪”，这是一种何等迥绝流俗的孤怀雅兴啊！“独往湖心亭看雪”的“独”字，正不妨与“独钓寒江雪”的“独”字互参。作者那种独抱冰雪之操守和孤高自赏的情调，不是溢于言外了吗？其所以要夜深独往，大约是既不欲人见，也不欲见人；那么，这种孤寂的情怀中，不也蕴含着避世的幽愤吗？

请看作者以何等空灵之笔来写湖中雪景：“雾凇沆砀，天与云、与山、与水，上下一白；湖上影子，惟长堤一痕、湖心亭一点与余舟一芥、舟中人两三粒而已。”这真是一幅水墨模糊的湖山夜雪图！“雾凇沆砀”是形容湖上雪光水气，混濛不分。“天与云、与山、与水，上下一白”，叠用三个“与”字，似觉天、云、山、水一齐活动起来，较之单纯写“天、云、山、水，上下一白”，多了一点意趣。天、云，上也；山、水，下也。这两句生动地写出天空、云层、群山、湖水之间白茫茫浑然难辨的景象。作者先总写一句，犹如摄取了一个“上下皆白”的全景，从看雪来说，很符合第一眼的总感觉、总印象。接着变换视角，化为一个个诗意盎然的特写镜头：“长堤一痕”“湖心亭一点”“余舟一芥”“舟中人两三粒”等等，这是朦胧的画，梦幻般的诗，给人一种似有若无、依稀恍惚之感。作者对数量词的锤炼功夫，不得不使我们惊叹。你看，“上下一白”之“一”字，是形容混茫难辨，使人唯觉其大；而“一痕”“一点”“一芥”之“一”字，则是状其依稀可辨，使人唯觉其小。此真可谓着一“一”字而境界全出矣。同时，由“长堤一痕”到“湖心亭一点”，到“余舟一芥”，到“舟中人两三粒”，其镜头则是从小而更小，直至微乎其微。这“痕”“点”“芥”“粒”等量词，一个小似一个，写出视线的移动，小船的荡漾，景物的变化，着笔空灵，使人浑然不觉。这一段是写景，却又不止于写景；我们从这个混沌一片的冰雪世界中，不难感受到作者那种人生天地间茫茫如“太仓稊米”的深沉感慨。

下面移步换形，又开出一个境界。“独往湖心亭看雪”，却不意亭上已有人先我而至；这意外之笔，写出了作者意外的惊喜，也引起读者意外的惊异。但作者并不说自己惊喜，反写二客“见余大喜”，背面敷粉，反客为主，足见其用笔之夭矫善变。“湖中焉得更有此人！”这一惊叹虽发之于二客，实为作者心声。作者妙在不发一语，而“尽得风流”。二客“拉余同饮”，鼎足而三，颇有幸逢知己之乐。这似乎给冷寂的湖山增添了一分暖色，然而骨子里依然不改其凄清的基调。这有如李白的“举杯邀明月，对影成三人”，不过是一种虚幻的慰藉罢了。“焉得更有”者，正言其人之不可多得。“强饮三大白”，是为了酬谢知己，也为了不负此湖山胜景。“强饮”者，本不能饮，但对此景，当此时，逢此人，却不可不饮。饮罢相别，始“问其姓氏”，却又妙在语焉不详，只说：“是金陵人，客此。”可见这二位湖上知己，原是他乡游子，萍水相逢，后约难期。这一补叙之笔，透露出作者的无限怅惘：茫茫六合，知己难逢，人生如雪泥鸿爪，转眼各复西东。言念及此，岂不怆神！

文章做到这里，也算得神完意足、毫发无憾了。但作者意犹未尽：“及下船，舟子喃喃曰：‘莫说相公痴，更有痴似相公者。’”读至此，真使人拍案叫绝！前人论词，有点、染之说。这个尾声，可谓融点、染于一体。借舟子之口，点出一个“痴”字；又以相公之“痴”与“痴似相公者”相比较、相浸染，把一个“痴”字写透。所谓“痴似相公”，并非减损相公之“痴”，而是以同调来映衬相公之“痴”。“喃喃”二字，形容舟子自言自语、大惑不解之状，如闻其声，如见其人。这种地方，也正是作者的得意处和感慨处。文情荡漾，余味无穷。

（吴战垒）

清文

口　技

林嗣环

京中有善口技者。会宾客大宴，于厅事①之东北角，施八尺屏幛，口技人坐屏幛中，一桌、一椅、一扇、一抚尺②而已。众宾团坐。少顷，但闻屏幛中抚尺一下，满座寂然，无敢哗者。

遥闻深巷中犬吠，便有妇人惊觉欠伸，其夫呓语③。既而儿醒，大啼。夫亦醒，令妇抚儿乳，儿含乳啼，妇拍而呜之。夫起溺④，妇亦抱儿起溺。床上又一大儿醒，狺狺不止。当是时，妇手拍儿声，口中呜声，儿含乳啼声，大儿初醒声，床声，夫叱大儿声，溺瓶中声，溺桶中声，一齐凑发，众妙毕备。满座宾客，无不伸颈侧目，微笑默叹，以为妙绝也。

既而夫上床寝。妇又呼大儿溺，毕，都上床寝。小儿亦渐欲睡。夫齁声起，妇拍儿亦渐拍渐止。微闻有鼠作作索索，盆器倾侧，妇梦中咳嗽之声。宾客意少舒，稍稍正坐。

忽一人大呼："火起！"夫起大呼，妇亦起大呼。两儿齐哭。俄而百千人大呼，百千儿哭，百千犬吠。中间力拉崩倒之声，火爆声，呼呼风声，百千齐作；又夹百千求救声，曳屋许许声，抢夺声，泼水声。凡所应有，无所不有。虽人有百手，手有百指，不能指其一端；人有百口，口有百舌，不能名其一处也。于是宾客无不变色离席，奋袖出臂，两股战战，几欲先走。

而忽然抚尺一下，众响毕绝。撤屏视之，一人、一桌、一椅、一扇、一抚尺而已。

---

① 厅事：私人住屋的堂屋。

② 抚尺：即"醒木"，说书艺人表演时所用木块，用以拍案作声，引起听众注意。

③ 呓语：说梦话。

④ 溺(niào)：同"尿"。

赏 析

欧阳修有一篇著名的《秋声赋》，把看不见、摸不着的“秋声”写得形色宛然，变态百出，从而寄托了叹世悲秋的思想情感。林嗣环把自己的诗歌创作结集起来，题为《秋声诗》。《口技》是《〈秋声诗〉自序》的一部分(略有删节)。

作者的本意并不是写口技，而是为他的《秋声诗》作序言。他在写完口技之后说：“嘻，若而人者，可谓善画声矣！遂录其语以为《秋声》序。”很清楚，他是借口技人的“善画声”说明《秋声诗》的“善画声”的。他通过具体描写，把口技人的表演生动地再现出来。读了这篇短文，就像身临其境，听了一场精彩的口技，受到强烈的感染。

林嗣环在把主要力量用于正面描写时，也采用了辅助性的艺术手法：侧面烘托。而且，把正面描写与侧面烘托(写听众的反应)结合起来，用以表现主题。

第一段：“……于厅事之东北角，施八尺屏障，口技人坐屏障中，一桌、一椅、一扇、一抚尺而已。众宾团坐……”为什么只写这些呢？那是因为这些东西最有利于烘托主题。除“一桌、一椅、一扇、一抚尺”而外，别无他物。“而已”两字，扫清一切怀疑，使人确信口技人奏技只用一张口。

接下去，既写口技人奏技，又写众宾的反应，波澜层出，极起伏变化之妙。

“一抚尺而已”扫清了众宾的怀疑，文势一缓，紧接着：“但闻屏障中抚尺一下，满座寂然，无敢哗者。”立刻造成一种肃静的、紧张的气氛，文势一振。一缓一紧，出现了第一次波澜。

抚尺一下，为什么会产生那么大的威力呢？这因为“一桌、一椅、一扇、一抚尺而已”，一方面使“众宾”相信口技人奏技只用一张口，另一方面又不免产生只凭一张口究竟能玩出什么花样的疑问。这疑问，又逼出一种急于一听究竟的“悬念”。所以“抚尺一下”，就像抛出一块巨大的磁石，把他们的注意力吸引过去了。

文势振起之后，接着是一段正面描写。从“遥闻深巷中犬吠，便有妇人惊觉欠伸”到“又一大儿醒，狺狺不止”，声音由远而近、由疏而密、由简单而复杂，写得极有层次。之后则诸声并作，出现了第一个高潮。

高潮出现后，并没有让它骤然降落，却把笔锋一转，去写众宾的反应："满座宾客，无不伸颈侧目，微笑默叹，以为妙绝也。"这一段侧面烘托，不仅加强了前面的正面描写，而且使文势动宕，摇曳多姿。

烘托之后，又继之以正面描写："既而……夫齁声起，妇拍儿亦渐拍渐止。微闻有鼠作作索索，盆器倾侧，妇梦中咳嗽之声。"高潮降落，众宾"伸颈侧目"的紧张情绪也松弛下来，"意少舒，稍稍正坐"。也许，他们以为这场表演，就此结束了；而且，就此结束，他们大约也已经满足了。想不到："忽一人大呼：'火起！'夫起大呼，妇亦起大呼。两儿齐哭。俄而百千人大呼，百千儿哭，百千犬吠。中间力拉崩倒之声，火爆声，呼呼风声，百千齐作；又夹百千求救声，曳屋许许声，抢夺声，泼水声。凡所应有，无所不有……"

于高潮降落，仅留余波之时，骤然雷轰电击，风狂雨暴，波浪掀天。而情绪刚刚松弛下来的听众，猝不及防，被这突如其来的巨变吓坏了，真以为发生了火灾，都想从熊熊大火的包围中冲出去。这是一个规模更大的高潮。由余波到规模更大的高潮，复又兴起波澜。

正当听众想突围而出的时候，"忽然抚尺一下，众响毕绝"。"撤屏视之，一人、一桌、一椅、一扇、一抚尺而已。"

更大的高潮突然降落，这是又一次波澜。

这里，"一抚尺而已"的又一次出现，绝不仅仅为了形式上的首尾呼应。首段的"一抚尺而已"使听众确信口技人奏技只用一张口；但当听众听到发生火灾时，不但不以为那只是口技，而且简直感到真的发生了火灾。末段的"而已"和首段遥遥呼应，把听众从火灾的惊恐中唤回来，使他们不得不相信刚才发生的一切，都出于口技人的一张口。于是，口技人的"善画声"，也就不能不令人叹为观止了。

《虞初新志》的编者张潮说："绝世奇技，复得此奇文以传之。读竟，辄浮大白。"技之所以奇，不仅在于模仿各种声音，惟妙惟肖，而且在于对那段表演的组织结构，独具匠心。它以一个家庭为中心，先描绘在静夜里的各种细碎活动，然后扩展开去，描绘突然发生大火灾。前后的两种场面迥不相同，但中间又有必然的联系，毫无七拼八凑之感。此其一。由较小的波澜逐渐推进，形成高潮，一步步抓紧听众的注意力；然后高潮逐渐降落，让听众紧张的情绪松弛下来；突然一声“火起”，使听众猝不及防，忘记了是在听口技，想从大火包围中冲出去；在这紧张万状的关头，忽然抚尺一下，众响毕绝：有起有伏，有擒有纵，变化万端，不可方物。此其二。这显然不是自然主义地模仿生活，而是高度的艺术概括、艺术提炼的产物。

文之所以奇，也奇在组织结构的巧妙上，口技表演的巧妙的组织结构，也许完全出于口技人的匠心，也许还有作者的再创造。即使在表现口技表演的组织结构上没有再创造，但如前面所分析，他在写口技表演的全部过程中巧妙地穿插了听众的各种表情，不仅突出了口技的高明，而且也丰富了文章的波澜，这还是创造。文之所以奇，又奇在正面描写的惟妙惟肖上。不言而喻，口技这种技艺是用声音反映生活的（所以又叫象声）；作家要传出口技之神，也必须利用语言的音响。林嗣环在这一点上做得很出色。显而易见的是，他用了许多像“呜”“猖猖”“作作索索”“呼呼”“许许”（读如“虎”）之类的摹声词。但这还是次要的；主要的是：句子忽长忽短，声音忽低忽高，节奏忽缓忽急，构成抑扬顿挫的旋律，准确地再现了口技表演的抑扬变化。

这是散文，但为了加强节奏感，于忽长忽短的句子中又安排有若干字数约略相同的句子，参差错落，变化无穷。这就使得节奏急促而富于变化，真有“大珠小珠落玉盘”之妙。

末了，还有几句关于这篇《口技》的作者的话值得一说。在贯华堂本《水浒传》第六十五回的前面，金圣叹用口技之妙比喻《时迁火烧翠云楼》一回的写作技巧，其描写口技的文字，与林嗣环的这一篇几乎完全相同，而他并没有提到林嗣环，却是用“吾友斵山先生尝向吾夸京中口技”云云开头的。金圣叹的生卒年都比林嗣环早，但两人同时生存的时期也不算短，所以这篇作品的著作权究竟属谁，很难确定。然而不管属谁，都足以说明这是一篇引人入胜的好作品，一脱稿就不胫而走了。

（霍松林）

为学一首示子侄

彭端淑

天下事有难易乎？为之，则难者亦易矣；不为，则易者亦难矣。人之为学有难易乎？学之，则难者亦易矣；不学，则易者亦难矣。吾资之昏，不逮人也；吾材之庸，不逮人也；旦旦而学之，久而不怠焉，迄乎成，而亦不知其昏与庸也。吾资之聪，倍人也；吾材之敏，倍人也；屏弃而不用，其与昏与庸无以异也。圣人之道，卒于鲁也传之①。然则昏庸聪敏之用，岂有常哉！

蜀之鄙有二僧，其一贫，其一富。贫者语于富者曰："吾欲之南海②，何如？"富者曰："子何恃而往？"曰："吾一瓶一钵足矣。"富者曰："吾数年来欲买舟而下，犹未能也。子何恃而往！"越明年，贫者自南海还，以告富者，富者有惭色。西蜀之去南海，不知几千里也，僧之富者不能至，而贫者至焉。人之立志，顾不如蜀鄙之僧哉！

是故聪与敏，可恃而不可恃也；自恃其聪与敏而不学者，自败者也。昏与庸，可限而不可限也；不自限其昏与庸而力学不倦者，自力者也。

赏 析

历来论学者都贵于勤，所谓"业精于勤荒于嬉"（韩愈《进学解》）。学习须要有锲而不舍的精神，才能达到水到渠成的境界；如果一曝十寒，终将一事无

① "圣人之道"二句：圣人，指孔子。鲁，迟钝，指孔子的学生曾参。《论语·先进》云："参也鲁。"

② 南海：指普陀山，在浙江省东北部莲花洋中，与五台、九华、峨眉合称中国佛教四大名山。

成。所以,学习的成败往往不取决于聪敏与愚钝,而在于持之以恒的刻苦学习。《礼记·中庸》中就说:"人一能之,己百之;人十能之,己千之。果能此道矣,虽愚必明,虽柔必强。"就已道出了学之成败关键在于能否用功而不在于天资高下的道理。彭端淑这篇论学的文字也于此立论,辩证地论述了学问之难易、智愚、成败等问题,旨在劝诫子侄们勤学苦练,不要自恃聪敏,而结果反被聪敏所误。

文章一开头便从难易问题下手,作者认为天下之事的难易是相对的,"为之,则难者亦易矣;不为,则易者亦难矣"。学习也是如此,只要脚踏实地去学,没有掌握不了的学问;反之,不通过学习,就是极容易的事也会被视作十分困难。在说明了难易的辩证关系之后,作者便引出了智愚的问题。天资不高,才能平庸的人,只要勤于学习,久而久之,也能有所成就,摆脱昏与庸的境地;而天资聪敏,才能出众的人,如果自暴自弃,不学无术,也将与昏庸者为伍。相传孔子的学说由智能鲁钝的曾参传给了子思,再由子思之徒传给了孟子。所以作者说:"圣人之道,卒于鲁也传之。"因而作者认为昏庸与聪敏是相对的,关键是取决于个人的努力。这第一段完全以论述的笔墨出之,明白地摆出了自己对学问之道的看法。

文章的第二段则通过一个故事,也可以说是一则寓言,进一步说明难易与成败并没有必然的联系。有志者事竟成,只要能坚定地朝既定的目标走去,必定是可以达到终点的。四川的贫僧和富僧都想去普陀山朝圣,贫者凭着一瓶一钵和坚定的意志,实现了自己的心愿;富者虽有足够的钱可雇船前往,但由于自己的犹豫畏缩,终未能达到目的。作者由此说明了"立志"的重要。所谓"立志",不仅是要树立奋斗的目标,而且要有百折不挠、知难而进的精神,这正是学习中第一可贵的。这一段通过具体生动的记叙,设想出人物的语言神态,形象地揭示出立志的重要,犹如一则寓言故事,虽然平易简单,却寓有深刻的道理。

最后一段结论,还是归结到聪敏与昏庸的问题:聪敏不可恃,昏庸也不可限,关键在于能否力学不倦。作者强调了学习中的主观能动作用,摆脱了天赋决定论的成见,劝人以学,对于不同天资的人都有勉励的作用。他对聪敏"可恃而不可恃”，对昏庸“可限而不可限”的辩证认识无疑都是很有见地的。

全文始终用了对比的方法来增强文章的说服力，如一开始便从天下事“难”与“易”的不同落笔，指出在学习中“难”与“易”是相对的，可变的。接下来又从昏庸和聪敏及其与成败的关系立论，反复辨难，说理明白，使读者信服。蜀僧的一贫一富，贫者仅恃一瓶一钵，富者可以买船而下，结果贫者至南海而富者不能至，始终在强烈的对比中展开说理，增添了文章的生动性。文中多用偶句，如：“为之，则难者亦易矣；不为，则易者亦难矣。”“学之，则难者亦易矣；不学，则易者亦难矣。”以及“吾资之昏”与“吾资之聪”两段，“聪与敏，可恃而不可恃也”与“昏与庸，可限而不可限也”两段等在句法上都两两相对，给读者造成深刻的印象。文中并没有艰深的文词，只是娓娓道来，如一篇师长对晚辈的劝勉之词，语重心长，切合题旨。

（王镇远）

黄生借书说

袁 枚

黄生允修借书，随园主人①授以书而告之曰：书非借不能读也。子不闻藏书者乎？七略、四库②，天子之书，然天子读书者有几？汗牛塞屋③，富贵家之书，然富贵人读书者有几？其他祖父积、子孙弃者无论焉。

非独书为然，天下物皆然。非夫人之物④而强假焉，必虑人逼取，而惴惴焉摩玩之不已，曰："今日存，明日去，吾不得而见之矣！"若业为吾所有，必高束焉，庋藏焉，曰"姑俟异日观"云尔。

予幼好书，家贫难致。有张氏藏书甚富，往借不与，归而形诸梦，其切如是。故有所览，辄省记。通籍⑤后，俸去书来，落落⑥大满，素蟫⑦灰丝，时蒙卷轴⑧，然后叹借者之用心专，而少时之岁月为可惜也。

今黄生贫类予，其借书亦类予。惟予之公书与张氏之吝书，若不相类。然则予固不幸而遇张乎？生固幸而遇予乎？知幸与不幸，则其读书也必专，而其归书也必速。为一说，使与书俱。

---

① 随园主人：作者自称。随园位于江宁（今江苏南京）小仓山。

② 七略：书目名。分为辑略、六艺略、诸子略、诗赋略、兵书略、术数略、方技略七部，总称"七略"，现已佚亡。四库：指经史子集四部内府藏书。

③ 汗牛塞屋：即汗牛充栋，极言书籍之多。意谓书籍塞满屋子，牛马运载时累得出汗。

④ 非夫（fú）人之物：不是自己的东西。夫，语助词。

⑤ 通籍：指做官。籍，二尺长的竹片，上写姓名、年龄、身份等，挂在宫门口，以便进出宫门时查对。通籍是说记名于竹片上，可以出入宫门。后用以指初做官。

⑥ 落落：多貌。

⑦ 素蟫（tán）：蛀蚀书籍的蠹鱼，以其为银白色，故曰"素"。

⑧ 卷轴：指书卷。古代文籍装轴卷藏。

赏析

这篇散文体裁颇别致。标题表明它是"说"体。"说"体在唐宋以后多属一种具有说明性与解说性的理论文章，不过较之严谨的"论"又有其自由灵活的特点，往往类乎杂感，故又可称为"杂说"。此文前两段意解说"书非借不能读也"的论旨，自然属于"说"体；但是它与一般的"说"体相比，则有其出格或曰新颖之处。因为文章后两段在"说"的基础上，又通过作者个人亲身经历的述说以及同黄生"类"与"不类"、"幸"与"不幸"的两相比较，进而劝勉黄生"读书也必专"，抒发作者对黄生的真挚赤诚的感情；从内容与写法来看，又近乎古代的"君子赠人以言"与"致敬爱、陈忠告之谊"（姚鼐《古文辞类纂序目》论"赠序类"语）的"赠序"体。这种熔"说"与"赠序"于一炉的写法，显然是袁枚对传统"说"体的一种大胆创造革新，是其所谓"我亦自立者，爱独不爱同"（《题叶花南庶子空山独立小影》）的主独创的美学思想的体现。

文章是从"黄生允修借书"这一生活小事引发的，但文中所解说的"书非借不能读"的道理却慧眼独具，道出了人人心中所有而笔下所无的借书与读书的密切关系，使人读后即能产生共鸣，感到信服。作者并非如冬烘先生那样正襟危坐、古板正经地空谈一套高头讲章。在正面提出"书非借不能读也"的道理之后，接着以"子不闻藏书者乎"之问一转折，以藏书者之不能读书的角度入手，侧重于反面说明"书非借不能读"的道理，显得匠心独运。作者所举之富于七略、四库之书的天子，与藏有汗牛塞屋之书的富贵人，其读书客观条件之优越可谓无以复加，但作者连用"然天子读书者有几"，"然富贵人读书者有几"两个十分有力的反问句式，将这有书反不能读的普遍的社会现象暴露无遗。天子与富贵人尚且如此，其他靠祖辈与父辈所积累而被子孙辈抛弃藏书的现象就更不用说了。作者笔锋顺手一勾，则将有书而反不能读者网罗殆尽。这一段写得文气畅达，又抑扬顿挫。

作者始则从反面向黄生解说"书非借不能读"的道理，继则从侧面再加烘托。第二段云"非独书为然，天下物皆然"，就是以物非己有往往格外珍惜的一般道理，进一步强调书非己有则格外珍爱的个别道理。这一段作者构想出“非夫人之物而强假焉”者与“若业为吾所有”者两种人物的言行作对比描叙，虽旨在说理，却显得生动而有情趣。描叙前者选取了“虑人逼取，而惴惴焉摩玩之不已”的动作细节，逼真地显示出其惟恐强假之物被人讨还的恋恋不舍之情态，甚为细致传神；此外，又写其“今日存，明日去，吾不得而见之矣”的感叹，亦反映出对强假之物不忍归还的真切口吻。描叙后者的行为是“必高束焉，皮藏焉”，概括得十分准确贴切，令人有似曾相识之感；写其“姑俟异日观”的敷衍搪塞之词，亦颇为深刻真切，又令人有似曾相闻之感。这段所说的物实包括书在内。既然物因有强假与为我所有的不同而人的态度迥然相异，一重视，一轻视，则书亦不例外。这里采用的是演绎推理法。

前半部分对“书非借不能读”之意的解说任务业已完成。在此基础上，作者出于对黄生爱护关心的师生情谊，又进而采用赠序体写法，“陈忠告”于得意门生，劝勉其借了书后则“读书也必专”。为了深入打动黄生之心，作者乃以个人亲身经历循循诱导，充满真情，这一点与明初宋濂的《送东阳马生序》颇相类。与宋濂不同的是此处偏于强调借书之难（“有张氏藏书甚富，往借不与”）；写求借不得之遗憾、焦虑（“归而形诸梦”）；重在突出自己当年“不幸而遇张”，借书甚难。其真谛是反衬黄生今日“幸而遇予”，借书甚易，暗寓其劝勉黄生应专心读书，珍惜这大好机遇之意。第三段后半又转写自己通籍后，虽已有足够的俸禄购买来大量藏书，却任“素蟫灰丝，时蒙卷轴”，不复似少时之岁月那样好书勤学，那样“用心专”矣。这既与第一段的道理相印证，又是继续暗里劝勉黄生要珍惜借书读的机会，因为只有在此阶段才能“用心专”而有所得，且老师本身就是一个例证。作者早年与黄生今日相类有二，一是“家贫难致”书，二是“借书”读。作者与黄生不相类的是，作者早年借书遇到的是“吝书”的张氏，借而不得；而黄生今日借书遇到的是“公书”的作者，借而可得。这就是作者早年之不幸与黄生今日之幸，黄生对此应该心里有数；但作者不正面说出此意，而用问句出之：“然则予固不幸而遇张乎？生固幸而遇予乎？”文气显得委婉，语意亦不张狂。文章最后和盘托出劝勉忠告之言亦显得水到渠成：“知幸与不幸，则其读书也必专，而其归书也必速。”不辜负老师希望自己成材的“借书”之心。袁枚以奖掖后学为己任，即使借书给学生，亦要“为一说，使与书俱”，其对后学之进步亦可谓关心备至了。

这篇文章所要“说”的道理并不深奥，但作者却能正说、反说、侧面说，以及明说、暗说，角度多变，波澜起伏，抑扬顿挫，摇曳生姿，使人读来兴味盎然，毫不乏味。作者不仅注意以理服人，更重在以情感人，特别是以个人亲身经历劝勉后学，推出论旨，其意也真，其情也殷，使人读后为之折服。全文结构上特别注重对比手法的运用，如以昔日张氏之“吝书”与今日自己之“公书”对比，以黄生今日之“幸”与自己早年之“不幸”对比，又以自身的早年借书与通籍后藏书甚多但前后读书态度不同对比，在层层对比之中说明论旨。而文风的惟情所适，率性而发，娓娓而谈，明白轻快，亦值得称道。

（王英志）

登泰山记

姚鼐

泰山之阳，汶水①西流；其阴，济水②东流，阳谷皆入汶，阴谷皆入济。当其南北分者，古长城③也。最高日观峰④，在长城南十五里。

余以乾隆三十九年十二月，自京师乘风雪，历齐河、长清⑤，穿泰山西北谷，越长城之限，至于泰安⑥。是月丁未，与知府朱孝纯子颍⑦由南麓登。四十五里，道皆砌石为磴，其级七千有余。

泰山正南面有三谷，中谷绕泰安城下，郦道元所谓环水⑧也。余始循以入，道少半，越中岭⑨；复循西谷，遂至其巅。古时登山，循东谷入，道有天门。东谷者，古谓之天门溪水⑩，余所不至也。今所经中岭及山巅崖限当道者，世皆谓之天门云。道中迷雾冰滑，磴几不可登。及既上，苍山负雪，明烛天南；望晚日照城郭，汶水、徂徕⑪如画，而半山居⑫雾若带然。

---

① 汶水：即大汶河。发源于山东省莱芜东北原山，向西南流经泰安。
② 济水：发源于河南济源西王屋山，流经山东。现在下游河道已为黄河改道所夺。
③ 古长城：指春秋时齐国所筑长城。为齐、鲁之分界。
④ 日观峰：泰山顶峰之一。
⑤ 齐河、长清：县名，今均属山东。
⑥ 泰安：今属山东，清代为泰安府治。
⑦ 朱孝纯子颍：号海愚，山东历城人。乾隆进士，累官两淮盐运使。
⑧ 郦道元所谓环水：郦道元，字善长，范阳（治今河北涿州）人。北魏地理学家，撰有《水经注》四十卷。其卷二十四《汶水》云："《山海经》曰：'环水出泰山，东流注于汶。'即此水也。"
⑨ 中岭：又名中溪山，中溪由此发源。
⑩ 天门溪水：《水经注·汶水》："东南流迳泰山东，右合天门下溪水，水出泰山天门下谷，东流。古者帝王升封，咸憩此水。"
⑪ 徂徕：山名，在泰安城东南四十里。
⑫ 居：停留。

戊申晦，五鼓，与子颍坐日观亭①待日出。大风扬积雪击面。亭东自足下皆云漫，稍见云中白若摴蒱②数十立者，山也。极天，云一线异色，须臾成五彩；日上，正赤如丹，下有红光，动摇承之。或曰：此东海③也。回视日观以西峰，或得日，或否，绛皓驳色，而皆若偻。

亭西有岱祠④，又有碧霞元君祠⑤；皇帝行宫⑥在碧霞元君祠东。是日，观道中石刻，自唐显庆⑦以来，其远古刻尽漫失。僻不当道者，皆不及往。

山多石，少土；石苍黑色，多平方，少圆。少杂树，多松，生石罅，皆平顶。冰雪，无瀑水，无鸟兽音迹。至日观，数里内无树，而雪与人膝齐。

桐城姚鼐记。

赏 析

乾隆三十九年(1774)，姚鼐四十二岁。他参加纂修的《四库全书》于三十七年告成，以御史记名。此年以养亲为名，告归田里，道经泰安与挚友泰安知府朱孝纯(字子颍)同上泰山，登日观之后，写下了这篇游记。

泰山山势雄伟，风景壮丽，历代文人骚客多在春秋佳日，联袂登山，吟哦题咏，还留下了许多优秀的记游文章。姚鼐的《登泰山记》是这类作品中的佼佼

---

① 日观亭：在日观峰上。

② 摴蒱(chū pú)：亦作樗蒲，古代赌具。此处摴蒱当指五木，亦即五枚骰子，用以掷采打马。五木之制，为长形，两头尖锐，中间广平，上黑下白，竖立时似山峰。故《水经注·渭水》云："累石山在北，亦谓之五木山，山方尖如五木状，故俗人借以名之。"姚鼐所指亦此意。

③ 东海：泛指东方的大海。

④ 岱祠：泰山之神东岳大帝的祠庙。

⑤ 碧霞元君：传说为东岳大帝之女。

⑥ 皇帝行宫：皇帝外出时的住所。

⑦ 显庆：唐高宗年号(656—661)。

者,因其记述的是寒冬中的游历,也就更具特色。

第一段,先从地理环境落笔:名山傍水,分外壮观。泰山南北山谷的分界处,横亘着古长城。接着点出泰山最高点日观峰,为后文埋下伏笔。这一段文字,是在登泰山之前,先勾勒出泰山的轮廓。

第二段,写他与朱子颖登泰山的初程。日期和天气状况是全文的点睛之笔。他们从南面山麓登山。作者选择的路线是循中谷入,看似轻描淡写,但读至下文顿有“成如容易却艰辛”之感。作者一登上山巅,望座座青峰披着皑皑白雪,照亮南天。俯瞰泰安城,汶水和徂徕山,沐浴在夕照中,宛如图画;环绕山间的云雾,就像轻柔的腰带。这一切,怎不令人心旷神怡?而作者的兴奋和喜悦之情,也溢于言表。

第三段是全文的中心。作者傍晚登上山顶,第二天即除夕日与朱子颖到日观峰上的日观亭,坐候日出。日出前,“大风扬积雪击面”,风雪交加,与泰山道上“迷雾冰滑”照应,一派寒冬景象。自日观亭向东望去,山谷中云雾弥漫,即所谓“云海”。略微看见云海中群山像几十颗白色的骰子似的耸立着,然后天的尽处呈现出一线奇异的色彩,瞬间变幻成五彩缤纷的朝霞。太阳升起了,色纯红如丹砂,下有红光荡漾,托着它冉冉上升,何等壮观!那红光何以“动摇”?“或曰:此东海也。”原来太阳是从天边波涛翻滚的东海上升起来的。至此,气势磅礴的日出奇景,只寥寥数语,就被描绘得宛然在目,而且层次分明。作者回头西望,日观峰以西诸山,阳光照射到的,呈红色;照不到的,依然白色。晨曦中红白错杂相间的群山,都似弯腰俯首,显得矮小,令人想起杜甫的名句:“会当凌绝顶,一览众山小。”(《望岳》)

作者观日出之后,游览山顶建筑,观赏山道中的石刻,简单地一笔带过。文中的记述或详或略,都与作者描写的登山活动的对象的主次、个人感受的深浅有着密切关系。

最后一段,综述泰山的特点:“山多石,少土;石苍黑色,多平方,少圆。少杂树,多松,生石罅,皆平顶。”又描绘了泰山严冬的景观:“冰雪,无瀑水,无鸟兽音迹。至日观,数里内无树,而雪与人膝齐。”多用两三字短句,简练峭劲。写冰雪处,与前文“大风扬积雪击面”相回应,并以此结束全文。

全文仅用了四五百字，却描绘许多壮观的场面，包含了丰富的内容，又有强烈的艺术感染力。其特点何在？首先，写景记游始终围绕作者的活动进行，从自京师“乘风雪”而来，到“观道中石刻”而归，作者对整个游程的记述有条不紊，循序渐进；同时又对其活动剪裁得当，有主有从，一线贯穿，引人入胜。其次，记述整个活动又紧紧围绕一个中心进行，即以日观峰为中心贯穿全篇，不仅使文章结构严谨，而且牢牢吸引读者的注意力。第三，语言简洁明快，描述鲜明生动，特别是描绘极富特征性。如“苍山负雪，明烛天南”，“半山居雾若带然”，“云中白若摴蒱数十立者，山也”，“回视日观以西峰……绛皓驳色，而皆若偻”等等，形象、动人，既增添游记的神秘色彩，又可唤起读者的想象力。另外，敏锐的观察力和丰富的泰山地理及名胜古迹沿革变迁的知识，也是很重要的。姚鼐是桐城派大家，向来重视义理、考证、文章的统一，并且就在此次登山之后，于乾隆四十年正月为聂剑光的《泰山道里记》作序，可见他对泰山舆地早有过一番研究，所以写泰山地理形势、登山路径和山上古迹是那么得心应手。只是作者在游记中，仅着意于游程的记述、时令特征的描绘和景物的刻画，却较少个人感情的流露和议论，这是姚鼐记游作品的又一特点。但《登泰山记》把泰山的美、古老文化的美呈现给读者，二百年后读此文，仍可感受到作者那颗热爱祖国、热爱名山大川的心是与读者相通的。

（周　晶）

病梅馆记

龚自珍

江宁之龙蟠①，苏州之邓尉②，杭州之西溪③，皆产梅。或曰："梅以曲为美，直则无姿；以欹④为美，正则无景；梅以疏为美，密则无态。"固也⑤，此文人画士，心知其意，未可明诏大号，以绳天下之梅也⑥；又不可以使天下之民斫直、删密、锄正，以夭梅、病梅为业以求钱也⑦；梅之欹、之疏、之曲，又非蠢蠢求钱之民，能以其智力为也⑧。有以文人画士孤癖之隐⑨，明告鬻⑩梅者，斫其正，养其旁条，删其密，夭其稚枝，锄其直，遏其生气，以求重价，而江、浙之梅皆病。文人画士之祸之烈至此哉！

予购三百盆，皆病者，无一完者。既泣之三日，乃誓疗之，纵之，顺之。毁其盆，悉埋于地，解其棕缚⑪，以五年为期，必复之全之。予本非文人画士，甘受诟厉⑫，辟病梅之馆以贮之。呜呼！安得使予多暇日，又多闲田，以广贮江宁、杭州、苏州之病梅，穷予生之光阴以疗梅也哉？

---

① 江宁：府名，今南京市。龙蟠：地名，今南京市清凉山下的龙蟠里即其地。

② 邓尉：山名，在今苏州市西南吴县光福，前临太湖。相传因纪念东汉太尉邓禹而得名。

③ 西溪：地名，在今杭州市灵隐山西北。

④ 欹(qī)：歪斜。

⑤ 固：必，毫无疑义。"固也"，紧承上文，并且直贯下面三个带"也"字的判断长句。

⑥ "此文"句：意谓这是文人画士心照不宣，不便公开告谕，大肆号令，用以束缚天下自然多姿之梅的良苦用心。绳，木匠用来取直的墨绳，这里用作动词衡量之义，引申为约束。

⑦ "又不"句：意谓文人画士又不可能让天下所有之人尽从其意，以摧残自然之梅为业来谋利。斫(zhuó)，砍。夭，幼而残亡。这里是趁幼摧残之意。

⑧ "梅之"句：意谓那些无知蠢人虽有贪财求钱之欲，可惜又不具备按照文人画士的意图整治梅枝的智力。

⑨ 孤癖之隐：奇特癖好的隐衷。

⑩ 鬻：卖。

⑪ 棕缚：捆绑的棕绳。

⑫ 诟(gòu)：辱骂。厉：发怒。

赏 析

这是一篇富有深刻意义的寓言短文，又题《疗梅说》，当作于道光十九年(1839)作者辞官南归杭州之后。

龚自珍是中国近代一位改良思想家。他认为"国家甚赖有士"(《乙丙之际箸议第六》)，国家的盛衰兴亡"皆观其才"(《乙丙之际箸议第九》)，把政治改革的理想寄托在人才解放上，并且认识到人才解放取决于个性解放。因此，人才问题成了他心目中最敏感的问题，社会生活中的许多实际问题会触发他这方面的感慨，使他写出许多径陈其事、直抒胸臆之作。而且，自然界的许多景物也随时会激发作者的联想，使他写出许多触景生情、咏物寄意之作。本文则比触景生情、咏物寄意更进一步，作者有感于病梅而创作了一则完美的寓言，表现有关人才的主题。

通篇有一个中心比喻形象，这就是梅。以"病梅"比喻被束缚、被摧残的御用人才，以自然之梅比喻个性解放的俊杰之材。无独有偶，作者《九月二十七夜梦中作》一诗亦有云："官梅只作野梅看。"所谓"官梅"即指为官方、正统所欣赏的被矫揉整饬过的"病梅"，比喻被束缚、被扭曲的官场庸材；所谓"野梅"即指自然朴素、保持本性的梅，比喻个性解放而沦落民间的仁人志士。这句诗值得玩味。"只作"犹云"权作"，是说身居官场，满目"官梅"，想望"野梅"，权且把"官梅"当作"野梅"来看。作者欣赏的是"野梅"，鄙弃的是"官梅"，因此才产生了这种移花接木的想象。此中委曲，非深味不易得。

本文围绕着梅表现了三种主要人物形象，即文人画士、鬻梅者和作者自我。

作者刻画文人画士，没有脸谱化、简单化、表面化，而是鞭辟入里，入木三分。首先，揭露他们颠倒是非，制造舆论，文中"或曰"云云，颇有欺骗性。其次，揭露他们躲躲闪闪的伪君子、两面派作风，如"心知其意"而又"未可明诏大号"。复次，揭露他们以利相诱，借刀杀人的阴险伎俩。他们的如意算盘本是利诱"天下之民"，但"天下之民"决不肯"以夭梅、病梅为业以求钱"，因此在绝大多数正直之人中难以售其奸,落得“失道寡助”的下场。“蠢蠢求钱之民”可以利诱,但又非其智力所能为,文人画士的愿望又一次落空。最后靠既贪财又有歪才的“鬻梅者”达到了不可公开的目的,致使无辜之梅遍遭大祸。作者选择文人画士这样一种形象用来揭露人才被束缚、被扼杀的问题,不仅因为他们赏梅、咏梅、画梅,与本文的中心比喻形象有关,而且有更深层的含义。首先,世俗文人画士的通病是附庸风雅、矫揉造作,他们的审美习尚往往代表着陈腐的观念、僵化的形式,违背自然清新的艺术创作规律。因此,通过揭露他们的“孤癖之隐”,可以有力抨击选拔人才的官方模式和传统观念,触及当时存在的人才、人性问题上的“束缚之病”,以宣扬作者本人的“人才如其面”,“各因其性情之近,而人才成”(《与人笺五》)的人才、人性解放的理想。其次,世俗文人画士往往为人所豢养,成为统治者的御用工具,他们代表统治者的意志,从不敢违抗。于此本文已有所暗示,如“予本非文人画士,甘受诟厉”,言外之意文人画士怕受诟厉,只能对当权者随声附和,阿谀奉承,助纣为虐。复次,世俗文人画士是舞文弄墨的,他们不仅善于攻心,用软刀子杀人,而且擅长制造舆论,借刀杀人。本文揭露“文人画士之祸之烈”,正是从这一角度着手的。

至于作者自我,则是以疗梅者的形象出现的。他满怀深情痛惜梅之被害,与病梅者的摧残之术针锋相对,“疗之,纵之,顺之”,决心复其本性,乃至“甘受诟厉”而无所顾惜。感情之炽烈,态度之坚决,令人钦佩。而在行动上却不无难处,结尾处一个“呜呼”,一个“安得”,透露了客观条件的限制,充其量“疗梅”也只是一种愿望和理想而已。尽管如此,本文仍不失它的战斗性。可以说,这是一篇讨伐扼杀人才者的檄文,呼唤个性解放的宣言,挽救受害人才的誓词。情真,意切,理正,词严,形象鲜明,发人深省,具有强烈的震撼力。

(孙钦善)

少年中国说(节选)

梁启超

日本人之称我中国也,一则曰老大帝国,再则曰老大帝国。是语也,盖袭译欧西人之言也。呜呼!我中国其果老大矣乎?梁启超曰:恶,是何言!是何言!吾心目中有一少年中国在。

欲言国之老少,请先言人之老少:老年人常思既往,少年人常思将来。惟思既往也,故生留恋心;惟思将来也,故生希望心。惟留恋也,故保守;惟希望也,故进取。惟保守也,故永旧;惟进取也,故日新。惟思既往也,事事皆其所已经者,故惟知照例;惟思将来也,事事皆其所未经者,故常敢破格。老年人常多忧虑,少年人常好行乐。惟多忧也,故灰心,惟行乐也,故盛气。惟灰心也,故怯懦;惟盛气也,故豪壮。惟怯懦也,故苟且;惟豪壮也,故冒险。惟苟且也,故能灭世界;惟冒险也,故能造世界。老年人常厌事,少年人常喜事。惟厌事也,故常觉一切事无可为者;惟好事也,故常觉一切事无不可为者。老年人如夕照,少年人如朝阳;老年人如瘠牛,少年人如乳虎;老年人如僧,少年人如侠;老年人如字典,少年人如戏文;老年人如鸦片烟,少年人如泼兰地酒;老年人如别行星之陨石,少年人如大洋海之珊瑚岛;老年人如埃及沙漠之金字塔,少年人如西伯利亚之铁路;老年人如秋后之柳,少年人如春前之草;老年人如死海之潴为泽,少年人如长江之初发源,此老年与少年性格不同之大略也。梁启超曰:人固有之,国亦宜然。

梁启超曰:伤哉,老大也!浔阳江头琵琶妇,当明月绕船,枫叶瑟瑟,衾寒于铁,似梦非梦之时,追想洛阳尘中春花秋月之佳趣;西宫南内,白发宫娥,一灯如穗,三五对坐,谈开元、天宝间遗事,谱霓裳羽衣曲;青门种瓜人,左对孺人,顾弄孺子,忆侯门似海珠履杂遝之盛事;拿破仑之流于厄蔑,阿剌飞之幽于锡兰,与三两监守吏或过访之好事者,道当年短刀匹马,驰骋中原，席卷欧洲，血战海楼，一声叱咤，万国震恐之丰功伟烈，初而拍案，继而抚髀，终而揽镜。呜呼！面皴齿尽，白发盈把，颓然老矣。若是者舍幽郁之外无心事，舍悲惨之外无天地，舍颓唐之外无日月，舍叹息之外无音声，舍待死之外无事业，美人豪杰且然，而况于寻常碌碌者耶？生平亲友，皆在墟墓，起居饮食，待命于人，今日且过，遑知他日，今年且过，遑恤明年，普天下灰心短气之事，未有甚于老大者。于此人也，而欲望以拏云之手段，回天之事功，挟山超海之意气，能乎不能？

呜呼！我中国其果老大矣乎？立乎今日，以指畴昔，唐虞三代，若何之郅治；秦皇汉武，若何之雄杰，汉唐来之文学，若何之隆盛；康乾间之武功，若何之烜赫。历史家所铺叙，词章家所讴歌，何一非我国民少年时代良辰美景赏心乐事之陈迹哉。而今颓然老矣，昨日割五城，明日割十城，处处雀鼠尽，夜夜鸡犬惊，十八省之土地财产，已为人怀中之肉，西百兆之父兄子弟，已为人注籍之奴，岂所谓“老大嫁作商人妇”者耶？呜呼！凭君莫话当年事，憔悴韶光不忍看，楚囚相对，岌岌顾影，人命危浅，朝不虑夕，国为待死之国，一国之民为待死之民，万事付之奈何，一切凭人作弄，亦何足怪。

梁启超曰：我中国其果老大矣乎？是今日全地球之一大问题也。如其老大也，则是中国为过去之国，即地球上昔本有此国，而今渐渐灭，他日之命运殆将尽也；如其非老大也，则是中国为未来之国，即地球上昔未现此国，而今渐发达，他日之前程且方长也。欲断今日之中国为老大耶？为少年耶？则不可不先明国字之意义。夫国也者何物也？有土地；有人民；以居于其土地之人民而治其所居之土地之事；自制法律而自守之，有主权，有服从，人人皆主权者，人人皆服从者。夫如是斯谓之完全成立之国。地球上之有完全成立之国也，自百年以来也。完全成立者，壮年之事也；未能完全成立而渐进于完全成立者，少年之事也。故吾得一言以断之曰：欧洲列邦在今日为壮年国，而我中国在今日为少年国。

夫古昔之中国者，虽有国之名，而未成国之形也。或为家族之国，或为酋长之国，或为诸侯封建之国，或为一王专制之国，虽种类不一，要之其于国家之体质也，有其一部而缺其一部。正如婴儿自胚胎以迄成童，其身体之一二官支，先行长成，此外则全体虽粗具，然未能得其用也。故唐虞以前为胚胎时代，殷周之际为乳哺时代，由孔子而来至于今为童子时代，逐渐发达，而今乃始将入成童以上少年之界焉。其长成所以若是之迟者，则历代之民贼有窒其生机者也。譬犹童年多病，转类老态，或且疑其死期之将至焉，而不知皆由未完全未成立也。非过去之谓，而未来之谓也。

且我中国畴昔，岂尝有国家哉，不过有朝廷耳。我黄帝子孙，聚族而居，立于此地球之上者既数千年，而问其国之为何名，则无有也。夫所谓唐、虞、夏、商、周、秦、汉、魏、晋、宋、齐、梁、陈、隋、唐、宋、元、明、清者，则皆朝名耳。朝也者，一家之私产也；国也者，人民之公产也。朝有朝之老少，国有国之老少，朝与国既异物，则不能以朝之老少而指为国之老少明矣。文、武、成、康，周朝之少年时代也；幽、厉、桓、赧，则其老年时代也。高、文、景、武，汉朝之少年时代也；元、平、桓、灵，则其老年时代也。自余历朝，莫不有之，凡此者，谓为一朝廷之老也则可，谓为一国之老也则不可。一朝廷之老且死，犹一人之老且死也，于吾所谓中国者何与焉。然则，吾中国者，前此尚未出现于世界，而今乃始萌芽云尔。天地大矣，前途辽矣，美哉，我少年中国乎！

玛志尼者，意大利三杰之魁也。以国事被罪，逃窜异邦，乃创立一会，名曰少年意大利。举国志士，云涌雾集以应之，卒乃光复旧物，使意大利为欧洲之一雄邦。夫意大利者，欧洲第一之老大国也，自罗马亡后，土地隶于教皇，政权归于奥国，殆所谓老而濒于死者矣，而得一玛志尼，且能举全国而少年之，况我中国之实为少年时代者耶？堂堂四百余州之国土，凛凛四百余兆之国民，岂遂无一玛志尼其人者。

龚自珍氏之集有诗一章，题曰《能令公少年行》，吾尝爱读之，而有味乎其用意之所存。我国民而自谓其国之老大也，斯果老大矣；我国民而自知其国之少年也，斯乃少年矣。西谚有之曰："有三岁之翁，有百岁之童。"然则国之老少，又无定形，而实随国民之心力以为消长者也。吾见乎玛志尼之能令国少年也，吾又见乎我国之官吏士民能令国老大也，吾为此惧！

夫以如此壮丽浓郁翩翩绝世之少年中国，而使欧西、日本人谓我为老大者何也？则以握国权者皆老朽之人也。非哦几十年八股，非写几十年白折，非当几十年差，非捱几十年俸，非递几十年手本，非唱几十年诺，非磕几十年头，非请几十年安，则必不能得一官，进一职。其内任卿贰以上，外任监司以上者，百人之中，其五官不备者，殆九十六七人也，非眼盲，则耳聋，非手颤，则足跛，否则半身不遂也。彼其一身饮食步履视听言语，尚且不能自了，须三四人在左右扶之捉之，乃能度日，于此而乃欲责之以国事，是何异立无数木偶而使之治天下也。且彼辈者，自其少壮之时，既已不知亚细、欧罗为何处地方，汉祖、唐宗是那朝皇帝；犹嫌其顽钝腐败之未臻其极，又必搓磨之，陶冶之，待其脑髓已涸，血管已塞，气息奄奄，与鬼为邻之时，然后将我二万里山河，四万万人命，一举而畀于其手。呜呼！老大帝国，诚哉其老大也。而彼辈者，积其数十年之八股、白折、当差、捱俸、手本、唱喏、磕头、请安，千辛万苦，千苦万辛，乃始得此红顶花翎之服色，中堂大人之名号，乃出其全副精神，竭其毕生力量，以保持之。如彼乞儿，拾金一锭，虽轰雷盘旋其顶上，而两手犹紧抱其荷包，他事非所顾也，非所知也，非所闻也。于此而告之以亡国也，瓜分也，彼乌从而听之，乌从而信之。即使果亡矣，果分矣，而吾今年既七十矣八十矣，但求其一两年内，洋人不来，强盗不起，我已快活过了一世矣。

若不得已，则割三头两省之土地，奉申贺敬，以换我几个衙门；卖三几百万之人民作仆为奴，以赎我一条老命，有何不可，有何难办。呜呼！今之所谓老后、老臣、老将、老吏者，其修身、齐家、治国、平天下之手段，皆具于是矣。“西风一夜催人老，凋尽朱颜白尽头。”使走无常当医生，携催命符以祝寿，嗟乎痛哉！以此为国，是安得不老且死，且吾恐其未及岁而殇也。

梁启超曰：造成今日之老大中国者，则中国老朽之冤业也；制出将来之少年中国者，则中国少年之责任也。彼老朽者何足道，彼与此世界作别之日不远矣，而我少年乃新来而与世界为缘。如僦屋者然，彼明日将迁居他方，而我今日始入此室处。将迁居者，不爱护其窗栊，不洁治其庭庑，俗人恒情，亦何足怪。若我少年者，前程浩浩，后顾茫茫，中国而为牛、为马、为奴、为隶，则烹脔鞭箠之惨酷，惟我少年当之；中国如称霸宇内，主盟地球，则指挥顾盼之尊荣，惟我少年享之，于彼气息奄奄，与鬼为邻者，何与焉？彼而漠然置之，犹可言也；我而漠然置之，不可言也。使举国之少年而果为少年也，则吾中国为未来之国，其进步未可量也；使举国之少年而亦为老大也，则吾中国为过去之国，其澌亡可翘足而待也。故今日之责任，不在他人，而全在我少年。少年智则国智，少年富则国富，少年强则国强，少年独立则国独立，少年自由则国自由，少年进步则国进步，少年胜于欧洲则国胜于欧洲，少年雄于地球则国雄于地球。红日初升，其道大光；河出伏流，一泻汪洋。潜龙腾渊，鳞爪飞扬；乳虎啸谷，百兽震惶。鹰隼试翼，风尘吸张；奇花初胎，矞矞皇皇。干将发硎，有作其芒。天戴其苍，地履其黄。纵有千古，横有八荒。前途似海，来日方长。美哉我少年中国，与天不老；壮哉我中国少年，与国无疆！

“三十功名尘与土，八千里路云和月。莫等闲，白了少年头，空悲切。”此岳武穆《满江红》词句也，作者自六岁时即口受记忆，至今喜诵之不衰。自今以往，弃哀时客之名，更自名曰少年中国之少年。

作者附识

赏析

梁启超是近代著名的改良主义宣传家。早在戊戌变法之前，他就撰写了一大批文章，“宣传了一整套在当时还不失其先进性质的朝气勃勃的资产阶级社会意识和精神状貌”（李泽厚《中国近代思想史论》），发生了广泛而深刻的影响。在当时，无论崇仰他的人还是反对他的人，无不为他文章的魔力所倾倒。梁启超在《清代学术概论》中曾这样自述其文风行海内的盛况和原由：

启超既亡居日本……复专以宣传为业，为《新民丛报》《新小说》等诸杂志，畅其旨义，国人竞喜读之。清廷虽严禁，不能遏，每一册出，内地翻刻本辄十数。二十年来学子之思想，颇蒙其影响。启超夙不喜桐城派古文，幼年为文，学晚汉魏晋，颇尚矜练。至是自解放，务为平易畅达，时杂以俚语、韵语及外国语法，纵笔所至不检束，学者竞效之，号“新文体”。老辈则痛恨，诋为野狐。然其文条理明晰，笔锋常带情感，对于读者，别有一种魔力焉。

《少年中国说》即为“新文体”中最著名的篇章之一。当时梁启超亡命日本，“稍能读东文，思想为之一变”(《三十自述》)，亟欲用西方资产阶级启蒙思想，唤醒国人的救国热情。《少年中国说》即鲜明地表现出对于祖国危亡局势的忧愤，对于祖国美好前途的信心，以及对于爱国志士尤其是爱国青年的热切期望。

《少年中国说》在思想内容上最鲜明的特点，就是将爱国激情的抒发，与启蒙思想的宣传结合起来，因而显得眼界开阔，见解精妙，震聋发聩，理完气足。本来，当政的腐朽，列强的逼迫，确令国人忧急惶悚，思求拯救，但国家究竟能不能有光明的前途，许多人实缺乏信心；故而经作者深入剖析，输入资产阶级的国家概念与国民义务观念，顿使国人一新耳目，豁然警醒，不仅对国家的前途树立起信心，对于个人应尽的责任也了然于胸。倘使作者不了解海外世界，未接触西学新知，绝难有此等识见，此等襟怀。

与这样的思想内容特点相适应，文章在表达上不仅突破了文字与口语、单行与骈偶、散文与韵文的界限，写得既汪洋恣肆，又不乏典丽；而且打破了汉语与外国语的畛域，大量采用了外来新词语，以输入外国的新学理，染上了鲜明的时代特色。诸如“泼兰地”“金字塔”“西伯利亚”“欧洲列强”“国民”“地球”等等，译语满纸，比比皆是。这不仅大大丰富了文章的内容，也大大增强了文章的表现力。

除此之外，《少年中国说》在表达上还有以下几点突出的长处：

其一，思路清晰，逻辑严密。其文虽“纵笔所之不检束”，但并非杂乱无章，而能做到“条理明晰”，读来层次井然，在毫无窒碍、圆融贯通的层次顺序中，体现出严谨周至的逻辑力量。此文一开始便提出外国人认为中国是“老大帝国”

这一问题，尔后阐明“老大帝国”的实际含义，进而辨明今日之中国实非“老大帝国”，最后鼓舞爱国青年要为“少年之中国”而努力奋斗。既层层递进，又环环相扣，说服力极强。尤其是文章中间，极力渲染了中国当时的衰危局面，令读者不由得心生疑问，这难道还不是“而今颓然老矣”的表症吗？在这番铺垫的基础上，文章突然一比一转，解除了读者心头的疑惑。比者谓：“譬犹童年多病，转类老态，或且疑其死期将至焉，而不知皆由未完全未成立也。非过去之谓，而未来之谓也。”转者谓：“且我国畴昔，岂尝有国家哉，不过有朝廷耳。……一朝廷之老且死，犹一人之老且死也，于吾所谓中国者何与焉。然则，吾中国者，前此尚未出现于世界，而今乃始萌芽云尔。”这样一纵一擒，一翻一覆，针对明确，说理透辟，怎能不令人心折？文章即此由国家概念之辨析，进到国民义务之阐发，顺理成章，不容置疑。以上是仅就全文整体而论，其实小至某个分论点的提出，乃至某个具体形象的衍化，无不显示出思维的明晰和推理的严谨。

其二，饱含感情，富有气势。此文不仅擅长以逻辑力量说服人，更擅长以感情力量打动人。文章一开始提出问题，便倾吐出作者久已积郁于心中的激情：“呜呼！我中国其果老大矣乎？梁启超曰：恶，是何言！是何言！吾心目中有一少年中国在。”以后的行文，也处处饱含感情，以至作者常按捺不住地直述本名，大声疾呼。“梁启超曰”一语，竟在文中出现五次；“呜呼”一语，更出现六次之多！强烈的爱国激情与严谨的逻辑力量融合在一起，使文章气势充沛，如挟风雨。排比、骈偶、博喻、层递、复沓、呼应等多种修辞手法的灵活运用，更将文章的气势渲染得浓烈如火焰，将作者的激情抒发得淋漓尽致。

其三，形象生动，对比鲜明。贯穿全文的基本线索，是对“老大帝国”与“少年中国”的阐发辨析，这本身就是以生动的形象进行鲜明的对比。在行文中，围绕着“老大”与“少年”的基本形象，生发出一连串新的足资的生动形象。比如在第二部分中，以人之老少喻国之老少，即写得摇曳多姿，奇彩纷呈：

> 欲言国之老少，请先言人之老少。老年人常思既往，少年人常思将来。惟思既往也，故生留恋心；惟思将来也，故生希望心。惟留恋也，故保守，惟希望也，故进取。惟保守也，故永旧，惟进取也，故日新。惟思既往

也，事事皆其所已经者，故惟知照例；惟思将来也，事事皆其所未经者，故常敢破格。

这段文字中，留恋——希望、保守——进取、永旧——日新、照例——破格这四对对立的形象，完全是从思既往与思将来这一对对立的形象派生出来的。下文又由“老年人常多忧虑，少年人常好行乐”，派生出灰心——盛气、怯懦——豪壮、苟且——冒险、灭世界——造世界这四对对立的形象；由“老年人常厌事，少年人常喜事”，派生出“常觉一切无可为者”与“常觉一切事无不可为者”的对立；接下去，由“老年人如夕照，少年人如朝阳”开始，一连用九对十八种不同的形象来作对比，广征博喻，气势如虹，随笔点染，妙趣横生。由于紧扣基本形象，这淋漓酣畅的生发点染，虽驳杂而不凌乱，收到落叶归根、万象归宗的效果。

其四，描摹逼真，褒贬分明。文章虽系政论，但极富文艺色彩，嬉笑怒骂，俱成妙文，在哲理的推演中，不乏生动的形象刻画。如文章在辨明中国实为“少年中国”之后，为强调中国少年之国民义务，明确提出：“造成今日之老大中国者，则中国老朽之冤业也；制出将来之少年中国者，则中国少年之责任也。”那么，当权的“老朽”究竟是些什么货色？何以造就了“老大帝国”的“冤业”？文章作有入木三分的揭露和讽刺，像勾勒漫画似的刻画出“老朽之人”的丑态，栩栩如生，惟妙惟肖。尤其是“非哦几十年八股……”那一串排比，是白描，也是夸张；是纪实，也是悬想；是冷峻的讥讽，也是热烈的抨击；是逻辑的推断，也是艺术的描摹，写得畅达痛快，力透纸背，充分显示出作者善于抓住事物特征，并能饱含激情褒贬分明地加以再现。

其五，才华纵横，学识渊博。全文横观全球，纵览千古，弘扬故国，鼓吹新知，非才高气盛者不敢言，非饱学博览者不能言，其胆其识，其才其学，无不令人叹服。如在描述古国“老大”之伤悲时，不仅引用了浔阳江头琵琶妇人追忆往事、西宫南内白发宫娥讲说前朝等中国典故，还引用了“拿破仑之流于厄蔑（今译厄尔巴岛），阿剌飞之幽于锡兰（今斯里兰卡）”等西方史事。这些西方史事一经作者引用，洵成时髦新典；这种采用新典并多用翻译词语的新派文章，确令耳目闭塞的国内士人大开眼界。当时竟至出现“举国士夫，乃啧啧然目之曰：此新说也，此名著也”（梁启超《清议报一百册祝辞并论报馆之责任及本报之经历》）的盛况，产生了“后生小子，厌故喜新，竞相效法……及时势所趋，相习成风”（刘师培《论近世文学之变迁》）的巨大影响，“乃至新译之名词，杜撰之语言，大吏之奏折，试官之题目，亦剿袭而用之”（黄遵宪《水巷雁红馆主人来简》）。另一方面，行文所显示出来的旧学根柢，也堪称一时人杰。文章使典用事，已臻化境，骈散相间，音韵铿锵，读来朗朗上口，吟诵津津有味。如文中的诗化句：“凭君莫话当年事，憔悴韶光不忍看”，便化用了曹植的诗句“凭君莫话封侯事”与李璟的词句“还与韶光共憔悴”，而又注入新的立意，确有青出于蓝而胜于蓝的工力。这种做法，当然局限了作者在语言文字上的进一步革新，但也因此能引起多数士人的兴味，便于充分发挥“新文体”的宣传作用。白话与文言杂用，西学与旧学交融，在当时不但是必然的趋势，对于增强宣传效果来说也是很有必要的。过于俚俗的文风，实难被当时的知识界接受。

由于《少年中国说》涉论的是当时人们关心的救国问题，并向当时中国的知识界输入了新人耳目的资产阶级启蒙思想，文章又写得极富感染力，一时风靡海内，洛阳纸贵，成为梁启超最著名的作品之一。文中充溢的爱国激情，令今人读之亦觉虎虎有生气，不禁气壮神旺，血沸心驰。

这样的爱国名文，不论何代何时读之，总能荡人肺腑，动人心魄。

（张永芳）

与妻书

林觉民

意映卿卿如晤：吾今以此书与汝永别矣！吾作此书时，尚是世中一人；汝看此书时，吾已成为阴间一鬼。吾作此书，泪珠和笔墨齐下，不能竟书而欲搁笔，又恐汝不察吾衷，谓吾忍舍汝而死，谓吾不知汝之不欲吾死也，故遂忍悲为汝言之。

吾至爱汝，即此爱汝一念，使吾勇于就死也。吾自遇汝以来，常愿天下有情人终成眷属；然遍地腥云，满街狼犬，称心快意，几家能够？司马青衫，吾不能学太上之忘情也。语云：仁者"老吾老以及人之老，幼吾幼以及人之幼"。吾充吾爱汝之心，助天下人爱其所爱，所以敢先汝而死，不顾汝也。汝体吾此心，于啼泣之余，亦以天下人为念，当亦乐牺牲吾身与汝身之福利，为天下人谋永福也。汝其勿悲！

汝忆否？四五年某夕，吾尝语曰："与使吾先死也，无宁汝先吾而死。"汝初闻言而怒，后经吾婉解，虽不谓吾言为是，而亦无词相答。吾之意盖谓以汝之弱，必不能禁失吾之悲，吾先死留苦与汝，吾心不忍，故宁请汝先死，吾担悲也。嗟夫！谁知吾卒先汝而死乎？吾真真不能忘汝也！回忆后街之屋，入门穿廊，过前后厅，又三四折，有小厅，厅旁一屋，为吾与汝双栖之所。初婚三四个月，适冬之望日前后，窗外疏梅筛月影，依稀掩映；吾与(汝)并肩携手，低低切切，何事不语？何情不诉？及今思之，空余泪痕。又回忆六七年前，吾之逃家复归也，汝泣告我："望今后有远行，必以告妾，妾愿随君行。"吾亦既许汝矣。前十余日回家，即欲乘便以此行之事语汝，及与汝相对，又不能启口，且以汝之有身也，更恐不胜悲，故惟日日呼酒买醉。嗟夫！当时余心之悲，盖不能以寸管形容之。

吾诚愿与汝相守以死，第以今日事势观之，天灾可以死，盗贼可以死，瓜分之日可以死，奸官污吏虐民可以死，吾辈处今日之中国，国中无地无时不可以死，到那时使吾眼睁睁看汝死，或使汝眼睁睁看我死，吾能之乎？抑汝能之乎？即可不死，而离散不相见，徒使两地眼成穿而骨化石，试问古来几曾见破镜能重圆？则较死为苦也，将奈之何？今日吾与汝幸双健。天下人之不当死而死与不愿离而离者，不可数计，钟情如我辈者，能忍之乎？此吾所以敢率性就死不顾汝也。吾今死无余憾，国事成不成自有同事者在。依新已五岁，转眼成人，汝其善抚之，使之肖我。汝腹中之物，吾疑其女也，女必象汝，吾心甚慰。或又是男，则亦教其以父志为志，则我死后尚有二意洞在也。甚幸，甚幸！吾家后日当甚贫，贫无所苦，清静过日而已。

吾今与汝无言矣。吾居九泉之下遥闻汝哭声，当哭相和也。吾平日不信有鬼，今则又望其真有。今人又言心电感应有道，吾亦望其言是实，则吾之死，吾灵尚依依旁汝也，汝不必以无侣悲。

吾平生未尝以吾所志语汝，是吾不是处；然语之，又恐汝日日为吾担忧。吾牺牲百死而不辞，而使汝担忧，的的非吾所忍。吾爱汝至，所以为汝谋者惟恐未尽。汝幸而偶我，又何不幸而生今日之中国！吾幸而得汝，又何不幸而生今日之中国！卒不忍独善其身。嗟夫！巾短情长，所未尽者，尚有万千，汝可以摹拟得之。吾今不能见汝矣！汝不能舍吾，其时时于梦中得我乎！一恸！辛亥三月念六夜四鼓，意洞手书。

家中诸母皆通文，有不解处，望请其指教，当尽吾意为幸。

赏析

这是林觉民写给妻子陈意映的一封绝笔家书。在一九一一年孙中山领导的广州起义前，林觉民毅然参加了“先锋”敢死队，早已将个人生死置之度外。然而，对亲人的眷恋魂牵梦绕，又怎能忘怀？起义即将爆发，自己就要赴身战场，对妻儿的万般牵挂只能报以一纸家书而已！

所以书一开头便是一声令人肝胆俱裂的浩叹：“吾今以此书与汝永别矣！”

最痛苦的场面莫过于生离死别，然生离之别，“恨到归时方始休”（白居易《长相思》）。别情虽苦，方有归时的期待与希望；死别之后，汝为世中之人，吾为阴间一鬼，此恨又何时能休？！恨不断，泪千行，“泪珠与笔墨齐下”，寄托着我对亲人的悠悠情思。寥寥数语，已将死别难舍之情推至高潮。感情至此，似应戛然而止，让人在“此恨绵绵无绝期”（白居易《长恨歌》）中感受那此时无声胜有声的艺术效果。作者悲痛难禁本欲搁笔，又恐爱妻“不察吾衷”，于是又引出下面一般生离死别的至爱之语。

使我勇于就死和先你而死只因为“吾至爱汝”。自从我与你相遇而结成伉俪，“常愿天下有情人都成眷属”。忆念初婚之际，你我常常倚窗偎依，争看那稀疏的梅枝筛下点点月影婆娑；你我芳春花前月下，并肩携手，低低切切，喁喁私语。一次谈及愿你先我而死，你娇嗔含怒，夫妻恩爱之时又何必言死？当初只想让我承担亲人死别之苦，不料今日竟是先你而死！你哭着叮嘱我远行必先告知，誓愿随我同行。而当临别之日，与你相对，欲以死别相告，万万非吾心所忍！惟有默默无言，日日呼酒买醉，愿想一醉方休，怎奈它以酒浇愁愁更愁！爱情之种种，旧时之甜美温馨，怎不叫我留恋？每每形诸梦寐，剪不断，理还乱！点点滴滴，往事那堪忆？如今万事成空，对你的一番衷情只能在九泉之下遥闻汝哭声而以哭相和，让我的灵魂“依依旁汝”。全书自始至终，情思相关，哀婉深沉，借王士禛的话来说，这自是一番“透骨情语”（《花草蒙拾》）！其情之深，意之切，使人不忍卒读。

作者深谙动人心者不仅要情真意切，还要理明志坚，至情至理，方能感人肺腑，从而取得爱妻的同情、理解与支持。所以作者在情意绵绵的倾诉中随时不忘晓以革命大义。“吾至爱汝”四个字倾注了作者的一片钟情，继而他深情地告诉妻子：因为对你爱之至才使我具有了博爱之心，才使我勇于为革命抛头颅、洒热血。“老吾老以及人之老，幼吾幼以及人之幼。”（《孟子·梁惠王》）“先天下之忧而忧，后天下之乐而乐。”（范仲淹《岳阳楼记》）这些充满着博爱精神的诗句成了古代仁人志士修身治国平天下的崇高理想。作者从中吸取力量，以“爱汝之心，助天下人爱其所爱”。为替天下人谋永福，就要乐于牺牲个人的福利，即使牺牲宝贵的爱情也在所不惜。由亲人之爱推而为对人民之爱，其爱之高尚自有一股震撼灵魂的感染力量。

人情至理，谁不愿爱情地久天长，夫妻白头偕老？牺牲爱情、舍亲人而去是你我之不幸，也是“今日中国”之不幸。辛亥革命时期，中国“遍地腥云，满街狼犬”，到处充斥着可怕的天灾、盗贼、帝国主义的瓜分和鱼肉人民的奸官污吏，国中之民“无地无时不可以死”，能够称心快意的又有几家呢？作者慨然悲叹：“汝幸而偶我，又何不幸而生今日之中国！吾幸而得汝，又何不幸而生今日之中国！”深刻揭露了造成个人不幸的社会根源。国难当头，吾“卒不忍独善其身”而“学太上之忘情也”，吾辈正当年华，血气方刚，当为天下人不死而敢率先就死，“我以我血荐轩辕”，纵然百死而不辞，即使革命尚未成功，我也死而无憾了！这体现了一个革命先驱者光明磊落、襟怀坦白的高尚情操。作者在表白自我心迹与志向的同时，力求以至爱之情，至理之义沟通和激起与妻子的心灵共鸣，达到使妻子“察吾衷”和“体吾此心”的目的。

全书寓情于理，明理于情，舒展有致而又随情所至，纵笔写来。大则论及国事革命，小则不忘家常细琐；既有对“今日事势”的侃侃而谈，又有对温馨爱情的呢喃细语；它既体现了一个革命者的大义凛然，又不失一个丈夫的体察细微，显示了一个革命者兼丈夫的本色。

这篇家书最动人心魂的地方，就在于它淋漓痛快地喊出了作者心灵深处的绝望呼声！一种最诚挚、最纯洁、最体贴又最悲愤的情感，没有比即将死别的人的呼声更为扣人心弦了。

这是一首用血与泪、情与爱谱写的生命之歌，也是一封惊天地泣鬼神的绝笔家书！

（杨福廷）

图书在版编目(CIP)数据

诗词文曲鉴赏.古文/上海辞书出版社文学鉴赏辞典编纂中心编.—上海:上海辞书出版社,2020
ISBN 978-7-5326-5681-3

Ⅰ.①诗… Ⅱ.①上… Ⅲ.①古典散文-鉴赏-中国 Ⅳ.①I207.2

中国版本图书馆CIP数据核字(2020)第218380号

诗词文曲鉴赏·古文

上海辞书出版社文学鉴赏辞典编纂中心　编

责任编辑　吕荣莉
装帧设计　王轶颀

出版发行　上海世纪出版集团
上海辞书出版社(www.cishu.com.cn)
地　　址　上海市陕西北路457号(邮编　200040)
印　　刷　上海书刊印刷有限公司
开　　本　890×1240毫米　1/32
印　　张　9.25
字　　数　273 000
版　　次　2020年12月第1版　2020年12月第1次印刷
书　　号　ISBN 978-7-5326-5681-3/I·471
定　　价　25.00元